胭+砚
project:

有任何问题，请邮至：
lianyue4u@163.com

I Ask Lian Yeah!
2016 - 2018
我爱问连岳 **6**

连岳　著

东方出版中心

目录

2016

2017

2018

I Ask Lian Yeah!

2016

有任何问题，请邮至：
lianyue4u@163.com

1.

终有一天，我举重若轻

—

连岳：

你好，我和男朋友相识相恋于同一个学校，一年半后毕业，这间学校也算中等偏上，但毕业后我们足足两个月没找到工作，每天呆在学校旁边租的小房子里投简历、面试，再投简历、再面试……靠着他家里寄来的一点生活费支撑（为什么我家里没给我生活费呢？这个后面再说）。后来我们放宽了范围也拉低了要求，总算各自都找到不好也不坏在这个城市还勉强能活的工作。日子就这样不咸不淡过了快一年。

也许是我不谙世事吧（这也取决于我父母没教我），毕业后这一年时间里看到同学们接二连三地结婚竟觉得很惊讶，我们都在这城市打拼两手空空，根本就没有结婚的资本嘛！

我家里老母绝不会像其他人的父母那样希望女儿早早嫁出去，因为她认为这么多年含辛茹苦赚钱在个高消费的城市供我读到大学毕业，一旦我嫁出去，就属于别人家的女儿，就血本无归了。她对我说过，至少要把那么多学费赚还给她才能嫁人。幸亏我还没那么恨嫁，不然不是得憋死去么。别人家的父母到了年纪，都把女儿打扮得漂亮些，生怕她们没人要，而我家这位呢，非常警惕我跟哪个男生最近联系较频繁，并时常在我耳边唠叨跟男人交往种种悚人下场。但我这反叛的个性早已生成，偏要偷偷向着她引导的反方向去做。大学四年，我都有交过几任男朋友啦，而且也很喜欢跟男生做朋友，不管师兄还是师弟，本校或外校，本省或外省，连出去实习都能收获帅哥同事几枚保持联系至今呢！

相信你都猜到啦，我老母如此盼我赚大钱，毕业后我又不回她所在的城市而硬要跟着男朋友在这儿打拼，我当然在她面前要装作很大本事才对，不会一毕业就失业啦。至少，也不能再伸手问她要生活费才正常。所以，那时就算到处问同学借钱，也绝不会向家里开口。为什么在后来的我会说：这世界上对我最好的人是男朋友？确实由于共过患难，才懂得安逸的可贵，这安逸，我希望在不违背各自意愿的前提下换来。

我跟他进入的都是非常缺人、处于长期招人的行业，此夕阳行业最大的缺点就是利润低，导致员工报酬低，加之我们干的也都是最底层的工作，所以不免讲出去外人会惊讶于你的学历和工作的匹配度，还硬要追问你学这个专业为什么不去干这一行云云。有时最让人受不了的是公司有些部门的人仿佛看不起你。哎，反正办公室我在实习时也坐过，我并不觉得那种环境和气氛我喜欢，我还是更中意现在远离老板干活的地方，觉得更自在轻松呢。

有时候傍晚下班走去公车站路上会想，现在做这份工有什么前途可言呢？钱途？更无。反正整个行业处于欲倒非倒的状态了，周围的同事大多数是随时离开的样子，大抵是抱怨辛苦、琐事多、公司不规范、报酬又低，这些我还看得过去，毕竟比起我之前去的那些小公司，这家算是比较有制度，比较有人性的。我想得更多是我的未来。像我们这样，月入几千，在这个陌生的地方，无任何保障，岂止是养小孩，安家都觉漂泊呢。但太好的工作呢，我们也没有那能力，我们一不考公务员（受不了那一套哇……），二考不上四大和外企，我以前的志愿也是尝试更多，人生才会丰富嘛。想不到这套在现实和金钱面前是这样可笑呢。反正我经常说些傻话让大家取笑我的。

小Z

——

小Z：

每年的某个时间点，中学校园挤压出一群人，其中的很多进入大学；大学也挤压出一群人，他们毫无疑问全要进入社会，这种有规律的挤压就像心脏的跳动一样，是这个社会最有活力的节奏。

教育是现代社会的核心。教育的普及，文盲率降低，这也是中国这几十年财富积累的条件之一。

现在是大学教育的逐渐普及，受过更长时间、更高等级教育的人口大幅增加。教育成本的增长与回报预期的增长是呈正相关的，如果不能实现理想，怨恨与失望也会更深。

当然，大环境无论变不变，个人的能力的增长才是关键，一个强大的人，在苦难时，更能幸存，在繁荣时，更能把握机会。

比尔·盖茨建议新人不宜有太强的自尊心，我认为说得很有道理，除了少数抢手的名校毕业生，绝大多数大学毕业生还是暂时将自尊放低一点，你周边的人，再也不是宠着你的亲人了，他们只有在你身上看到价值，才会尊重你。

相应地，不要对第一份工作要求太高，先存活，再长大。榕树的气根相当柔弱，但只要让它沾到一点泥，它就能迅速膨胀，甚至长得比主干还大。第一份工作，就是你这根空中气根的泥土，先不要挑肥拣瘦，扎住再说。

更不要让第一份工作耗尽你的所有精力（事实上，不要让任何一份工作耗尽你的精力）。任何一份工作都会让人发现自己的缺陷，任何一点理想也会让人发现自己现在还太低；这些"不满足"对人是有益的，它是人前行的动力。

这些存留的精力用来干什么？自我教育。教育最大的成果是让人知道教育才是人发掘自己天赋，增加自身价值的唯一途径，也就是一个人从大学毕业后，他必须掌握自我教育的办法。无论多累，也不能停。也许第一份工作、第一个职位很低，到了你有足够能力后，超越就来了，正如持续上涨的水位必会漫过水坝。

我倾向于多恋爱（长恋爱）迟结婚，对人对己的各种冲突、调整、适应在恋爱中完成，婚姻会更加稳定；不成熟的、不幸的、成本过于高昂的婚姻会轻易压垮一个人的精神，毁掉一个人的生活。

一切准备好后，你还得让时间慢慢积累，有快速成名的人，有一夜暴富的人，这其中，可能有你的同学，有你的朋友，至少，传媒中充斥这样的故事，你要知道，那不是常态，发生在自己身上的概率太低，努力工作和耐心，倒是每个人都可以做到的。

只要你持续不停地累积，耐心能走多远呢？

让这个故事告诉你：1626 年，印第安人与刚来到北美洲的移民做了个物物交易，他们送出曼哈顿，得到了价值24美元的小珠子之类的饰品。362 年后，曼哈顿的地产总值为 562 亿美元。印第安人当年的生意因此饱受讥讽，当然，也有人站在他们的角度痛骂殖民者的狡诈。

不过，有人简单计算后发现，印第安人才是生意高手，24 美元，按年利率 8% 计算复利，362 年后，他们的账户上有 30 万亿美元。

让自己增长 8%，应该不难，虽然活不了 362 年，不过十年二十年后，那时你举重若轻，随心所欲，就会庆幸耐心的自己并未辜负时光。

祝开心。

连岳

2.

爸妈要生二胎

—

连岳：

你好，是一个老话题。我是 90 后，准确地说，是 95 偏前那一拨，女。今年在一个还不错的学校读大四，虽然因为考研错过秋招，但相信找份还不错的工作不是难事。不过让我烦恼的是，寒假回家的第二天，妈妈就不露声色地问我："如果再给你生个弟弟妹妹，你愿意吗？"我随口回答："如果你身体没有问题的话，随便你。"妈妈有点开心地说："还以为你会像那时候一样跳着脚反对呢。"

这并不是我的真正态度。事实上，当我偶然发现桌上有叶酸的药盒后，就知道他们不是说说而已了。爸妈的表态是："顺其自然。有了就有，没有也不会强要。"他们给的理由是希望百年后，有兄弟姐妹相互扶持，但在我看来，想要个儿子的成分也是很大的吧（爸爸是独子）。这几天看了一些资料，了解到高龄产妇的危险（爸妈 60、70 后），也设想过种种如果有一个弟弟，我的生活会有什么变化。客观分析，有个弟弟妹妹对我的人生影响还是挺大的。择偶，生活水平，等等，不赘述。因此，我是反对他们生二胎的。（家乡十八线小城市，爸妈双职工，他们认为凭两个人的工资有能力抚养弟弟妹妹。）

但是，看了你的很多观点，我也觉得爸妈在这件事上有决定权，甚至说，他们是自由的。他们有权利决定新生命的到来。那么，我又有什么立场去表示反对呢？再者，我这样处处以弟妹会影响我的生活为由反对，是不是又有些不近人情甚至自私呢？

苦恼的果子狸

——

果子狸：

谢谢你把我的观点看进去了，确实，这事你爸妈有决定权。

人是自己身体的主人。这句话很简单，但可能要花很长时间去理解，真能熟悉运用，可破解无数多的生活难题。

你爸妈这代人，四五十岁，他们现在造人，确实风险系数高了很多。但是他们是用自己的身体去冒险。

他们这代人，挺可怜的。年轻时可生，但不允许生第二个，年纪老了，又鼓励他们生，很多人可能不得不接受生下来的孩子质量比较低。

你小时候反对父母生二胎，这是本能，也没什么错。父母的爱、家庭财产，这些都是资源，独占比分享好。小动物在抢夺食物时，都是互相争斗的，皇子为了皇位也互相杀戮。

你读了大学，情感上依然不喜欢父母生二胎，理智上却知道自己并无反对的权利。这就是进步，对得起自己的教育。

要所有人都顺着自己的脾气，这是幼童，作为成年人，应该知道：他人做事，只要没有侵犯你的身体和财产，可以不在乎你开不开心。所以，他们的恋爱模式、生活方式、观点与态度，都可以和自己截然不同，你视为当然，且不为这生气。知道这点，生活中哪有什么气呢？毕竟人的烦恼，一半来自他人干涉你的生活，一半来自你想去干涉他人的生活。

结论是，你爸妈生二胎，无论是为了什么，你都没有资格反对。

但是，可以表达合理的意见：这孩子有可能还未成年，你爸妈就去世了，你可明确表达你不愿接棒抚养他（她），你爸妈必须为自己的选择负责任。在家庭里，说理的反对意见一般会被扣上"冷酷"的帽子，你得有勇气说"冷酷"的话，这才是从立场到逻辑，都属于正当的反对。

祝开心。

连岳

3.

"畜生" 不配说爱

———

连岳老师：

您好，最近我发生了一件事，是大事吗？是大事？是大事吗？

看起来真的不是，那为什么还是要发？因为如鲠在喉，不吐不快。

我的高中同学，大概有十几个，平时还聊得过去。隔一两个月会一起吃个饭，聊个天。仅此而已，至少我是这样看的。

最近这段时间，自从有一个做生意的同学开始张罗同学聚会的事情以后，聚会频率就高了很多，甚至有段时间每周就有一次聚会。

我自己感觉勤了点，也找借口避过几回。

昨天，又聚了，而且还叫了当年的班主任。因为有两个老师在，避不开，我就去了。

酒，自然是不喝。但是昨天的气氛似乎特别嗨，尤其一个平时不怎么喝酒的男生一下子喝高了。

就我一人没喝，就他喝得特别多，大家决定由我送他回家。虽然不怎么顺路，但是看他的样子，代驾也不怎么放心，就还是我送吧。因为以前的聚会，偶尔我没有开车，一般都是他叫代驾先送我回家。所以，一开始我真觉得没什么。

下电梯到地下室，他又吐得死去活来的，我看着也是有点心疼。

没想到紧接着他就跟我说喜欢我，要抱我。虽然他吐的时候我也拍了他的背，但我绝对没有任何暧昧的意思。

好不容易推开他，他还是反复说，而且一直说对不起。我也是糊涂了，就算喜欢也是 20 多年前的事情了，有什么好对不起的。

我是属于一巴掌拍醒他的类型，对他说，让他给他老婆打电话，然后我送他回去。

车上一路，他还是反复说对不起，又问我们是不是错过了。然后又说些诸如我生活得好不好之类的话。

但是，当我提起大学时候的事情，我们在同一个城市读的大学，也曾一起逛逛公园吃吃饭，当然不是恋人的约会。其实，我也想弄明白当年的事情。他却说忘记了。

后面他说工作压力太大，也许是他失态的原因。我劝他，明天酒醒就忘了。然后把他送回家。

回到家，我的心情不能平复。也许当年是有点小火苗，但是既然没有着起来，大家各自有家庭，有儿有女，其实本来偶尔聚聚吃个饭，挺好。如今这事闹的，真是很尴尬。

早上，他微信跟我道歉。其实，醒了就好。

啰嗦半天，终于说完。

接下来，我想问的是：

1. 他真的只是真情流露，还是借酒劲发疯。前者，大家和和气气。如果是后者，那是人品问题了，以后同学也没得做了。

2. 我，以后的同学聚会，还参加吗？

——

爱喝酒的男人很多，我也是其中一个。知道自己的酒量极限，适时打住，挺难的，要花无数多的酒钱交学费。

无法停在失控的边缘，接下来男人会经过三个阶段：

英雄阶段。特别能喝，来者不拒，四处出击；成功者变得更加成功，说他去年赚了两千万，说有五六个姑娘缠他，实际上，他去年可能赚了二十万，纠缠过几个姑娘。失败者也变得成功，说他明年将赚二千万，将有五六个姑娘纠缠他。这个阶段，酒神是安慰大师，酒神是励志大师，化解一切苦难。可惜，第二个阶段马上来了……

畜生阶段。理智慢慢消失，雄性的原始欲望开始撒野，话题聚集于性，有人开始吹嘘性能力，男人的性欲开始旺盛。如果旁边有女性，恭维或身体接触开始出现，这些都不是对女性容貌与品德的赞扬，仅仅是因为男性变成了畜生。此时，酒神是催情师，酒神是教唆犯。所以，女性安全教育从小要教的一点是，不要和陌生男人拼酒，不要在陌生的场合喝太多。不幸碰到这种场景，一时又无法摆脱，索性多灌他几杯，助其进入——

突然死亡阶段。他将如机器人耗尽电力，失去动力，成为喷涌污物的肉垃圾桶，没有意识，没有骨头，没有记忆……直到第二天，在某个地方惊恐地醒来。

我说这些的意思是，男人开喝以后，尤其是他进入第二阶段，就把他们的话当成是放屁，一点也不能当真。不少女性以为那是酒后吐真言，把男人的示爱当成严肃思考的结果，未免太浪费表情了。

对一个姑娘说，我爱你，这是对她最大的夸奖。谈过恋爱的人都知道，这句话需要积蓄不少勇气才敢说。一个男人经过恋爱，知道爱一位姑娘，是爱她现在的青春，也是爱她将来的衰老；是爱她经常的温柔，也是爱她偶尔的刁蛮；是爱她的美，也是爱她的缺陷；是爱现在的激情，也是爱长久的平淡。

我爱你，这是一个人一生中说的最理智的一句话。它不应是醉话。

或许有人会说，正因为太难开口，才借着醉表明。对，有些男人是这么狡诈的，借醉说了你答应，他达到目的，你不答应，他说，哎呀，酒后失言，你别往心里去。操，求爱都要耍小聪明占你便宜，这种男人，怎么配得上一个好女人？

对男人的醉话，别想太多，该怎么样还怎么样。真爱你的人，一定会堂堂正正、清清爽爽地说：我爱你。

祝开心。

连岳

4.

可行的新计划

连岳老师：

你好，直奔正题，前年交了一个男友，相处得很好，至少我是这么认为的，我愿意嫁给他。但结果可能是只有我最不满意。我爸妈因为他们家穷加上一些风俗上的差异，误会日益加大，最后我爸妈竟然用他们离婚来逼我跟男友分手。那时候也有反抗过，可是男友看到我家的话语权都在我爸那就怯懦了，留下我一个人不能朝前走不能往后退，最后在男友向我委婉传达他爸妈意思的时候，我识趣地提出了分手。如今他已结婚，曾经跟我说的"宁可你父母双亡"这句话依然在耳边。

我家是三口之家，霸权主义代表的爸爸，没有立场的妈妈，在外在家不是一个人的我。从我记事起，我爸说的话就像是圣旨一样，不容别人反驳。在他十几年前得了肝炎，后来痊愈后整个人朝着自私的方向发展。不像别人遇到天灾人祸，会调整好自己心态，海阔天空，他是越来越不负责任，对我和我妈也是呼来喝去，越来越高高在上。加上十年前，我妈看我爸身体不好，事事迁就他，就成了如今这般田地。

前男友的事情就像导火索一样，让我愕然发现我家早已没有家的味道，以前在外上学工作，接触少，不懂；事与愿违，去年我的腰椎突出了，在家休息了一年，看到的是爸妈一个星期至少吵架一次的节奏。在我看来，他们的婚姻早就名存实亡，还要天天坚持过下去。说实话，经过前男友那件事情后，我就怕了，不知道相信什么，是爸妈，是男友，是自己，还是所谓的天意？

如果是爸妈，为什么会用离婚来逼我；为什么明明家里每个人都过得不好还要假装，然后不断吵架；为什么都说是为我好，然后又从未考虑过我的感受？我在外是优秀的学生，贤惠的女友，干练的白领，可是角色切换到女儿，我就会自卑到无处可逃，从没有夸奖没有赞美，有的只有损我贬我，塑造了彻底的自卑的我，在外别人都羡慕我，在家，呵呵，我都不想回这个家。以前我爸总说：我就养你养到 18 岁，以后你自己看着办。后来我上大学，他还是给了我学费等开支。毕业后，我就马不停蹄地工作，不伸手要一分钱，每年至少给他们 1 万块，当然我才工作三年，以后只会更多。不喜欢他们不代表我会不孝顺，该做的我都会做。就像我一直对自己说的，他们怎么对我是他们的心意，我怎么对他们是我的心意，互不冲突。前男友是我第一个带回家见爸妈的男孩，我以为可以过爸妈那一关，可是太难，我也不知道以后要出现怎样一个人才能让爸妈同意……真心好累……

估计以后也不会特别信男友，不是每个人都能做到我敢嫁他就敢娶的。

辞职养身体以来，我总觉得我是一个人在战斗，没有爸妈关照，他们继续忙自己的工作；没有男友，没有工作，没有收入。不断失去斗志，不断满血复活。我现在已经 26 岁了，以前我一直认为自己是个好女人，上得厅堂，下得厨房，生活 360 度我虽算不上精通，但也应付得了。这两年我才发现，其实我的死穴在我爸妈那儿，他们的作为足以影响我接下来的整个人生。我不知道自己该不该跟爸妈划清界限，走自己的路。如果还是现在这样的节奏走下去的话，我不会结婚，不会交男友，日子也只会得过且过，生活没有奔头。我不想爸妈不开心，可又想自己对自己负责，求指点迷津，谢谢，晚安。

静待彼岸花开

——

静待彼岸花开：

新的一年早来了。

很多人像你一样，在去年经历过痛苦。本能上说，谁也不想要痛苦，人类的终极幻想就是伊甸园，不愁吃，不愁穿，有爱情，无烦恼，没有任何稀缺的完美世界。实际上，人很难没有痛苦，人永远都在和稀缺做斗争，要得到什么，总是有所放弃，爱情是最稀缺的，很多人得不到它，很多人守不住它，产生了很多痛苦。

痛苦，有其独特的作用。你的身体痛，这是向你发出警讯，你可及时治疗，避免更大的伤害。一个长跑者，还会有意识地追求心率加快、肌肉疲惫的痛苦，以期待训练目标完成后加倍的喜悦。

痛苦，促使你决定改变、做出改变。

如果有超能力，看见人的思维，新年前后，你将看到"改变"是最重要的主题：在新的一年里，我必须改变，变得更瘦、更健康；不再抽烟，戒掉高糖饮料；克制坏脾气，不伤害所爱的人；开始健身、要有腹肌！我要避免过去的错误和痛苦，我要走在正确的路上，并充满快乐。

这是人有趣的地方。人是思维的产物，每年元旦，与一年中其他任何一天一样，都是 24 小时，但人却会赋予其独特意义，这说明人能够自我教育、自我塑造。人通过大脑，可以让地狱成为天堂，也可以让天堂成为地狱。

想改变，这是人最有价值的动力。恭喜你没有失去它。到了人不想做任何改变之时，已经是脑死之人。

改变的第一步是什么？制定目标。

绝大多数的改变计划朝生夕死，12 月 31 号，发下誓愿，元旦实行一天，1 月 2 日，照旧。能坚持新年计划一个月以上的人，不会超过 10%。这并非改变自己很可笑，而是说改变自己是技术活，很多人在第一步就错了，制定了一个不切实际，甚至不合逻辑与物理定律的计划，自然无法执行。

比如有人从不运动，超重 50%，然后计划是"今年要跑一个马拉松"，元旦发一通狠，结果膝盖受伤，身体万分不适应，别说马拉松，年底跑个一千米都完不成。如果他的计划是：养成运动的习惯，每周跑三次，每次不少于 1000 米，三百多天过去，可能有意外之喜，一口气跑个三五公里，或许一点不难。

可行，是计划的关键。你因为计划不可行，今年仍然没有健身，另一个人计划可行，一年后能跑五公里，明年的差距就加速拉大，他确实可以规划跑马拉松，而你的肥肉又增加了十多斤。人生就是这样转眼老掉的，人生也就是这样拉开距离的。

来看看你的新计划：又要爸妈开心，又要对自己负责。而从你给出的资讯分析，这两条是冲突的，你爸妈开心，你就不可能对自己负责；你自己决定爱情，你爸妈就必须不开心。所以，你的计划是不可行的，注定要失败。

两个冲突的目标，只能满足其中一个，建议你改变计划：要么彻底放弃自己，只让爸妈开心，哪怕知道自己的一生必然毁掉；要么对自己负责，不因为爸妈的威胁而改变。

你26岁了，不能太梦幻，指望父母突变，他们无法改变了，你能，而你早该对自己负责了。

祝开心。

连岳

5.

好心魔鬼

连岳：

你好，我现在是一名在读研究生，常年不在家。父母是信佛之人，尤其是我母亲，笃信不疑，大概从我上高中那时他们就开始信佛。他们吃素，念佛，每天早上做功课。

去年暑假给他们买了念佛机，每天只要闲暇就念佛，据说已经念了几百万声佛号。同时也不时催促我念佛。

然而，前几天，父母的单位组织体检，查出了父亲的高血压。我劝说他立即去看医生，他当时同意了。然而过了一天，母亲打电话跟我说，不用去看医生，只要念佛就能好。还跟我举例子，说自己有牙疼腿疼脚疼高血压，念佛之后就真的不疼了。

我不在他们身边，不能分辨到底是真是假，但是根据我的医学常识，父亲的高血压将近两百，随时都有中风的危险。如果长期不服用降压药，会有生命危险。事情变得复杂了起来。或者，世间真有佛法，能让人摆脱身体的顽疾，只要心诚就灵，如果怀疑就会大打折扣，那么父母的做法无疑是正确的。但人总有一死，也只有很少一部分幸运的人能够无疾而终，这让人觉得，有一定的概率，父母是拿生命在冒险，但这在父母眼中，这叫往生，是好事情。我知道，在他们的信仰和生命之间，他们会毫不犹豫地选择信仰。

但在他们的信仰和他们的生命之间，我到底该选择什么？我知道现在到了必须做决定的时候，请教一下连叔，帮我出出主意吧！

野草

—

野草：

其实你没得选的。因为你已无法改变父母的思维。

他们算是最虔诚的教徒，既然深信有全知全能的神，那么这个神一定能治好病。

病治不好，是不是可以反证没有神？不是，他们独特的逻辑可以圆上：那是我不够虔诚，或者，那是因为我做了错事受惩罚。就算此生清白，那也是前生有错。

完美的闭环。一陷进去，基本出不来了。

有病不看医生，只相信念佛，肯定容易出事。自己的父母选择了这条路，当然令人抓狂。让你平静下来的唯有接受这个不可改变的事实：他们不会听从你。

本文是春节前最后一篇，接下来我也要放放假。之所以挑这封邮件收尾，是因为假期将有大量的家庭冲突发生，它们的源头都来自于：我是为你好，我要改造你。

逼婚，催生，各类询问隐私，这类的"我是为你好"，年轻人极其反感，压力很大，也都知道，这不是所谓的"好"，这是对他人生活的干涉。

另一类"我是为你好"其实更难克制，因为它是真的好，比如有病要看医生，不要信各类神功与偏方。这往往是子女干涉父母，因为干涉者绝对正确，处于优势，冲突更烈、更持久。不知不觉中，我们的行为模式变得和讨厌的人一样了：明知引发他人痛苦，明知不可能改变他人，但"我是为你好"，不停地纠正他人、骚扰他人、强迫他人。最后什么也没改变，只是展示了自己的"好"，换来大家不开心。

要不要传递更好的资讯与观念？要，人类靠这个进步。但你很容易判断出对话者是否愿意接受，是否有能力改变——希望你我一直保持这种能力到死。

当你判断出父母不愿接受新知，也无能力改变时。你就该闭嘴了，哪怕你一肚子的正确。他们的身体、他们的命运，终究是他们的，他们有权利按自己喜欢的方式生活，即使是错的，即使治病靠念佛。让人们自己决定自己，人类也靠这个观念进步。

强迫不是爱。就算你强迫他人正确，也不是爱。

当你不再指望他人（尤其是家人）按自己的想法生活时，你才驱走了身上的"好心魔鬼"，你才有空为自己活，你才更能体会生活之美，你也不会糟蹋一个难得的假期。

祝你假期健康、开心；祝你多睡几个好觉；祝你不焦虑，得安宁；祝你和你身边的人和平相处，接受彼此；我爱你，我愿意和你呆在一起，但我绝不强迫你。这，才是全家团聚的意义。

连岳

6.

姑娘，你的时间不多了

——

连岳老师：

您好。

先说说我的情况吧，马上 29 岁了，本科学历，在国内的时候在世界 500 强的外企工作，来到欧洲快 3 年了，没有正式工作过。有个宝宝一岁半，计划着宝宝 2 岁的时候上幼儿园，所以我也要结束全职主妇的生活了。

我本身学历不高，大学学的又是语言，所以来到这个国家虽然与人沟通没问题，常常被人称赞刚来这么短时间，语言就这么好，但这是因为我大学学的就是这个专业啊，而且也就是与人沟通无碍，其他的和当地人比起来也没有优势可言了，也没有一技之长。刚过来的时候，年纪不大，再加上大学没毕业就开始实习，然后一直工作，就想给自己一个喘息，并且适应环境的时间，可是等到后来想工作的时候，却又怀孕了，所以一直没有工作。

刚来摸不着头脑，在一些论坛上找过工作，有短期的会议、展会之类的翻译，或者被比较大的中国企业录用为实习生，这个最后没去，因为最终没有转正的可能。他们只是一直用实习生，二来离家远，每天乘坐公共交通工具的话，来回要4个小时，又刚怀孕了，所以最后还是没去。

其实我上大学以后就没好好读过书了，在大学期间也有过留学或者考研的想法，后来慢慢都淡化了。之所以现在又想读书，是因为如果只凭现在的自身条件，即便找到工作，也不会是什么很有价值的工作，可能是如果在国内我根本不会应聘的工作，像是奢侈品售货员（这个人家还希望有经验呢），而且在这边留学的人很多，希望留下的很多。我从未从事过相关行业，完全没有竞争优势。

如果上学，我是希望可以通过几年的努力，将来能找到靠谱的，有发展前途的工作。但是同样也是困难重重。

首先我就不知道该选择什么专业，我想学习理工科，或者有专业技能的专业，这样将来不管在哪个国家都能有饭碗。

第二，我自己带孩子，虽然老公下班后会帮我，但是时间精力上还是不小的问题。

第三，语言，我虽然沟通没问题，但是上学的话都是专业术语之类的，还得写论文，难度很大，我家这里有一所大学，本想在这就读，还离家近，但这所大学80%是英语授课，而我英语并不好。当然现在我可以自己开车，去别的城市上学也没有问题。

第四，如果换一个专业，我就是零基础啊，高中学的就是文科，理科的东西早已忘光了。这边的大学好申请，但是难毕业，很多人都是肄业。

我之所以想上学，进修，也是希望给女儿树立一个榜样，不想一辈子做家庭主妇，将来让孩子看不起。而且感觉在实现自己的价值的时候，人是累并快乐着的。来这快 3 年了，感觉最快乐的日子是在展会工作的那几天，通过自己的努力，取得了最好的成绩，虽然起早贪黑，但是有成就。

所以我想问问，我该选择读书还是就业呢？

Z

——

Z：

你的感觉是对的，工作可以令人快乐，即使这工作并非自己的兴趣，因为工作带来收入，收入让人独立，独立才可掌控自己的命运，这过程让人快乐。

最近刚和几个大学毕业的女生聊到这话题，她们二十三四岁，这个年纪，有幻觉，以为自己还小，时间有的是，也容易随波逐流，跟着热点走，兴趣转换很快，今天要开咖啡店，明天渴望学编程，后天甚至想当网红，这里逛一逛，那里发发呆，一切只为朋友圈的点赞，每件事花几个月，时间成本似乎不高，一转眼，二十七八了，然后，催婚、恨嫁、催生……三十多了，一无所长，工作好的找不到，差的又不愿意，越来越难开始。

我给她们的建议是，无论是专业精进，还是工作起步，一定要记住，你们的时间不多了，最多七八年时间，浪费掉，机会就少了，甚至没了。

女性由于担负 99.99% 的生育工作（男性可能只贡献了几分钟），在职场竞争与人生规划上，本来就处于不利地位。二胎放开后，从社会到家庭的大小环境，把女人重新劝回家的调门更高了。如果生育率继续低迷，我认为女性将来的处境可能更不妙。

也就是说，即使一位姑娘，在她二十三四岁时清晰地意识到接下来的七八年至关重要，也不是一定就能把握住时间，还需要以下这些条件：

相对清晰的自我认知。知道自己擅长的点，这样你才不会认为自己是神，干什么都行，随便干干就出彩。

具有抗压能力。当你一无所有之时，身边的人，尤其是家人，反而喜欢纠正你，强迫你，讽刺挖苦你，唠叨你，你得有抵御的能量与耐心，并保持情绪平衡。

专注。这是高效利用时间的秘诀，是自我训练的捷径。

你29岁了，情势更为急迫一点，上述原则一样适用于你，更别说你有孩子快上幼儿园的优势。

我不认为你读完大学，拿到理工科文凭，就一定找得到工作。这是你的错觉，理工科的失业者，一点不少。万一，你读书时又怀上第二个孩子呢？

"边干边学"，这是自我教育的常态，跟我们一生。你还是赶快去工作吧，可积攒工作经验，又可培训自己的技能，一石二鸟。

你语言好，又曾在会议、展会干过实习生，说明这条路可行，建议继续以此类工作为切入点，别嫌它起步低。当一个人没有竞争资本时，起步低的工作才能救你，只要你进入了公司的大门，你的品德、你的才能、你的努力，得以显示，你才可能有更好的机会。

祝开心。

连岳

7.

家庭里的止损

您好，我今年 40 了，父亲 72，母亲 68。我从小被送到养父母家，养父母家里就我一个孩子。养父母不知道我知道自己身世，其实我小学四年级一个偶然的机会就知道了。但是我一直没说也没表现出来什么，因为当时在我心里，根本就不在乎这个事情。

我是在父亲的悉心照料下长大的，后来上高中，考大学，读研，都是父亲鼎力支持的。他是非常善良、隐忍、温和的人，对任何人都是，对我更是万分呵护。所以，即使我的母亲一直强势而蛮横，对我粗心又粗暴，我也还没想过自己有什么不幸的，最多缺少母亲的疼爱。

我家里从小条件不好，父亲是国家干部，母亲没工作，为了改善生活，家里做小生意挣钱，常年都很辛苦，我从小除了上学，一直在家里帮忙干活，基本上除了过年三天，从没按时吃上饭，全家天天忙碌劳累，这个状态一直持续到我 28 岁。我的整个青春期都有着家庭忙累的阴影，我考大学就是为了摆脱家里的状态，想离开家。

后来长大了又非常心疼父母的辛苦，在研究生毕业时，父母已经老了，我选择了回到父母的地方，想好好照顾他们。

而现在，我的困境也源于此。

2014年冬天，父亲脑出血后，偏瘫卧床，基本变成植物人了，不认人，不说话，也不会动。这对我是一个巨大的打击。我想过千百次父母的晚年，也料想过人老了之后的种种疾病，但是，我是万万没想到，爸爸这样善良的人，最后将以这样的方式度过余生。

在情感的巨大打击后，我又投入了对父亲的求医和照料中。这是一个死结，目前医学界对此没有好的办法，加上年龄太大，多次出血，父亲的大脑已经基本损坏，功能丧失是不可逆的。爸爸的病是好不了了，后面的日子就是永远在床上度过，永远无知无觉，他没有给我留一句话，自己也受尽痛苦，我也再没机会让他知道我的想法，不管我做什么，爸爸其实都已经不知道了，我真想替代爸爸去受罪。就算想通了那么多的道理，我始终还是不能平静接受爸爸的命运。

剩下我能做的事，就是照顾。照顾一个植物人的生活，没有经历的人根本不能想象。家里基本是医院配备，氧气瓶、吸痰器，各种药，我们必须定时翻身，拍背，时时按摩，喂饭喂水，洗脸刷牙，还有大小便，反正就是一切生活内容完全依赖他人的照顾。

2015年过完了，整整一年，我累趴下了。单说一个睡觉，我每晚的闹钟都是六个，每2个小时响一次，每次要定两遍，否则我真的起不来，我太累了。可是如果我不起来，爸爸就保持一个姿势躺在那里，那是非常难受的。我每晚起来，母亲也是起来的，一个人是没法给爸爸翻身的。

可是，我真的很累，而且看不到希望。我的孩子才 7 岁，一切课外班基本都停了，之前好好陪伴孩子成长的心都灭了，我无论时间还是精力都无法实现。自从爸爸卧床，我们全家就挤在父母家 90 平米的房子里，我带着孩子睡小卧室，老公睡在客厅的沙发上。自己的家，再也没回去了，只有换季拿衣服回去一下，家里落满了灰，花死了，鱼也死了，我每次回去都无限悲伤。

我的母亲也 68 岁了，爸爸病了后我请假近半年照顾，后来我上班了主要靠母亲照顾爸爸。我每天中午下班回去帮着翻身、做饭、打扫，每天晚上还要额外看孩子的学习。我的母亲要强而且勤快，这样的人性格就非常挑剔。之前家里也先后请了几个保姆，最长的干了两周，都被她赶走了。可是因为常年的操劳，现在她的身体其实也很差。也是，即使没什么劳累，这个岁数的人身体又有多好呢。

我和母亲从小关系平淡，没有心灵上的交流，基本靠爸爸维持家庭关系。现在，为了请保姆的事情，我和母亲的关系更加不好了，我气她完全不体谅我，不请保姆，我完全没办法过一丁点儿自己的生活，一天到晚都是忙累。加上母亲很勤快，如果我不干活，她能全抢着干了。

在她看来，肯定是认为我不想管了才请保姆，说保姆没有自己的人尽心和放心，她宁可自己身体累着，不愿意别人操心。其实爸爸生病以来，我和老公都是全程陪护和照顾。多次住院及其他一切花销，我没用过他们一毛钱，都是我们来承担的，老公也从没对此有过一句不满，都是真心实意地付出。

现在我只是想不这么累，请个保姆，总能稍微轻松点儿。加上母亲本身要求高，每天家里的卫生都要好几次地打扫，为了她休息，我就抢着干。

其实我不想干，在这样的时期，一遍遍地拖地、擦厨房，我都觉得没意义，总觉得差不多就行了。可是，如果我不好好地打扫，母亲就算不吃饭不睡觉，也要挣扎着收拾，这对我来说是无形的道德绑架，不干吧，良心过不去，干吧，太累了。

说真的，经过了一年的照顾，一年的劳累，我现在，身体已经受不了，心情更是一片黑暗，没有人能替换我，哪怕睡一个安心的整觉，哪怕能放心地带孩子出去玩上几个小时，都不行！我的身体和心灵都被紧紧地束缚住了，我完全告别了之前的生活，我努力了这么多年，终于能三餐按顿吃上了，终于找到稳定的工作了，结婚了，把孩子带大了，婆媳关系带来的家庭矛盾也缓和了，一切辛苦看着好像都有了结果，终于能够安然坐在阳光明媚的沙发上，翻开一本自己想看的书。

然后，三十年的奋斗和努力的结果，还不到一年，突然，一切都变了。我感觉就像一个爬山的人，一直辛苦着自我鼓励着坚持着，想着到了山顶就好了，结果呢，到了山顶一脚掉到沼泽里了。

也许没有之前生活的坎坷和艰辛，我还有能量和勇气来面对，可是，不惑之年的我，万念俱灰了。那么，我的问题是什么，我并不是不想照顾爸爸了，可是，我怎么坚持下去呢？

我最近很多次想过一死了之，理智告诉我，还有孩子。但是我有点儿担心，怕自己有一天控制不住，就去死了。

我写得太多了，实际上很多问题都没写出来，谢谢你来看，这么灰暗沉重的文字。

对了，我还想说，现在我的状态，看别人的生活，羡慕极了；也觉得在爸爸病倒之前的生活，真是美好极了。

—

有一句话，误了许多中国人的家庭，即：家不是讲理的地方。

讲理，即理性分析，克制了短视与鲁莽的情绪冲动，最后总是给当事人带来更大的利益。

人之所以成为人，赢了其他动物，就在于他们进化出了独特的超强大脑，懂得运用理性思维。

人与人之间不讲理，那就无法合作，社会就得崩溃。

家庭也一样，讲道理的家庭，趋向于快乐、健康与富足，不容易丧失理智与财富，而且优势不停累积，两三代之后，人才辈出，锦衣玉食不是梦。

不讲理的家庭，趋向于烦恼、痛苦与贫穷，时间、精力与金钱，都浪费在内战中，所有成员的生活水准向最坏（最弱、最霸道）的那个人看齐，永远向下沉沦。

但家是不容易讲理的地方。

在家庭之外，你的谈判对手要泼不讲理，你的选择是惩罚他，或者不与其合作，你的利益不会受到损害。

在家里，你的家人要泼不讲理，你的选择反而是退让和妥协，让他掌控你，指望牺牲自己的利益感动他。

随着在家里放弃说理的人越来越多，不讲理的人总是在家里胜出，"家不是讲理的地方"，这种谬论，才开始流行。

家是不容易讲理的地方，所以，更要努力在家里讲道理。这才是正确的选择。

比如你现在处境艰难，除了自身有灰心求死的念头，孩子的学习、老公的工作，全陷于动荡，你的小家庭已处于危险之中，过不了多久，耐心就会耗尽。

而这一切，只不过花钱请个保姆照顾父亲就可改善。只不过，你不敢和你母亲讲道理，你不敢坚持自己的道理。

解决方案如下，请严格执行：

一、心平气和地告诉母亲：当下这种状态无法持续，必须请保姆，保姆费，你可部分（或全部）承担；无论她愿不愿意接受，你都不会继续现在的状态。你的小家庭才是你主要的关注点，丈夫及孩子得到的爱，不能减少。你若担心口头沟通易起冲突，可采取书信的方式；

二、坚决、彻底地回到自己的家庭。本着谁的爹妈谁领走的原则，不能指望你丈夫来制止争端，你有责任让丈夫孩子免受困扰；

三、你母亲刚开始一定拒绝接受你的建议，反应可能很激烈。她可能咒骂你，打你，在亲友圈哭诉，去你单位告状，你得有所心理准备，在她发作之前，或可向亲友中比较明理的人，和单位领导陈述清楚事实及自己的决定。但要克制，你不是诉苦，是知会。

四、你母亲可能再三再四拒绝，不停哭闹，你始终不能退让，要一直坚持自己的道理，对不讲理的家人一退让，下次坚持的难度就将加倍，你甚至没有下次讲理的机会了。

五、上面几点很难做到，过程也不会短。但为了所有家人活得更好，包括你的母亲，为了你对丈夫与孩子的责任，你必须做到。

祝开心。

连岳

8.

女人术与女人道

——

连岳老师：

您好，我曾经看着其他姐妹们发帖讨论家庭情感问题，一直觉得与自己不沾边，在此之前还是满满的幸福感。不得不说我真是一个后知后觉的女人！

老公有着令人羡慕的高薪职业，是个有地位、有金钱、有相貌的三优青年；我曾经过着外企叱咤风云的办公室女性职业生涯，生完娃后不想那么拼了，换到了一家国企，薪水比之前少了一半，工作量也少了差不多一半，工作时间比较自由，无需特别坐班，被家人理所当然地认为是性价比十分高的一份工作，因为有更多时间可以照顾孩子。

工作原因与老公两地分居，但与老公每月都会见面 1-3 次不等。我一直自认为老公很在意我，因为婚后家里大小事情一直都是我做主，包括车房都是在我名下，可仍旧属双方共有性质；包括与公婆出现矛盾，老公也是向着我，所以公婆也很重视我的意见。

就是在这样的大背景下，我突然无意中发现老公与一女性微信传情，当即发飙，并删除此女，老公口口声声是手欠行为。没几天发现此女换了一个微信名字和头像又出现在了老公的微信好友中，再次发飙后老公当即表示删除此女，不再联系。事情过后一周，我再次发现二人微信还是在联系中，只是每次回家前老公会删除此人，并且二人每天都有多次通话记录。

泪已淌干，心已凉，老公多次践踏我对他的信任，只是在用谎言搪塞我，我该怎么办？

我想要打电话给这个女孩，问问她是否知道自己在和一个已婚男人玩火，我可以这样做吗？

老公现在并没有离婚的意思，可是我已在奔四的路上，难道要等到人老珠黄，帮他拉扯大孩子照顾好老人再被抛弃，我要等吗？

还是现在揭穿谎言，离婚，在短暂的青春中追求自己的人生！

我是一个独生女，基本没有经历过什么挫折，衣食无忧，表面上过着令人羡慕的生活，其实冷暖自知；老公是一个更爱他自己的人，只是在物质上不克扣我，但是给予我的关心仅限于问问我吃了吗，干嘛呢，在哪儿之类。

父母朋友劝我忍，我该怎么办？

奔四女人

奔四女人：

你能忍当然没问题。老公，你可以随便在我之外找女人。是这样的话，你就不会写邮件了。

先把事情往最坏的结果想，努力之后，无法挽回，只能离婚，该做什么？

你的优势是，车房在你名下，不至于伤心之后又破财。

离婚时，有过错的一方，自然在财产分割上有所补偿，我建议你做的第一件事是将他的过错固定下来，以备将来法庭上用。

你知道他的不忠，他也表示绝不再犯。口说无凭，写下字据，格式大概如下：

我违背妻子XXX的意愿，X次与XXX在微信传情暧昧。其中，我答应妻子不再与XXX联系，但是她更改头像与微信名之后，我们又再次联系。我珍惜与妻子的感情，立下字据，保证不再犯此类过错。

他如果不愿意写，我建议尽快离婚。四十岁，还年轻，不要恶心自己后半辈子。

他写了，你可拿着这字据找他的绯闻女友。记得拿复印件，保证原件不被破坏。肉体或语言的暴力，大可不必，于事无补，简单建议她不再侵入你的家庭即可，再送一份丈夫的字据复印件给她，请她谈谈看法——手机的录音功能非常方便，建议全程录音。

上述证据，在婚姻失败时，可极大地维护你的利益。

这不是奸诈，这是维护自己，这是聪明。家庭遇到危机，只会把泪哭干，那注定要一直被欺负，最后只能忍。你太弱小，不能忍又如何？

术的一面说完。说道的一面。

在道上犯错，术再精也局限。

女人道是什么？

不少女人生完孩子后，乐衷于找个地方"混"——一般是机关或国企——不（少）干活，多拿钱，生活多舒服。相当于宣布自己的人生早早放弃，只为老公孩子活了。

放弃自己的人，失去魅力，不再可爱，也是必然。在飞短流长，无所事事，缺乏竞争的环境里混几年，你见识闭塞，观念僵化，一无所长，你都不会喜欢镜子里的自己，更别说你的老公了。

只为老公孩子活的女人，反而容易被老公孩子嫌弃：这个女人，只会黏着我，真是讨厌啊。

女人道是，一个女人，要为自己活。

你爱老公、爱孩子，但不是老公与孩子的奴仆，只为他们活。

"我只要老公与孩子，我就满足了，工作能混就行了。"这类示弱女人，她们的老公移情充满活力的女性，几乎是大概率事件——除非她们的老公条件太差。

但愿你借婚姻危机，重新规划一下自己的职业，面对竞争，"叱咤风云"的工作，能让女人有魅力。

祝开心。

连岳

9.

解决两代冲突的两大法宝

连岳老师：

您好，我家有俩孩，早产且状况不断。夫妻均在家养育（其中一方请假在家）。四位老人年龄60–62。

孩子刚出院后的一个月，姥姥姥爷帮助做饭打理家务后返家，奶奶先到。两个孩子三人说实话真的忙不过来，其中一天要去医院检查，达到了忙乱顶峰。爸爸开车，我和奶奶在车里抱孩子，因车辆太多无法停车，绕着医院跑了几圈，一狠心停在路边，我和爸爸各抱一孩子直奔门诊（奶奶走路抱不动孩子，平时在家最多也只能抱三四分钟），感触很深。几天后爷爷到。

我们的设想是：延续姥姥姥爷在时的模式，我和爸爸负责带孩子；爷爷奶奶负责买菜做饭，打扫卫生，有时白天偶尔帮我们带孩子便于我们主要是爸爸处理一些必须处理的事情，以及超市大宗购物。

爷爷到之前，奶奶就说，我们不要干涉他们的生活。我们表示互相尊重吧。除了不建议爷爷在家吸烟，他们要健身，散步，打牌，看电视，午休，晚休也就这些，我们应该不会打扰。

第一个星期头几天，他们安排了烫发，逛街，和小儿子女朋友亲戚见面等，几次没时间做饭，让我们自己凑合吃。其中一天可能有菜没处理好，我连拉肚子两天，再加上催奶汤水在厨房忘记关火煮糊，前几天又没吃好饭，导致几天奶水不足。

第二个星期他们参加了亲戚孩子的婚宴，帮助忙活又喝醉酒，又有两天因家庭琐事心情不好，也都在房间休息。满心希望的吃上饭也达不成。爸爸在孩子休息的时候买菜做饭。

经过两周基本相处，我和爸爸调整了自己的愿望和做法，也在调整彼此相处的分寸。所谓互相尊重，仅仅是尊重他们，我们的饮食和卫生习惯可以被忽略。我们除了照顾孩子，开始在孩子睡觉或者不闹的时候，打扫卫生，清洗衣物。

第三第四个星期，也就是春节前后，一天说是小儿子感冒他们要去看看，中午 11 点回来做饭。11 点电话告诉我们不回来了，让我们自己凑合做点吃。孩子闹腾厉害，喂奶喂药，那天没吃上饭。爸爸第一次表达了不满。

后来爷爷经常不在家，到小儿子那里帮助小儿子做饭，理由是手心手背都是肉，小儿子一人忙工作经常吃不上饭。一直到小儿子女友从老家返回。

我不明白了：他们到底是什么想法？

在孙子尚小期间帮助儿子，虽是中国文化传统，但不是他们的责任，来和我们同住是他们自己表达的，甚至在姥姥姥爷帮助期间，奶奶一直住在小儿子家里，说法是我家这边有事可随时来帮助。尽管她不愿意住小儿子家，因为房间向北且没有阳台供她冬日观景。

总结一下在我家，他们真的就是买菜做饭，高兴了逗逗孩子，其余时间自娱自乐。而我，为了这几顿饭，需要忍受生活方式的巨大差异，巨大巨大差异：

卫生方面，奶奶是个极其矛盾的女性，爱美，出门整理得也利落，做一顿饭也要洗澡洗衣，但房间卫生很差，床下角落堆满灰絮头发，床头放一塑料袋，里面各种垃圾，她喜欢在房间吃零食，果皮果核满满一袋子也不尽快处理（附带的好处是，原来懒懒的老公现在时不时帮他们处理房间内卫生）。床单长久不换，找出新的给他们换上，脏的扔那等我们给洗（洗衣机就可以嘛）。

厨房卫生，生熟菜板和刀经过儿子屡次建议总算分开了，但是抹布臭了也不洗不换，地面油渍，拖鞋进去经常粘在地上，擦地的抹布更是只用不洗，黑乎乎的。所有的锅和盆全部黑乎乎，油腻腻，刷锅只刷锅内，外面不刷。抽油烟机台面等全部油腻腻黑乎乎。可怜我从国外背回来的锅，全部被钢丝球刷过无数次了，我给出建议后，他们的理由是旧的不去新的不来。

个人卫生，好吧，是他们的个人生活，我不便干涉。但你不能把我的玻璃杯子都摔碎之后，再自作主张用我心爱的茶杯刷牙呀。看到我最心爱的茶杯放在洗手间台面上面沾着牙膏沫的那一刻，感觉特别烦躁。更不能进屋不换拖鞋，穿着鞋子走来走去吧。你可以窝在沙发上吃零食，但真心希望别把瓜子皮先放在布沙发上再扫落到地板上。你可以在洗手盆洗头，下水道堵了也可以收拾，但能不能不要所有接触到的水龙头、水池、洗衣机、墙上、整理柜门扇上、地上都是你的头发呀，洗完清理一下是对集体生活的基本尊重吧。刷完牙漱完口也请水冲一下啊，不要水盆里都是米粒和菜叶子等食物残渣。

他们生活习惯所致，房间、洗手间和厨房常年开灯，其实我家所有房间都带窗户。厨房开着火煮东西，人要么客厅看电视要么房间玩手机，直到全家都闻到烧糊味，才匆匆跑进厨房收拾，一个月不少于五六次，因厨房所有的锅都被烧糊过。最喜欢手洗衣服，理由是打开水就是热水，舒服。一大袋洗衣粉几天用完后开始用洗衣液，洗衣液用完开始用孩子的，虽说我是囤了一年的用量呀。洗手间的洗衣盆、厨房的碗以及盛放肥皂的小碟子，水龙头等打碎用坏的东西数不过来，甚至剪刀和刮擦器，等等。更恼人的是，用坏了从不说声，我再用时才发现。而他们自己已从橱柜深处找出新的接着破坏。

有时候扫视一下厨房和洗手间，感觉再也清理不出原来面目的时候，我甚至想，有一天不再和他们同住，这个房子我也住不下了。

求问连岳先生，我该为了这一天三顿饭，而忍受这巨大的生活方式的差异么？或许请个家政还可以按照我的口味做做饭，打扫下卫生，而不是邋遢如此？

俩孩妈

—

俩孩妈：

哺乳期，两代人矛盾处于爆发期。但是，有两个办法可以解决。

先要说一下大原则：

老年人不一定代表负面，比如：坏、固执、无能、贫穷。年轻人不一定代表正面，比如：好、宽容、上进、富裕。

认识一个人，有且只能从具体的人入手，这样，才不会被偏见误导。牛逼的老年人很多（你我老了，肯定是这种人），傻逼的年轻人也很多，他们中的一些，老了就变成神憎鬼厌的老傻逼。

现在有些年轻人，经济需要老人赞助，家务活需要老人帮忙，而他们评价这些老人，却是又土又蠢——即使他们真是又土又蠢，也是你的饲养员，你一条寄生虫，有什么资格神气？这些年轻人，就是傻逼。不改的话，一辈子傻逼。

我的读者肯定是年轻人多，但这不意味着我天然站在年轻人这边。我只站在道理这边。

两代人，最好的相处方式，是把对方当成好朋友，各有各的生活，偶尔见见面，在厌烦生起之前分手回到自己的家。

你妈，她正常的话，重心是她和你爸，不是你和孙子（女）。

你，正常的话，重心是你和你老公（婆），及未成年的孩子。

要做到这点，两个办法之一是勤。

这点，我们的长辈普遍胜出，他们普遍在极少外力帮助的情况下，自己带大孩子。现在不少人生个孩子，除了四个老人助阵，还得一两个保姆。

不过，勤快人永远不缺，我有不少朋友，就是在完全不麻烦老人的情况下带大孩子的。有个朋友的老婆，更是神一样的存在：没有老人帮忙，也没请保姆，在带孩子期间，拿到博士学位，还考了注册会计师证、律师资格证以及另一本很难考的证（我忘了）。这种"怪物"不可能普遍存在，我的意思是，一个勤快的人，他掌控了自己生活，并不指望别人帮忙，对别人自然不会有奢求，不会有失望，也不会有怨恨。

一个人是不可能干完自己所有事情的。这点，我明白，所有人也要明白。不要走到另一个极端，变成全能控，那样更无活路。有需求时，最应该求助的，是伟大的市场，只要你愿意，无比精细的分工能满足你的任何要求。

因此，方法之二是，钱。

愿意用钱，有人帮你带孩子，有人替你搞卫生，东西坏了买新的。很多焦虑源于舍不得花钱：家里脏又舍不得请钟点工；天气热又不愿开空调。能用钱买的东西，一定是最便宜的，所以，我家的很多灯是从来不关的，我喜欢那种明亮温暖的感觉；天气一热，空调也是尽量开着——付一点电费，你生活就能很舒服，这多么划算。

稍微理智一点的人，就不会想麻烦亲友，人情债是一定要还的，而且永远还不完，比你用钱贵多了。

有人以为，不想花钱的焦虑可以用奴役他人的方式化解，确实，有这样的老板，有这样的合伙人，有这样的员工，有这样的老人，也有这样的年轻人。或许暂时可以得逞，他们最后得到的，是更多的焦虑，是无人合作，是轻蔑以及憎恨。

你雇人为你做三餐饭，或者全叫外卖，花不了多少钱，做不好你还可解雇，可投诉。当你希望自己的公婆免费为自己做饭时（即使是他们提出的），你往往是既吃不好饭，心情又不愉快——这是规律，无人可以抵抗。

当一个独立的人吧，当一个第一反应是付费买服务的人吧。不要找借口，即使是生孩子，也不要当成借口。

祝开心。

连岳

10.

性冷淡危机

——

连岳:

您好，您想过禅修吗？

也许是个小众话题，却是近年想得最多的事。追溯起来最早受《世界上最快乐的人》启发，慢慢展开，陆续读了《你是幸运的》《请练习，好吗》，再到张德芬、胡因梦种种，甚至王凤仪。辗转了两年，直到看了《西藏生死书》，逐渐清晰起来：生，死，本质。时间迫切。

其实什么也不缺，是通俗意义上活得顺利的人，但是物质丰足，生活如意，似乎都不能当然给予一份内在安宁，很长一段时间，觉得自己并不足够开怀，顶多算是不烦恼，快乐虽是常有的，但不能成为一种恒常的，由衷的，自足的，喜悦。觉得失落。

年过不惑，常想有什么还能让自己起劲：精致小物？珠宝美食？美丽衣衫？不老秘籍？明显不是了，曾经迷恋的种种，都渐渐提不起兴致，总是自问，我的生命，难道也就这样了？于是格外受困于，生命的意义。

佛家的空性和实相在一定程度上说服了我，如何体悟空性，体验圆满。尚不算信仰，只是探索一种可能。

开始让生活逐渐"断舍离"，先是手机变成非必需品。日常会有意识地自督禅修，渐渐习惯放空自己，沉在当下，目前的目标：不急躁，不期待，不恐惧。期待下一个十年，看到被真实拓展的自己，充沛，丰饶。

写下这些，想看是不是您也是一样，好奇生命的意义。

小禅

———

小禅：

你若到了"认识自己、平静快乐"的境地，那得恭喜。这是每个人都想要的，自古以来，也有不同的人找不同的路径，有沉思，有冒险，有生产，有逃逸，每个人找到适合自己的路就好，比如你就在这几年很时髦的禅修里"拓展了真实的自己"。

打坐是我常用的锻炼方式，水平也行，半小时一小时都不是问题。我选择它，一是方便，姿势调整好，找个舒服的地方坐着就行；二是现有的科学公论它对脑部的健康有益。除此以外，没有任何更玄妙的东西，我也不相信任何其他玄妙的说法。

我家乡有座寺院，是近年来禅修的热点目的地之一，经常一席难求，据说有时还要动用当地关系才能插队。我在家乡当然有大把关系，但从来不会想去。我对仪式感过强的活动都有些怀疑。

对我来说，人生最重要的意义之一是活得自然，别强求别人，更别强求自己。仪式感就是一种强求，只是表现得更为巧妙。

我家附近曾开一家素菜馆，贪吃如我，当然会去尝鲜，结果一落座，店家先来谴责一通肉食，诵读各种仪式，仿佛不吃素，世界就要毁灭。他的店，他说了算，我不露声色听完，心里却在说：去你妈的装逼犯，哪有这样做生意的？

这店很快就倒闭了。不是我咒倒的，是违背规律作死的。

世上的事，都是这样，违背人性强求，都得不到，都要倒闭。如果这样去生活，也得不到你想要的。

有意思的是，对各种流行的"仪式感"趋之若鹜的，甚至喜欢强迫自己不放过任何一个热点的，往往是一类中年人，他们的共同点是：

1. 不会太穷。三餐没着落，哪有心情？

2. 不会太阔。真是巨富，处于焦点之中，不需要。

3. 不会太忙。充满热情忙自己事的人，自己就是自己的热点。

4. 有些恐慌与寂寞。似乎认定自己人生在走下坡路，机会之门渐渐关闭；从头开始？没有勇气；打碎过去，成本又太高。害怕没人爱自己，害怕没人关注自己。

这种低剂量的绝望、怯弱和嫉妒。其实就是中年危机。看轻物质与肉欲快乐的各种性冷淡说法，最适合中年危机。它使这危机，具有某种美感。为了使我们的生命顺利度过中年危机，得和一切性冷淡说法保持距离。

人类进步的最强大动力，也是个体热情的源泉，恰恰是"低俗"的物欲与肉欲，正因为人有永不满足的欲望，才会有创造、发明与生产，我们才会一辈子追求爱情。

不满足，保持饥饿感。这样你才不会停止求知，你不会仇恨年轻，你不会憎恨新事物，你不会否认物质的力量，你不会在精神上自我阉割，你不会性冷淡。

这样的人生，有意思得多。

祝开心。

连岳

11.

我要配得上她

Dear 连岳：

　　我是一个比较糟糕的实践者，至今没有谈过恋爱。我还非常喜欢你在传播市场经济上的努力，很难说是因为你抱有这些观念而喜欢你的文章，还是喜欢你的文章而慢慢接受了这些观念。

　　我的问题分为两个方面，一方面是工作上的，另一面是感情上的。这基本上就是全部的人生问题了。

　　我大学毕业后，已经在一家出色的公司工作了半年，但是因为一直在做客户方向的工作，而不是自己喜欢的创意工作，所以这半年并不开心。而我对电影工作的爱与日俱增，所以思前想后，把工作辞掉了，报名了一个全日制的进修班，希望学习一年之后积累技术和资源，为了理想试一试。

　　但是最近插进来一个情感问题。我喜欢的一个女孩子要离开本地去外地，我因为天性腼腆自我，与她结识几个月至今只是朋友，我喜欢她，她对我也有些好感。她是一个特别独立、自我的人，潇洒大气的性格吸引了我。

我真的确信自己是喜欢她了，我想自己不应该就这样不经尝试就错过她，跟爱情相比理想算个屁。我想这几天约她出来认真表白说一下自己的想法，我想放弃预计半个月后会开始的一年的学习，我想去她要去的地方找工作重新开始自己的生活。

总之，我这两天神经错乱，觉得她是一个我不得不去追的女孩儿，打算为此放弃刚开始的为梦想的努力，转而去追寻有她的生活。

就像是前一个月的辞职一样，我有点被自己的想法吓到了。她会答应我吗？以我对她的了解，可能性不大。那么我还要继续这样做下去吗？会不会是一次可怕的冲动？

我们两个的性格她强我弱，我是一个特别害怕孤单的人，但是又经常不得已为了独自完成一些工作而陷入这样的境地，如果要坚持电影梦的话就是这样一条孤独艰难的路。她是一个美妙的姑娘，不过有点独，可能不喜欢别人改变她的生活。

时间余下的不多了，我不知道该怎么做。

阿沙

——

阿沙：

说到电影，推荐一下 2013 年版的《了不起的盖茨比》。莱昂纳多演得意外的好，有原著的神韵。他死前对尼克那一笑，衬得上小说的主题：这世界和这世界的烂人们配不上你啊。

我心目中的现代小说座次，《1984》第一，第二就是《了不起的盖茨比》，想学英文，想学准确的表达，想学写小说，想谈恋爱，把这两部小说精读就是了。《了不起的盖茨比》通过几次宴饮和一场车祸构造了支撑主题的情节，精妙绝伦。

我更要着重推荐的是盖茨比的爱情观，作为一个爱上了富家女黛西的穷小子，要怎么证明自己的爱呢？为她去打仗、去求功名、去混黑社会贩私酒（当时美国禁酒）、去发大财、去盖城堡、去征服纽约的上流社会——我的梦中情人习惯了奢华，我就给她一百倍的奢华，我要配得上她。

换个写法，盖茨比批判了黛西奢华的生活方式，苦劝她跟自己过"甜蜜但是贫穷的生活"，三观甚至更正，很多小说都是这么写的，不过，你会觉得这有点奇怪：我很爱你，所以你要迁就我。逻辑不通啊。盖茨比的逻辑才符合爱情：我很爱你，所以我要配得上你。

盖茨比面临的选择，许多人也要面对，爱上一个特别美、特别优秀的人，是很容易发生的，他们生来就是让人爱上的。一个富家女，你不要指望她放弃财富跟你住在贫民区，而是你要去赚取财富；一个聪明的姑娘，你不要指望她变傻以衬无知的你，而是你要聪明起来。

你的姑娘，她"特别独立、自我、潇洒大气"，她没有时间等你，她甚至不知道你爱她，陈列一堆自己的弱点和顾虑是没有用的，她不会来将就你，你要做的是，不够独立就多点独立，不够大气就大气起来，至少说出你爱她，拿出一点勇气，让自己配得上她。让你配得上你爱的姑娘，像盖茨比一样。

祝开心。

连岳

12.

为快乐的观念而战

连岳老师：

您好，我想说说公婆与我的矛盾。

现况：

小三线城市，两套房。一套婚前公婆家的，我在住，稍大；一套稍小两居，公婆和我共同出资，他们出一半，我出一半（首付和贷款）。

老公独子，我与公婆一直不和，时会有争吵。生活中的事让我觉得我对他们亲热不起来，他们就以我不关心为理由争吵好多次！我和老公达成共识，公婆照顾问题，我自愿，我不干预他照顾他的父母。

孩子出生后，我请保姆照顾孩子，每年他们都来住一两月，都是不欢而散，孩子三岁上幼儿园，老公和我商量让公婆来帮忙接送孩子上学，我们不再请保姆，我同意，两月不到又发生争执，无奈共同出资买一套两居，让公婆与我们分开居住，分开后关系缓和了不少，偶尔做了饭我给他们送点，他们做了饭也叫我去吃，表面都过得去。

前几天又因为孩子的问题发生了争吵，让我真正考虑到想和老公离婚，我们两口每次的争吵都跟公婆有关，想想以后的日子也是没完没了，不离婚就要妥协公婆，我不想妥协。

吵架内容，主要是公公对我的指责：

1. 他们生病或者住院我不主动打电话关心；

2. 太强势，不讲道理；

3. 因为二套房购买是我的名字，他们出的首付的钱我要归还；

4. 老了我不会伺候他们，过年不允许我去他家，他们回老家；

5. 回老家不主动走亲戚；

6. 和公婆顶嘴。

以上这些罪状无非是我住了他出钱买的房，我可以不住搬出去住，租房子都可以，孩子我自己可以接送大部分时间，可以找个专门接送的钟点工，这些都好解决。钱我把房子卖掉还他都可以，关键搬出去住，我老公不同意，最后还是要么我要向公婆低头认错，要么离婚。

我宁愿离婚也不会去给他们认错，我没有错，我管的是自己的孩子，没有指责公婆，他们挑剔我各种缺点，我凭什么去认错？现在已经到了看见他们就上火的地步。

我能接受的，孩子接送随他们自愿，买房欠他们的钱我还，他们买的房我搬出去，但是孩子的所有问题遵从我的意见。过年过节去不去公婆家随我自愿，公婆照顾问题我自愿，我不干预老公赡养父母问题。平时生活互不干预。这样可行吗？

不低头

不低头：

在中国传统的婚姻里，女性地位低下，嫁给一个人，即意味着嫁给另一个大家庭，公婆是这大家庭的绝对权威，你得服从他们，伺候他们。你尊重他们甚于尊重自己的父母，毕竟跟自己的父母，你还可以生生气，撒撒娇。

这种婚姻，女性的快乐是极有限的，因为一直处于被奴役状态，要到"熬成婆"欺负儿媳开始，地位才获提升。一代代对女性的压迫就这样传承下去。

这种家庭里长大的孩子，心理状况也多不健康。女儿从小以母亲为模板，知道自己的性别是下等的，儿子得满足母亲匮乏的爱，成为代替情人，却得不到作为孩子应有的爱和接纳。

正常的，健康的，可以快乐到白头的婚姻，是双方都明白这个道理：我爱他，我无义务爱他的父母，爱他的家族；他爱我，他无义务爱我的父母，爱我的家族。

配偶的父母，只是熟悉的陌生人，像一切人与人的关系，彼此尊重即可，谈得来多见，谈不来少见。

没有这观念的长辈，必然对家里的新人觉得不满，觉得他（她）不够顺从自己，不爱自己。接着各种侵扰，让孩子的婚姻增加风险。

但是，有这观念的长辈，几乎没有。

所以，将这观念通过言语或行动告知长辈，是我们新人的责任。

一个男人，你得让自己父母知道：你们的儿媳妇，她只是爱我，嫁给我。你们老了，病了，我会照顾你们，但我的老婆，没这个义务，她愿意，是你们的福气，她不愿意，是她的权利。

同理，一个女人，也得对自己的父母说清楚这个道理。

或许不明说，但你们在实践中必须有能力守护这观念。

这观念，才能让你们的家庭稳固，才能保护你们的爱情，才能让自己、配偶及孩子快乐。

守住这观念不容易，试图屈服你的人，将在长时间内，通过一件又一件的家庭事务，不停挑战你，你得不停战斗。

人是观念的产物，你在自己的观念中得到财富与快乐，那么，不维护这观念，财富与快乐也将一并失去。

数十年财富累积之后，中国现在的三四线城市，甚至发达的乡镇，硬件与发达城市差距不大。网络让你在资讯分享与视听享受上零差距；网购让你在得到商品上零差距。大都市持续吸引人流入的重要因素是其观念上的领先，你更自由，耗费在观念拉锯战上的时间、精力变少，自然而然，你可以用它们投资于自己的成长、追梦或享受。这种环境里的人、爱情及家庭，也更自由、更快乐。

我很开心，收到你这封来自小三线城市的邮件。其中表述的观念，健康且有力：我欠公婆的钱应该还；要让我屈从于公婆，那我宁愿离婚。我是我，他们是他们，我拒绝抹平我与他们的个人边界。小城市中，这种勇敢的个人主义者多起来，生活的舒适度，将迅速提升。

当然，这种宝贝，当丈夫的未必有能力欣赏，如果他抱持这观念：你嫁给我，就得听我父母的。那么，这女人最后将不爱他，这婚姻最后也保不住。

自由的个人，容易得到快乐幸福；两个自由人的婚约，容易得到快乐幸福。婚姻中的一个人，觉得受到强迫，违背自己意志，不幸就开始生长。

　　所以，别逼你老婆（老公）爱你爹妈、服从你爹妈，你这是婚姻自杀。相反，你要保护你老婆（老公）不受自己爹妈的强迫，这才能让婚姻快乐。

　　祝开心。

连岳

13.

小我十岁的人爱上我

——

连岳老师：

您好，先来说说我自己的情况：年龄 34 岁，有稳定工作和收入，离异无子女，单身无男友，有自己的兴趣爱好，目前日子过得自认为自由快乐。

去年工作原因认识了一个 90 后小弟，一面之缘而已，小弟对我展开热烈追求。

开始我认为就是 90 后小孩闲得无聊，拿中年妇女逗闷。对他的追求报以连挖苦带讽刺的态度，总之很不客气。

后来问题来了，挖苦、讽刺等，教育了一年多，小弟态度一如既往。

今年清明节前无意聊起扫墓，小弟说要去给老娘扫墓。我心里咯噔一下：这孩子原来没妈。

于是心里开始怜惜他，语气也不再刻薄。但对天发誓：我绝对是从姐姐的角度关心、爱护他。

人来世上要受太多的苦，他小小年纪没了妈就失去了世上的一大半爱。

可是我对他态度的转变，可能让他误认为我可以接受他了，于是发起了更猛烈的追求。

99朵玫瑰、全月工资的微信转账（当然我没收款）……凡是他看到觉得好的东西就会给我买，都被我一一拒绝。

被年龄比我大的男人照顾，我觉得是宠爱；可被一个比我小将近10岁的小男孩照顾，我心里觉得就是欺负人。自己就不允许自己这么做。

我一看这个情况，就约他面谈了一次。大概意思就是：我们的年龄实在不适合做情侣，在我眼里你还是孩子。但是我绝对不想伤害你，如果你还想跟我有联系，我们必须换一种相处的方式，比如姐弟，你接受不了姐弟也可以做朋友，总之就是不能当恋人。这么说绝不是给将来是否发展男女朋友留活口，我也有一些单方面暧昧的男性朋友，都让我成功处理成了纯友谊的异性朋友，相处得非常愉快。

再说回我自己：离婚大概7年了，后来生了场怪病，跟病魔斗争5年，目前算是稍微平稳点了。

一段婚姻让我对生活略知一二，一场病让我看清了人生值得珍惜的东西。

大病一场过后，能够自己吃饭、洗澡，能像正常普通人一样上班、出行对我来说已经满足无比，不再对生活有过多的奢求，能这样平平安安一直到老就是幸福了。

离婚至今没有再谈过恋爱，也有一些人追求，但都被我婉拒，目前一个人的平静生活没什么不好。

我的收入不高，但基本可以自理；有些兴趣爱好，生活精神都很充实；

身边有三五无话不谈的朋友，休息或节假日可以结伴出游。

恋爱、婚姻似乎没被我规划到未来的生活里。

一段婚姻让我觉得，男女之间不只有爱情是美好的，很多感情都比爱情更长久、更坦诚、更值得珍惜。

而"女朋友""老婆"这样的名号会让我觉得压力山大，我可能真的处理不好恋爱关系，普通朋友对我来说相处得更自然、舒服。

然后再说回小弟，他考虑了一段时间后告诉我：我觉得你只是因为年龄关系接受不了我，我等你，我等你心里慢慢适应。

该说的话都跟他说过了，连岳老师，我该怎么办？

34

——

34：

34 岁非常年轻，甚至可以说是女人最美的年龄，全方位成熟。在此时被人爱上，再正常不过了，即使追求的人小你 10 岁。

把你们俩人性别对调一下，一位 24 岁的女生追求一位 34 岁的男生，觉得不正常的人，几乎没有吧？就是这女生来追求我这个 46 岁的大叔，旁观者也只有羡慕的份吧？我可能恨不得全世界都知道：你看，我多有魅力！

这种好事落在女性身上，为何惶恐到不敢接受却是主流呢？

一是害怕偏见。婚姻中女性不能比男性大，大到十岁以上更是可恶。

我们不太可能改变他人的偏见，不愿意动脑子的人，偏见才是他们的寄托，他们不太愿意放弃这种乐趣。你们恋爱，同居，包括以后可能的成家，偏见者的议论与反对必将多一些。害怕他人议论，屈从于偏见的统治，若是这种脆弱的心态，自然无缘消受独特一点的幸福与快乐。

偏见的力量来自外部，容易抵挡。你的内心出问题，堡垒从内部崩溃，才更致命。

有种心态是害怕成功，害怕幸运，害怕自己有力量。不得不说，它更多地体现在女性身上。有些女性明明有一身本事，却习惯贬低自己，抑制自己的力量，这是一种自我吞噬的情绪黑洞，很危险，你自己都在摧毁自己，别人欺负你就更容易了。

中国的很多家庭，妻子的能力、收入，全面胜过丈夫的，比例不低，可是这些女性中的不少，却仍然认为自己低丈夫一等，恐惧自己比丈夫更强这个事实。

自由与爱，一生的幸福，都需要你是一个心理健康且强大的人，饱满繁盛，你能看见，你能得到，你能保有，你能享受。

从你的自我介绍来看，这男生除了爱，似乎难有别的企图。如果你也爱他，那就坦然接受吧，你没什么可以失去的。别人议论，别太在乎，要允许别人嫉妒。

害怕他比我年轻，这么违背人性的想法，要早早剔除。只有这样，你一生都可以恋爱，你才是恋爱的主人。

祝开心。

连岳

14.

欢迎来到不如意的世界

连岳老师：

　　您好，三线小城市，我今年 38 岁，国企财务女中层。老公 39 岁，在另一家国企，前程似锦，提副总的任命书本已公示。有个独生子 9 岁半，聪明可爱。从怀孕开始和婆婆生活在一起（公公 6 年前去世），婆媳从未有过争吵，一家人友爱有加，尤其是老公对孩子的疼爱、对孩子学习的照顾让我很舒心。我从小在娘家没做过家务，父母手心里宠大的；婚后家务上有婆婆料理，生活上有老公疼爱，工作上一直很顺利，儿子又那么地贴心，老公常打趣说我过着"少奶奶式"的生活。

　　然天有不测风云，上一秒天堂，下一秒地狱。2016 年初老公连续两个月不舒服，多次检查未查出真正病因，2 月 16 日医生突然告知是肝癌晚期且并发症很严重，急诊手术在重症监护室待了 4 天，后在外科病房保守治疗直至 3 月 15 日去世。短短一个月的治疗期间，他受尽折磨、坐卧不安，但求生欲一直很强。他曾经追问："难道上天连翻盘的机会都不给我？"

他走了，对我来说天就真的塌了！婆婆神经几近错乱，她的独生子，她后半生的指望，且最心爱儿子的病毒还是通过她母体传染的！自责、心痛使她整天躺在床上胡思乱想。老公唯一的姐姐和姐夫这时候做了令人发指的事，平常生活上、经济上对我们没有一丝照顾（她唯一的弟弟生病、办丧事，她一分钱都没出，从知道得了治不好的病那一天，就开始防着我，怕便宜落到我身上），老公去世三天她就和我谈，按法律我老公留下的遗产老娘应该分多少比例，说是姐夫已经有意见，老娘以前都奉献给了儿子，如今老了，儿子也没了，我还年轻肯定很快就会开始新的生活，到时候把老娘一脚踢给他们。

我和老娘一起生活十年不是没有感情，老公临走前我向他表过态，幼小的孩子我会抚养长大，老娘我会养老送终。那晚他姐那一闹让我很寒心，尸骨未寒啊，她就那样算计我，我将如何渡过这个难关，今后我和孩子将如何生活她不去考虑！

我年迈的父亲陪了我一段时间，妹妹每周末都会从另一个城市赶来，带孩子来聚聚。我没让儿子经历那悲伤的时刻，事后半个月才告诉他。那么小的孩子他的悲伤出乎我的意料，问我："就是说今后我只能看爸爸照片，再也听不到他和我说笑了吗？""今年我不要圣诞礼物，我许愿圣诞老人让爸爸复活能实现吗？""妈妈你说过灵魂是轮回的，那等我生儿子的时候，我爸爸的灵魂是不是又能随着我的儿子出生了？我们就给他取名叫XXX，到时候我们和爸爸又可以生活在一起了，对不对？"

如今我一个人带儿子，上班、提前下班接孩子，做饭、洗衣服、收拾房间，对我来说一切都是重新开始，白天让自己按部就班地忙着，夜里孩子睡去，我拥着老公曾经的被褥，孤独感就会袭来；又或是夜半惊醒，音容笑貌宛在，这生生的血肉丝丝剥离让人痛不欲生。亲人朋友都劝我要坚强，还要照顾好孩子。可坚强不是说说那么容易，我感觉整颗心都空了，如行尸走肉一般生活着；既心痛老公苦读多年，想走得更远做更好的自己，却因病落空；又常常感念我们 13 年的感情，如今只落我孤单一人的残酷。我不想和人接触，不想见任何人，也渐渐失去了说话的欲望，常常在办公室空坐半天，什么都不想干，之前那么热爱的工作如今提不起半点兴趣。前路太艰辛，我不知道应该如何走下去？

未亡人

——

未亡人：

有部我很喜欢的电影，非常适合你现在看。

它是小津安二郎的杰作《东京物语》。

故事非常简单，一对老夫妻人生第一次去东京看望在那里安家工作的儿子幸一，大女儿繁，以及二儿媳纪子。儿女的处境并不如老夫妻想象的那么风光，各自为自己的小家庭努力工作，没有特别热情，只有守寡的纪子最为贴心，接待了他们，她似乎又有难言的悲伤。

老夫妻克制自己内心的淡淡的失望，与儿女们客气道别，回到故乡。一到家，老妻病逝，孩子们回家奔丧。

就是这么几件家常小事，小津安二郎却道尽生与死，真实与虚幻。

不仅我这样的业余观影者喜欢，也影响了一批导演，李安就说这是他喜欢的电影。

我觉得，这是特别适合现在中国人看的一部电影，因为里面的所有场景和矛盾，很像当下的中国。

我最爱的场景出现在影片的最终，儿女们行礼如仪，办完母亲的丧事，都着急赶回自己的小家，最厉害的大女儿繁，还不忘要一件她最喜欢的母亲物品。

在家的小女儿京子，冷眼旁观了这一切后，向纪子抱怨：这些人太自私了！个个都说有事，却不忘拿走喜欢的物品……

纪子（她的形象成为当时的女神标准）答道：子女长大，会渐渐远离父母。他们有自己的生活，并非存心不良，大家都以自己的生活为重。每个都会渐渐变成这样，虽然我不想，我也会变成这样……

京子说：这世界真让人灰心。

纪子说：是啊，不如意的事太多了。

上面的对话也可以送给现在的你，送给所有想理解这个世界，想趋近于理性的人。能接受这句话，能理解这句话，最后能用自己的方式说出这句话，效果是很明显的：你更淡定，你更平静，你对他人没有抱怨，你接受自己承受自己的命运，你更不会灰心丧气。

别人不必如我的意。他人没有侵犯我的利益，已经足够。指望他人事事照顾自己情绪，甚至放弃自己的利益，那是小孩子才有的梦幻想法。

你老公的姐姐姐夫，并没有在经济上照顾你们的义务。即使你们的经济状况很差。

按照法律，你婆婆有继承你丈夫一部分财产的权利，你老公的姐姐提及这点，也属合理。

当然，丧事之后，迅速提及利益，确实令人灰心，不过，"不如意的事太多了"。

你或许像纪子一样，善解人意，不伤人感情，但也要知道，其他人维护自己利益，以自己的生活为重，是没错的。

你和老公有 13 年的感情，你很爱他。换个角度看，这爱情的延续时间已经比很多人长了。有人呆在一起 13 年后，恨不得谋杀对方了——当然了，这不是一句好的安慰语，我只是说一个事实。

所爱的人死亡，这是难以避免的事实，当它发生时，都不容易接受，无论是在一起 13 年，还是在一起 70 年。只能接受它，不抗拒这个事实。

再加上时间这位朋友，死别的悲伤会慢慢淡去的。所以，你不必强求自己记住他，遗忘起作用时，不要恐慌，那不表示你没有爱过他，而是走出悲伤的标志。

你还年轻，你要相信自己将来还有爱情。保持生活节奏，多接触新事新人。

祝早日平静。

连岳

15.

哭泣是孩子成长的必要经历

——

连岳：

您好。

我的孩子，9 周岁。

昨天晚上非常伤心，洗澡的时候也在哭，睡觉的时候脸侧过去，也在流眼泪。

事情是起因于邻居的一个孩子生日。

早在一个月前，我儿子就在念叨，4 月 XX 号就是哥哥生日了（因为俩孩子真是非常要好，所以我们也是叫邻居孩子哥哥的，比我们家大 1 岁），哥哥说要邀请我的。

这一个月时间内，我儿子对那天充满了期盼，时不时地唠叨。

在最近一周内，更是天天盼望着。

还让我准备礼物。

然后，昨天，邻居孩子生日到了。

我儿子一直满心期盼地等着他们家电话。

但，实际是晚上吃饭的时候，还没等到电话。

等到的却是我公公说的：XX（邻居孩子）他们父母车已经开出去了啊，一共带了6个孩子，还有6楼那个孩子，早出去了。

当时，我儿子眼泪差点就下来了。

后来，吃了没几口，自己到楼上听英语去了，我也没敢跟上去，想着让他自己消化一下这个消息。

实际我也没太理解为什么不邀请我们家孩子。

就两家平时的关系来说，我也觉得我儿子应该会在被邀请之列啊。

我问过我儿子，如果你生日，你就邀请一个，你想邀请谁，我儿子回答：那肯定是哥哥啊。

如果问我，就邀请一个孩子，那肯定也是邻居孩子啊。

咳，其实，我也有点忧伤了。

平时，只要出去玩什么的，我儿子一定要我带上邻居的孩子，其实我觉得压力有点大的，倒不是花费的事情，而是安全之类的考虑。

一个孩子和两个孩子，吵闹程度完全不一样。

我儿子肯定是觉得我平时对哥哥那么好，哥哥都答应请我参加他生日聚会，为什么现在却不邀请了？

其实，我本来想告诉我儿子：孩子，感情这些事情不一定完全对等的，你对人家全身心付出，你不能也要求人家也同样对你全身心付出，如果你一直抱着这个想法，以后等你长大后，你会经常失望的。在你付出的时候，你只要是自己甘愿的就OK。

但，实际上，我儿子还是没办法理解我这句话的意思。

后来我儿子说了一句：大人的世界，真不想进去，我想在孩子的世界里不出来了。

可是，我感觉他这个伤心持续时间有点长呢。

我需要引导一下吗？

孩子妈

——

孩子妈：

孩子悲伤，当然需要适当的抚慰，这是妈妈爱他的体现。你做得很好，也劝导得不错。

在我看来，你孩子正遭受的小小悲伤，绝不至于造成心理创伤，反而是心理成长必要的食粮——虽然尝起来有点苦，像苦瓜一样，还是有营养的。

我想到自己小时候，尤其是暑假，我常和我大妹妹在田野、河滩到处闲逛，小妹妹执着地要跟着我们，我们觉得她烦时，就突然甩掉她。她肯定不爽啦，可能还会哭哭啼啼去告状。她当时心理状况应该类似你儿子现在。

据我观察，当时各家各户最小的孩子，基本都处于恳求哥哥姐姐带自己玩的"低三下四"处境，大孩子几乎是最瞧不起小小孩的阶层，认为自己成熟得很。

虽然我们都经历过孩童时代，但是大多数还是宁愿相信孩子是天使。

不是的，孩子的冷酷无情、背信弃义、始乱终弃，是玩得最多的。我记得小学高年级时，班上的男生已经开始讲黄色笑话了，打架、撒谎、小偷小摸，一点不罕见，今天还是好友，明天可能就翻脸了。

孩子的世界，不比成人的世界好混。童话书不承认，忘性大的家长也不承认。可它就是事实，孩子不得不这样长大。

孩子承受得了这些的，相反，过分呵护，不让自己的孩子受任何一丝委屈，甚至迫不及待介入他们的纷争，反而把孩子锁死了，他以后真受不了任何一丝委屈，他可能一生保持心理的幼稚状态：我是世界的中心，全世界都要顺从我！如果不，我就生气，我就自暴自弃，我就死给你们看。

寻找、建立并维护友情，是孩子生活的重心之一，其中学到的技能，我们得用一生。很多原则，就是你的孩子通过哭泣学到的，它包括这几点：

我喜欢一个人，这是寻找友情的开始。我向他示好，我喜欢跟他玩。

对方也喜欢我，喜欢跟我玩。友情开始建立。

我喜欢对方，但对方不一定喜欢我，表现在他不邀请我参加生日派对，不喜欢和我玩。这不意味着对方坏，只是我不适合他，正如我不喜欢吃苦瓜，并不能说明苦瓜是坏蔬菜。

别人有权利不喜欢我，不爱我，别人有权利不回报我的好意。这只是说明我应该去另找新朋友，而不是纠缠对方：我对你好，你必须回报同样的好！没人有义务照顾你的单相思。更不应放弃自尊，刻意讨好对方，你这样成不了对方的朋友，你只能成为他的奴隶。遗憾的是，很多成年人就是这么处理关系的，要么恶心地谄媚他人，要么无来由地仇恨他人，无法平等对人。

你尽可以用你的语言和孩子说这些道理，他听得懂的，他的理解力就是这么增长的，孩子多数是父母观念的产物，你经常说的话，将化成他的血肉。孩子再小，你愿意在他不开心时陪他，和他聊天，发表你的意见，他肯定都知道，你是爱他的。这点最重要，知道父母爱自己，他会很有底气。

孩子的哭，孩子的挫折，孩子的悲愤，这是你替代不了的，他总要经历被拒绝的，他终究要知道，他人的意志是他人的主权，获得别人的友情、别人的爱，并不是容易的事，也不是由自己说了算的。

我唯一想提醒的是，不要鼓励你的孩子为了赢得友情，加倍讨好他人，他体现出"他不理我，我也不理他"，这种"怒气"是正当的，是建立"同等对人，同态复仇"的过程，这是他骄傲的自尊，你看到了应该欣喜。

祝你和你的孩子开心。

连岳

16.

爸爸，不许你再爱一次

连岳先生：

您好。

我婆婆 2013 年 3 月因疾病去世。我老公只有个弟弟，两兄弟都在广东工作，公婆一直在东北生活。本来我老公的想法是等我婆婆去世后，把公公接到广东生活，过段时间给他找个老伴。但我婆婆去世后，我公公说他想一个人先料理后事，再回老家看看。

没想到大概在 2013 年 7 月份，我公公发短信说和原单位的同事在一起生活。虽然我们也觉得太快了点，心里不舒服，但是我们远隔千里，照顾不到老人，想着有人照顾我公公也挺好，也没有发表不同的意见。2014 年春节我公公带着那个阿姨来广东住了段时间，他当时明确表态，只是一起搭伙生活，不会领结婚证，双方不牵扯太多的财务问题。

2015 年春，我公公提出要把原来和我婆婆一起生活的房子出租，说他和阿姨一起生活后一直住在阿姨女儿闲置的一套小房子。当时他租房时我老公还很失落，说把自家唯一的房子都出租了，以后回老家看父亲只能住宾馆了。2015年7月，我公公说阿姨女儿是部队单位，房子必须本人住，不给外人住，阿姨又不愿回我婆婆住过的房，要把和我婆婆一起生活的那套房卖掉。还说房子有很多问题，必须卖掉之类的。以前我婆婆在世时从来没听他说过房子有问题。那套房子在市区较繁华地段，还是学区房，其实我公公要卖房我们都觉得没必要，但我公公坚持要卖，我老公当时想让我公公再买套市区的二手房，但是我公公非要买一套比较偏的新房。虽然儿子们都不太同意，但是想着最主要是老人高兴，也没太反对。后来我们才知道那个阿姨的女儿也在那里买了房。

前两天我公公突然发微信说，和那个阿姨在一起3年了，要领结婚证，还说不领不行，阿姨的亲戚施加了很大压力。他说新房子以后留给我老公和弟弟，和我婆婆一起的存款也不会轻易动。但是他口说无凭啊，他今年都69岁了，比那个阿姨大6岁，身体又不太好。再说几年前他坚决地说绝对不领证的，现在还不是变了。这次卖房的几个月前跟我们说了想卖房，但是等卖房合同签完了才告诉我们一句：房子卖了。过程中没有任何的商量和沟通。我老公昨天也和他弟弟谈了，后来给我公公发了微信，说不赞成领结婚证，如果非要结婚，要做下财产公证，新房的房地产证上要加上弟弟的名字。直到现在，我公公都没有回复一个字。难道我们的要求很过分吗？

三晚辈

三晚辈：

　　见你们这么着急，这么生气，我先分析一点让你们开心的因素吧：

　　近70岁的老人，照顾起来并不容易，往往是精力与金钱的双重压力。凭一时的激情还不行，按现在的平均寿命，这压力得持续二三十年。古人说，久病床前无孝子，说的就是这个事实。而古人的困惑，与今人比，又算得了什么，那时候，人活多久？病了，不过吃点中药，能花多少钱？

　　你的公公，他自己再找个老伴，两人彼此照顾，既开心，又省了你们的负担。换算成钱，你们可是发了一笔小财呢。假想一下，公公现在的伴侣，若是你们请的保姆，一个月得付多少钱？况且，没有任何保姆必须满足你公公的性需求——老年人的性生活，也容易被忽视。

　　这么明显的好处，你们为何看不到？

　　你们看到的，只是自己的不方便，我回家要住酒店！房子不卖可能会升值！公公再婚将带走财产！

　　不能说你们担心毫无道理，毕竟认真折腾，亡母的遗产似乎有你们的一份，如果老头老老实实自己一个人呆到死，就全是你们的。现在他要再婚，风险就出现了。

　　可是，公公不是承诺房子会留给儿子们吗？

　　他对你们已经很客气了。

　　他结婚，为何要你们同意？他征求你们意见，只是礼貌和尊重。你们还真以为自己是审批者？

　　老年人干涉年轻人的事，我们听得多，年轻人也很气愤，觉得伤害了自己。年轻人干涉老年人的事，我们听得少，其实也常发生，那照样也是伤害。

一个人有权处置自己的身体、自己的财产。这是不可违背的天道，违背者是在强迫他人。你公公，当然有权处置自己的财产，当然有权再婚，你们干涉他，就是强迫他。

当然，老人以后去世，他的口头承诺不兑现，你们到手的遗产或许会少一些。通情达理一点，你们可视为支付给阿姨的工钱，心理不会太难受。

爱钱是好事。钱多了烦恼也少，你们身家十亿，可能根本看不上老人这点财产。但钱主要还是靠自己去挣，只靠长辈一套东北的房子，阔不起来的。

你问："我们的要求很过分吗？"

"过分"这词不足以表达情绪，我觉得你们很无耻。

祝开心。

连岳

17.

笨人有更强的道德感

连岳：

您好。

具体事情发生在几个月前了，孩子上学问题，所以目前跟公婆住在一起。

有两次吃晚饭时间，公公的电话响起，用过微信通话的人应该知道，来电页面会显示出一个大大头像。公公看到来电名称有些不自然，拿起来电话就走出了门去接听，这样的事情有两次，虽然距离一两米的距离，但是我也能清楚地看到那个来电的头像，明显是女子的头像风格。自此我也有些留意公公的行为，是有些怪异。后来机缘巧合，小姑子有一次微信来电，公公刚好在厕所，电话在客厅，小孩子拿起来电话接听后给我了，跟小姑子通完电话，微信的通讯页面刚好显示出来，排在第一个的就是之前看到两次的头像，就点进去了，不看不知道一看吓一跳，内容老公老婆之称，明显不是我婆婆啊，看得我觉得很恶心。跟老公和小姑子私下说了这件事，他们兄妹商定由老公出马，先用信息警告了公公，公公马上打电话跟我老公解释那是小姐，跟婆婆也说那是小姐撒娇之类。婆婆念叨了几次就没以后了，再次交代婆婆在家里的地位比较不平衡，婆婆一辈子小女人，生气归生气，也不敢管公公所为。

　　不知道这之后公公有没有收敛，能确定的就是公公跟此人每天电话信息联络。老公那几个月也都不太跟公公说话表示抗议。这几个月也没太关注公公了。再来昨晚的事，下午外出回来，孩子的水壶忘在车上，睡觉前我下楼拿水壶，发现我的车子不在车库，公公不在家，所以肯定是公公开车走了，为什么开我的车，大概我的车稍微好点觉得出去有面子吧。因为跟老公的习惯问题，车钥匙都放在楼下客厅的置物柜上，随手拿放。所以预感昨晚公公应该没干好事，早晨送孩子上学回来查看了行车记录器，9点20开车出去，凌晨1点20几分回到家。去的地点不用说了。我的心里吞了苍蝇一样，恶心得不行，也不知道该如何调节自己的这种情绪。小姑子说她也不知道该如何去管这件事，老公也不是不想管，毕竟腿在公公自己身上，每个人都不能随时跟着他。

　　写得比较仓促，希望您能看明白，我对这件事的态度很坚决，不能接受，但是除了以后把我的车钥匙收回自己房间，也没什么可以做的。现在看到公公都不愿意搭理他，但是他又是长辈，家家有本难念的经。也请连岳先生看看有什么高见。谢谢！

愤怒的儿媳

愤怒的儿媳：

"长辈一定德高望重。"——这是个错觉。看完你公公的故事，读者们可以再次认知这点。

我尊重你，仅仅是因为你值得尊重，与你的年纪无关。我尊重很多年轻人，内心却一点也瞧不起很多我的同龄人或老年人，因为他们德也不配，才也不配，只是慢慢发臭的躯体罢了。

要赢得别人的尊重，变老不是捷径。

对你公公，你当然可以厌恶，可以不理睬——虽然外人看来很不"孝顺"。你能做的，仅此而已。对了，还有把车钥匙放好，不让他偷开你的车去偷腥。

从你的愤怒来看，你和丈夫的婚姻契约，显然包括了忠诚义务，即不能像你公公一样行事。不过，你公公的婚姻没有和你立约，他是和你婆婆立约。

你公公的事情，最后婆婆是知情的，她的反应表明，她不想管。你公公的辩解还包含这层意思：没什么好生气的，我找的不过是小姐，不是小三。

人是多样的，你无法容忍之事，你婆婆却可容忍。帮你婆婆出头纠正你公公，反而是多管闲事。至于私自查阅你公公的通话记录，恕我直言，那不是什么光彩的事，以后别做了。

过于强烈的道德感，不是好事。

过于强烈的道德感，不是好事。

过于强烈的道德感，不是好事，它甚至是智力平庸者的常见症状。

"你嫖娼，道德败坏，人人可以管！"——不是的，只有他老婆可以管，他老婆没意见的话，没人可以管。

"你找小三，道德败坏，人人可以管！"——不是的，只有他老婆可以管，他老婆没意见的话，可以成为事实上的一夫多妻。

你公公嫖娼也罢，找小三也罢，只要你婆婆没意见，即没有受害者，你就别凑热闹了，因为不关你事。

聪明一点的人，都知道，人的偏好千差万别，你绝不会做的事，你认为有害有事，却是别人的最爱。他人没有义务按我们的道德观过日子，一个人的行为只要没有伤害他人的人生与财产，再看不惯，也只得忍了。

你公公偷开你的车，侵犯了你的财产权，你在这事上，倒是可以痛骂他一顿。不知你有没有这个胆。

祝开心。

连岳

18.

初恋有毒

连岳老师：

您好，我想说的事发生在十几年前，我刚毕业回到家中。他是我同学的领导，偶然在饭局认识的，那年我23岁，他34岁，当年觉得好老啊，现在想来34还是很年轻的嘛。

我们共度了2004年的情人节，当然一直也就是喝酒聊天理想人生。无越轨行为。我坚持不收他的礼物，卡，钱。

但是一周见面三到五次，工作生活中处处有他的影子，对我关心无微不至，下雨来单位接送，开会学习我们互相帮着写材料，因为我不肯收礼物，他给买了很多零食，强制给充话费，甚至大姨妈来了，带着去喝营养汤。可以这么说，基本生活中除了我爸没有男人对我这样好。

终于，我没有忍住，在湖边质问他，我们算什么？然后他开了房间，说是让我醒醒酒。其实我根本没有醉。

接吻，然后没有往下的动作，我自己解开了衣扣，他继续往下亲，亲完，给我系上，说男人都有处女情结，第一次还是给你未来的老公吧。我对你只有一个小小的要求，不要在我的单位找。我当时脸涨得通红，恼羞成怒，愤然跑了。

再后来的联系很少很少。我那会被打击坏了，走在路上感觉到处都是他的影子，也不知道是怀念他对我渗透生活的那些小关怀，小情趣，还是怀念他的真君子？有次深夜路过高速，一下子想起来他在同样的位置，同样的冬季给我唱过的歌，突然满脸是泪。有很多的饭店那会都不敢去，怕自己会突然落泪。

我结婚前一天在闺蜜的办公室聊天，他突然推门进入，不是他的单位他是走错了门的，闺蜜给他指了路，他们互不认识。我一下子呆掉，傻傻的，等反应过来迅速跑下来，跟他说我明天婚礼，泪水刷的朦胧了双眼。他说了什么没听清，那天的记忆很模糊，估计当时太激动。城市不大，但是从来没有偶遇过，这是唯一的一次。

现在更是毫无联系，我仍然存着当初的电话号码，再见他，也只是在当地的新闻上了，一本正经地讲话，心中无限的感慨与唏嘘。

偶尔怀旧

偶尔怀旧：

这可能是你的初恋吧？或者说，是一次非常像初恋的恋爱。
初恋原型大概如此：

单纯的好感。没有涉及过多的利害因素。从理性的角度，看不到前途。但是，你们当时理性并不多；

　　并无性行为。这从审美的角度看，显得"纯情"，回忆起来，不仅有悬念，还特别美，甚至可以轻松分享给现任伴侣；

　　绝大多数无疾而终。大家还年轻，面对无穷多的可能性，随时在变化，因为一句话，因为一件小事，因为一点诱惑，因为一段时间没见，初恋就可能结束。初恋，它起的作用就是锻炼恋爱能力。

　　初恋是青春与爱的记忆，难以忘怀是正常的。很多人混淆"记忆深刻"与"爱"，总以为，既然我一直记着，那么，我真正的爱就是那次初恋。

　　这很危险，它将毒杀你现在的爱情。尤其是人到中年，婚姻与家庭的压力倍增，到了最难走的一段路，逃避的人，不是着眼于如何沟通，如何渡过难关，而是一躲了之，脑子里出现幻觉：如果我跟初恋走到现在，也许更快乐吧？

　　你克制得挺好，所以没中初恋毒，继续保持，爱情的质量会高一些。

　　需要提醒的是，初恋毒有各种变种，比如总觉得前任比现任更好，比如喜欢在外搞暧昧，这些都标志着欲求不满，逃避压力，它的结局是你的问题更严重，更难解。

　　婚姻的问题在婚姻内解决，直到穷尽一切方法。坚持这原则，则可"婚姻使人进步"。

　　今天顺便推荐一部纪录片电影，《平行世界，平行生命》（*Parallel Worlds, Parallel Lives*），这电影可抚慰一切失意者，也可以让一切得意者冷静，尤其适合恋爱的人看。

　　休·埃弗雷特（Huge Everett）在 24 岁发表了一篇论文，提出"多重世界"的假设。听起来非常玄妙，你在做一个选择时，比如：要不要继续爱这个人？世界就一分为二，你也分裂成两个你：一个继续爱这个人，一个不爱这个人。在无穷多的宇宙里生活着无穷多的你。

物理学界视之为疯子，埃弗雷特失望之余，放弃学术。一生嗜酒，早早去世——当然，只是在我们这个宇宙去世了。

现在，学界似乎认为，埃弗雷特可能是对的。在你看电影之前，先用另一纪录片科普一下吧。

祝开心。

连岳

19.

家有赌徒

连岳老师：

您好，先说一下我的家庭婚姻状况：婚龄 15 年，有两个儿子，一个 14 岁，另一个 2 岁。目前固定收入男主 18 万 / 年，女主 11 万 / 年，三线城市生活，有不定期收入。

问题来了，男主好打麻将，偶尔也斗牛什么的，一年的赌资少则小十万，多则几十万或更多。2010 年输得最惨，保守估计损失近 100 万。

后来稍稍收心赌得小了，因为收入也少了，每年还是要花费近 10 万。忘了说生老二前我们是各管各的钱，我自己挣钱自己花，不管家用。

生老二后，男主每月上缴固定工资。但也更不顾家了，每晚都要十二点以后回来，老大常说好几天没见到爸爸了，因为老大睡了他才回，老大上学时他还在睡。更重要的是我发现我坚强得不会流泪，可以说只剩下孩子爸爸的称呼。

从这个月开始他不再打工资到我的卡上了，就是说他连固定费用也不上交了。我要怎么过下去？继续容忍他的不顾家好赌？

赌徒之妻

——

赌徒之妻：

　　家庭财务 AA 制，是很正常的安排：每个月开销多少，为未来得留存多少现金，有定数，各出一半就是了。

　　尤其是双方消费观容易有分歧时，AA 制反而避免不少争论与麻烦：我自己管的钱自己用，不需要你的同意。

　　麻将有魅力，偶尔搓一搓，小赌一把，很有趣，也是中国人特有的娱乐和交际方式，比纯聊天纯喝酒都好，纯聊天，太无聊，纯喝酒，太伤身。

　　赌博的风险在于，手风不顺的人，一定得输光了身上所有钱才死心，这样，小赌就变成大赌，数额一大，各种后果就来了，现有法律体制，被警察抓了，可能得在拘留所呆一阵子，这将影响你的职业生涯。

　　没有被抓的人，必将让家庭的财政陷入危机。赌博是负和游戏，大家身上带的钱，还要扣除各类成本，大家玩得越久，钱越少，更不用说付出的时间成本了。

　　没有自制力，赌得越来越大，最后一定破产。也必然家庭崩溃——你家有这样的赌徒，悲剧是注定的。

　　2010 年，他输掉 100 万，是你们两人三年的总收入。在那个时候，你已经知道他是不顾后果的赌徒。然后，2014 年，你跟他生了第二个孩子。

我觉得，你也赌性挺强的，不过，是拿孩子来赌。

遇上赌徒，他现在一分钱家用也不交，除了一再要求他交生活费，几乎没有办法，他若不交，只能用你的钱养家了，年薪 11 万，在三线城市不算少，但养两个孩子，还是辛苦的。不过，孩子已经生出来了，当妈妈的只有更努力了。

还有一个选项就是离婚了，这个丈夫，家用不出，人影不见，以后说不定还有赌债连累家庭，留来何用？为生第三个孩子？

一个人的自制力，是家庭幸福的保障。这样的人，不会放纵情绪，也不会被恶习绑架。两个有自制力的人相爱成家，很容易幸福。否则就危机重重，过几年，吸引你的皮相一消失，家庭里充斥着极端言行，平安度日都成问题。

祝开心。

连岳

20.

你可能是坏人

连岳先生：

您好。

我很早就想发帖，想知道，我该怎么办。

言简意赅点说，我就是《欢乐颂》里面的樊胜美，唯一比她好点就是我嫁人早。我只能尽我所能填大坑，老公提供我吃住，看着还不错。

从开始上班就面对一堆破事，自己有点钱就拿回去，钱不够借同事同学，这样的日子以前还不觉得错，每次和我妈说，妈，你咋不再生一个闺女，是不是2个闺女帮衬你们会活得更好点。今年我女儿也22岁了，我妈家还是欠债累累。我累了，真累了。我反省，为什么她家就过不好日子？

我父母有3个孩子，我有一兄一弟。我父母一直和我哥一起生活，我弟弟15岁离家当兵，然后自己成家立业。钱，我哥没少赚，可花的永远比赚的多。谁的钱到他那立刻就是花，从来不会想花了人家的钱需要还！我拿回去的钱给我哥嫂、父母都不计数的，也从来没想过还。我最近觉得不再填大坑，第一是看了《欢乐颂》，觉得这样下去除了我累，人家吃好喝好。第二，我哥的闺女就是第二个我哥。第三，我父亲不在了，我想自己留点钱，万一我妈身体不好，我可以有点私房钱，明着拿一些，暗着也可以拿一些。

决定以后，我给我妈买药，吃穿，都没给她钱。我妈农村老太太，思想非常超前，比我超前。也是什么都不想，吃好喝好就行。我曾经焦虑过一阵子，每天念叨她要节俭过日子，她说大伙都不节俭，我一个人有什么用？然后每次都不欢而散。我后来想想，行，那么大岁数了，性格已经形成，不要管了，我生气她也生气。

今天，她念叨着没钱了，我打红包给她，她留言说给我哥嫂看，看了钱会给她儿子，不看，钱也会给她儿子，现在不但给她儿子，还有孙女一家三口。我现在就搞不懂我自己了，我该不该给我妈钱？

好女儿

———
好女儿：

你的家庭模式，在中国具有普遍性：它具有强烈的戏剧性冲突，有一极是坏人，有一极是好人，好人与坏人一生缠斗。

坏人一极，是你的哥哥和妈妈那样的人物，得过且过，没有责任感，破罐破摔，死狗扶不上墙。但是，他们的日子往往不错，有人不停给他们钱，替他们收拾烂摊子，永远扶着他们，让他们人模狗样。

好人一极，则逆来顺受，百依百顺，传统戏剧及八点档里的好媳妇、好女儿形象一般是这样的。最后以自己受迫害、作奉献的凄凉下场，感化了坏人。他们必须得过苦日子，不苦怎么显出他人的无情与自己的有爱？

从朴素的好恶观出发，人们当然容易厌恶坏人，喜欢好人。尤其家庭中的坏人，欺压剥削好人一辈子，改邪归正的，几乎没有。双倍可恨。

可是，把你换在坏人的位置：不劳而获，发发脾气、撒撒娇，就有人给钱给物，不仅照顾我，还照顾我的孩子。这怎么是邪路呢，这明显是按需分配的"共产主义"，没有任何理由改。你的哥哥，从小就是这么幸福，幸福到供养人妹妹的孩子都22岁了，没人叫醒他，是不可能改的。

坏人因为没有受到惩罚，持续坏下去，坏人本身的责任小，那些纵容坏人、迎合坏人、供养坏人的好人，责任反而大。

你哥哥一家，你妈妈，变得这么坏，这么糊涂，主要责任在你这个好人。你成家后，就不再理会他们的无理要求，那么，他们早是自食其力的正常人了。正因为你毫无节制，他们的坏才有养料，同时，你自己也成为小家庭里的坏人：你的丈夫得不停被你剥削。

那种"我不停为你奉献""我要用我的好来感化你"的好人，并不像表面上看起来那么好，他们才是真正的坏人。

每一种行为后面，都有其诉求，都想满足某种欲望。"无私奉献"的好人，是在巧妙地满足自己的控制欲望，在他们眼里，别人都应该被改造、被教育、都该按照我的模子来，只是强力不足，或是策略选择，他们没有实施"暴力、暴躁和严厉"的父王模式，改用物质收买、情感胁迫的阴柔模式：我对你这么好，全世界知道你欠我，你当然该听我的。

这类好人，并不希望坏人变好，他们愿意坏人存在，喜欢照顾一无是处的坏人，这样，有存在感，有权力感，也让自己无聊空虚的生活有了一点目标。

让你哥哥，让你妈妈，过他们自己的生活，即使他们的生活粗鄙，或有害，那是他们的人生，不必合你的意。爱你丈夫，爱你的女儿，他们才是最该关爱的，这些年，你欠他们不少。

小心自己成为隐蔽得很深的坏人，这些坏人的自我评价是：像我这么好的人！

祝开心。

连岳

21.

不被议论的人生不完整

———

连岳先生：

您好。

我目前 35 周岁，坐标厦门，高校行政工作，小科长一枚。

有老公，有且只有一个，无外遇无小三。

有工作，有且只有一份，无兼职无外快。

有房子，有且只有一套，120 多平无贷款。

有车子，有且只有一辆，自己开懒得换。

有存款有股票，我不管钱不知道多少，应该够生一些不是绝症的病。

老公公务员，小处长一枚，不爱花钱无不良嗜好，每天要是不加班基本都能回家陪我看看碟看看电影吃吃饭啥的，每年公休可安排两次旅游，只是不能陪我出国玩。

恋爱七年，结婚七年，感情挺好，但一直没有小孩，起初是我老公想丁克，觉得精神自足没必要要小孩，我是随遇而安的人，也比较懒，所以没有小孩我也觉得无所谓，再说孩子是两个人的责任，如果一方不想要，那我也不会一意孤行。到了这一两年，婆婆妈妈各种催，各种求子，各种声泪俱下，我老公有所松动，但我却越来越不想要了。一个人舒服太久了之后，已经不太想改变目前的生活了，而且生小孩这事，要嘛就赶紧结婚赶紧生，越往后越不想生，思考得越多越不想生。

我妈觉得我又不管钱，又不生娃，婚姻没有保障，可我对我现在的生活挺满意的，如果出于养儿防老的理念，老了孩子也不一定在身边啊。出于家庭稳定考虑，我觉得两个人感情稳定家庭自然就稳定啦，有了孩子离婚的多了去了，婚姻不幸福为了孩子将就维持的也多了去了。人生苦短，我只想每天开开心心的，我都35岁了，也没啥上升空间，就算上升，一个月工资多不了多少钱还不够买两件衣服呢。我前几年还说我要写论文评职称，我老公说拉倒吧，写不出来又得我帮你写，5篇论文杀了你你也炮制不出，评上副高也没职数可以聘，就算聘了一个月多个几百块够你买一件衣服吗？跟人家争啥争，你就这样吃吃喝喝买买买的生活不好吗，干嘛那么累。我老公觉得我们这种高校，进步不进步的没啥意义，也没有实际的权力，所以每天上班开心就好，没事美美容养养颜锻炼锻炼身体就好了。我这人本来就不求上进，又有人对我这么低要求，所以我就更心安理得了。周末睡到自然醒，业余爱好就是美食帅哥淘宝看电影外加旅游。

对于这种生活状态，我自己是觉得挺好的，但我妈那个焦虑啊，我每天打电话给她，讲不到十句肯定能拐到生孩子，我说我不想太辛苦，她说她给我出保姆钱，说生了要给我多少钱，搞得好像我是没钱才不生一样。甚至还说，如果我老公不生要不要赶紧离婚换人。最近更是丧心病狂到连我发个朋友圈都要打电话问我不生小孩怎么还有脸发朋友圈晒吃晒喝晒电影票，说不生小孩大家都在看你笑话，然后各种说她为了我失眠睡不着，说我爸也失眠睡不着，身体都垮了之类的。其实我还是挺在乎他们的想法的，但我也不愿意为了满足他们的心愿去生个孩子。我一想到这接下去几十年的辛苦努力去为了一个未知的未来，我就不想改变了。想到厦门交通这么堵，我老公又不会开车，就光每周送小孩去学这学那我都不敢想象，想到这些，我顿时不想生了。

我爸总结的没错，我就是不想辛苦，如果不辛苦就能有个孩子自己顺顺利利地长大，那我也愿意生。可是一想到都35岁了，人生过了五分之二了，还得再辛苦个二十年去换取一个可能有人养老的未来，我就提不起兴趣。如果不考虑养老，我就更不需要生孩子了，经济上没问题，精神上能自足，老了那会儿中国应该有不错的养老院了，为什么要那么辛苦养孩子。

我妈说我反社会反人类每天各种说我，每次有个病痛都说是因为我不生孩子她焦虑才生病，我婆婆要让我小叔子生一个过继给我们，我老公态度不明朗，他不像原来那么坚定想丁克，但也看不出想要。我一想到我要是不生孩子我爸妈会非常失望抬不起头，我就很过意不去，并且有时候想想我和老公这么好的基因没传下去也有点浪费，所以，纠结啊！

有的时候，我很无赖地想，我为啥不能厚颜无耻地不求上进只求开心，我不想辛苦有啥不对，我就不想为了孩子、房子、投资操心有啥不对，我觉得每天开心就是生命的意义为啥不行，为啥一定要繁衍后代才能体现我作为女性的价值？我管好我自己过好我自己的日子，我老公没意见，为啥那么多人都觉得我是个异类，其实别人我也不在乎，但我爸妈，我要是不生孩子，他们说他们死不瞑目啊！

丁克女

——

丁克女：

对丁克族的几种议论，多少有其合理性：

反常。繁衍、传承基因，这是动物的本能，拒绝这么做，是不正常。

享乐主义。我作为一个丁克族，其实比绝大多数人都勤奋，有很多丁克族，往往也是勤奋的。但客观说，对抚育孩子的艰辛心存恐惧和厌恶，也肯定存在。没有孩子，也更有钱，生活质量更高。人不是为了受苦才丁克的。

老了没有孩子照顾。这是肯定、必然、绝对的。虽然生了孩子，老了也未必有孩子照顾，但至少存在可能性。

丁克就是游移于生殖主流之外的少数人，在中国这种生殖文化极为强势的地方，对他们施加舆论压力，试图用亲情进行纠偏，是必然的。换言之，选择丁克，人生就得面对这种议论。没做好这种思想准备的丁克，是不合格的，不成熟的。以我为例，我态度一向坚决，软硬不吃，父母和我的拉锯战也持续到了我四十多岁，耗费无数多的时间与心情。

在一个更好的世界里，每个人的生活方式应不受干扰，不受胁迫。但这种理想的世界不太可能存在，或多或少，你一定会受干扰，受胁迫。

甚至可以说，被人议论，受干扰，受胁迫，这是人生的组成部分，没有它的人生，是不完整的，无意义的，无趣的。不仅生育，但凡选择，小至饮食习惯，大至择业置业，你的一言一行，都可能与他人不同，或温和或极端的议论就在你耳边响起。这其实是人磨练意志力的负重训练，正因为有这些议论，你才会越来越强。

你的选择只有两种：一是顺从议论，和他们一样；二是不理议论，做自己。

他人的多嘴固然讨厌，但最终决定权在你自己。你最后改变了，责任在自己，不在议论者，不在你爸妈。

"其实别人我也不在乎，但我爸妈，我要是不生孩子，他们说他们死不瞑目啊！"——这句话其实证明你在改变，建议你和丈夫重新讨论一下，换了想法，就生，还想应继续丁克，那就不在乎他们"死不瞑目"。

所有议论你生活的人，包括你爸妈，心里都知道，你的生活最终是由你决定的，道理上你的任何选择都不关他们的事。这种议论，最后只能打情感牌，哭、闹、作心脏病发作状、作无脸见人状、表示死不瞑目。这都是明牌，若一个人表示惊诧，以为世界不爱护特立独行者，那见识还是少了点，也软弱了一点。

你决定生孩子，一定要记住，是你自己要生的，而不是"这孩子是为了安慰父母才生的"——这和你爸妈的策略一样，是情感讹诈，以后你抚育孩子的不愉快，都可以怪罪你爸妈，你潜意识里甚至认为这孩子是多余的，他破坏了你的人生，你是受害者，你是被他人毁掉的一个人。你变得比你爸妈更烦人。

不，你的人生是你自己决定的，是你自己屈从他人议论的。

作任何决定，都不要埋怨他人。不偏离这想法的人，才能声称自己有"比较好的基因"。我不能被人议论，被人议论得多了，我就顺从，这是带有"投降的基因"。

祝开心。

连岳

22.

如何让老公减肥

—

连岳先生:

您好!

如何说服老公减肥?

老公 1 米 74, 85 公斤, 这还是在生了场胃病后, 瘦了 10 斤的体重。我们在一起 10 多年了, 可以说, 生活中, 90% 的矛盾都来自他的肥胖。

我的体重一直控制得很好, 近几年也有规律的跑步健身, 期待他也能拿出积极的态度来, 健身减肥。就像很多人觉得胖子很多, 或者自己也是个胖子, 这不是什么大问题。可我非常在意是否肥胖, 是否健康, 打心眼里不愿意跟一个胖子共度一生。

而且这么简单的事情, 只要控制好饮食, 有规律运动, 实在不行, 找个健身教练, 有个健康精神的身体, 对自己, 对家人都是很好的事情, 为什么就不愿意去做!

经常监督他的饮食, 问他是否去健身房, 他大多时候都很反感。近几年身体也出了很多小问题。苦口婆心地跟他说了多次肥胖的危害，他也稍微控制，可大多时候还是该吃吃，有时间就偷懒，去健身房，也是在自己舒服的限度内，根本没有任何减肥的效果。

很多时候都是在隐忍，觉得他也是个成年人了，总应该有点自制力。可看不到任何改变的决心与行动。昨晚又大吵一架。真是累了。不知道是我偏执，还是他无可救药？

健身的妻子

———

健身的妻子：

或许还有人不知道月亮绕着地球转，但绝没有人不知肥胖的危害了。

所以肥胖不是认知问题，而是行动问题。这意味着我们不必对一个胖子进行健康常识普及，他不是因为不知道而不行动，而是因为他不想行动，所以不行动。

你和丈夫两人都怒气冲冲，道理显然在你这边：我希望丈夫健康，所以督促减肥。而他竟然不听，我因此更加愤怒，并持续不断地为他的肥胖愤怒十年。可以想见，他也因为有人逼他减肥，怒了十年。

先来一句好话。一对夫妻，十年的争执，主要是为了减肥，这说明婚姻中的其他烦恼少，如果你爱上了别人，你才不管他胖不胖呢。

愤怒，这种最强烈的情绪，有其极有力量的一面：愤怒的父母，总是能让孩子恐惧并顺从；愤怒的妻子，也更容易让丈夫暂时服软。

愤怒，也有其欺骗性，它也是其他情绪的代理人：害怕、恐惧、焦虑、无力感，未愈的心理创伤，甚至渴望，往往依靠愤怒表达——不理解这点，你就会对愤怒的力量上瘾，不停加大剂量，愤怒的父母越来越愤怒，暴躁的妻子越来越暴躁，最后，你一点就着，只会愤怒，却不知道自己的愤怒要表达什么，更读不懂他人的情绪，沦为愤怒的囚徒，所有人远离你，你成为怒海里的孤岛。

一个成年人，觉得不能自主生活，觉得独立饱受他人侵扰，此时，他产生焦虑、恐惧，因此反感与抵抗，是正常的情绪反应。你占了理，你就来烦我？老子偏要对着干，我要告诉你，和我的独立比，道理算个屁。

把人当机器，忽视其情绪：我的指令非常合理，你乖乖听从。这不可能得到你想的结果，这人会以隐蔽的或夸张愤怒的反对向你表明：我不是机器，我是人，你得考虑我的感受。

试着尊重他的自我管理，不再那么严厉地监督他，更不要表现出"我厌恶你这个胖子，我不想和一个胖子过一生"。他长年处于如此被嫌弃的处境，不抗争，那还是人吗？

他去健身房，就舒服地玩一玩，你也应该感到开心，只要去，量就会加大，运动快感自会起作用，刚开始累得害怕，反而难持续。

你去跑步时，让他陪你，散散步，甚至坐在旁边看着你跑，都是美好的事。

不要试图以管制他、强制他、侵犯他的方式改变他，你以看守的姿态出现，他就有囚犯的痛苦的反抗。请求与商量，比命令和谴责，好用一万倍。

祝开心。

连岳

23.

先夫妻生活，后夫妻烦恼

——

连岳先生：

您好。我和我男朋友认识三个月，双方大龄青年，31 岁。彼此有意，开始交往。男人长得还好，有房无车，有贷款，房子还未交房，可以说经济条件并不是很好。父亲在大学期间去世，只有一个母亲。这个男人性格不是很开朗，据说没有谈过超过半年的恋爱，都是异地，他之前在外地工作，近两年才调回来。

我们交往后，每天打电话一个小时，或者信息。两周见一次，是的，两周，他从小在姥姥家长大，跟舅舅很亲，舅舅得了癌症，他两周回家一次去探望，另外他舅妈，他外婆也轮番住院，他都要回去，最长的一次两个礼拜也没见过面，我正好生病，因此不高兴了，他第一次在非周末来看我，我们的距离是公交车程 40 分钟，最近半个月，他舅舅去世了。9 天没跟我联系，回来后也有跟我联络。

我自己有小公寓，最近在装修，因为父母不在身边，全是自己在操持，很烦躁，也很希望他来帮忙，但他说不会，也不愿意来，我就怀疑他是不是不喜欢我（应该是没有别的姑娘）。

他舅舅去世后的周末，他在加班，但听我说装修的事，听到我不高兴后来帮忙了，那天我跟他长谈，但他很排斥，我说认识三个月了，大龄青年，如果喜欢我那就对我好点，见见父母，如果不是很喜欢就不要再联络了，他表现极其痛苦纠结，什么都不说，第二天因为装修的事又来帮忙，我问他想了吗，他第一次用特别烦的口气说，我加班到九点半你觉得我有时间想吗，我问他那他到底怎么想的，他说，不想说，然后各回各家，晚上给我发信息说加班完了，我在生气，没有回复。两天无联络，第三天，我打过去电话，问他是不是其实是喜欢我的，所以晚上加班，白天来帮我，他说是，问他觉得我不好还是不理解他，他说觉得不理解，说要冷静几天，想想怎么做，第四天，打电话不接，信息不回。

补充一点，交往三个月只牵过手，据他说，他只跟姑娘牵过手。我长相一般，身材并不算差，刚开始也很开心，上个月，我问过他是不是喜欢我，他说他是个默默喜欢的人，不会说出来，有一次我装修到半夜十点半，八点多他打电话知道我在忙，但十点多后并无电话问候，新小区没有路灯，偏僻，我吓哭了，哭着在电话里问他为什么不关心我，不就是问他是不是喜欢我吗，他第一次说，挺喜欢你的。以后并无多交流，他舅舅就病重，再回来，就成这样了。

31 女

31 女：

两个人条件挺好的，都有房，这点比掉了很多同龄人。如果能成，物质起点还是高的。少为物质烦恼，则婚姻健康的可能大增。

但我觉得你们俩能成的可能性很小。除非做出改变。

你们交往三个月，见过六七次，牵了手。其他什么好事都没发生，但是，烦恼却一大堆，争吵、探病、装修，家庭里该有的矛盾全都发生了。

爱情的顺序不是这样的。得先有点甜头。所以人在恋爱中，都尽力展示自己比较美的那一面，有优雅的笑意，有"色情"的身体，让对方觉得：为了得到他的好，以后吃点苦是值得的。

正如生殖抚育很苦，性爱就有乐趣，让人欲火焚身。每次做爱都像生孩子一样痛，那人类早灭绝了。

刚开始恋爱，前几个月，那是爱情的萌宠阶段，吃饭，看电影，旅游，写情书，一起微笑，一起大笑，亲吻，甚至，做爱，做爱，做爱……

彼此离不开了，自然而然，做饭、洗衣、装修、拍对方父母马屁，这类苦差事，也愿意做了。

你可能缺乏安全感，独立能力也差一些。巴不得刚认识的男友把装修活全接手。当然，他也是同类人，一有压力就玩失踪。你们属于生活中有一点苦恼就炸毛的人，都希望对方当自己爹妈，把自己照顾好——你表现得更强烈一些。这几乎不可能有爱情，因为见面就不开心，性欲都会丧失。

试想一下，如果你没认识这个男友，自己装修房子，不是理所当然的事吗？或者说，遇上问题，你也会怪罪父母不在身边帮你？——只不过，把这依赖的焦虑转移给了男友。

我的生活，我能处理好，这正是一个人的可爱之处。你们两人有这自尊，可能你不会提"你要帮我装修"，他也不会烦"我家有病号，你还索求"。

怎样让人爱上你？先把快乐带给他。别无他法。

祝开心。

连岳

24.

逃离平庸

连岳老师：

你好，希望您能听听我的故事。

因为过度悲伤，也因为开始走出。

我是一位中年妇女，姿色平庸，四十不惑。从小长于乡村，后因读书毕业到了大城市，在最基层的单位做着最普通的工作，找了同乡结婚生子，生活简单，波澜不惊，不贫穷但也绝不富裕，工作不急不缓，不辛苦但也算不上轻松！如果没有这个故事，我想我会就这样一辈子相夫教子，终老此生！

故事开始于2013年。他是我的上级领导，分管我们部门已经几年。我算部门骨干，经常需要向他汇报工作。我人算能干，也还算任劳任怨，他交办的事情完成得不错，他应该还满意，交办我的事情越来越多，除此以外我们并没有其他任何交集，我甚至也从来没给他送过礼。还记得那晚，一行人出差，其中有几人喝醉，另几人送他们各自回去，刚好就剩下我和他。寂静的城市大道上，就我和他走着，说着无关痛痒的话。突然，他跟跟跄跄，我伸手扶住，并搀扶着送他回房。回房后我让他躺下，正准备给他擦脸，他一把拉住了我，亲上了我。当时我脑子一片空白，吓蒙了，半会儿才想起来退却。僵持许久，我终于挣脱，逃回了自己的房间。现在回想起来，也许他是装醉，只是自己无知而已。

一夜无眠。第二天一早，宾馆餐厅，又碰到了他。他一脸平静，我却吓得不敢面对，逃得远远地坐下，吃完，赶紧回房。这时，一条手机短信进来："昨晚，没吓着你吧？"我不知道怎么回答，正犹豫着。第二条短信又进来了："昨晚我喝多了，不过没醉，只是走在你身边情不自禁了。你别生气，不会有第二次了。"我依然沉默，没有回复。

故事就这样开始了。一开始我很紧张，总是躲着闪着，可是因为项目扫尾，我们在一起的时间越来越多，他也没有过类似行为。我慢慢放松了神经。他经常会短信询问工作进程，经常让我汇报工作，过了时间点也会请我吃点便菜便饭。有时候看我疲劳，也会通过短信关心我，甚至又一次周六加班，他看我脸色惨白，还特意提前结束会议，送我回家。

慢慢地，我不再抗拒他，开始与他有些短信互动，偶尔也会有几句玩笑。我早上都很早到办公室，他掌握了我的规律，每天我一进入办公室，就可以接到他的电话问候，说着工作安排。他也会通过短信，肯定我的成绩，并说着欣赏我的认真、投入，喜欢我的安静等。我开始觉得自己的心慢慢融化了。虽然有互动，但我们的关系一直没有再深入一步，我滴酒不沾，基本不应酬，加上分处不同的办公地点，他的级别又高我许多，我们其实见面的机会不多。很长一段时间，他坚持每天早上的电话问候，和偶尔的短信互动。慢慢地，他说我们是彼此的知己，和我有很多的共同点。我是文青，他也会偶尔说些电影和书籍，末了一定会加一句："你一定会喜欢！"我现在回想起来，按照弗洛伊德的理论，也许我的潜意识之中也在渴望这段婚外恋吧。

就这样长达半年，我们平安无事。突然，我的工作出现了意外，单位服务器出了问题，第二天就要有800多人的现场测试，需要连夜修复。我只能电话求救，让他帮我协调技术部门，协助我加班。通宵是肯定的，11点多，他买了夜宵来看望我们。看到他的一刹那，我突然控制不住大哭起来，因为这个项目所受的委屈喷涌而出。仅存的一点理智，让我走出机房逃回办公室。他尾随而来，一把抱住了我，嘴里不停地说："我知道你的辛苦，我知道你的不容易！"拥抱中，我们亲吻了。如果说之前的我都是被动的，那这晚之后我觉得自己主动沦陷了，我开始牵挂他，不由自主地思念他。用他的话说，我们精神出轨了。

我们之间没有甜言蜜语，没有花前月下，仅有的就是短信问候。只是打开心门的我，会和他说我的苦恼，我的委屈，我的开心，以及我对家庭的负罪和内疚。因为陷入，我开始关心起他，会有意识地留意他，也才了解了一些他的事情。之前，他在单位曾有过一些花边新闻，我还半玩笑在短信里笑他，说他如此不会讨好女生，那些传言一定都不会真的。所谓关心则乱，那些都是以前的事情，从前的我都当做没听见，可是现在听到后，我就开始纠结，生怕自己也成了他花边里的女主角，生怕自己只是他的一个目标。于是在沟通中，我们开始有了误解有了争吵。他从不解释，只是等我气消再开始继续问候。就这样吵吵闹闹中，我越发沦陷，也越发纠结。期间，我们不可免俗，有了进一步的亲密关系。但仅有的几次亲密关系没有改变我们之间的生硬。随着我对他的了解，那些传言逐渐得到证实，他在工作中的一些问题也逐渐被我扩大，我反而因为亲密关系陷入另一轮自我折磨和对他的变相折磨。

我不知道您是否能理解40岁人还会纠结这种事情。他从不解释，也不发火，只是慢慢远离。期间我在单位装得没事，回家半夜啼哭，发短信追问，总要问他之前的事情是否真实，为什么要这么对我？我甚至为此抑郁，生病，无数次短信说要分手，又无数次自己反悔，哀求他的原谅。反反复复，直到几年后他高升离开我们单位。期间，不论我求证什么，责骂什么，他都是沉默，只说不喜欢我的反复。期间，我们的关系也降到了冰点，除了必不可少的工作汇报，我们没有任何交集，也拒绝一切的见面。我多次申请调离，都没有成功。甚至辞职，但家人都反对，他也竭力阻止。

今天这封信，不是声讨他。他不同时期的确有类似事情，但没有滥交。对我从没有花言巧语，更没有轻许诺言。我们好了后，他没有给我更多帮助，交恶后也没有刻意为难我。我只是惊讶于自己。我们开始于2013年的4月，第一次争吵发生在当年7月。我们仅有一次亲热，发生在2014年的5月，之后我们基本上没有亲密行为，我们关系时好时坏。

只是我惊讶于一个中年妇女的矫情，当初我的确有恋爱的甜蜜，满足于精神交流，但因为自己的思想过于简单，不能接受自己和他的所谓的不忠，持续了许久，让自己陷入万般磨难。今天写，其实对他有三分感激，加快了自己的成长，但也有三分怨恨，为什么要打破我的平静，更有三分愧疚，也许对于一般人很正常的萍水游戏，对我就这么艰难。

现在我逐渐走出，回忆这件事情时，对他没有更多的恶意描述，一切都是自己咎由自取。之前我是无知到极点，过程中我是倾情投入，之后又是自信全无。面对他，短信中，我风度全无，甚至不惜玷污自己。现在，我回忆起来，觉得自己就是生活在书本世界里的无知少妇，不懂人事的复杂，不懂男人的本质，更不懂生活的艰辛。

我很幸运，没有碰到纯粹的渣男，以玩弄女人为目的。更幸运的是，最终走出了这段经历。

走出来了

——

走出来了：

你的自我分析很对，你潜意识渴望出轨。

类似于你处境的人，工作、生活、经历、相貌，一切都平平淡淡，可能在潜意识里都渴望出轨——无论男女。

这里没有嘲讽的意思。只说明这是人性。正如特别辛苦、特别脆弱的人，总希望有神仙能救他。出轨对于平平淡淡的生活，不亚于神仙下凡。

平平淡淡的另一种说法，叫平庸。处于其中的人，一方面享受无灾无难的平静，另一方面受到面目模糊的压力，感到被忽视的痛苦。

当然，平庸的人，可能连出轨资格都被剥夺了，因为平庸到不敢诱惑他人，也平庸到无人引诱。

平庸将产生巨大的无力感，逼迫你找到出口。

所以，很多平庸者，嫉妒心强，因为更强者衬出其无力；

所以，平庸的父母，更想控制自己的孩子，孩子是其仅有的服从者，不容逃离；

　　平庸特别危险，你会为了一点肯定而冒险。当有人引诱，尤其引诱者的地位高出数个层级，在你眼中是领导者、成功者、优秀者时，你即使不爱他，你也舍不得"肯定"的滋味：在这么多人中，他挑中了我，说明我还是有过人之处的。

　　他的引诱，这次出轨，令你有逃离平庸的感受，所以你舍不得，你难割舍，你甚至将之当成爱情。主要是，在这段时光，你觉得自己更可爱了。

　　恭喜你完好无损地结束这段感情。不能都怪他，也不能太怪你。两个人一起本色出演。或许，他离开你们那个基层单位，也是无人关注的平庸者吧，需要你证明他的价值。

　　顺便说句题外话。很多平庸的父母，总是要喂孩子平庸的观念，指望他们过上不思不想，随便混混的平庸生活。这看似不让孩子辛苦，其实是将他们推入险境，他们的精神上更焦虑，更饥渴，更容易极端，更经不起诱惑，可能贪图一点小奉承，毁掉自己的一生。

　　追求自我实现，找件事寄托热情，在自由市场接受压力，甚至单纯地增加财富，都有助于你自我肯定，也是更安全、更健康的生活方式。

　　逃离平庸的欲望极其正当，但出轨往往帮不了你。

　　祝开心。

连岳

25.

35 岁，咬住一口气

———

连岳：

35 岁了，感觉到了一个坎儿。

想生二胎，但一是身体上面临挑战，二是老公事业繁忙两口子提不起兴趣。

读书时成绩非常突出，但工作后由于性格的关系或者做事方法的关系，虽然兢兢业业默默无闻地奉献，工作上的成绩或者说回报仍然不能令自己满意，短期内又看不到改善的希望，于是方寸大乱消沉难过，精神状态不好又影响到身体健康。

感觉天天脑子里就是这点破事儿，很烦很想驱逐走这些烦恼。

想通过很多来方式宽慰自己，比如劝说自己本来就权力欲没有那么强啊，做事对得起自己的良心和责任感就可以了不一定需要提拔啊，认真地工作、平淡地生活也许是最幸福的啊，承认自己不是做官的料做点别的自己擅长的事情分散精力啊……

但还是经常陷入烦恼。年龄上来了，血压也不那么稳定，工作忙的时候就会有些高，平时办公室里讨论那些不好的社会新闻就会紧张害怕得要命。

这就是中年危机吗？如何度过自己不那么令人满意的 35 岁呢？

35

———

35：

35 岁确实是个坎，无论男人女人。

此时，就像长跑乳酸堆积至极限。熬过去，越跑越轻松。放弃停下的，自信心大受打击，也许从此自暴自弃。

我是经历过 35 岁的人，此时，前不见古人，后不见来者，你真是一个人。

其实你的人生刚刚安定，大学毕业没多久，成了家，生了孩子，在还房贷；

你的人生又面临大压力，上有多位老人，下有小，收入不涨，开销见涨，在家父母烦你，在公司上司训你；

你无法回到过去重新开始，而你的新技能又笨拙，还不能带来现金流。

要混下去，也不难。拿着差不多的薪水，业务中流，不是成功，也不是失败，不是白，也不是黑，是灰。大多数人都这么过，我这么过，也不算错。

可是，你内心还是有声音问自己：这就是我的一生吗？

我这么懦弱？不敢有点个性？

我这么无能？害怕在自由状况下活不了？

我这么僵死？无法接受新一点的观念，新一点的发现，新一点的挑战？

我就这么等死吗？

答案多半是：不！

不！！

不！！！

不！！！！

因为你不想死。

我的建议很简单：

一、再熬五年，到40岁再看看。我经历过40岁，那绝对是不一样的风景；

二、你正在学什么新技能，请继续，五年后一万小时肯定打卡完成，你是专家了；

三、保持健康；

四、勿从众。无论是生活还是工作，违背内心跟着时髦跑，是慢性自杀。

祝开心。

连岳

26.

我是好孩子

——

连叔：

看了你的《我是好妈妈》和《我是好爸爸》后，深有感触，想来倾诉一下自己心中的症结，关于一直解不开的和父母之间的矛盾。

我羡慕两种类型的父母，一种是受过良好教育的开明民主型，一种是没有文化的淳朴善良型，只可惜大部分"中国式父母"都是一种不上不下的状态，我父母就是这样的典型，说他们是城里人，但并没有城里人的眼界，说他们是乡下人，但并没有乡下人的朴实。

从小父母对我要求严厉，大学以前阶段的教育，除了课本、练习和他们觉得可以纳入课外书范畴外的名著外，其他书本一律被列为浪费时间的读物。大学阶段，我去了省外，恋爱被严令禁止，说大学时期应以学业为主。工作以后，回到家乡的城市，他们又只允许我考体制内的工作，企业、工作室，其他都被列为不稳定、不靠谱的职业。

可以想见，在工作稳定后，父母把我的对象问题提上了重点议事日程，随着我的年纪增长，感情之事一直没有着落，他们已经到了心急如焚的阶段。所说的对象条件已由最初的条条框框，弱化成了"人品好就行"，并且把找不到对象归咎为我太挑剔。哦，但是我并不知道他们之前所说的，恋爱是一种"申请"，而不是"报备"这个要求是否还有效，毕竟这么多年，我连一个可以正大光明带给他们"申请批准恋爱"的人都没有。

感觉我的人生在他们"正确"的指引下，摆在我面前的道路越来越窄，这种狭隘的感觉令我感到恐惧，因此毕业回家的这些年，我做了很多尝试去活出自我。搬离父母家，自己租房子住。也偷偷恋爱过，但因条件不符合父母最初的条件，不敢告知，最后这段恋情也在现实中宣告夭折。失恋后也无比痛苦过，历经了两年多的调整，才重新找到一个人生活的步调，发展了许多兴趣爱好，如今我运动、拍照、下厨、弹琴、画画、看电影、展览、话剧，有三五知己，一年一两次结伴出行，除了没有男朋友外，真的觉得现在的生活一切都好。

可惜我父母并不这么认为，在他们眼里，原先挂在嘴边让他们骄傲的女儿，如今让他们在同学、朋友面前抬不起头来，因为我27大龄了还没有对象。试图跟他们分享过现在的生活，告诉他们我在努力做更好的自己，然而多次沟通都不欢而散，他们说："现在不是你玩这些的时候，浪费时间，浪费金钱。""不找对象就是最大的不孝顺。"更让我无法接受的是，他们不认可我交往的好朋友，甚至觉得整日和女生玩在一起就是我找不到对象的主要原因之一。

他们不止一次说过"只有父母是世上最爱你的人"，然而这份爱让我觉得沉重。有时真觉得周末不回家，各自平静生活是一种清净，然而他们每到周末都要问我是否归家，我说很忙不回去时，他们给我的反馈是失落加想念，然而回去茶余饭后不免又提到我没有对象这个无解的话题，难免演变成吵架加伤心。相亲么？我也硬着头皮去，这两年家人各种介绍的可能不下 20 个了，然而没有一个见过第二面，或许是人不对的问题，或许是我放不下过去的问题，或许是时间和缘分的问题。

我内心何尝不渴望有一份稳稳的幸福，可是当没有办法拥有时，我能做到的只有努力保持平和。与其疲于应付相亲带来的烦躁和剩女感，不如经营好自己的小生活，至少那样让我觉得比较快乐。然而一想到父母，心里的步调就都乱了。看见他们容颜渐老，我也很焦灼，可我无法说服自己为了让他们放心，找一个适合结婚但是无感的人共度余生。父母的很多价值观是我无法认可，但却又无从改变的，这点让我感到特别无力，而且还要很努力去避免自己受他们的影响变得急躁又悲观。

我该怎么做，才可以缓解和父母之间难以和解的矛盾？才可以缓解我心中继续坚持自我而忤逆父母的内疚？

孩子

——
孩子：

我收到无数封类似你这样的邮件。

主题是：我的父母不是好父母。

我相信，这些邮件的描述是真实的，其中的父母并不是好父母。

这些父母，无见识、无能力、虚荣、从众、见不得自己的孩子有自由意志。

当然，也是这些父母，他们供孩子完成昂贵的高等教育，给孩子付房子的首付，给孙辈当保姆（不少并非自愿）——这一些，孩子们倒并不抱怨，甘之如饴。

许多抱怨者的诉求，可以归结为这句话：我认为的好父母，是给我钱，然后给我自由。

这样的父母当然有，正如每天都有人中大彩。指望这种父母普遍化，那违背概率。

有些人希望，我回封邮件，列出行动步骤，一二三，然后，大变活人，你中彩了，你的父母是世上最好的父母。

你觉得，有这么美的事吗？

你果然是你父母的孩子，他们年轻时，也是如此抱怨他们的父母：只给我好的！麻烦事马上拿走。

抱怨非常廉价，人人都会，孩子一出生，就会哭。为什么有人爱抱怨，那是因为他们希望看到的理想世界没有迅速出现。

人这一生不容易，最明显的体现是，观念与你不合的父母，可能是你最长久的亲密敌人。

假设孩子的观念都正确，父母的观念都错误。父母会为孩子改变观念的，乐观一点估计，5% 吧。可能还需要你长达十年二十年不妥协的抗争。其他的 95%，无论你成就了什么，不合他们的设计，都是错的，你成了马云第二，他们还是觉得工作不稳定，上个月挣十亿，这个月亏一亿，不如拿固定月薪五千块的公务员。

如果你接受这个现实：父母的观念极不可能改变。

那么，你就不会有幻想：父母一觉醒来接受了你所有的观念；

你也能节省很多精力，心情好，你或许还向他们解释自己的想法，心情不好，你说都懒得说；

你更不可能有这种无赖举动：我索性从了你们，然后埋怨你们一辈子。无论他们怎么烦你，你还是有选择权的，你的选择只能由你自己负责。

一个好孩子，有能力实践自由意志，得做到以下几点：

一、不再用父母的钱，你的衣食住行，一大半向父母伸手，你还是寄生虫，有什么资格抱怨饲养员？

二、欠父母的要还。我觉得，从高中毕业开始，父母对你就无义务了，此后你花他们的每一分钱，都是债务，你必须加倍奉还。

三、你和父母的观念战争至少持续到你四十岁；你和他人的观念战争将持续一生。这是人的命运，无法逃避。

四、自食其力后，你想怎么活就怎么活，不要模仿别人，和别人一样，你有什么必要存在？

祝开心。

连岳

27.

准了两次的破钟

———

连岳：

你好！

我先说一下自己的状况，今年 20 岁，五年级的时候爸爸就出车祸去世了，留下了我和弟弟跟妈相依为命，妈妈为了我和弟弟放弃了很多，也付出了很多。在最开始的那几年，别人都劝她改嫁，但为了不让我和弟弟受委屈，一直没有考虑过自己的幸福。

我一直以来都是比较自私（我承认，妈也说过我），每当妈妈有了一些关系好的异性朋友，我总是不想让他们继续下去，最后也总是不了了之。最近我烦恼的地方就在于我发现妈和一个认识的已婚男人（比我妈小好几岁）不仅关系暧昧，而且还发生了关系（妈承认了），那个男人是外地的，是租我们家房子认识的，因为妈人很善良，帮了他不少忙，所以他一直很感激我们，后来就走得特别近，有时还搭他的车出去玩，妈和他出去都瞒着我，但每次都会被我发现。有次我放假回家，妈晚上出去了，早上才回来，我在她包里发现了证据，但我一直没有和任何人说，包括弟弟，只是有一次妈说他人不错，平常很关心她，也很帮我们的忙，说他想好好对我们。我当时就很生气，还和妈吵了一架，我说难道你想让我认他吗，那不可能，他以为他是谁，我不需要他对我们好。

后来妈特别伤心，觉得我太自私，不为她着想，她哭着说了很多这些年来的委屈，我心里也很不好受，可是我就是觉得妈这么做太不值，就算现在对她再好，这也是不会有结果的，而且那人还有老婆孩子，虽然很关心我妈，但毕竟是生意人（曾经妈问过要生意合伙做，他没有同意，因为他已经在这铺了几年的底。怎么会轻易拱手让人），人家又不傻，我妈需要的只是一些关怀，我和弟弟给不了的，我只是怕妈越陷越深，最后伤得更狠。

我和弟说的时候，他说他知道，他提醒过妈要自己掌握好距离，但事情成这样他也不想管这么多，妈是成年人了，自己做的事情自己要承担后果，谁都有自己的路。可我就是想不通，我们一直谈了好多次话，第一次说这件事的时候我把妈说得很难堪（类似小三之类的话都出现了），后来我后悔了，还道歉了，妈说她不会计较我的话，知道我是为了她好。 妈后来哭了好几次，我知道我说得太让她伤心了，可话说了也收不回来了。

妈还跟我说有时她去算命之类的，每次关于我都是以后婚姻会有问题，只因我太固执好强，我有时想想也觉得我身边的每个家庭似乎都有过婚外情，有的离婚，有的装不知道继续生活，每个人可能都做过各种程度的见不得人的事，可如果太较真，结果不一定是好的。这件事上我就是太在乎妈妈，怕失去她，想把她据为己有，没想到伤害了她，自己心里也不好过。

我这种性格真是也很难改变，可我还是想慢慢变好一点，妈也很担心我的未来，希望能得到你的建议，谢谢你看这么久，说完这些话，心里也释怀了一点。

旅人

——

旅人：

有个错觉笼罩着许多人，即，世界是不停进步的，未来的等级总是更高。其实完全不是如此，观察你身边的家庭，你很容易找到年轻人不如老年人的例子，父亲是绅士，儿子是混蛋，一点也不罕见。把对象放大到一个民族和一个国家，和平让位于战争，文明屈服于野蛮，也是屡屡出现。

确定性明显一点的是，在产权得以保障的情形下，系统越稳定，创造的财富越多。只不过让人逐利几十年，已经处于史上最富裕的阶段。

当然这不是中国的特殊现象，自工业革命和市场经济以来，全球的财富就几何数级增长，近几十年，更多的人认识到对抗会导致贫穷，将人类以国籍、阶级和意识形态划分成截然不同的敌我，除了消耗，别无所得，分工合作终于成为主流，像中国一样迅速致富的国家，比比皆是。

出现的这一点确定性，对人、对爱情有何帮助？好像离得挺远的。

你只要抓住这点确定性，就像在不确定的海水中抓住一个救生圈，相当管用。

它的核心是：不要尝试去改变人性，有许多空想家做过实验，后果都是用悲剧买单；相反，要尊重人性，像你尊重万有引力一样，你让每个人自己决定自己，让他去逐利、去逐爱，看起来各人顾各人，其实是个美好世界。

你若知道一个人是自己的主人，他不是别人的工具，他只是自己的目的。那么，你不会成为他人的工具，去实现他人的目的；你也不会逼迫他人成为自己的工具，去实现你的目的。你不会成为奴隶主，你不会强制他人放弃自己。

你更不会强制母亲成为你的奴隶。

自私是人性，这点你没错。自私的人也应尊重他人的自私，所以我的私只能止步于你的私，这是和平，是爱；你的私侵入了母亲的私，这是战争，是奴役。

人不愿意承认自己奴役母亲，所以你用笔墨强调了一次"正确"的干涉：母亲这次成为小三，是你制止的。如果你一直干涉一个人，你总会干对几次，正如破钟一天也会准两次。同样的事情发生，你会扔掉破钟，因为它没用了；你却会留着对母亲的干涉。对她的长期控制，只用一句平淡的话就带过了："每当妈妈有了一些关系好的异性朋友，我总是不想让他们继续下去，最后也总是不了了之。"

我很同情你的母亲。她是一个软弱的人，才会任一个 20 岁的女儿逼问她的性生活，搜查她的包，监督她的感情，然后一再退让。她渴望另一个男人的爱，你放手，她找得到，也许会犯错（正如你的人生），但她的人生就是她的人生，你无权剥夺。

给你母亲自由吧，让她去恋爱。也给你自己自由，你该恋爱了，别在残酷的习惯里忘了怎么爱人。

祝开心。

连岳

28.

退缩即自卑

———

连岳老师：

你好，作为一个正在为事业努力的 90 后男生，目前事业还算稳定，谈过一场刻骨铭心的恋爱，分手后又谈过六场"蜻蜓点水"的恋爱，我为什么要定义成"蜻蜓点水"的恋爱呐，也许相比第一个女友她们都没能让我走进去！

作为北漂一族的我今年家人让回去结婚，你也知道一些城市的乡镇结婚年龄相对比较早的，年初的时候在家相过一个，一开始感觉还不错，经过一个月的了解感觉她还是没能走出之前的情感，但她一心是想成的，当时礼金都给啦，最终我的选择还是放弃，不合适就分，这是为彼此负责！更不能为了结婚而结婚，更多的是把感情作为一种内心的追求和标准，因为我觉得这样两个人才会幸福。

跟家人说好了今年年底回去相亲，家人也都安排了好多，恨不得现在就让我回去。我还是保存着那一份坦然，不慌不急的。我现在很清楚怎么照顾一个人、怎么爱一个人、怎么给她要的、怎么疼她、怎么给她惊喜浪漫、怎么处理两人之间的平淡家庭问题等。同事朋友问我为什么不在外面谈个带回去，我个人的想法是在外面遇到所谓的"门当户对"不是那么容易（当然我不相信这个），还有距离等问题；在家乡找可以避免很多外在的因素，毕竟老家的女孩也没有外面的女孩那么浮华（相信适合自己的人在不同地方有许多个），这样何尝不是一种好的选择呐？针对我偏执的选择也好、固执也好，想听下连岳老师的见解！

顺其自然

顺其自然：

你已经谈了七次恋爱，订了一次婚，情感经验丰富。小城镇流行的价值观，一定会用"浮华"来形容你。但我认为，多恋爱是有好处的，没有下定决心，就算订了婚也得退，这也是责任感的体现——当然，想清楚了再订婚，就更有责任感了。

缘分，这两个字从古到今没褪去魅力，人们相信相爱的人是天注定的。不过人们从来没有多问一句：为什么天注定的两个人一般都在方圆十公里以内？原来不出邻村，现在读同一所大学，或住同一片城区？

爱情这种东西不神秘，不须动用巫术。它就是两个观念相近、条件相当者的结合：相似的家庭、相似的教育背景、相似的收入水平，他们更容易接近、有更多话题、共鸣多、争吵少，相爱也顺理成章。有些婚姻看似跨度大，超越了阶层，比如欧洲贵族原来不和平民通婚，有一天贵族的女儿却嫁给了铁匠的儿子，那是因为铁匠的儿子在商业社会发了大财，而贵族的女儿却无法支撑贵族的派头，他们在新时代成为平等的人，阶层隔离被金钱力量打破了。

上述这些事情，按传统的话语，就叫作门当户对。穷小子娶不了大明星，不是文化水准差太远，还真就是门不当户不对，你一个月工资连人一瓶洗面奶都买不起，这样的爱情靠什么活着？它只能活在言情小说的意淫里。

乡村姑娘比城市姑娘品德高尚，乡村比城市更接近天堂。这是中西田园诗人反对商业社会的陈词滥调，当然，在现在也很有市场，否则，它也不会从你这个90后北漂的嘴里说出来。

如果乡村比城市好，人类社会就会停留在农耕时代，大城市不会出现，更不会有人北漂。人们为什么会做这种选择？因为城市有更多机会、更富裕、更真实、也更有道德。越是商业发达的城市，就是越有道德的地方。在这里找个姑娘，她出色的概率高得多。乡村姑娘一跟你交谈，发现你的观念里一半都是乡村接受不了的"流氓"想法，到时候，她未必觉得你道德。

既然已经生活在城市里，就别瞧不起城市，这个错误的观念会让你进退两难，无法融入城市，也退不回乡村。多和身边的人恋爱吧，你身边的人也最有可能和你"门当户对"，成功率也高。

祝开心。

连岳

29.

你不能只生半个孩子

———

连岳：

你好，我和他从大学相恋到现在已经 9 个年头，结婚 6 年多，当初他对我的执着，陪我远赴他乡的不离不弃，都称得上一段爱情佳话了。这些年我们的感情之甜蜜和睦，也是周围人的楷模。两个人都是一表人才，性格互补，互相欣赏，生活从最初的一穷二白到现在越来越富足，两个人的生活总是充满欢笑和情趣。

看似完美的我们，还是在生育和不生育的选择上出现了严重分歧，尤其是今年他父亲病重，更让他坚定了一定要个孩子的想法。他的理由是，第一，他觉得父亲病重，没能抱孙子，自己很内疚，他本身也喜欢孩子。第二，他觉得人老了、病了需要依靠。第三，亲情和血缘关系是最可靠的（他的父母的确也非常宠爱他）。第四，他需要一个为之奋斗的动力。这里插一段背景：以前刚参加工作时，我们经济条件不佳，他觉得能倾其所有地满足我偶尔的心愿，自己也很幸福满足。但安静话少的我后来在事业和收入上比他好很多，他觉得我似乎不再那么需要他了，他的奋斗目标好像也不清晰了。如果有个孩子，他会重新找到被需要的感觉。我觉得这理由好荒谬，也许是他从小被爱太多，而滋生出的这种心理上的脆弱吧。但事实上，我还是很爱他，爱他的诙谐幽默和激情，爱他那么多没缘由的快乐，甚至爱他的肤浅。

是的，他一般不喜欢什么深刻的话题，闲暇时更喜欢看娱乐节目放松，看摄影图片，对文字比较抵触。而我呢，最大的兴趣是阅读。不知道是成长经历，还是后来受尼采等人的哲学思想的影响，"人生的意义是什么"这个看似搞笑的问题就一直伴随我。从哲学，绕到基督教、佛教里研究找答案，最后我发现，可怕的是，我从根本上就怀疑人类存在的所谓价值和意义，即使在大学那么美丽的岁月里，即使被他深深地吸引，被甜蜜的爱情占据整颗心的时候。多年以后，事业生活都顺利得让人羡慕的我，在这个问题上依旧悲观、灰暗。

虽然这不影响我欢笑和热爱生活，我也并不讨厌小孩，但就是无法挖掘出一点亲自造人的热情。哪怕是念头，都没有。有的只是对生育的恐惧、无奈和厌恶。也许是我的基因里的繁殖密码坏掉了吧，年纪一把了也没启动。即使是理智地分析利弊，我也还是觉得年轻时候的"已知自由"比年老时候的"未知不寂寞"更实在、可靠。而且，我丝毫没有养儿防老的目的和意图，我更希望把幸福掌握在自己手中，与爱人过好每个今天。至于老到动不了的时候，人生乐趣也荡然无存了吧，有没有孩子又有什么本质区别。苟延残喘地再挣扎些时日又有什么幸福可言？我觉得，如果说生命是有意义的话，生命质量比长度更可贵。只是这些他无法理解。即便理解，也抵不过那强烈的生育欲望。是让我违背意愿去保住婚姻，还是孤独地自由，这抉择好难。

无数次讨论沟通的结果是他无法说服我，但又不想放弃我，就想出了代孕这个馊主意，养育他来想办法（事实是工作需要他总是很忙，生活十分不规律，我也并不十分清闲），不让我和这事沾边，只提供个卵子就好。只是，这怎么可能，这个生命还不是要存在我的生活里，而且多了个麻烦的伦理问题。

我不想剥夺他的权利让他痛苦，也不想自己委屈求全，身心俱损地（一点不夸张）过以后的日子。分开两个人又都非常舍不得。怎么办，是不是很贪心？做了最坏的打算，可还是想问问你，有什么技术性的解决办法可以救我们，或者能让我们减轻一些对彼此的伤害吗？

小钉

———

小钉：

二加二等于几？只能等于四，没有争论。可惜很多问题没有这种标准答案。

生孩子对，还是不生孩子对？对想生的人，生是对的；对不想生的人，不生是对的。这像吃梨和吃苹果一样，只是个选择问题，国王只爱吃梨，吃苹果的民众也不应砍头。

物种存在，最强大的动力和目的就是繁衍，从蟑螂到人，概莫能外。人比较特殊，将它与蟑螂区别出来的，是人有可能不繁殖。繁殖这种基因命令人可以选择违抗。当物种的灭绝不再是危机之后（全球已经有六十亿人，从五十亿到六十亿，只用了十二年时间），不想生育更加合理了。其实，人类灭绝，又关我什么事呢？又算什么事呢？那么多漂亮的恐龙不也灭绝了吗？

亚洲有漫长的农业社会，种田主要靠人的生产力，在传统印象中，偏好繁殖，可现在日本、韩国、中国的大城市，人的繁殖愿望都在下降。

在当下的中国，不结婚、不生育、不生二胎，都会面临诸多压力，这些压力甚至能以好心的面目出现，像给你钱一样神气，他们的种种理由能说服你吗？不能。一个人不生育的理由可以是理性的，也可以是纯粹情感的：我就是不喜欢孩子，我就是讨厌人。

同理，一个人选择生育，也有多种理由，有理性，有本能，有偏好，从纯粹辩论的角度，这些理由也许都能驳倒，是不是被驳倒后就不能生育了？不是的，生育权和不生育权都是权利，驳不倒的。

也就是说，一对夫妻，丈夫想生育，妻子想丁克，这两人都是正确的，无论他们的理由是什么。这两人都在维护自己的权利，谁也没有侵权。维护了一个人的权利，必然损害另一个人的权利。所以，在生殖问题上达成一致，这是婚前必须要做的功课，不然后患无穷。

孩子要么有，要么无，没办法妥协成似有似无的半个孩子，没有中间路线可走，你们要么放弃婚姻，各自寻找生育观一致的人，要保持婚姻，就得有一个人让渡自己的权利，改变生育观。

祝开心。

连岳

30.

有病治病

连岳：

一直跟随你的文章学着独立思考，作为读者很是幸福。我是一个北漂，来北京八年，先后做过电台主持、图书品类分析、人力资源，目前在企业里面做人力资源管理的工作。我对生活的追求很简单，希望做有价值并且喜欢的事（目前就是这样），同时生活方面有一个相爱的人可以一起面对人生的困难，努力快乐地生活。

问题就出在这，我选择了一个不太快乐的人，我们去年结婚了。之前我们相处了三年，他内向，不喜欢沟通，情绪控制能力和认知转移能力都差，非常敏感，遇到难以接受的人或者事以及压力大的时候，他就会控制不了自己的情绪，轻则不说话不吃饭，严重的时候会摔东西。当时能在一起的最大理由，是本质上他的善良、正直以及我们的价值观差不多是一致的。每当他莫名地发脾气，我本能地恐惧、躲闪。情绪爆发时，我尝试和他沟通，他就会恶语相向，所以我只能在一边，让他自我调节。

结婚之前爆发过一次很严重的，他摔碎了家里所有能摔的东西。当时我非常痛苦，不想结婚了，但他苦苦恳求我说自己也很痛苦，一定要改变和调整。家里因素也促成我走进婚姻，然而结婚后还是一样，尤其工作遇到压力的时候，我努力想办法帮他解压，只希望他快乐和健康。

　　后来我意识到可能是心理的问题，于是和他去医院检查，诊断结果是他处于抑郁状态。抑郁的原因应该有多方面，我特别希望他积极地面对自己的问题，比如看心理治疗师，但是他不信，始终没有去。现在他遇到问题常常冷暴力，自己抽烟，不说话，一连就好几天，有几次我实在压抑得难受，哭诉着如果不去看心理医生，不治疗，我就放弃了。每次他都和我争取机会，但是后面都没有行动。我什么都做不了，很难过。他的家里人也知道一些，不过只觉得是性格问题，也解决不了。

　　之前做好心理准备，他的抑郁不会那么快治愈，我能做的就是陪着他。但如果他一直不去尝试面对并且解决心理问题，生活就会一直这样下去，我就要绝望了。到底要为自己的选择负责到底，还是应该放弃，重新寻找幸福。

　　连岳，我该怎么办？

R

——
R：

　　抑郁症的人群不少，关于这方面的知识，你可能知道得比我更多。

最后决定的，只能是医生，而不是你我这次交流，下面的文字就算说得再好，你看了舒服，也不能取代治疗，这点要先说明。

我知道抑郁症，是我不只一个朋友患有这种疾病。有人始终回避，不愿意接受。有人家人早早发觉，自己也配合治疗。结局天差地远。无论效果如何，抑郁症唯一的出路就是去医院接受治疗，脱离这点的方法都相当不可靠。

感觉中国人特别怕别人说自己心理有病，自己的家人出现这种症状，更是百般遮掩，采取了非常病态的方法对付疾病——这种"一拖解千愁"，简直就是方法论上的抑郁症，中国人最常用于解决感情困扰和心理疾病，它只会加重症状，最后不可收拾。

有名人抑郁自杀后，最常听到的议论是这些：这么有名，怎么会想死？这么有钱，怎么会想死？家庭这么美满，怎么会想死？是的，按常人的想法，不到万不得已，人是不会死的，到了万不得已，也好死不如赖活，求生是本能。可患了抑郁症，就不是常人了，死亡仿佛是一种解脱。

曾有个抑郁症患者写下自己的感受：那就像是西西弗斯将巨石推到山顶，你知道，它第二天又会滚回山脚，抑郁就是这块石头，逃脱这个刑罚每天都在增加它的诱惑。

所谓的"诉诸理性"对抑郁症是没有用的，你无法等他的理性战胜抑郁，你也无法劝他"积极一点，想想开心的事情！你的生活多么美好！"这像你跑了一万米，气喘不上来，胸腔快要爆炸，十秒钟像一小时那么长，啦啦队加油的声音再大，你的速度也只会越来越慢，想停下来的欲望抹去其他一切想法：你的名声、财富、家庭幸福，在此时没有分量。

抑郁症病人最需要你的时候，是你陪着他（她），宁愿一句话不说，也别尝试说道理，甚至去纠正、去指责。在病人与常人的相处中，最怕的是常人觉得对方应该像自己一样想问题，沟通不畅，各种焦虑、不满、暴躁一起发作，对病人不利，也失去了自己的健康。

以上是我很零碎的一些认知，即使它们是对的，不上医院，也只是杯水车薪。自己爱的人生病，你可能更痛苦。他家人无所谓，他不配合，这些都更改不了有病必须接受治疗这个规律，你最重要的工作该是想办法让你去医院，处理过类似案例的医生，或许能提供更为专业的、可行的意见；在丈夫情绪正常时（庆幸的是，他应该多数时间是正常的），跟他说说你的困扰，商量好具体的治疗时间，比如下周、十天后，而非泛泛而谈，一时答应又会无限拖延。

他的抑郁和善良、正直并不冲突，他就是生病了，尽快治病，把病治好，才是当务之急，病情改善后谈爱情能不能继续，才有意义，说不定很快就能治好，其他问题就不存在了。

不过也得做好极端状况下的备案：你穷尽一切方法，他就是不愿意治病。我想，你是有资格、有自由在他理智状况下表明：既然你不愿意珍惜自己身体，你也不在乎妻子的感受，那我将和你离婚。这种离婚将受到重重阻力，有人还将谴责你抛弃病人，但我不会，我会支持你。

祝开心。

连岳

31.

失恋有价值

——

连岳先生：

你好。

我是一个医学生，大二那年暑假回家的时候认识了女朋友，我们很快进入了疯狂的恋爱，都不能自拔。大二、大三、大四……要实习了，要分开两地，我去了外地实习，她要留在学校附属医院，她对我去外地也没什么异议。要走的那天，我们吃了饭，她提出要分手，太诧异了，为什么呀？她说，她不能离开父母太远，她要回山东，要在一起，只有我妥协跟她去山东。还说我去了山东，万一我工作得不顺心，发展得不好，我会怨她。要走了很忙，根本都没时间仔细考虑了，我们以前一直都说考研，我说，我跟你考一所学校，然后我们还能在一起。

我到实习医院了，她也没有打过电话，我发了信息，她说我们还是分开一年吧？还是困惑，不是说好一起考研吗？为什么一定要现在强调分开呢？我知道这种异地恋，很难受。一年啊，我们坚持一年就可以在一起了啊。

　　故事来了，她发了好长一条短信，说她在网上玩游戏的时候认识了一个山东的男生，游戏里对她特别好，特别照顾，她不能自拔……哦，原来这才是主要原因。我说好，既然有人对你那么好，那么让你觉得值得替换我们实实在在的三年感情，我给你自由。过了几天，她说，我不要她了吗？她没想到我会答应。我为什么不答应？我挽回了，我真的挽回了，该做的，该说的，我向她说清楚，问清楚，回答也是肯定。为什么是我不要她了？给她家里也打过电话。她开始每天联系我，打电话，发信息……我回去了一趟，我觉得回去可以彻底地解决好，我在医院工作，不能有这种折腾，真的分心了。那天见了她，她也一直拿着手机聊，我知道在跟谁聊什么。晚上我们在一起，她竟然在我们做爱的时候，录音发给别人……呵，怎么现在这个样子？太侮辱了。她说发给网上认识的弟弟之类，我不想听这些解释，我觉得让我恶心。第二天我回医院了。

　　期间也有联系，说她放下那些人了，决定跟我在一起，我放不下，我不想相信她了，也没有什么意义。每每想起她跟我在一起还跟别人那样暧昧，甚至性生活也被跟别人分享，怎么可以在一起？

　　后来就真的没有联系。现在已经五个月了，毕竟爱过，我有时候看书看见书上她曾经写过的话，忍不住想打电话，想要问问她怎么样……

　　我走不出来了，甚至都忘记了期间的事情，我放不下。

　　我不知道我这一阵说，先生能不能理清头绪，我想先生从哪一方面都能说服我，让我不再这样。

　　　　　　　　　　　　　　　　　　　　　　　　小木桥的

小木桥的：

损失厌恶是很有意思的情绪，也很有了解的必要，尤其是你想恋爱时。

先来做道题：

1. 你有十块钱，给你个机会抽张牌，中奖了翻十倍，不中归零，成功率不高，只有20%，你赌不赌？

2. 其他条件全部相同，此时你有一百万，你赌不赌？

你心中的选择跟大多数人相同，在第一种条件下碰碰运气，在第二种条件下选择保有一百万。这就是所谓的损失厌恶，当你只要付出极小成本得到高收益时，你愿意冒险，你厌恶失去那个诱人的机会；在成本极高时，你保守，你厌恶付出过高的代价。

记住做这两道题的感觉，不仅恋爱，损失厌恶贯穿人的行为，有时表面上看完全相反的事，本质是一致的。比如年轻人更喜欢冒险，那是因为付出的成本低，而找到适合自己才能与专长，回报率却高；老年人更保守，那是因为冒险失败后，付出的成本可能是一生的积累。所以他们都是在厌恶"更大的损失"，驱动力是一样的。

失恋是恋爱中最难过的一个环节。但人难免有一次失恋。

这是人经历的最大的损失厌恶。过不了这一关，感情就有负担，好像口袋里的耳机线，越缠越乱。过得了这一关，难变成易，你能接受耳机线必然在口袋缠绕的现实，你也有耐心梳理它，令事物重归单纯。

爱让人成长，你不在爱里成长，爱也让你停止成长，四周竖起高墙。

你忘不了自己爱过的人，这很正常，记忆是人脑的基本功能，你不可能忘掉你爱过的人，即使这人欺骗了你，直播你们的性爱；即使在最后分手时你恨她、鄙视她，你也不可能忘掉她。有些快乐还会和她联系：吻、拥抱、性爱，以及一起度过的美好时光。

分开一段时间后，痛感消失，快乐记忆浮现，损失厌恶愈加强烈，此时对方有一点和好的意思，极有可能旧情复燃，而且是爆炸性的，因为可以直接上床。然后伤害再次发生，痛感重现，再分手、再痛苦、再复合，死循环。有人在这过程中，有了孩子，变数增加，折腾得乏力，也就放弃了。时间、精力、对爱及人生的美好期待全都流失，你开始有了活死人的样子。

有人情商高，未必知道"损失厌恶"这种表述，但实际操作时，能够熟练使用，给你一点点好处，甚至只是一个眼神，一次轻轻的抚摸，就足以让人害怕失去，从而随叫随到。碰上这种人，他又存心耍你，你这劫就难熬了。

我不确定你是不是碰上这种高手，应该不是。但是无论你碰上任何人，决定权总在自己手上的：有人伤害我，那当然应该彻底断绝，即使暂时辛苦。

祝开心。

连岳

32.

不要当无赖

你好，我已经连续半年没有睡过一个安稳觉了，因为玩期货把所有积蓄全部赔光。我知道抱怨没有用，但是我想把我的经历分享出来。

五年前我开始做股票投资，去年的股灾经历没有伤到我，看到周围人都套牢的时候我的自信心倍增。于是，在股票看不到希望的时候我选择了期货投资。期货我没有碰过，刚开始做几天工夫便亏了 5 万，于是后面便不断加仓，最后是把所有积蓄全投进去，刚开始还是赚钱的，后来因为杠杆加得太大不得不平仓。最后出来的时候所有积蓄赔光，还有借的朋友的 1 万，还有刷了 2 万的信用卡。最后隐瞒不住了，我只能告诉家人，在姐姐的帮助下，今年四月份我退出市场。

但是没想到的是，上个月我又被骗上当了，在 xxx 交易平台注册了一个账号，刚开始的小盈利让我警惕心放松，开始加大赌注。不用问，一个月的功夫又进去 8 万，这 8 万全是刷的信用卡。现在我都不知道下个月怎么把这个窟窿补上，只能走一步算一步，拿工资去补。

玩期货把我折磨得身心疲惫，我真的不想继续这样的生活了，但是又想把本捞回来，就是这样矛盾的心理让我的窟窿越来越大。

这几天有过想自杀的冲动，但是想想为了 8 万块钱值得吗？但是时不时想到赔这么多，压力还是非常大，我真是恨我自己怎么这么愚蠢。

连岳老师，因为玩的那个交易平台是不正规的，是一种对赌的平台。我想通过维权把钱找回来，有希望吗？我知道这样做很贱，自己玩也是贪心所致，但是这样的黑心平台也没有提前告知我们这么大的风险，而总是告诉我们收益有多么多么的高。我们已经联合了一千名左右的受害者，准备走维权的路。

连岳老师，你有什么好的建议吗，希望你能给我指点指点。

LL

——

LL：

你说得对，为 8 万自杀不值得。生命是一个人最大的本钱，遇到难处时，先别想死，得想活下来，活久一点，这些本钱才能变大。

再说了，你欠姐姐钱，欠朋友钱，欠银行钱，即使要死，也得把这些债还了吧？不然未免太卑鄙。

到了把债还清，又会觉得，当时为这点钱要死要活，实在是小题大做。

你损失的钱不多，不超过 20 万吧。这点钱买到教训，彻底死心，其实也不错。这教训就是：股票、期货、"对赌平台"，全不是你智力可以驾驭的，借钱炒，那就死得更惨。

你也不要沮丧，巴菲特，他也不敢同时玩这三种游戏，就是在股票市场，股神也只敢碰自己理解的股票。

对于绝大多数人来说，包括你，财务安全的最好之路是这条：好好工作，攒钱，买房子，还房贷。希望你以后也走这条路，别想在金融市场兴风作浪。

有句话说得好，上当一次，罪过在骗子，上当两次，怪自己是傻逼。任何错误，找到真正的原因，才可能修正。如果原因是自己傻逼，那就多怪自己，下次就不会那么傻逼。这就是人的成长过程。

你想告"对赌平台"，把钱拿回来。告当然能，无理也可以告，反正最后法院说了算。但钱我估计是没了。真是骗子，你赢了官司，钱他也花了。人家是合法合规的平台，那你告也白告。总之，这8万你就绝了念想，可能更有利心理健康。

说真的，我是不支持告的，即使是对赌平台，那也愿赌服输。

有很多官司，表面上看合法，实际上都是在耍无赖。任何人都得为自己的行为负责，赌博也罢、投资也罢、放高利贷也罢，你的判断，你的冒险，自己承担后果。赢了就笑，输了就闹，真是让人同情不起来，不过一群无赖。

另外，对你姐姐说几句话。

我希望她以后再也不要管你了，无论你亏多少钱，都得"冷血"不理，任你自生自灭，这才是帮你。做错事老有人擦屁股，那做错事也就没什么，可以一直做，反正不要自己付成本。

很多家庭有小圣母，他负责照顾家人的一切，而这种家庭，也往往有一个或数个无赖：我生活不好，我投资失败，我家庭不幸，我要买车，我要买房，全是小圣母的责任。

这种家庭，最后必然衰弱与不幸，因为资源全被无赖浪费了。但小圣母的责任大一些，没有他们的大包大揽，无赖成长不了。所以没有小圣母的家庭，成员反而多是正常人。有不成器的人，他的损害也能隔离，赌输了自己还钱，谁也不会浪费金钱去救援。

圣母政客，是国家的祸害。圣母家人，是家庭的祸害。

中国的家庭，往往鼓励圣母，鼓励牺牲，用最出色的孩子补贴最无能的孩子。应该向特朗普的治家理念学一学，财产主要集中给最有才能的女儿伊万卡，最出色的孩子得到最多，这样家庭的财富才能持续积累，孩子之间的竞争才是良性的，是比赛优秀，而不是无赖得到最多。

祝开心。

连岳

33.

话不过三

你好。我是一名大三的中医学生，24 岁，女，远在外地，接近两千公里以外的西南地区读大学。

我男朋友，他符合你对于好恋人好爱人的大众观点，看了以后总是可以让我在他身上看到那些非常让我感动的地方。他很好，一个很踏实很实在的男生，内在非常美，很淡定（这差不多是我最缺的）。太极打得非常棒，只要他一开打，那气场就出来了。主要打的是动作最慢，架子最高，灵活性最强的吴式。比很多网络视频上的都打得好。我自己也是跟着他练的太极，是他带进的门。

你说，人和人之间的差别可以像人和狗之间的差别那么大。我很遗憾我是很晚才明白这个道理的。离开我妈妈之前，我一直生活得非常辛苦，压力很大，即使其实我成绩很不错。但是她基本上不会满意。而且是以我最高的成绩来衡量我的。她是爱我的，但是非常畸形。把她所有的期望都放我身上，只要看到我没有看课内书就要疯狂。好吧，更疯狂的是现在也是这样。好吧，我觉得我不用多说了，你完全就可以理解可以猜到全部。

我妈的观点就是婚前跟人上床的就是坏人啊，贱人啊之类，以前是一直一直讲，现在我回去的时候就经常反复强调。我反正就是死活不承认我有男朋友这一点。别的就更别说了。一个是因为我男朋友的外在条件绝对过不了她那一关。即使过了也没有上床的理由。

我跟我男朋友很好，做爱也做了。我很喜欢也很享受，虽然我貌似只有很前面有过一次高潮。你说女人的高潮需要学习，我也没找到什么相关的资讯，一直就是做好像也没有什么进步，刺激还是挺强，但是没有高潮确实挺不爽的。用书上的话来说，就是有性兴奋的积累，但是没有到达阈值来释放。有时候到达了阈值（就是怎么都上不去了）以后就直接平台了，并没有因为量变产生质变。让我很是沮丧。除去这个遗憾，还是挺好。我挺怀念那次高潮的……呜呜……

我心里有种深深的恐惧，我恐惧什么时候她要过来看我……我刚刚就是被这个噩梦给吓醒的。早上四点。

现在我在外面租了一个房子一个人住。他周末的时候会过来。我梦到我妈过来了以后，男朋友就在我房子里，躲都没法躲。应该就是没穿衣服的那种。如果过去以后住寝室的话，我以前就出去开房，还是有很多次没回寝室。这个大家都心照不宣。但是我跟我们寝室的人关系也不好。如果我妈来了的话，这个悠悠之口就很难说。比如我妈一问，那个情况就很明了了的。

我的这个担心也不是没有道理的。她真的会跑那么远过来的。

我高考复读的时候就跑外地了。不过是省内。我那时候真的是第一次呼吸到新鲜空气啊。非常非常开心。她还喜欢打电话过来训我。我……我经常就挂她电话。后来她再打电话过来，我就没接了，谁喜欢听人莫名其妙训你啊。以前是跑不掉。也没地方跑。经常想离家出走来着。

小中医

——

小中医：

"人和人之间的差别可以像人和狗之间的差别那么大"，这句话你记错了，应该是"人和人之间的差别比人和狗之间的差别还要大"。

这种差别是件好事，足以证明人的可能性无限，如果你想聪明一点，开心一点，那往上升的空间也挺大的。

人无必要去填平这种差距，也没人有这个能力。古往今来，那些想改变人性的哲人王，最后基本都失败了。最好的社会就是尊重自由选择，你想变成什么都随你意：圣人、人、狗、狗都不如；只要你不妨碍他人，他人也不要妨碍你。

爱情从来很难，难就难在，它既要让一个亲密的人进入自己的空间，而且长达一生；这人还得不影响你的独立，两人在绝大多数方面要契合。最后祈祷时间的眷顾，让你们在同一条路上前行，不会各自发展成两个不同的人，因此不得不分开，各自看自己中意的风景。

两个人的爱情，就像两只小豪猪的亲吻，嘴要凑到一起，又得避开几百根刺。

人与人的关系也是如此，就像两只豪猪要近距离聊天，能听清，却不能太近，否则侵入他人的空间，就得挨一刺。人不如豪猪的是，他的身上并没有真正的刺，因此强势者可以侵入弱势者的空间，却不会挨一刺，只有到了弱势者有能力抗议和拒绝后，强势者才会收敛。只是拉锯结束后，当年的孩子也成了中年人。

我希望人的身上进化出刺来，这样可以避免浪费人生。

中国当下两代人之间的代沟，可能是中国历史上最宽的，年轻人已经多元，他们的父母还认为生活只有一个标准答案，更接受不了试错是人生的常态。没及时找到妥协点的两代人，全都处于痛苦与焦虑状态，这点当然也会传递到生活的每个层面，在性上面比较难感受到快乐，也就不意外了。

还好，恭喜你有一个真正喜欢的男友和一次性高潮体验，经验这种东西，奇妙之处就是必须要经验过才能成为经验，阅尽天下A片，没有接触过一个真人，你也不知道性的美妙。有过性高潮经验，想想当时是怎么得到的，就容易复制。

性爱时老想着严厉古板的妈妈要来查房，高潮路上确实平添障碍，只有这种恐惧彻底消除，性爱才会正常一些。你大学毕业，有自己的空间或家庭后，妈妈应该就不好意思来管了。在当下，她有来的可能时，你们就小心行事吧。

更重要的是，不要用已经存在的焦虑滋生新的焦虑，限定抱怨次数，不要超过三次。超过这次数，就是自己不负责任了，因为你老是想着让无法改变的现实为你而改变。别说抱怨，就是合理的建议，对孩子，对丈夫，也不要超过三次——你的母亲只不过也是一再诉说她认为"合理"的建议而已，说了三百次，三千次，说了一生，不要像她一样。

祝开心。

连岳

34.

为何我只能钓到坏男人?

—

连岳:

你好,一直关注您的微信账号给了我很多智慧和启发,从学校出来到现在满一年了,在做销售,工作比较顺利,不管在哪儿总有不错的人在帮我,我很感激,但是这一年来,我碰到的几个男人,让我忘记了我当初的样子。

最近,大学初恋的男孩子(比我小三岁,是姐弟恋,他会让我开心让我快乐,一颗真心昭昭)舍弃公务员工作跨好几个省来找我了,我本来已经认为不可能的感情突然又有了很多可能性,但是伴随着各种不确定性,因为他不成熟不上进还在玩游戏。

在他来找我之前,工作或者其他机会使我有认识过 4 个 30 岁到 45 岁之间的男人,起初很欣赏这些人的才华,有自己创业的老板也有公司中高层也有文艺青年,后来接触中都表示出喜欢我或者想要和我发生关系,对于想要和我发生关系的男人,我很失望,一直存有侥幸心理希望只要保护好自己,就可以一直做朋友,这样的话,只要交流几个小时,就可以学到很多书本和社会好多年才能学到的东西，但是接触多了交流多了，自己会喜欢上这种感觉，喜欢见到这位叔，最后我还是沦陷了，我走心了，可是结果真的如我所想，只是过客，不正常的关系是不会持续太久的，这样的事情让我觉得自己变了，变成当初讨厌的人，我明明爱着自己的男朋友（当时异地濒临分手），怎么可以做出这样的事情！一直心存愧疚，所以男朋友来找我之后，我一直在逃避想起之前的几段不靠谱感情，很折磨……

这几天，有一个我特别欣赏的男人又出现在我的视线中，我居然会因为他微信说话惜字如金而感到难过，他明明表现出喜欢我的样子，我不能理解社会中摸爬滚打太久的男人都是这样的么？虚伪、善变！我也明白和这个人应该保持距离，否则最后受伤的人肯定还是我自己，转而想到了男朋友，即使和他结婚以后家庭圆满，我却再没有以前憧憬时候的高兴，我现在对婚姻是恐惧的，对婚姻生活是失望的，因为那几个男人的行为告诉我他们的家庭生活没有什么实质性的意义，出来觅食是理所当然的，他们也曾经有过爱情。

所以我连自己都看不清了，我究竟要什么？结婚真的那么有意义么？我是什么样的人？好纠结，好难过！

小难

———

小难：

我有不少中年成功的朋友，也亲眼见识过其中一些人的苦恼。身边的年轻姑娘突然就多了起来，有些心思也开始活动。年轻毕竟是最好的化妆品，无论如何，都有点比自己中年太太出色的地方，不说长相，至少皮肤光滑紧致吧？

有人开玩笑问我：谁能拦得住我？

我的答案是：只有一个人。离婚不是罪，法律拦不住；外遇只是错，没人能惩罚；老婆应该会足够伤心，但最终也会放弃。你跟那个姑娘勾搭上了，最后还是能过上老夫少妻的日子。足够多的中年影星、中年阔佬都证明了这点。那个能拦住你的人，是你自己。

如果把爱情婚姻单纯当成猎艳能力，那么，从人的生理来看，所有爱情婚姻都是不合理的。男性一天的性幻想次数，十倍数十倍于女性，他们有十来个老婆才能填平这差距。

为什么现实层面的爱情婚姻，它们基本上是同龄人间长久相伴的关系？那是因为爱不单纯是机械上的咬合，这螺母坏了，换个新的；它是个系统，你一进入，人就放松、舒服，脑部的快乐区域就发亮。时间在这个系统中起了很重要的作用，爱更类似于酿酒，好的五谷，好的水，好的微生物环境，各种因素都有了，时间最后发言。急不得，十年的酒就是比一年的酒好喝。

许多常态中的爱情，会动摇，有警醒，生长力量，也生长责任。你看常态中的人，就会对爱情、对人有信心，如果人们相爱的结果只有背叛和痛苦，那么，爱情这种东西就不会存在。

人一般都只生活在极小的圈子，接触的人有限。聪明人，既要有通过个体观察到普遍人性的眼力，也要有能把这些人放在更大背景下的对比力，这样，才不至于被自己的眼界所误导。比如，夜总会的姑娘会说：

我见过1000个男人,全是花天酒地的,所以,男人结婚后一定流连夜总会。而在书店工作的姑娘会说:男人都是书虫,我能举出1000个例子,所以,男人结婚后一定会上书店。这两段推理,你一定会看出它们的不合理。

同样的推理,也发生在你身上,一个年轻姑娘,去亲近中年男人,他们果然上了钩,唯一那个犹豫的,想保持距离,还被你骂成"虚伪、善变"。你应该条件不错,就是条件一般,只要年轻姑娘去钓中年男人,一定有几个会上钩,但仅凭他们给男人下个总结性的定义,那确实悲观,背叛爱情的,是坏人!不肯背叛的,是虚伪。总之没一只好鸟。

我想,更重要的是,你很享受这种狩猎者的快感,而想到感情稳定,有婚约的拘束,这种快乐日子不得不结束,你是不愿意的。所以,贬低男人与爱情,为自己寻找心理支撑,是你最合理的选择。

你玩兴正浓,技艺高超,一年之内玩四个中年男人,常人也做不到,还是专注于玩吧,你还没兴趣、也没能力维持长久关系。

祝开心。

连岳

35.

投资令人冒险，投资使人吝啬

———

连叔：

你好，我老公是您忠实的读者，也因为他，我开始关注您每天更新的文章，他对我说的最多的话就是，连叔三观很正！对，我也这么认为，但是前天发生的事让我不得不请教连叔，因为他说这么做很大原因是受你的启发。

很简单，为了买房。

我们在我父母的帮助下有一套房，月供三千多。父母房出租后每月还需供一千八。加上装修已经让我老公负债累累。他是典型农村出生，父母不能在金钱上有任何帮助。我们都在二三线小城市生活，我是本地人。

他一直都有想法再买房，可是遭到我的反对。前晚他突然说要在一年内再买套房投资，话说得又狠又绝！我是否支持他无所谓，金钱上是否支持无所谓，即使离婚也无所谓，但是就是要买房！真是晴天霹雳！

为了一套房孩子家庭都可以不要！孩子才半岁！就因为我们反对他买房可以什么都不要！

如果再买套房，公积金里面的五六万拿出来，连首付都还要借，房子到位了简单装修又要借，首付装修加起来要借十万多。刚缓和的经济危机更是雪上加霜。我一直说买房是肯定的，让我们都休养生息两三年再谋划，我们不可能让父母一直帮衬。可是他不听，更搬出连叔的名号，说你都支持买房，赶紧买。可是这个买也要自己能力范围内吧。孩子这么小，奶粉尿不湿杂七杂八的都要钱，还有家里的开销。他说我们阻止他买房就是阻碍他进步往上走！

好，再退一万步说，你可以买房，你可以不需要我支持，但是你为了一套房可以家不要儿不要，买房为了自己的大男子主义（现有房主要还是依靠我父母），为了有安全感，太自私！原生家庭带给他的淡薄的亲情，现在倒是在自己的家庭表现得淋漓尽致！如果是这样，当初干嘛结婚，干嘛生孩子。到头来我们算什么！离婚我不怕可是孩子还那么小。

连叔，我该怎么办？

Z

Z：

离婚没那么容易，还好你们都是我的读者，看完这邮件就不会离了。顺便劝一下婚姻中的人，一点小事生气吵架时，离婚不要挂在嘴上，说多了心理暗示变强，不该离的也离了。

　我先说支持你的观点。

　我说的买房投资有非常严格的限定，特指一线及热点城市，简单的衡量标准是，你所在城市有无限购，有，则说明求大于供，房产有价值。中国多数地区的房产，供大于求，已无投资价值，当然，你在当地生活工作，买一套自住，我觉得也应该。

　就是在限购城市，也有人看空，有人看多，都一致，就不可能产生交易，所有人觉得要涨，谁会卖呢？

　投资是系统工程，观念、勇气、现金流、家人达成一致，少一环都不行。

　所以，你丈夫的投资必然得到你的同意，这点毫无疑问，除非他用自己的资金。

　得到你的支持，现金流跟不上，那也是找死。不算算自己能挤多少钱，蛮干，这不是投资。

　好，我再说说其他观点。

　人必须要有投资的意识和行为，否则，很难在阶层中上升，大多数工薪阶层，终其一生，阶层不下滑，已经谢天谢地。

　你丈夫这种榨尽最后一滴血的投资者，是一大流派，极其节俭，所有钱都用来投资，可能拥有大量的股票和房产，自己的生活水准却不高，甚至还得不停透支。

　我很佩服他们 all in 的勇气，决策正确的话，财富增长速度加倍。如果失策，也可能一夜间失去所有——不过，投资的本质就是冒险，敢于冒险，是投资者最有价值的品格。

　不过，我却不是这种流派的人。我认为这派的人生观出了点问题。

一个投资者的财富增加，确实相当有快感，但只停留在追求这种快感，那将使人吝啬，包括对你的家人。这是投资者最容易产生的毛病，巴菲特也是出名的吝啬，爱用商家免费赠品，不太情愿给酒店侍者小费。所有的消费，聪明的投资者脑子一算复利，二十年后都是一大笔财富，花一千块钱就像花一百万那么舍不得。

赚钱是为了什么，最后还是享受。锦衣玉食，好房好车，老婆孩子活得舒服自在。而有些享受，是有保鲜期的，老婆年轻时，你连件好衣服都舍不得送，她老了，你再送，有何意义？孩子小时，你让他在同龄人里显得寒酸，小伙伴们吃过玩过的，他都不知道，话题都参与不了，心理受挫，大了是无法补偿的。

关键是，年轻时吝啬的人，年老了一般更吝啬，老婆孩子永远得不了他的好。

未富先奢，负债享乐，负现金流，早早把自己搞破产，这是很蠢的一极，财务自杀。但我也不建议跟随摆到另一极，连家人体面生活也不要，将家人置于极大的心理压力之中，为了投资，牺牲一切。

投资的终极目标就是为了享受，家人的幸福生活是放第一位的，这点不应忘记，别走火入魔。

最后有些话是支持你丈夫的。

一个男人，拼命想拥有自己的房产，一门心思要发财，这欲望，这勇气，都很珍贵。你该庆幸。许多男人，反正老婆家里都给了，乐得轻松，哪有什么斗志。

发财的机会永远都有，不必过急，把家人照顾好，是男人的第一任务。

还有，如果双方实在无法在财务上达成共识，那就财务独立，家用一人一半，其余的，按自己的想法去投资。

　　祝开心。

连岳

36.

爱情是劳动的一种

—

连岳：

这封信写得有点意图不明。一来我没有凄婉的爱情故事，二来最近也没什么困扰我的感情问题。只是看你的回信看多了，让人有种要认真反省自己的冲动。

谈恋爱，多少算是个技术活吧？怎样去爱人，怎样去经营一段关系，天分以外看来还得多加练习。我在高中谈了一场懵懵懂懂的小恋爱，走过场一样经历了初恋，之后好长一段时间都没正儿八经地谈什么恋爱了。不是没喜欢上谁（我是那种特容易为一个事物着迷的人），但一直没有发生什么值得一提的感情事，有段时间连我都开始怀疑自己的性向了（开拓一下新领域也不是坏事，可惜看来不是）。那时候流行一句话，爱情没有出现的时候，丫一点也不重要。

就这样，一晃过了七八年，什么豆蔻年华，花季雨季，哗啦哗啦地过。眼下虽然还年轻，但感觉自己在感情上像个婴儿，什么都不懂。跟异性相处的时候虽然不能说是无所适从，但也绝非舒服自然。身边也有遭遇跟我差不多的朋友，她说这是独生子女的普遍现象：父母给的多了，这孩子对外面的情感需求自然减少，也不懂得给予爱。可能这样说过于笼统，但在我的情况看来不是没道理。我和父母关系亲密，基本无话不谈，内心对他们的依赖可能成为我个性独立，进而去发展新关系的障碍。当然，这不怪父母，是我个性不够独立所致。

再回想那些不值一提的感情，我其实也蛮主动，但总是兴冲冲朝着他奔过去，然后发现对方一些东西不符合自己的预期，就马上跑得远远的，全然不懂得什么是"经营"。可能看爱情小说看多了，像包法利夫人一样，爱上男人的马鞭，绿丝绒烟盒……爱上一大串抽象的符号，爱的根本不是人。但是这东西又极难界定不是吗？我爱上他的一串绝妙的比喻句，爱上他说话不加掩饰，爱上他对烹饪的热情……这些足够当作我真正爱上一个人的证据吗？但是为什么我总是在发现对方身上一个自己不喜欢的特质就马上想到放弃呢？

眼下正谈着一段轻松愉快的恋爱，两个的性格不大一样，他比较实在，我比较不羁（嘻嘻），观点相左的地方不少，有些时候难免步调不一致。我的信心也没开始那么足了。时间再长一点，当那些新鲜话都说完，浪漫的小把戏也用尽，电话变成了刷牙洗脸一样的程序，那些支撑我们走下去的东西不知道还在不在。关键还是我这种孬得要命的性格，让我更没有信心了。

就像电影里舒淇说的，没有爱的能力比没有性的能力更可悲。

JK

—
JK：

一个人可以不需要爱情（同性或异性）、不需要婚姻、不需要孩子，一个人可以自由自在、无牵无挂地过一生，感谢现代社会，从物质到观点，为人提供了这种可能性。

感情离不开功利，父母爱孩子，是因为孩子带着自己的基因；离开父母爱上另一个人，离不开性爱、消解孤独及增加经济实力这些因素，但这一切，要么有人不在乎，要么能通过另外的方式得到满足。我估计，婚姻这种繁琐的感情方式，以后也会变淡，两个人只保留相随的乐趣。

每个时代，空中好像漂浮着一部透明的宪法，上面列着"人类必然需要清单"，清单列得越长，人的空间越小。

正如阿马蒂亚·森先生所说的：自由是人类发展的目的，自由也是人类发展的手段。一个人受到的强制越少，他也就越能舒展。有些强制是外力所加，有些强制是人的自我禁锢。

外力所加的强制，是事实，很难改变，红绿色盲，驾驶的自由就被剥夺了，你不能指望世界上的红绿灯为你一人改变。

我们自己能增加的自由，最快的就是消除内心的自我禁锢。

解除自我禁锢，是不是作为越少越好？不是的，这种解除，需要一个人精神力量变强，而一个人只有长期的自我教育，精神力量才能得到锻炼，就像长期的健身才能身体线条漂亮。自我教育不需要你特别聪明、特别漂亮、特别幽默，它需要你有耐心。耐心地训练、耐心地阅读、耐心地学习、耐心地劳作、耐心地沟通，忽然在某一天的某一刻："砰"

的一声，像香槟突然被打开，你的梦想就实现了。

没有不劳而获的赞美，没有不劳而获的成就，自然，也没有不劳而获的爱情。

爱自己，像爱自己一样爱另一个人，两个相爱的人维持爱情，一样需要耐心，爱情是劳动的一种，像种田一样，像写作一样，像减肥一样，它需要时间、付出、力量和韧性，指望一见钟情而后万事大吉，这种懒人的爱情，发生的概率实在是太低了。

有意思的是，懒人的一大法宝是宣称：我不再相信爱。这样就有了彻底逃避的借口，既然不信爱，一切爱都是欺骗，我就安心躲在自己的壳里。

除了心理病变，人一定会爱自己，这是写在基因里的，非爱不可，非信不可。不相信爱，认为世界全是敌人，大家都要作恶，这样的人，本身往往散发绝望气息，没人爱他这个真相太难接受，只好不相信爱，其实，他还是爱他自己的，甚至为自己编造谎言。

好好经营自己，从身体、财富到自由，这是爱的出发点，也让爱不陈旧。一生很久，爱也是漫长的路，真正让自己可爱的人，每天都比昨天好，一定不会缺爱。

祝开心。

连岳

I Ask Lian Yeah!

2017

有任何问题，请邮至：
lianyue4u@163.com

1.

不和倒霉事死磕

—

连岳：

你好，我跟他谈恋爱将近四年到订婚，办酒席，生孩子，宝宝现在八个月大，五月中旬，他向我提出分手。这是个晴天霹雳，因为生活点滴中，我一直觉得自己很幸福，很快乐，拥有了孩子之后更是，可是，没想到，他跟我提出了分手！

我问为什么，他说，跟我在一起就是个天大的玩笑，本来就是只想玩玩而已，没想到，会跟我订婚，办了酒席，没有领证……跟我结婚，完全是出自双方父母的因素。他所谓的玩玩，花了将近五年的时间！他说，孩子可以归他，我可以轻易再找人嫁了，怎么可以讲得如此不负责任？

恋爱的时候，我知道他爱玩，喜欢玩微信，摇一摇，约妹子……你知道的。我们争吵过，分开过，可是后来还是在一起了。我非常爱他，他是我的初恋，包容他，不去责备他什么，觉得男人或许玩累了就会收心了，现在我们都有宝宝了，他也很爱孩子，应该不会了，可是，就在我觉得自己已经在收获幸福的时刻，他却提出了分手。原因是我长得不够好看，他嫌弃我的肤色黑，说他是他们家族里娶的媳妇最丑的，后面还有很多不堪入耳的词汇……重点我是黑，可是，我长得并不丑！男人，怎可以如此贬低我！？他跟我谈恋爱那么久，当初跟我在一起，是怎样的眼色，没瞧仔细吗，现在再来如此说我！

我问他，你不是也很爱孩子吗，他说，孩子现在生出来了，他是很爱没错，可是当初他是极力反对我生的，要我打掉，甚至他母亲还跟我妈妈打电话说，去做鉴定，如果是女孩就打掉，男孩才要。鉴定，是被逼着去的，我不管男女，都要生下来，结果，女孩。他家里知道后，整天给我电话一直疲劳轰炸，要我打掉！经过我的坚持跟努力，孩子还是生下来了，很可爱的宝宝。我用生命在爱护她。从出生到现在八个多月，每天都是我自己照顾。我不知道，到底，爱着这个男人具体什么东西，可是，就是爱了。无法想象跟他分开之后，我跟宝宝的生活会变得如何。不敢想！

我知道，他花心，心思没有在我身上，可是，还是爱着他。我不知道，要怎样，才能够让自己对这个男人死心，甚至，还要面对，以后宝宝没有健全家庭的样子会如何。舆论在朋友圈的发酵，大家都以为，我们很好很幸福，假如，这层膜捅破了，没有了，我该如何面对大家的眼光。真的，我知道我讲述得有点乱，可能不及重点，但是，我需要您给建议！请帮我，我该如何去面对这一切，期待你的回信，谢谢！

不知所措的蚂蚁

不知所措的蚂蚁：

和一个人恋爱了近五年，结婚生孩子，那一定知道对方的美丑。即使长得丑，订下婚约，那也证明自己已经接受这所谓的"丑"。这是一个简单的因果关系：因为你我长时间恋爱，所以你不能婚后才嫌我丑。

因果律可以说是了解世界最重要的规律，失去探询原因的好奇与能力，人类社会就不会发展。一个人也不太可能得到爱情。为什么爱？为什么不爱？基本都有原因。所以我很理解你的疑问：为何恋爱了五年，生完孩子，忽然翻脸要离婚，这完全不合因果律啊？

我想知道原因，这是人长有大脑的必然反应。当找不到原因，事件看起来过分诡异时，人就无助、焦虑、愤怒，像自豪的名侦探面对没有破绽的凶杀案。我觉得，释迦牟尼很好地理解了这点人性，他采取了将因果关系无限延长的方法：你此生的痛苦找不到原因？那原因是在前世，在时间的上游。你此生的原因没有结果？那结果在来世，在时间的下游。人有因果安慰，似乎一下也就放松了，容易接受现实。

当然，这种前世后世的解释，对很多人来说（包括我）已经没用，可能对你也没用。那我们只好接受另一个事实，这世上不少事，是因果律解释不了的。因为父母漂亮，所以孩子漂亮，这是因果律在起作用，人人理解。可是，不少父母漂亮且感情忠贞基因纯正的，孩子却长得不好看，因果律不起作用了，孩子问：为什么我长得不漂亮？答案是，不为什么，找不到原因。

很多事没有原因。你中了乐透大奖，不是因为你研究出了中奖规律，仅仅是运气好。你自觉没有任何过错（事实也证明如此），却被丈夫羞辱和抛弃，这悲剧，仅仅是因为运气太差。

你的不幸，也只能用运气太差来解释。继续研究，以期找到让自己信服的理由，是不可能完成的任务，只是继续浪费自己的时间而已。

人生总有倒霉的时候，踩中狗屎，菜里吃到蟑螂，理发师的水平特别差，自己的顶头上司是人渣，特别容易胖……这些事情碰上了，你的反应都是叹口气，不多想一分钟，尽量让不开心的事情快点过去。

爱情中也有倒霉，它也有狗屎，不幸踩到，反应却很大：这狗屎为何要这样对我的脚？我的脚没犯什么错！它穿了新鞋子、它穿了新袜子、它仔细打理过，细腻可人，狗屎凭什么欺负它？——这情绪可以理解，爱情毕竟是比较隆重的事，在上面花的成本不低，突然失去或者发现所爱非人，无法接受这损失。放纵情绪，执着因果，一定要个说法，是很多人的选择，可以纠缠一生，最后得到的因果关系是：我爱错了一个人，所以毁掉了这一生。

更理智的选择是：收敛一下情绪，自认倒霉，不执着于因果，迅速止损，滥人找了些滥理由离开你，你该庆幸才对：这不幸终于结束了。人的时间是经不起浪费的，在倒霉事上浪费过时间的人，更经不起浪费。

祝开心。

连岳

2.

不会找爸爸的人，将沦到底层

你好。我看了你文章 9 年。

我父亲是个不得志的人。我出生在江西，父母是支援内地建设的老三线人。在我五六岁的时候父亲也曾经春风得意过，但他不知道人生总有波峰波谷，他在波峰的时候把能得罪的人都得罪光了，等到罩着他的人下了台，他也跟着被"发配"到了类似于做苦力的部门。这都是长大之后我母亲告诉我的。后来工厂效益不好，父亲工资越来越低，母亲托亲靠友，终于把全家调回现在这座城市。并且靠着我外婆的一些关系给父亲安排了一个比较好的工作，希望他能从头再来过。可是，怎么说呢，江山易改本性难移吧，父亲在那个位置上依然没有吸取教训，还是喜欢说很直白的话，不知不觉中又把人给得罪了。后来就和以前在江西一样，他被越贬越低，最后就被贬成了保安，再后来因为单位改制被买断了工龄，50 岁的时候就回家了。

其实我父亲还算有才吧，他年轻的时候学过书法、国画、素描，还写得一手好字。而且很喜欢读书，可也就是因为书看多了吧，有时候很固执，认为他说的话做的事永远都是对的。以前看《围城》，记得孙柔嘉的姑妈说方鸿渐，"本事不大，脾气倒不小"。我想这句话简直也是来形容我父亲的。还有，不管什么时候，当着外人的面，他对我，对我母亲，都喜欢发火。稍有不顺他意，他就肆无忌惮地发火。

　　他很小气。从我记事起，我不记得我父亲给我和我母亲买过什么东西。从小我买东西交学费都是问我母亲拿钱，习惯了。每次让他出去给我带什么东西，回来我都会把钱如数交给他。实行的还是多不退少补原则。哪怕是 1 块钱的报纸。我也习惯了。

　　他很自私。他买了什么吃的，总是藏起来一个人偷偷吃掉，我都不好意思打这段话。我从婆家带回来的吃的，他也会偷偷吃掉，有次老公问我拿个什么东西，我去厨房找不到，母亲跟我说估计已经被他吃了。当时真是尴尬死了。

　　由此也可见他很好吃。家里人聚会的时候他总是第一个坐到桌前开始动筷子。等所有人都吃好了他一个人还能很有耐心地坐在那里吃得津津有味。到亲戚家做客，能把亲戚放在茶几上的所有零食吃得干干净净。还好家里亲戚也不常在一起聚，还好亲戚也都习惯了。

　　现在我很少和他说话，因为不知道说什么。我总觉得父女关系应该是女儿经常跟爸爸撒娇，工资不够花了就问爸爸要点。我不会这样，我会觉得别扭。因为在我们家从来只有我给他花钱而不是他给我花钱。

　　连岳，我很喜欢看有些网络红人的博客，特别是那种秀父爱的，一会爸爸给我买了这个，一会爸爸带我们全家出去旅游。我会默默地复制粘贴。我是不是心理有问题呢？

我不喜欢我的父亲，我该怎么办呢，连岳？

Cherry

——

Cherry：

要记住一点：人容易产生偏见，人的一生都要和偏见作战。

所以很喜欢罗素的一句话："我不为我的理想献出生命，因为我不知道这理想是否永远正确。"——顺便为"献身"这个词正一下名，它往往是坏词，生命不可再生，不要做捐命的事，当然这不是等同于懦弱，而是保持一点怀疑。

所以又很喜欢爱因斯坦的一句话："我认为最重要的品质是自省。"只有自省，才有真正的自我对话，才能动摇内心的偏见，才不会被一个时代的偏见以及自己的固执所绑架。

开列两位大哲的话，主要是想纠正你的一个偏见——就是你所说的"可也就是因为书看多了吧，有时候很固执"，执恶固执的原因往往是书读得不够多，或者只读了太多的坏书，把固执归因于书看太多，这是很可怕的误解。

一个合格的父母（我相信你能够），其重要之处在于传承最好的知识与观念，让孩子珍惜人类最重要的器官——大脑，养成终生自我教育的习惯，自我教育当然很大程度上离不开阅读的习惯。

读书并且会读书，即有能力挑选增长自己能力的书，这也是人生关键。这样的人，不停修正偏见与错误，越来越可爱，否则，一直保有偏见和错误，越来越可憎，像你父亲一样。

我最后再找一位帮手。亿万富翁，股神巴菲特的合伙人芒格说过："我认识的富翁中没有不终生自我教育的。"芒格最爱的教育方法是，买自己喜欢的书送给孩子。

那些没有掌握终生自我教育能力的人，将沦落到底层。

你也许很郁闷，你来邮件是抱怨不成器的父亲的，怎么被我演化成了如何教你当父母？

告诉你一个好消息，其实，你不知道谁才是你真的父亲。

上面我提到的每一个人，他们中的任何一个，或者全部，都可能成为你的父亲。这是作为人类的好处，在基因上，人只有一个父亲，在精神上，你可以挑选任何人当你的父亲。

很多人开玩笑叫马云或王健林爸爸，这两位耳朵一软，认了，你马上有大笔财产继承，当然，他们不会答应的。可是，找精神父亲就容易多了，由你这个孩子说了算，我想继承谁的观念，就继承谁的。

找不到精神父亲的人，多半只能继承生身父亲的观念。找得到精神父亲，观念来源就跳脱出家庭的局限，这也是掌握自我教育能力的体现。

有个让人羞愧的父亲，自然非常不开心——也许，不少人有这种感受吧？不过只要意识到这点，即意味着你在精神上和他切断了联结。试图将他改造成不让你羞愧的父亲，这不可能完成，最好的选择是去寻找精神上的父亲。

父亲的可悲与可笑，并不会因为他贡献了精子而传递到你身上，但如果你继承了他的偏见，那才脱离不了他的影响，也会承担他的罪错——甚至要承担得更多，因为这代人的教育资源与机会，普遍比上一代人多啊。

并不是因为有了血缘，就一定得爱，你不爱你的父亲，并不是错。孩子必须爱父母的所谓孝文化，不该爱的也得做出爱的样子，那让人心理扭曲。

祝开心。

连岳

3.

你无法偷袭爱情

—

尊敬的连岳：

您好。一直都是在默默看您每次的解答跟劝慰。每一次在心里都对您的回答充满敬畏，试想如果我们这些人也有您的智慧跟决绝，是不是就不会有这么多的烦心事？当然，每个人都有自己的一条路要走，甚至在明明知道结果的时候，还是义无反顾。算不算是种勇敢。

写信，是因为朋友的事情，之所以想跟您说，主要的原因是我自己也不知道该怎么跟朋友解决。朋友是我的高中同学，是我的下铺，一直很快乐很乐观。

最近她结婚了，对于她的男人我们这群朋友都不满意。不是因为世俗的原因，是因为那个男人刚刚出狱，在里面呆了 14 年。虽然说表面上看起来不是坏人，之前所犯的罪并不是丧心病狂，应该是大意疏忽之罪。但是，我们还是都很担心。男人对她真的是很好，闺蜜说是什么就是什么，这点我们都不质疑。现在问题的关键是俗得不能再俗的事情了——婆媳关系。男方的父亲在他跟哥哥进监狱的时候被气死了，只有妈妈。男方家里是我们这儿农村的，因为拆迁才住上了楼房，也分了钱。他哥哥还在监狱里（哥哥跟他是同父异母）。

婚礼上婆婆的脸就非常的长，而且是苦不堪言的表情，我们一群人在下面看得是真真切切，同去的朋友问我为什么。我也说不上，问她也不知道，婚礼结束的几天里，但凡是见到闺蜜的都是这个问题"为什么你婆婆老苦着一张脸"。因为闺蜜坚持跟婆婆分开住，所以她婆婆就搬到另一套房子了，但是同在一个小区（拆迁分了两套房子）。

婚礼结束的当天，新人都很累了，所以8点半就准备睡觉，结果闺蜜的婆婆一直在家里客厅里坐着，也不看电视，也不喝水，地上全是白天来人弄得乱七八糟的糖纸瓜子壳。就这么一直坐到11点多才走，闺蜜的老公催了三遍，他妈妈却依然没有走的意思。就这样，第二天早上7点，婆婆又自己开门进屋了。

听闺蜜讲，婆婆今年50多岁，自从他儿子结婚，就什么都不干了，连饭也不做。闺蜜上班早上7点就走，晚上5点半下班，每次都是他老公到点打电话，"下班买菜，等着你做饭呢"，回家婆婆坐沙发，一地的瓜子壳，饭好了就坐下吃，吃完了一边看电视了。什么也不收拾，白天婆婆有她家的钥匙，天天来好几趟，但是看到地上脏，桌上脏，照样天天看在眼里。

说到钥匙，一直到结婚都没有给闺蜜家门钥匙，是因为她姐姐知道了看不下去，张口时候她老公才把他的那把给了闺蜜。总之，就是蛮像电视剧的，晚上10点多，两个人躺床上了婆婆突然破门而入就是为了看看回家了没的故事几乎天天上演。

要多狗血，有多狗血。

闺蜜跟那个男的认识 10 天登记结婚的，闪婚的典型代表。所以现在是后悔的，但是男人对她确实是真的很好很好，想离婚却又感觉对不起男的。纠结得要死。男孩子家里原来很穷，也是感觉自己自小就进去了，家里就老妈一个人，吃苦受罪地一个人支撑一个家，还每个月给他往监狱里寄钱，要多苦有多苦。所以，他对他老妈的所作所为也不说什么。估计也什么都说不出口。

这些都是闺蜜讲给我听的。我真的是很为难，不知道该怎么解决，试想要是自己是没有勇气闪婚的，更不能妄加评论，告诉她现在应该怎么做。所以，我也很纠结。

请您在看过之后，告诉我应该怎么帮助她。其实，里面还有好多琐碎的事情，总之她婆婆这个人没有朋友，没有其他亲人，属于那种特别自私孤僻的人，唯一的爱可能就是儿子了。

结果，应该是怎样的，才能让闺蜜不这么难过？

闺蜜的闺蜜

闺蜜的闺蜜：

闪婚是人的权利，但它一直是我保持怀疑态度的结合形式。正如我认为人有做蠢事、说蠢话的权利，可不建议人蠢。

人的婚姻，有若干需求：性、爱以及长久稳定关系的安全感。这是有点难度的事，还好它没有难到人类的能力无法企及，只不过是需要耐心、包容及一点自制力。没有哪件事是容易得到的，健康的婚姻就像健康的身体一样，既要持续地照顾和锻炼，也必须要面对有时出现的病痛。

婚姻的需求，现代社会已经可以分解提供，性有"性产业"或一夜情，它让人快速方便地享受到性爱，却不必产生情感依赖；而长久的稳定关系，又可以在朋友、社团中求得。

也就是说，人如果嫌婚姻麻烦，完全有条件舍弃婚姻了。

闪婚，在我看来，它的脆弱在于具备了传统与现代、短暂与长久的双重危害。

久没吃方便面，有人会怀念它的味道，可没人能连吃三餐而不抱怨，这就是激情与长情的关系。

人与人之间快速产生好感，这很正常，许多关系就是这么开始的，第一眼看不顺的人，成为朋友和恋人的可能性就变低了。

同样正常的是，人与人之间开始的好感会迅速消退，爱与恨在某种情况下还会转化。相对松散的关系，提供了回避腾挪的空间，朋友谈不来了，交往可以慢慢少。可紧密的婚姻关系，烦恼就大了，离婚有成本，不离婚又变成苦恼的来源。

好的婚姻，不是逆人性而为，而是顺着人性。第一眼好感可能不真实，那就看第二眼，第三眼，直至一万多眼验证了真实；爱可能会厌，那就拉长时间试试抗厌性；爱也许会被细节磨损，那就多呆在一起磨合，直至没有毛刺。闪婚试图以偷袭的方式将彼此的好感以婚姻的形式固定下来，单纯从勇气的角度，令人赞叹；但匀速行进的时间，慢慢会追上他们，把他们丢下的烦恼加倍还给他们。

勇气一定要和理性结合。这就是为什么要多恋爱，要长恋爱的原因。第一次亲吻，第一次性爱，就像渴极了的第一口饮料，觉得很美，解渴之后，你会发现它未必是你最爱的口味。婚姻是理智的孩子，一切弑父行为最后都会被报复，许多偏见鼓动人们在趁着丧失理智的时机进入婚姻，那都是劝人跳火坑的行为。

不理智的后果慢慢呈现出来，是必然的，也是件好事，这些问题解决，功课补上了，也许婚姻逐渐变好。这时候，闺蜜要做的事，就是冷淡一点，事不关己，高高挂起。婚姻本来要修正的方向、要面对的矛盾，往往由于闺蜜的一通安慰，就像吃了安慰剂，似乎忍受得了，再受挫，再安慰，消磨了改变的能力。

过于热情的闺蜜，是不幸的帮手。所以，你得由着她的痛苦逼迫她，逼到她自己找到办法。

祝开心。

连岳

4.

谢谢你动了我的鸡肋

——

连岳：

你好，本人 30 岁，结婚生子，儿子一岁多，身处异地，家庭照顾不到，妻子一人持家！

以前是煤矿的普通工人，现在煤矿当保安（强制解散后安排的工作，非本人意愿，除非辞职）！从未想过自己会成为保安，一辈子都不敢想，总觉得当保安没啥技术可言，日子可不能这样活下去！只不过是正式工！说是能管一辈子，谁知道呢？

大概说下我的经历吧，大学四年，学的生物专业，毕业后没找到本行业工作，专业算是废弃，最后家人托关系在煤矿找了份差事，工资不错，除过工资，生无可恋，因为国企你懂的，我付出了许多，什么也没得到，反倒是给领导得到了升迁的机会！我一无所获，也许是自己不会为人处世，拍马屁功夫不足！才过得如此狼狈不堪！最后以前的运行岗位被外包了，我们就被强制解散了，安排到保卫工作！实在心痛！

我以前干的运行工，没啥技术含量，在职业之外，自学过电脑软件，什么 CAD、PROE、3DMAX 制图类软件，还自学过摄影、电工！这些都未经专业培训，都是我在网上看视频，看书学的！现在的困惑就是妻子让我回去，重新找个工作，辞掉这份铁饭碗，而我也不愿就这样虚度光阴！想找个兴趣爱好的摄影、设计类工作，重头学起！

只是已经 30 好几了，投了好多简历，好多公司不要了，年龄偏大，感觉自己老了，没人要了，一下子心灰意冷，求指点，处于这个阶段的我，该怎么办，只是想要个工作。技术类就行，我善于捣鼓研究，可是年纪不小了！确实很困惑！如果要一辈子就干保安，还不如回家种地！

另外我给大家个建议，一定不要在你年轻的时候，让父母安排你的未来，因为到了一定阶段，你会后悔的！

感谢连岳，一直看你的文章，写得很好！不论你回不回复，我都支持你！

风

——
风：

你还是勤奋的，不想浪费自己，自学了不少技能，这值得点个赞。

很多类似你工作处境的人，即在"有保障"的地方上班，想法都像：我有花大把时间学习技能，完成阅读与学习计划，自有一身本事，不怕无竞争无压力的工作把我废掉。

这想法有对的一面，人可以自我管理，学习新技能。

只不过，它致命的错误是，偏离了成年人最重要的学习模式，所以学习可能是无效的，无法使用的，只不过起到心理安慰作用。

人离开大学校园后，就切换进入"边干边学"模式，专业不对口没关系，你学习能力在，面临问题时，你自我培训，找到解决办法，获得新知，不停循环，能力越来越强，技能包工具越来越多。

"等我学成大师，再脱离舒适区找新工作"，这只是无法实现的美梦。

脱离实践的技能不是真的技能。

用虚拟游戏币玩牌和用真钱玩牌，技法没有任何差别，却是不同的游戏。

在自家院子学习武术套路，耍得再熟，并不意味着你有种出门和人肉搏，它真的会流血，会受伤，要随机应变。

当然，人性总是害怕未知的，许诺保障，只要温饱，很多人就接受，虽有不甘，但也就混一辈子。内心的壮志，偷偷自学的本事，全化为尘土。

煤矿把你，一个堂堂大学毕业生，"发配"去当保安，在你看来，是一件很痛苦的事，在我看来，这是你的机会，你的幸运。

你没看错，是幸运。

你被迫改变，你又还年轻，才30岁，你觉得自己不再年轻，那是因为你处在一个封闭的、走下坡路的小环境里，心态苍老。

30岁，人生才开始发力。你有什么可失去的，不就是煤矿的保安工作吗？我还可以预判，你不太可能是个称职的保安，你将瞧不起文化程度比较低的同事，以释放怀才不遇的郁闷。

你为人夫，为人父，赚钱养家，是首要任务，煤矿保安这份工作，完不成这任务，你还贪图它的保障？保障在哪里？

你现在的处境，确实没有一份你喜欢的好工作等你，因为你的履历没有任何说服力。

那就从最不需要门槛的工作做起吧，许多工作不问资历，只要你愿意干，就行。你回到家庭所在地，干保安，也行啊，至少更能照顾家庭。说得极端一点，就是捡破烂，也能捡出生活费，能赚钱，有什么丢脸的呢？

你的处境如此，你都没饭碗了，你还认为这是铁饭碗。不要再怪你父母了，这是你自己的认知出了问题。你这样的父亲，妻儿将来生活困窘，也是大概率事件。

你对得起他们吗？你受过大学教育，你不比别人差呀。

让我告诉你一个故事：有个小孩，14岁左右，父母都不管他，他自己流落厦门，开始干各种活，吃各种苦，后来攒钱在厦门的边缘地带首付买了房子，再买车子，现在算是扎了根。这种人，并不少啊，你身边也有。他们一步步变强，正是因为没人照顾，没有所谓的铁饭碗，在生存中，在市场里，边干边学，能力一点不比人差。

看完这封邮件，立马辞职回家。一分钟都不要停，你有个屁的铁饭碗，你只是把他人施舍的几口剩饭当成保障，乞丐都比你幸福。

醒醒吧，你这个"铁饭碗邪教"教徒。

连岳

5.

不要忘了爱的原型

——

连岳：

你好，我 16 岁，是个男的。

从小别人就认为我不正常。其实谁正常呢？

小学一至五年级的时候，我对那段生活已经没什么记忆了，我既不看动画，也不玩电玩，更不与别人打架，当然也不爱学习啦，只记得考试总是倒数，一发试卷就挨打，可是，可是我竟然一点改变都没有，依旧每天发呆。

六年级时，我遇到我生命中目前为止最重要的一个女人，是我的班长（虽然母亲也很重要，但不一样）。她是一个很有魅力的女孩，忧郁，豪爽，成熟。在某种意义上，她简直就是亚马逊女王，她就坐在我的身边！我感觉我的生命才刚刚开始，我感觉自己充满了激情，我迫不及待地想去迎接每一个和她在一起的时刻，那段时间的每一秒钟我都是快乐的。我们每一天坐在同一张椅子上，我们交谈，我们欢笑，传纸条。直到被班主任叫去"喝奶茶"，站在办公室外的时候，我们相视而笑，那一刻，我才明白，飞蛾在扑向火焰时心里也是极其快乐的啊。我别无他求，只要她对我微笑。

现在想来，那段生活真是太奢侈了，那就是爱的感觉吧！

也许是爱的代价，也许是我在一年间耗尽了几十年的快乐，后来，虽然我也奇迹般地考上了重点中学，但是她却去了其他的城市，也许她永远都不会知道曾经有一个小男孩那样的在乎她，也许我只是她身边的一片云，稍纵即逝，可是我这片云却在她离开的夜晚哭了一夜。

后来，我实在是郁闷极了，便开始叛逆，逃课，上课不听，骂老师，等等。也经常被喊去"喝奶茶"，也经常站在办公室外，可那种感觉早已无影踪。只是无尽的烦恼与痛苦。

初三时，还是无聊极了。于是便开始努力学习，渐渐地与班级里的其他人脱离，开始封闭在自己的世界，不敢面对自己，面对社会，面对家人。身心都受到了不小的伤害。

中考时，我是班上的第一，全市的前一百，可是仍然不快乐。

现在呢，我依然学习不错，是班干，是班草。可是这只是我拿来掩饰自己迷惘与自卑的武器而已，我真的很自卑，我不知道怎样让自己重新被自己接受，让别人接受，我不敢与人交往，并不是因为人们想象的孤傲清高，而是我怕别人在了解我之后会看不起我，我只是一个平凡的人，可是他们现在对我充满了好奇，其实，我真的很需要朋友，我真的很需要倾诉，我真的很需要爱，可是我也怕再受到伤害，毕竟我感觉我已经禁受不起别人的攻击了，因为我自己的攻击已经让我招架不住，我现在每天必想的一个念头就是死，我怕它成为现实，我不是怕死，我怕的是死之前的孤独与绝望啊。

最近，有一个女孩向我表白了，我几乎没有和她说过话。我不知道怎么去面对她，回答她，我怕她是在玩票，我怕她迷恋的是我的孤僻，我怕她会不喜欢那个真实的我。并且我对她也没有什么感觉，毕竟我对她一无所知，我应该给她和自己一个机会么？我还有可能重新获得新生么？我有太多的疑惑，也有太多的恐惧。

无论如何，谢谢你的倾听，谢谢！

Wo

——

Wo：

你的邮件是宝贝。是来告诉我们爱情本质的。

孩子小，并非无足轻重。正如火苗再小，也能战胜黑屋。

孩子们述说他们的爱情，就只有爱情。单纯的吸引与迷恋。

许多成年人热爱阅读《海的女儿》，迷恋《小王子》，从童话当中看到了人性的普遍寓言。似乎长了许多见识。

有天晚上这个人听见敲门声，他开门看，是一个小姑娘，他不耐烦地说：我在看《海的女儿》呢，去找别人玩吧……

第二天晚上，他又臭着一张脸对忽然造访的陌生小男孩说：我在看《小王子》呢，你去找别人玩吧……

他不知道，拒绝的两个孩子就是海的女儿与小王子。

我们长大以后，经常忘了自己如何长大的，也经常嘲笑自己内心孩子的一面。我们在虐待自己，以为这才是长大。

孩子，谢谢你述说你的爱情。你觉得很痛苦，可是我看来，却觉得你快乐。至少，你看，你有这么好的记忆。

看你的故事，我会不自觉微笑。很多成年人也和我一样，不自觉地微笑。

我们微笑，那是我们在看着自己的爱情原型。

这样的爱情，不正符合许多爱情元素吗？喜欢一个人，就天天想着和她在一起，为她强大，为她自闭，为她孤傲清高，为她自卑，没有她，就感到"死之前的孤独与绝望"。

这些话，孩子说出来，我们觉得可笑，因为他是个孩子。

这些话，成人说出来，我们觉得可笑，因为还像个孩子。

但这些话真有价值，我建议你一生不要忘记。

我有些具体的建议，希望对你有用：

孩子的恋爱，绝大多数，是以分手告终的，这不是命运在捉弄你，因为你们变化的速度最快，爱需要持久，它不适应你们的节奏；

故意捣乱，因此接受惩罚，或努力学习，得到赞扬，这都能逃避失恋的痛苦，从你的经验看，努力学习，是更好的移情，请发挥这点，以后因失恋而痛苦时，就移情到智力活动，这是很有价值的习惯，选择破罐破摔法，只会让人觉得你确实不值得爱；

青春期，有时刻意不想理人，摆个酷酷的造型，是正常的，他们在寻找自己的独特之处，希望自己有个性，以不同于同龄人，衣着、发型和"冷漠的眼神"，是成本最低的做法。但不要有包袱，做到极端，一句话不说，同学就认为你不酷了，话还是要说，朋友还要交；

有女同学喜欢你，你也喜欢她，就给她，给自己一个机会。恋爱，就是在她面前放下酷劲，当一只黏人的小狗。她不会因为这点瞧不起你的，她的心会融化的。

最后，多了解一点生理常识，你们的教科书里应该有，没有的话，自己寻找靠谱的性常识，也很容易，不要因为太冲动而给自己惹麻烦。

人生很美，你的路还很长，一切暂时的烦恼，都有后面加倍的快乐可以补偿，我多活你几十年，可以保证我所说的都是自己体验过的，是真的。

祝开心。

连岳

6.

相亲神庙的箴言

——

连岳老师：

见信愿安好。

不确定您是否会在密密麻麻的信件中回复我这封渺小拙劣的邮件，于是怀着十二万分的不安与小小的期待求助于您。

跟这时代大部分的朝九晚五族一样，个人问题需要靠相亲来解决，这样的我晃荡在相亲场上已近五年。期间谈了几次凄凄惨惨戚戚的恋爱，终于时间站到了 28 岁，这个对于女人来说不尴不尬的年纪。年初认识一男人，哦不，确切地说应该还是个男孩。他年长我一岁，心智上却像个二十刚出头的毛头小伙，正因为他的孩子气闹了不少笑话，也着实让我常常陷入失语摇头的状态。并且对于自身的职业规划没有一个清晰的认识，但他确实是爱我很深，照他的话就是"我认定你了，一辈子"。

当然，他除了孩子气身上还是有很多值得竖起拇指的品质，比如他在国外留学期间勤工俭学，靠自己双手挣学费生活费（他家境还算富足）；

照顾家人毫无怨言，有次我生病他无微不至、体贴周到；对自己花钱谨慎节约，但为我消费却有求必应（当然是在其承受范围内）。还有很重要的一点，我属于有心事闷在心里烂了自己嚼嚼的人，他会耐心询问并跟我探讨。

跟他在一起，你能感受到强烈的安全感，就是这个人他不会离你而去，永远不会。但有时可能正是他太爱我了，我一丁点情绪上的波动都会引起他巨大的恐慌，他总觉得我一生气就会离开他，对这段感情放手，可能是我没有给他足够的安全感吧。我承认，在情感上我更偏向于霸气点的男人，这种类型的男人往往会让我产生悸动的感觉，可在他身上我找不到这样的感觉。有时他会跟我说"我觉得自己配不上你，你太优秀了"，其实我就是一普通得不能再普通的女孩，只是在他心里的我被他美化了，但我又是很排斥听到这样的话，不自信的男人不是我所欣赏的。

就这样，在对他复杂的情感贯穿交织中，我又认识了另外一个男人，是在认识他差不多一个月的时候。这个男人年长我六岁，许是年龄和社会阅历的关系，他较前者成熟稳重不少，但身上少时的戾气依旧未脱干净，照他的话说就是"三十岁前爱闹，三十岁后喜静"。我自身喜静，在跟他接触的过程中发现志趣爱好上比较契合，他和朋友开着一家公司，在事业规划上也有自己的想法。跟前者最大的不同是，他做事霸气，认准了就会投入全部的努力，在他身上有我欣赏的雄性因素，感觉能给你强有力的臂弯和坚实的保护。只是他所从事的时尚行业有时会让我产生些许的不安定感，而且以他的性格脾气我不确定是否能如前者般包容我的小任性和臭脾气，这一切都是未知。他知道前者的存在，并且觉得可以与其公平竞争，但出于避免伤害和道德上的考量，我没有告知前者他的存在。

这样两个男人，一个如温顺单纯的海豚，一个如王者风范的狮子；一个说"你不要离开我"，一个说"我吃定你了"。他们身上都有我欣赏的特点，只是现在的我胶着在其间很不舒服。理智告诉我需要尽快决断，可每次思想斗争的结果都是无果。

现如今站在十字路口的我，很迷茫，选择他们中的任何一个，对我来说或许就是选择了不同的人生。我想在此时，只有您能帮帮我拨云见日，好让我及早回归正轨，重新出发。

祝好。

如实如是

——

如实如是：

相亲听起来很土，但据我所知，仍是寻找配偶的一个主要形式。我也觉得，一个人不应拒绝相亲，任何让你增加成功概率的方式，都是好的。

两个陌生人偶遇于博物馆、一次异域旅行，或索性是街角相撞的小事件，之后成为恋人，听起来都觉得浪漫。人们在心里认定，恋爱就是应该由一件优美的小事触发而成的。

相亲显得急功近利，人也似乎没有尊严，介绍人列表衡量两人的各种条件，觉得不合适时，很像在说，哦，既然菜是清蒸的海鱼，那不能喝红酒，会有铁腥味，还是换别的吧。身处其中的人，也如这鱼和酒，觉得自己是物品：我一个潜力无穷的大好青年，像昂贵的名庄酒，怎么在别人眼里，有诸多不足？

人总是倾向于无限高估自己，但相亲市场相反，它和卖马卖牛的牲口市场没太多区别，只求务实，在其入口处，写着它始终遵守的信条：请撒泡尿照照你自己，你真的很普通。

这很伤人，但这是它的价值所在。它告诉所有参与者：现实地评估自己，是很重要的。这也是德尔斐阿波罗神庙的三箴言之一：认识你自己。

你混迹相亲市场五年，也不过 28 岁，看来对爱情相当渴望，也不是一个脱离实际的人。何事最难为？认识你自己。窘迫的时候，相亲市场也来去自如，不怕打击，这算是一次认识自己。而丰裕的时候，忽然有了两个男人示好，怎么办呢？这又需要认识自己。

现代人的繁殖基因，可能跟在树上当猴子的时候，没太大区别，那就是：有机会时，尽量多地交配吧。出轨、劈腿、猎艳，若无这种原始动力的驱使，都不会发生。一个人觉得自己牛逼（事实上也有一点），阔、帅、或是明星，那接下来，很有可能会当一只种猪，到处追逐小母猪。

当你突然被两个人爱上。最本能的想法当然是两人都要。除了你能说服当事人：接受这点吧，我这么优秀，你不与人分享，怎么行呢？在绝大多数情况下，当事人是不接受的，你深知必须在两人中做出选择，总有拖不下去的那一天。

你第一个男人其实挺优秀了，自立、细心、大方，而且爱你。显得不够"霸气"，可能也是另一优点所致：不会吹牛逼、放狠话。一下碰见这么好的人，你还没有能力消化，正如一个快要饿死的人，一下给顿大餐，精致又漫长，吃着吃着就腻了，怀念路边摊烧烤浓烈的味道。

你离开相亲市场太久了，可能忘了入口处的信条，应该重温一下。

祝开心。

连岳

7.

爱，就是给安全感

——

连岳大哥：

您好。

关注和了解您是得益于我"女朋友"，她是你忠实的粉丝，每天必读您微信公众号的文章。

我现在陷入爱情的痛苦和彷徨中，简单和您说明下情况。

去年 12 月份，一次打羽毛球偶然的机会，认识了她。

刚开始，我觉得她长得比较矮小，估计 151 厘米左右，不是很用心追她，随着和她的交往，发现她性格很温和，开朗，沉稳，睿智，很多话题可以聊到很深入，可以说是灵魂的沟通，我原来不能接受较矮的女孩，但是发现很快我喜欢上她了，我认为这是真的爱情的到来，不会因为身高而止步，第二周开始，我便热烈地真心地去追求她，我们开始了幸福而甜蜜的拍拖之旅（2 周后她告诉我她身高 154 厘米）。

我们基本隔天见面一次，一起做饭吃，看电影、郊游、短途旅行等，感觉发展还是比较顺利和开心的。大家热烈而真诚，相互地喜欢。和她同床而眠三个晚上，她说她是处女，不能接受婚前性行为，我也尊重了她。然后到今年 2 月初一次短途旅行，我主动告诉她我的年龄， 她之前没有怎么问（她后来说在球友那里得知大概），旅游回来后三天，她说不能接受我的年龄，要和我分手了。我对她尽力挽留，主动约她出来说明我对她的真情，真心和愿意付出一切，她说内心已经做出决定，深思过不能接受我的年龄（她只能接受最大年龄是 36 岁），和我一起没有安定感。之后便不接我电话和不回复微信了。我发现我是深深地爱上了她，深陷单向的痛苦中。

连岳兄，我觉得自己很失败，去年 38 岁（由于自己之前过于挑剔、忙于创业、圈子小等种种原因，我是剩下来的大龄单身男青年），她 27 岁。我 2015 年之前没有发现自己的问题，处于自我感觉良好中，只有远大的梦想，没有顾及现实的东西，如果能够早点读您的文章就好了。

我一直没有买房，而是选择了创业，投入了自己打工积累的 100 万，在 2013 年开了一家外贸公司，2015 年的时候自己资金有 200 万左右，那个时候股市大好，实业赚钱艰难，又想一次性付款买房，把全部资金投入了股市，而且融资一倍，后来三次股灾发生， 惨剧到来。爆仓了，最后只剩下 10 万左右了。 加上展会的投资，到去年底 ，只有几万元个人资金了。我和她交往的第二次便向她说明了我的资金情况和我的破产故事。她能选择和我开始， 我打心里佩服她，欣赏她和感激她， 心里想自己一定努力赚钱让她早日过上好生活。

现在公司大概每年纯利润 25 万左右（少得惭愧），读了你的文章我突然醒悟她说的没有安定感，是由于我自己的年龄和自己的经济地位不相符，现在属于一无所有阶段。但是我是积极上进的人， 现在每天早上6点起来，读书工作，耻而后勇，计划凭自己能力明年买房买车， 提高自己的经济地位，才能找到心仪的女孩。

连岳兄 ， 万望能得到您的指导， 您觉得我还应该去追求她吗？ 是否还有机会和她在一起？ 还是选择更加理性地放手？深感困惑 （她内心是很有主见的女孩）。

你微信公众号的文章她必读的。如果您能够在那回复发表我这个问题， 我万分感谢， 马上打赏400元以表真诚， 如果能够和她一起，必定发不少于1万元的红包给您。连岳兄，我不是说用一点钱去贿赂您，而是希望我的真心能够得到您的指点光明。

附上她自己之前写的择偶条件， 除了年龄其他我都符合 。

万望得到您的回复。

谢谢。

陈生

———

陈生：

我的回复不止400元，就是给4万块，我不喜欢，照样会拒绝的。但是，你的出价会伤害我吗？不会，我不接受即可，今天回你，是觉得这邮件有价值，我们的对话不仅对你我有利，对你的前女友（我的忠实读者）有利——姑娘，如果你在看，向你问个好。

还对所有读者有利。所以，没关系，你可不必付这 400 元。我欣赏你用市场的手段解决问题。

和菜头经常把那些从不赞赏，要求又很多的读者挂在评论区示众。我也有此类读者，人群的结构在我这儿不会发生巨变。这类人就是极度自我中心的失败者，他也许看了多年文章，但觉得你免费付出是应当的，你为他解决一切问题是必须的。突然有篇文章，有句话，甚至某天来了例假，都可能留言大发雷霆。我的反应就是拉黑了事，我没空，你也没那么大面子，让我挂你。

不欣赏他人用钱解决问题，或不会用钱解决问题，甚至反感谈钱，这是此人无能力，无价值的体现。我收到最奇葩的一条留言是：连岳，你能不能把赞赏功能关了？因为我从不赞赏，每次看文章都有压力。

能不能用钱解决爱情问题？能，而且应该。

钱能不能对爱情施加压力？能，而且应该。

那些认为爱情不能谈钱的人，没有钱的人，他们最后的结局就是被拉黑。

有些代表委员，女权人士非常反感彩礼，说这样穷人就结不起婚了，女性就被物化了。呼吁政府管一管。我的观点刚好相反，彩礼的存在，合理。

两人恋爱，最后成婚。互相吸引，亲吻拥抱，看起来都是远离金钱的浪漫，但没有经济基础，这一切都将消失。彩礼很粗暴地揭示这个现实：你是穷人？那别碰我家女儿。

政府禁止彩礼，或者，人们口头绝不谈钱，穷人是不是就有机会娶个好姑娘？不可能的，穷和喷嚏一样，是掩饰不住的，了不起多花点时间和你聊聊，一起出去吃个饭，玩一玩，就知道你的经济状况。

姑娘会嫁穷小子，不少年轻男人结婚时，财富低于平均水准，有些姑娘甚至不惧因此与父母抗争。这不是姑娘喜欢你穷，这是姑娘相信自己的判断力：这人的穷是暂时的，他很快要起跑，还能加速跑。

没有安全感，爱将不存在。

男人给的安全感，是带回洞穴的猎物，是秋天收成的谷物，是你的钱。

一个中年男人，无房无钱，即意味着提供不了安全感，被驱逐出爱情，是极大概率的事情。你没有年轻男人的颜值，也少了年轻男人的时间。

中年男人当然应该追逐爱情，任何年龄的人都该追逐爱情，但用力的方向要正确，不是反彩礼，不是批判拜金主义，不是贬低女性，而是去多赚钱，买大房子，买好车，上好饭馆，这不是俗气，这是你尊重自己，尊重女性的体现。

你穷，当然希望别人不谈钱，还希望贬低富人，只是这种变态心理没多少人认同，此路不通。

有钱，你怎么会怕人谈钱？

所以你制定的目标正确，不愧是我的读者，多赚钱，不玩虚的，尽快买房买车。这姑娘你可能没机会了，你可以省一万块红包，好处是，觉醒的你，或许有机会在以后赢得另外一个姑娘。结婚时来报喜，我给你个红包。

我还想提醒的是，在资本市场上玩，得用把家庭安置好后的闲钱。不顾一切加杠杠玩，有再多钱，都让人没有安全感。

祝开心。

连岳

8.

失败者的整形

连叔叔：

和男友恋爱五年，其中有生气争执，也有很多熟悉与甜蜜。我们在饮食口味、三观、生活习惯、性生活上，都很开心聊得来。

记得连叔说，三观合，爱情才能平安，难道我们三观合只是表象吗？

他 39 岁，我 30 岁。二线城市。他一直在读博，然后博士后。近一两年，催他结婚，他也同意，他让他妈从广东过来和我父母见面谈婚事，我们约了他母亲一年多，他妈电话里态度好到爆，可就是有种种理由不来。现在知道原因了，主因是嫌我家穷，次因她自己是奇葩吧。年轻时她自己就离婚插足别人，自己四个子女每个的婚姻她都搅屎，女儿们还都是未婚单亲妈妈。

我跟男友说，你妈自己婚姻失败，我们的事你别听她的，要听专家的，听连岳的。

可他还是听了他妈的。他现在拿了国外的工作签证，想出国求职。

他跟我说，他卖宅基地，他妈卖一套小公寓，钱给他几十万出国，然后我们不理他妈了，我们自己结婚，自己出国。听着很开心啊！可发现是谎话。我发现他迟迟不给我办签证，问他他就说在办，最后被我逼得不行，说出了实话：他妈准备把广东房子卖了，钱给他在国外买房，让男友在国外把房子买好再接我过去，现在一起去，压力太大。男友问我行吗？一直不告诉我他妈的想法，他说是怕我离开他不理他了。

去你妈的，在国外买房又不是买菜，谁知道你要买几年，凭什么让我在国内等。

我最心寒的是，男友也有他先出国再接我的想法。这不就等于抛弃么？然后他辩称，他只是跟我商量，我不同意的话，他不会这么做的。

最近他大事小事都有些谎话，搞得我也很想分手，两个人都打算结婚了，婚姻的基础是信任，让我犹豫。可我又那么爱他，离开他不知道自己多久才会好。

他也说五年了，对我的感情都是真的，迫于现实问题，主要是他手里没钱，出国的花销得从他妈手里要。我遵循叔的建议，跟老年人不要硬来，要骗。

他工作签证三年有效期，连续五年在国外工作有可能拿绿卡，这就是他的抱负。两条路，第一条，他妈卖了小公寓给他30万左右，他拿一部分给我做彩礼，剩下的带我出国。可是那点钱去国外只够花半年的，等钱花光，我这个拿着旅游签证的，在国外吃他闲饭的，肯定得回来。我俩没结婚，双方父母没见面且有些矛盾，我们在国内也没有共同的家。我觉得，那时候，就等于真正分手了。

第二条，他先结婚明年再带我出国，先把小公寓卖的钱拿到，给我做彩礼，并装修他的毛坯房，然后尽量让双方父母见面，认可，结婚。先过段正常的婚姻生活。打算骗他妈说国外就业有歧视，他国外工作不好找，必须在国外有房才好找工作。意在催他妈把广东房子先卖了，我们拿钱出国，而且告诉她是因为国外工作不好找，才留下来和我先结婚的。

叔，你觉得这方法可行吗？他还会骗我吗？像我哥说的那样，他不是和我一条心的，他和他妈才是一条心的。或者还有什么好方法才能让两人在一起呢？

他现在也很痛苦，想出国，又放不下我。

救救两只热锅上的小蚂蚁。

小蚂蚁

——

小蚂蚁：

你在后台留了好多言，看来很急。

你已相当恨嫁，你30岁了，有这焦虑，正常。我猜你的计划与多数姑娘无异：结婚、生孩子、好好过日子。再拖几年，生育就会增加不必要的麻烦，身体的衰老不会因为爱情而延缓。

你还比较优柔寡断，有个想念吊你胃口，你就保有希望。往好里说，这是善良，往坏里说，这是……笨。他人保有你的成本也低，只须编些借口。

30岁的优柔寡断姑娘，一转眼到40岁，是很快的，比其他人都要快。难做决定的人，总是比较容易消耗时间。

我建议你给自己 3 个月时间，如果他没有彻底改变，就断。

你们两人，毛病如下：

一、学术也有时间窗口，39 岁还在读书，读书这条路可以视为不通了，读书只是其逃避的一种。他该做的不是换个地方继续读书，而是赶快找工作自立。

二、他可以辩解，他去外国也是工作。工作机会现在中国多，还主场，当然应该在中国找。在中国都找不到工作，去外国可能更找不到。

三、从母亲到孩子，他的家庭，有浓厚的自我欺骗逃跑气质：孩子 39 岁了，仍要母亲供养，这已是惨痛的失败，有姑娘愿意嫁，应该偷笑；可这母亲并不认输，反而一起制定了 3 至 5 年的出国绿卡计划，她潜意识里认为，只要孩子 5 年后拿到绿卡，她和儿子的人生就是成功的。

5 年后不能如愿呢？他们还会有新的 5 年计划。好消息是，那时你 35，也不算老。

四、这位 39 岁的男人，对母亲的态度大有问题。母亲一直供养他，最后卖房子。他的解决办法是什么？我们拿了钱就不理她，骗她。

多么可悲的幼儿心态。他与母亲的关系应该一直是这样：要什么就开口，得到了就跑，就骗。这样能得到母亲的好处，又不受她约束。

他将用这办法对付一切女人。你和他恋爱 5 年，享受了很多你的好，但你们的将来，还在 5 年之外，在他 44 岁时，或许有个他国身份。他是怎么骗他妈的，他就是怎么骗你的。

你相信他，就要和他一起骗他妈，你是人吗？遗憾的是，你看起来也有点动心。我可从来没有让你骗老人家的钱，这锅我不背。

你不相信他，那又何必继续呢？

你怎会相信一个在中国没有正经工作，没有经济来源，39 岁还在啃老的 loser，去国外打几年工，就成了 winner？

我觉得你很像他妈，会相信一个男人漏洞百出的美好愿景——说难听点，也就是好骗。

你们谈三观，到底在谈什么？谈掉 5 年光阴，谈来这样的一个男人？

祝开心。

连岳

9.

没有个人，没有朋友

连叔：

晚上好，很晚了，可是我没办法入睡。很想得到您的指引。

我这两天感觉很挫败，除了面临毕业的压力之外，最难过的是，我突然发觉在大学里一无所获，我的室友们竟也开始排挤我。

我思考了四年来自己的一举一动。

我从初中开始住校，因此在生活习惯上绝不可能太差。我错在哪里呢？没有人告诉我。我只是觉得，好像我太幼稚，与人相处就想真心对待，交个朋友就想交心一辈子。可是似乎只有我是这样。就像那句话说的好：大家并不是喜欢你这个人，而是你所代表的东西。当你积极向上的时候，整个人闪闪发光；而当你失魂落魄，压力大到快要爆炸，心情郁闷焦躁的时候，你平日里的朋友中有谁能够有耐心继续和你损耗自己呢？

是的，要毕业，我有压力，有段时间每天都开心不起来。应该就是我浑身散发着阴霾，赶走了所有的人吧，我这个巨婴还奢求得到一些关心。仔细回忆，似乎有一些关心的讯号，可是我太关注自己，沉湎于负面情绪，才一一扯破本就脆弱的联系。而我又那么笨和顽固，从来也不会挽回。又或者，四年来，他们早就难以忍受了，这也是最后一根稻草。

人本就是孤独的吧，看似热闹，其实不然。我一遍一遍想说服自己，可是一路走来失去了太多，实在无法释怀。

我猜您一定会觉得来信的这个人没救了。

没有定语的我

———

没有定语的我：

友情是人生中最重要的感情。超过亲情，超过爱情。

亲情是由于血缘，拿掉这一因素，有些亲人还是好友，有人可能不愿多说一句话。

爱情，并非每个人都有。没有，也不会对人生造成伤害。

但你极难看到一个朋友都没有的人。

不知 80 后，90 后，或 00 后，有多少人看美剧《老友记》，我这个 70 后，没事就会看几集。它的主题就是友情神圣，一起成长的经验无法替代，恋人来来往往，老友永恒不变。

人一生都在交朋友，我有不少好友，是 30 岁以后，40 岁以后交的，我可能 50 岁以后，60 岁以后，还能遇上好友。

你的想法"与人相处就想真心对待，交个朋友就想交心一辈子"，这是没错的，虚情假意不会有朋友。

真诚待人，与他人成为一辈子好友的概率也是低的。一个人再迫切、再热诚去买彩票，中奖率也不会提高。人一生的密友，可能就那么几个，人与人当不成朋友，再正常不过了。

交朋友，除了真诚，还有这几条：

不强求。喜欢一个人，想成为朋友，真得看投不投缘，骚扰和纠缠，无法得到朋友。你释放"我们当朋友"的善意后，他人不回应，就到此为止，他人并非想伤害你，他人也没有当你朋友的义务，没必要觉得受伤。

不依赖。友情让人放松的是，彼此不必为对方的人生负责，到了中年，你会发现，半年一年几年见一次的好友，真不少，大家各自开放，相忘于江湖。一个人心智不熟，朋友时时要当情绪垃圾桶和救火队员，谁也不想有这样的负累，人生都不易，朋友见面喝一杯，宜欢笑。

不苛刻。这点青少年不易体会，包括当年的我，往往一言不合就掰了。对别人，对自己，都太严厉。现在我有好友坚信有鬼，有好友三观不甚合，有好友亦正亦邪，但在一起开心，就够了。

有价值。人与人的感情是一种交换，爱情是我的爱交换你的爱，友情的内核是价值交换，听起来很可怕，其实不然，你是 A 领域的行家，我是 B 行业的大咖，我们之间不做任何有形有价的交换，只要沟通彼此的见识，就是价值交换，聊几个小时天，可能催生新的想法，找到新的方向——而这仅靠自己思索和努力，是得不到的，因为你跳不出自己这个盒子。

交朋友，最后也得回归"个人主义"，个人价值增长，有价值的人就成为你的朋友；一个人无法自立，个人价值趋近于无，别说新朋友，几年后，你见不到老朋友前行的背影了。

好好努力吧。找个好工作，让人看到你的价值，再加上你的真诚，不可能缺朋友的。

祝开心。

连岳

10.

有话直说是最大本事

———

Dear 连叔：

2015 年 6 月，我认识了我媳妇。2017 年 1 月 9 日，我们领证。一路坎坷，几多波折，还好修成正果。但现在，我们却走到了分合的十字路口。

我是现役军人，在兰州服役（准备今年转业回西安），34 岁、硕士、正营、少校，月收入 9700 元，名下有车有房。有两个妹妹，已婚，家里条件还不错。我媳妇，28 岁、牙科医生（在私人小诊所上班）、专科、月收 5000–6000 元不等（看业绩，有股份，年底约有 3 万分红），父母在农村，妈妈身体不好，老爸当过老师，后得精神分裂回家，每月有约3000 元的工资，一姐已婚并有一两岁小孩、一弟刚工作。以上是我和我媳妇以及两个家庭的基本情况。我们未有小孩，媳妇也未孕。

事情的起因就一个字"钱"。过年的时候，我无意得知我媳妇背着我给了她家 3000 元。此外，每月给她妈妈 200 元（她姐姐 200 元，她弟弟 100 元）。觉得事不大，就是心里不爽。给家里人钱，无可厚非，也应该给。我们已经结婚，是不是应该和我说一下，这钱也是我们的共同财产。所以，我一直没在媳妇面前提这个事。前段时间还在兰州的时候，大概算一下自己的账（自己从 2009 年开始用随手记记账，自己的每项开支，包括 3 元的停车费），发现从 2015 年 6 月，认识我媳妇开始，在她身上花了 6 万多。我们结婚时，她家什么都没给，房、车、装修、家具都是我们家的。我就趁这机会，查了下我媳妇的账，让她把钱的去向给我说一下。说实话，我倒不是真的想查她的账，只是想提醒一下，以后给家里人钱的时候，给我说一下。大家都是聪明人，有些事，大家心里明白就可以，这层窗户纸最好不要捅破，否则，太伤感情。

没想到，我这次一回到西安，她竟然和我闹。她以为，我压根就不知道这个钱，直到她和我闹。我也是忍无可忍，才说出来的。这下，她开始受不了了，开始说离婚。先是要打电话到单位，被我拦了下来，再就是直接给我妈打电话（我妈妈的身体也一直不好，这个她也知道。而且，我父母最近一直忙着在西安办婚礼的事）。

不怕你笑，我参加过两次高考、三次考研、一次失败的考博。难道，自己注定要经历多次起伏波折？

我媳妇是我认识过的女孩子中，外在条件最不好的。农村户口、大专学历、家里三个小孩，等等。但我为什么会选她呢？主要是看上了这个人。

以下是她的优点：

一是生活节俭。

二是眼中有活。到我妈那，即使工作再忙，再累，都会前前后后帮我妈干活，我妈妈也非常满意。

三是智商情商。不仅会技术，还得学会与患者打交道。

四是掌握技术。我会拿到一笔转业费，将来可以帮她开个小诊所。这样，她主外赚钱，我主内持家。自己再捣鼓点小买卖，生活质量不会太差。

五是家庭问题。她虽然是农村的，但老爸每月还有 3000 多的工资（她爸之前是农村老师，病发后病退回家），在农村生活，也没什么大项开支，生活应该还算不错。而且，家里有三个小孩。将来，她父母那，还能互相承担一点。

我妈妈希望我找个子高点的，我媳妇身高 1.67 米，我自己是 1.71 米。

以上就是我选她的理由。

这事出了之后，联想到之前的一些事以及她处理这件事情的方式，我开始犹豫。由开始质疑她本人，已经上升到质疑她全家人。更要命的是，我开始怀疑当初的决定。同时，也在不断放大她和她家庭的缺点。如果感情好，什么都能接受，如果不好，那什么都得认真考虑了。

我媳妇从来没说过她爸的具体情况（或许担心我不能接受，或许，她就在赌，比如，有小孩了，我和家人不得不接受）。我也接触过她父亲，觉得有点不对，但没看出来哪儿不对。一次偶然的机会，我才知道她爸脑子有点问题。我一直在等她主动给我说，但一直没等到。直到领证前，我没办法才主动问的她。她才向我坦白，还哭得稀里哗啦。当时，她给我说，她爸原来是正常的，大概在她 19 岁的时候，被人打过一次，脑子就出了问题。当时，我觉得我媳妇也挺可怜，从小就这么没了父爱。考虑到她家有三个小孩，姐姐是本科，还生了小孩。有个弟弟是专科。就全部相信了她说的话，也一直没给我父母说过这事。但我自己也有所保留，我想的是，等我们决定要小孩的时候，找个借口，比如，找一个知名专家，看她父亲的病能不能治好。这样，就可以看到她父亲的病历。如果真是后天的，那就无所谓了。如果是先天的话，可以不要小孩，选择领养。如果决定要的话，可以采用试管婴儿，或者代孕等等。将这种风险降到最低。

直到这事发生，我才不得不给我父母说。我父亲还专门去他们村子附近做调查，他现在的结论是后天的。但他们反馈回来的一些信息，和我媳妇说的也有出入。我媳妇还带我去了她父亲住过的医院，但只看到了 17 年的住院病例。这样，我才知道她父亲是精神分裂。

这个事，由不知道，后来又知道。我主要担心以后小孩的健康问题。况且，他这个病也很难判断是不是先天的。我又不是丁克，肯定会要小孩。小孩好，大家都好。假如，小孩有任何问题了，我都可以怪到她头上。即使是正常人生出的小孩，也可能会有问题。但由于她爸的原因，她就不得不背这个黑锅。这对她也太不公平。

综上所述，我们之间最大的问题是信任危机。我不知道她说的，哪些真，哪些假。还有没有我应该知道而不知道的隐情，我都不知道。建立信任需要过程，重建信任更是难上加难。如何才能修补这个裂痕？

我心里委屈。我和我们家，付出这么多，换来什么？我就看重你这个人，结果呢？那我又能图什么呢？如果继续走下去，我还能怎么去付出？

现在，我的最大感受是，不能找农村的，虽然这个想法有点偏激，但这真是这段婚姻给我的教训。我也是农村长大，10 岁才到城市。说实话，我对农村和农村人没有任何成见。不能说谁对谁错，但由于我们成长环境的差异，我们骨子里的一些差异是无法改变的。

深夜，在儿时的山村里写下这篇文章。站在庭院，抬头可见明亮的星星，远处是黑黑的连绵山岳，耳旁只能听到青蛙的呱呱叫，一切都是那么熟悉，又那么陌生。身处起点，整理思绪，重整行装再出发。

给您写信，除了想听您的意见，也想让自己冷静下来，认真思考，谨慎抉择。当然，我尽量客观描述我的问题，摆出事实，但难免会有主观的成分。

翘首急盼。

迷失的羔羊

——

迷失的羔羊：

你的邮件对自己的成长描述非常详细，这部分我删了，我认为，你是一个勤奋的、自律的、学习能力强的人，将来的日子应该过得好。

你老婆，从你的描述来看，也是勤奋、聪明、有技术的人，将来的日子也会过得好。

你们俩都是农村孩子，通过你们自己的努力，已经完成了阶层跨越，你们的收入都超过平均工资，将来行情也看涨，好好经营，不仅不会穷，还能比一般人阔。

所以，配偶不是不能找农村的，说实话，农村的孩子，除了少数，极漂亮或极聪明，在年轻时已有本钱征服更高阶层的竞争者，大多数往往只能找农村的，互相了解，互不嫌弃，能不能爬上更高的山峰，看双方的努力程度。

农村孩子，进步快，旧有的观念，旧有的拘束，全挣脱的，我见得多了，你也应该见过。

但现实的婚姻，讲的就是门当户对，同阶层联姻的比例高。

这点你能理解，因为你找老婆很现实，能突破多数男人对外在的迷恋，挑有技术的、情商高的、家庭负担轻的姑娘。这是你的过人之处，很多男人应该向你学习。

很多好姑娘，因为长得不够漂亮，在婚恋市场，被低估了。

你老婆，过年给家里 3000 元，每月给母亲 200 元，能和你说一下当然好，但是不说，我也认为并无过错，因为这些钱实在是少，也是人之常情。

损害小家庭利益，无节制无原则地支援自己的大家庭，男为"凤凰男"，女为"扶弟魔"，家庭里只要产生一个黑洞，大家不知止损，一起破产，这很致命，也不应该。

但是过年给几千，平时给几百块意思，就是朋友圈发红包，平时随手的零花钱，也不止这个数，属于正常的情感沟通，连这点都要责怪，她大怒并非没有道理，你实在太像她的主人，而不是她的爱人。

当然，她要闹到你单位的做法，我也是反感的，任何家事往外闹，都令人厌恶。想借助外部舆论干涉家庭内政的，都是引狼入室。

你最大的忧虑来自于你担心孩子的质量，你不愿冒孩子遗传精神分裂的风险。

但是，你又不好意思承认这点。所以焦虑就从其他无所谓的细缝中渗出（我还删减你其他的许多抱怨），你得不停告诉自己：她是不值得爱的，你看，她每月给母亲200块钱，而我并不知道，她欺骗我。

你希望她足够坏，以至于不用考虑遗传病，也可和她分手。可惜不能如愿，她除了有可能的遗传，还是不错的姑娘。你仅仅因为可能的遗传提出分手，既不舍付出的成本，也担心舆论的批评，尤其她还可能闹到部队。

我倒认为，既然你担心遗传病，不愿意承担这风险，那就老实承认：这婚姻，我把繁殖看得很重要，希望后代质量高，而对方并不符合这个要求，所以我想离婚。这是光明正大的理由，直说吧。

我不能接受你有一个精神分裂的父亲，但我认为你除此外一切都好，这话有什么难说的？这是节省双方的时间，有利于你，也有利她。

学会有话直说，学会直面自己的诉求，这种沟通的高效率，有利于婚姻，有利于人生。你压抑这诉求，自己都不敢承认，你会把双方都搞得精神分裂。

有话不说，绕来绕去，指桑骂槐，这种沟通方式，恰恰比较农村，不符合商业文明，你该改掉。

祝开心。

连岳

11.

一人造作，全家倒霉

连岳叔：

你好，到这个点我还没有休息，是因为我的妈妈。我们家姐弟四人，小时候家里很穷，我 2005 年上高中的学费都是借的，后来我上大学的时候我爸妈去上海打工了，从此生活条件好很多，打工没几年，爸就回家给弟弟盖了房子。

其实妈妈也就是在上海做保洁，她打两份工，她特别珍惜她的工作，爸爸在上海做保安。两个人加起来的工资一个月差不多九千多。去年我和弟弟先后结了婚，父母觉得松了一口气，一下办了两件大事。结婚后父母也欠了十来万的外债，但他们一点也不怕，他们卯足了劲，想再干两三年，就能给小弟弟操持婚事了，没什么难事。

但事事不能都如人想。大弟弟结婚没多久，弟妹就怀孕了，然后弟妹从此就开始不停问我父母要各种钱，在上海的房租费、伙食费都是我父母出的，她产检的费用也是我父母出，甚至她生孩子的费用也让我父母答应下来。父母在上海上班也忙，平时不能给她做饭，她认为我父母不疼她，欺负她。她现在就是要求我妈辞职，照顾她，然后照顾孩子，她说她不喜欢孩子，她不照顾孩子。可妈妈想着还有一个儿子没有任何着落，不想辞职。

可是弟妹太能作事了，昨天下午，商量着让我弟弟问我父母要钱，我弟弟没同意，她就趁我弟弟下去买菜，自己坐车回老家了。我弟弟这个人懒，工资又不高。

其实弟妹她应该也不缺钱，结婚的时候我们家送的彩礼钱就有二十万，但是她说她存成了定期，取不了。可怜了我的妈妈。妈妈一个礼拜休息一天，只要休息，就会买好多弟妹爱吃的，给她做饭。我们家，是我和妹妹两个人上了大学，两个弟弟都是初中没有毕业就出去打工了。小弟弟现在22岁，在部队当兵。说家里乱七八糟的事，我不知道说给谁听，就留言了，把这些字打出来。

凌

——

凌：

别为这事烦恼。因为这事，将延续很久，直到你父母的人生终点。

这作事的弟妹，不会改，将一直作下去。你父母照顾她，一闹就顺从她的模式，也不会改。

改变对他们来说，难度大如重新投胎。

很多不幸家庭都有这样的结构：一个无穷索取的造作者，一个无尽满足的受害者。我并不特别同情其中的受害者，正因为他们无条件的退让，才成就了造作者。

穷人出作女。挺多见。

作女都有阔太太梦，她们一成家，就希望过上养尊处优的生活。这梦想的原型来自8点档连续剧：富人家都是这么过日子的。

养尊处优需要成本，富人家没有问题，有的是钱。这是奢侈的生活方式，20克拉的钻石，注定只有少数人才能享受。富人家的女儿媳妇，这么过日子，反而不作，自然而然。

但一般家庭，尤其是穷人，是供不起作女的：不上班，要人照顾，名牌包包，车和房子，一点不能少，真这么玩，半年就破产。

我一直觉得，当下是对穷人友好的时光，像你爸妈，一个保洁员一个保安，挣的钱能在家乡盖房子、送彩礼、娶媳妇。在当地，这是体面的生活。

如果全家人都有你爸妈的勤奋，财富积累的速度还能加快，再加上聪明的投资放大财富，两三代之后，成为阔人，并不是梦想。

阔人梦，阔太太梦是应该做的，是人之常情，谁想当穷人呢？但要知道这梦想的实现，不可能无中生有，它需要艰苦的工作，不停积累，还得跑赢通胀。

三代出贵族。这句话是对的。整个家族系统的进化，才有可能形成合力，不停把更优秀的成员和后代往上托举。每一代都有个作男作女在船上凿洞，大家不一起淹死就谢天谢地了。

穷人家，往往不缺时间，不缺劳动力，也不缺工作，缺的是观念。

家里有人造作，有人凿船时，他们不认为有什么不对，甚至还有隐藏的自豪感：你看，我家也有这样的娇滴滴的成员了！再也不像我们是大老粗。

富人家也有出造作者。纯粹消耗资本。这成本他们付得起，而且也剔除了不合格的家业继承者。

穷人家的一个造作者，几天几个月，可能就能败掉一代人的积累。危害大得多。

穷人家有了对付造作者的观念和方法，财富积累就可持续，否则就只能代代低水平重复，成为 DNA 搬运工。

造作者出现，应对方法是：

1. 认识到这是个破坏者；

2. 不答应其任何不合理要求；

3. 任其自生自灭，切断其他家庭成员与其的联系，保障更健康的力量。

你父母做得到吗？我认为做不到。

你能做的是将你和你弟妹切割，不为他们输送精力和金钱，保全你自己和你的小家庭。这做法将面临你父母的压力，为了你的孩子将来过得更好，你要有勇气扛。

祝开心。

连岳

12.

让人生美好的三个字

——

连岳：

见信好，祝你再好不过。

这封信不期盼你的答案，只是替旧时光问候你。

我在大学时开始看"我爱问连岳"，而你是我的私人感情顾问，没错，我总在你给别人的回复中盗窃自己的答案。也试图写过伤心的信，但写到中途，就被自己的疑惑臊得左右为难。问题一旦写下来，就变得像纸一样轻呢。

任性地跟你聊聊爱情吧，我因为这才认识你。

每次听到或看到别人关于谈过几次恋爱的陈述，心里都要偷笑几声，因为答案往往都是个位数。连岳你知道吗，我要偷笑两声，一声是笑他们说的是真话。恋爱嘀，人间最美好的事情，恋爱中的人都自带着小型原子弹，能量大得让人羡慕，谈过两三次，实在太可惜。另一声是笑他们说的是假话，理解他们顾及体面，私藏爱情，用笑意与他们暗暗击掌。

我今年 27 岁，谈过数不清的恋爱，要总结下来，仍然认为每一个男孩都是可爱的，每一场爱情也都无怨无悔。以前想要写给你的信，都被时间销毁了，只剩下爱，在所有的烟消云散里散发弱小又坚定的光辉。

为什么说是总结，因为我去年结婚了，跟一个我第一次爱上的人，一个同学了十几年的男孩，也是唯一一个愿意嫁的人结婚了。

我们在十八九岁的时候就谈起了恋爱，我现在仍然记得第一次走进他的房间，他手臂上微微颤抖的汗毛，和窗外柔软的风。比我每一个故事都动人，承载着我最私人的爱意。

后来我们也经历过父母的阻拦，无非就是那些重复到让人懒得复述的理由，知道我是怎么样想的吗？

"管它呢。"

我丝毫不憎恨每一位父母，他们在农村长大，生活，老去。做出每一个残忍决定的背后都有一个让人心碎的善意。

"我才不管你们怎么想呢。"

虽然中途我与老公双方早已换过几拨人马，但是当双方父母看到几近十年之后面临结婚还是这两个家伙时，大概战斗力也颓然丧失大半吧。

我的男孩也曾问过我："如果父母仍然不同意，我们没办法结婚怎么办？"

"那就不结婚，一直在一起。"

必须毫不犹豫回答他。

现在我和我的男孩生活在上海，在上海买了房子，只是刚性需求。贷款很少，大部分来自双方父母的支援，一一公开地跟他们打了欠条，我讨厌极了那些男方要买房之类的父辈想法，也势必会让它们在我身上终止。

我们目前的收入很乐观，相信还清父母不会很久。如果有可能，我们希望能去更远的远方生活，但能力有限，且行且看，这方面不赘述了。

看上去结局不错，其实只是想向你汇报。虽然你不认识我，但你是我青春期的家庭教师，是我阁楼里的神秘人，hi，神秘人，现在奉上我阶段性的答卷，希望以后也不要向你提问。

现在是凌晨 5 点，我要出门晨跑然后给在旁边打呼的这位买早饭了。

在年轻里，像更年轻时那样爱你。

冒号括弧

——

冒号括弧：

是的，"管它呢"，是三个让人生更美好的字眼。

我决定自己的事，如果旁人不开心，甚至硬要插一手，答案就是："管它呢"。他们生气？他们威胁不伸援手？他们打差评？由他们去吧。

看到你得意洋洋的三字经"管它呢"，仿佛也看到二十来岁的自己。除了自己要做主的勇气，其实一无所有。

一个人是座城堡，得对抗入侵；一个人也是冒险家，必须抵达新大陆。战斗和远航，都需要成本。

有人说，如果我很有钱，这些事就好办了。加十分，说得没错。钱是最大的力量。嫌我大你女儿三十岁？可我的聘金是三亿，怎么样？看起来年轻了四十岁吧？我傲慢暴躁？可我在福布斯富豪榜排名第十，那媒体只得夸我特立独行。

大多数人不是富豪，至少在年轻时，并不宽裕。所以，泄气的人就有了理由，因为事情并不好办嘛。所以，"管它呢"许多人绝对说不出口，事事讨好，三人行，必有我主人，"管我吧"才成精神内核，只要他人高兴，我才有希望。

你一定碰到过那种满脸堆笑、刻意奉承的人，他是一个绝望的、懦弱的人，以为人生充满凶险，而他这个弱者只能等着别人帮忙。谁都要哄开心。悲剧的是，反而谁也不在乎这种人，甚至厌恶他。一是由于他散发出的虚伪味道：没有那么多人值得赞美，也没有一个人任何事都值得赞美，你一味赞美，必然在多数时候说假话；二是由于他自己贴的三个标签：弱者、弱者、弱者。

弱者几乎没人理，再加上虚伪，那几乎是死路一条。还好世界其实不那么凶险。所以他还能活着巴结别人。

有一件事最能体现人性及世界的本质，可以帮助你坚强。想想银行是怎么放贷的：你身无分文，最需要钱，它一块钱也不会给你；你富可敌国，最不缺钱，它反而天天求着你贷款。他人就是银行，再有钱也跟你没有一毛钱关系。

不要指望他人，讨好别人的动机就是指望他人。

要指望自己。你是一个强者，全世界不理解又如何？黄药师管你正派邪派，惹我就打一顿，这是武功天下第一的好处。

很多父母害怕孩子的"叛逆"，听话孩子才是他们的最爱。其实不"叛逆"才是大问题，你得替他做一辈子决定，这意味着他永远弱于上一代，也很难有人喜欢这种弱者。

人在年少时，有所谓的叛逆期，这是进化的暗示，在此时，你有勇气，也有时间可供试错，最有资格说"管它呢"。管它呢，那些暮气沉沉的胆小鬼；管它呢，那些试图把手伸进我生活的人，真伸手，就打断！管它呢，我以后只想求自己，不想求别人。

善于利用时间的人，勤奋、积累，有了一技之长，有了更大声说话的本钱，"管它呢"三字真言将庇护一生。反之，有人运气差一点，又挥霍了时间成本，终于得靠别人脸色过活，"管它呢"就不太好意思再说了。

在该说"管它呢"的时期，是该说的。不然，人生的美好就此错过。祝开心。

连岳

13.

你溺爱我，我吸干你

连岳大哥：

你好，代我向你的家人问好！

故事是这样的，其实想想也没有太多新意，一个巨婴毁三代。对，我就是那个巨婴，矛盾发生在我"任劳任怨"的爸爸和"身在福中不知福"的爱人中间，集中在家务活上，爆发于孩子教育。

我和爱人积蓄比较少，妥协下请我父母在父母家同一层买了一间30平米的公寓。平常吃饭在一起，我的两个孩子都是我父母帮忙带，等于我和爱人寄宿在我父母家。父亲上面有90岁的老人要照顾，还有一个瘫痪的姐姐，家务由他一人承担，非常辛苦，有时会发发牢骚，对我的两个孩子则非常溺爱，孩子呢也被惯出来一些毛病，我在孩子教育上也经常被弄得很被动。我和爱人呢懒于家务，我爱人更是有很多生活习惯的毛病，和他农村出生、童年丧母、少人关爱、疏于教养有关。我爱人在生活作风上，确实算不得良配，毛病可以数落出一堆，特别是言语刻薄，面目可憎。

最近我生了二胎，为了方便，我搬进父母家，我和妈妈照顾两个孩子，父亲做一家八口三顿饭、拖地，老公洗尿布（别问为啥不用尿不湿）。大儿子生病，因为喝的是中药，一天三次，没法送幼儿园，在家呆了近两周。我需要在家坐月子，不能陪孩子出门，又不准孩子看电视，孩子比较无聊。周六中午孩子吃过晚饭想看动画，我还没吃完，要求孩子稍等吃过中药再看，孩子不高兴，居然滚到地上耍赖，我的意思是先冷处理，等哭闹停止再讲道理，爷爷基本支持我，但母亲看不过，开口劝解，孩子得寸上脸拍打母亲。爱人这儿二话不说，黑着一张脸，夹起孩子往大门外面走，父亲立刻不干，大声嚷嚷叫爱人住手，很快两个人就从争执变成怒怼，都说了一些很不理智的话。

　　后续的发展就比较神奇了。昨天，不吵之后，下午父亲带着孩子出门晚上回来，爱人干完家务，晚饭出门，俩人没见上。父亲回家后坚持说，自己被晚辈怼了，很是委屈，唠叨了一个晚上，半夜才睡。今天早上，爱人带着孩子回乡下爷爷家，走了以后父亲又开始唠叨，中午做完全家的饭，自己去吃高价饭。从下午回来，父亲喝醉从唠叨变成怨愤，把全家都怼一遍，然后就忽然要求离家出走。父亲拒绝吃晚饭，转了一圈，晚上回来本来以为清醒了，谁知道不吵吵了，但是继续要求离家出走。

　　到了这个节骨眼，真的很是无奈，爱人和我的意思不是不想买房，但是积蓄就那么多，如果在生活工作的五线小城市买房，就要卖掉供了好几年的省会房子，怎么想都不理智。我们家还有拆迁房子，本来就说好拆迁房子盖好以后，给一小套，毕竟我是独生女。谁知道房地产形势不好，拆迁工作缓慢，两个孩子都出生了，房子还没盖好。

　　或者现在就出去租房子，父亲少一些负担。可又十分犹豫，考虑到母亲不会同意的，特别是爷爷，绝不会允许带走他两个重外孙。

心里很是发愁，母亲被父亲吵得精神很不好，看起来病恹恹的。父亲则是气得满脸通红，睡不着觉一直刷手机。爱人傍晚回家一见我眼睛都泛起红潮，躲回自己屋子里洗尿布，心神不宁，洗得很慢都这会儿还没洗完，刚刚又把手机栽到水桶里。

啰里啰嗦说了这么多，希望连岳大哥能看到这封信。

芋头

——

芋头：

我非常同情你的父亲。

想象一下，别说照顾三代人了，就是每天为 8 个人做三顿饭，没几个人能够长久坚持。负担这么重，还得为女儿女婿买公寓，让你们四口人寄居。

任何一个人落入这境地，可能都要责怪命运，分配自己这么凄凉的角色。而这个可怜的老家伙，生气离家之前，还不忘给你们做好中午饭。

他教育孩子应该有问题，我倾向于相信他溺爱孙子。你小时候，估计他也是这么溺爱你的，他其实现在还溺爱你，不然，不至于让你拖家带口啃老。

在你们家，现在教育孩子的对错，其实并不重要。因为两种方法都是错的。你爸爸溺爱孩子是错的，你们夫妻俩，从你们的生存状态来看，不太可能教对孩子，道理没有用来指导自己的生活，让自己生活得更好，传递不到孩子心里。

两害相权取其轻，还不如让爷爷奶奶溺爱孩子。至少童年享受到了爱。大了不成器怎么办？没事，啃啃老，等你们照顾呗。还可以生几个孩子让你们养。

教育孩子离开自我教育，是不会成功的，你只不过把自己的焦虑和空想，强行转移给孩子。改变父母与孩子的处境，关键在你们，你们愿意改变，我倒有办法。

一是搬去省会生活，把自己依赖父母的脐带彻底剪断，你们已经有房子，只要不怕辛苦，工作到处都是，养活自己和孩子，有什么难的？对习惯依赖父母的人，这种空间的巨大变动，当然伴随巨大的压力，但这压力你们应该承受的，它逼迫你们再生。

压力小的办法是卖掉省会的房子。我知道你们舍不得，房价在涨，将来还会涨，卖了可能再也买不回来。但这笔财富，超出你们能力，你们硬熬，只不过是父母替你们出成本。

财富要与品德匹配，否则，只会带来痛苦。

省会房子卖了，你们在小城市就能有自己的房子，或许还有余钱。一是你父母的压力会减轻很多，你该有点同情心，我听了都难过，你就一点不难过？不该让他们再养你、照顾你了，你父亲的情绪到了崩溃边缘，老人生病，孩子啃老，弦一点点拧紧，随时会断。

孩子生活在你们自己家，你们已经是主人，教育就由你们说了算，不再担心被溺爱。

你爸错在让你啃老，没把你们赶出去。你也没有资格责怪他，改变的责任在你，自己搬出去，终止啃老，学会独立。

最后对围观的读者说几句，绝大多数人，会成为父母，溺爱孩子，几乎是动物本能，毫无原则地满足他，替他做一切事，看他满足的笑容，你有愉悦感，可惜代价太高：你扼杀了他的所有能力，没有挑战，没有压力，没有训练，能力无法生长，不出意外的话，他将是一个标准的弱者，注定要被淘汰。

更不幸的是，你毒害了他的品德，他认为你给他的一切，进而认为所有人给他一切，都是理所当然的，他不仅是你的宠儿，也是世界的骄子，他并不会回报你爱，他对你要得更多，他是你身上的恶性肿瘤。

不要溺爱你的孩子。他若成家后还想啃老，要心冷，赶出去，自己生存。他或许会恨你，但这是当父母该承受的。

祝开心。

连岳

14.

爱的诅咒

——

连叔：

你好，我是通过我的丈夫而知道的您，我的丈夫很喜欢您，您的每篇文章他都看，而且非常支持您的每一个观点。连叔，我想请您帮我丈夫疏通一下，或者说帮我们两个疏通一下。

首先，我和我丈夫同年，都 28 岁，我自认为我是个乐观、向往自由、不会过分约束自己的人，也有点安于现状，很容易满足，每天在家带孩子当家庭主妇只有在孩子睡觉的时候才有点时间干自己的事，看看电视读读文章，通俗点讲对于生活就是够吃够喝就行，但是我丈夫不满于现状，一心想要事业生活提高，所以他每天无时无刻不在学习充电，不想浪费一点时间，甚至于每个星期抽出一天时间来陪我陪孩子都觉得是在浪费他的时间，或者他看到我在看电视都会觉得我也是在浪费时间，我不喜欢别人把自己的思想来强加给我，有时候也会因为我要求他多抽出时间来陪我和孩子而有矛盾，会冷战，我们对于生活的观点不同而无法沟通，我也知道他是在努力想给我们更好的生活，所以有时候也挺无言以对。

其次，我丈夫现在是做计算机编程的，他原来是做监控安装和调试的，去年也就是 27 岁放弃原先的工作，在北大青鸟培训中心学习大半年计算机编程，他学习能力的确挺强，后来也找了一份计算机编程的工作，至今也有大半年，在公司无经验的新人里算出色的，但是我丈夫骨子里有点清高，他不喜欢抽烟喝酒赌钱这一类不良嗜好，看见别人有这些嗜好就会不喜欢这个人，所以他基本也没什么特别好的朋友，平时跟同事也不喜欢聊天吹牛，所以同事关系也就一般，有的甚至不怎么好，有的原来好好的，渐渐也不讲话了，我知道他心里对同事也挺友善的，但我不知道他这种状态到底是怎么回事，是他的原因吗？其实我挺想他能遇到几个知心的朋友，能互相说说话聊聊天。还有他也挺害怕入错行，因为他还没有真正的入门，他看了您的那篇《大不了多活 10 年》，害怕他后悔得太晚，以后会一直入不了门，发现不是做计算机编程的料，到了 30 岁以后就很难重新开始，所以最近更是拼命地学习，我挺希望他能劳逸结合，可是又劝不了他，不知道怎样来说通他。

连叔，希望您能回复我，您每篇文章我丈夫都看，我希望我的丈夫能看到您给他的建议，很感激。

木易

—
木易：

首先恭喜你找了个好丈夫，只看你几句简短描述，他也是我蛮喜欢的人。这种人总是越来越受欢迎的，要配得上他，别被人抢走了。

我很赞同你对他的一点要求，他至少一周要抽出一天陪老婆孩子。把时间看得很珍贵的人，勤奋的人，容易犯这种错误，觉得陪老婆孩子是浪费时间，偶尔陪了，也不甘不愿，大家都不开心。

陪家人，从表面上看，是没有任何收获的，不外乎一起吃喝玩乐，孩子不停重复简单游戏，老婆（老公）说的家常，你也听了100多遍。但是陪家人的时间，目的不是求知，不是长肌肉，它的目的是"陪"。

爱一个人，就是要陪他浪费一定的时间，一周一天是该有的份额。份额不足，爱会消退。求知、工作、上进，有一个重要目的是为了让家人更开心，忽略这个目标，忘了初心，婚姻失败的可能性加大。

再说了，一周休息一天，其他时间效率更高，并不是浪费，也不是损失，是更合理的生活方式。

我相信，他很快会意识到这点，并加以调整。我想，我的读者中，这种勤奋的聪明人，比例很高。拼得过久过狠时，应该提醒自己一句：世界离开自己一两天，并不会失控，超人也谈恋爱，特朗普并不耽误自己打高尔夫球。

感情是双方的事，接下来说说你吧。你的责任大一些，你丈夫的改变瞬间可成，你的改变却需要洗心革面。

你的人生观是"够吃够喝就行"，即人满足最低需求即可，这非常容易达到，我认为中国没几个人达不到。

满足层次这么低，往往是得不到爱的。因为你需要对方的层次也局限在"够吃够喝就行"。

爱情重要的不是正确，而是两个人合拍。两人都贪吃、不锻炼，成了胖子，生活方式不健康，但是两人合拍，开心。其中一个人开始正确，饮食节制且营养，经常锻炼，身材越来越好，旁观者都替他开心，他练出腹肌时，甚至有人当他是励志偶像，此时，最不开心反而是他的配偶。

爱的诅咒发挥作用了。

爱上一个人，最大的恐惧是什么？你怕失去这个人的爱。你仍然是胖子，他（她）却开始苗条，够格拍对比照代言减肥产品，你觉得自己配不上漂亮的他（她），潜意识里希望他（她）重新变胖。

爱的诅咒，在各方面杀死爱。父母在孩子高考前逼他们学习，第二名都是罪过，而一到大学毕业，却诱惑他们各种放弃，惧怕他们发掘天赋，追逐雄心，灌输"够吃够喝就行了""人生最大乐趣是安定"之类的观念，因为他们害怕失去孩子，强大的孩子必然有自己的生活，给父母的时间相对较少。

你正陷入爱的诅咒。你现在诅咒你的丈夫，你将来还将诅咒你的孩子，你诅咒一切优秀的家人，他们衬出你"够吃够喝就行"的低层次。他们走得越高，就与你越不合拍，分手的危机就越大。

"够吃够喝"这种基本生理需求一满足，绝大多数人有更高的追求，学习新知识，完成自我超越，具有最高级别的快感，尝过美味的人，不可能退回来将就你，你想强拉，他们就蹬开你。

劳逸结合，道理对，但由你去劝丈夫，他觉得没有说服力，因为你是"够吃够喝就行了"派，从来没有劳过。

你丈夫会多花时间陪你，放心。但是你的层次停留在"够吃够喝就行了"，你的苦恼并不会减少。

祝开心。

连岳

15.

爱情珍贵，吝啬不配

—

连岳：

你好。2014 年夏的时候我追求过一个女生，当时我和她是一个集团公司的，她是银行柜员，我是房地产员工。因为一次活动认识，我对她一见倾心。于是我制造了一次机会让我们认识，随后便邀约她听音乐会，她在犹豫之后答应了。看音乐会的过程不必细说，总之让我觉得世界从没有那样美好。

之后的追求过程是，我托人送过她咖啡、奶茶，我还发动同事帮她做业务，可以说诚心诚意相待。但在她之前我几乎没有正式追求过任何女生，不知道是不是我方法不对路，这段时间约她总不出来，但我从同事口中得知她觉得我是一个很"靠谱"的男生，这让我心里稍慰。

我们中午吃饭是在同一个食堂，有一次我见她过来，当面约她去看 7 月份的陈奕迅演唱会，她居然毫不犹豫地答应了，这让我欣喜若狂。我包办好了看演唱会前后的一切，包括门票、交通、零食，甚至雨衣都买好了。但是万没想到的是，她从一上出租车开始就给我脸色看，不理会我的攀谈，气氛十分尴尬，看演唱会期间她也基本保持这个状态，直到散场，她居然刻意躲避她的同事，不让她们看见我和她在一起看演唱会，连送她回去她都是坐副驾驶，不和我同坐出租车后面。

这时我简直无地自容，知道这事黄了。我没法接受的是，演唱会全程都是我掏的钱，但是买来的却是不开心和心碎。倒不是我在乎几千块，实在心里不爽。回忆起来，她是不是嫌弃我没车呢？这些都不得而知了。

10 月份是她的生日，抱有最后一丝幻想的我邮寄给了她一件礼物，得到一声谢谢之后两人就再无联系了。最近得知她嫁了个有钱老公，呵呵。

此后我一直对这个女孩和这件事耿耿于怀，为什么我付出了得不到好的回报？为什么我拼尽了全力却得不到青睐？这件事给我带来的挫败感非常大，我渐渐发现我会不自觉地在嘴里谩骂这个女生，最近越发严重了，即使不自言自语，脑子里也会浮现出演唱会当晚她对我一脸嫌弃的表情。

不知道这是不是心理疾病，如果是，恳请您提供一些治疗方法，万分感谢！

小李

———

小李：

你爱一个姑娘，而姑娘不爱你。这很正常。反之亦然。

爱情有很多主观的喜好，正如有人喜欢喝咖啡，不喜欢喝茶，你是顶级的大红袍，她也不喜欢。茶不是咖啡，这有什么错呢？

爱情是双向的，不理解这点，总觉得自己付出真心、表达了爱意、送了礼物，对方就得回报自己爱情。范冰冰、杨幂的男粉丝们都持这种观点，那不得造反？

你的女同事不是女明星，但她也有选择权。她为什么不爱你，你猜不出，我也不知道，但拒绝是明确的，也许方式可以更好。我认为，没必要知道原因。

或许是因为她现在的老公比你有钱吧。这点也不必呵呵。这反而可以告诉你一个爱情常识：经济基础非常重要，同等条件下，更有钱的人总是会赢你的。

对一个贫穷的年轻人来说，这条常识也许很冷酷，一时无法接受。可以有以下应对方式：

1. 诅咒姑娘拜金，嫌贫爱富。

2. 诅咒有钱的竞争者，有钱人都很脏。

3. 做白日梦，终会有一个白富美偏爱自己这个穷小子。

4. 接受现实。

正确答案是 4。

接受现实并不是让你垂头丧气，即使会，也请控制在一个小时之内。

接受现实后，就更尊重钱，想办法多赚一点钱。

我觉得你还是挺在乎钱的，承认这点，别不好意思。你看，时间过去三年了，房价翻番了，特朗普上台了，你还惦记当年追女朋友花的几千块钱。说实话，看到你这自白，我觉得你的女同事在 2014 年放弃你是对的。可能她察觉到了你是一个吝啬的人，认定付出几千钱，就算是求爱成功。

吝啬、贪小便宜、斤斤计较，这些都是生活方式之一，只要你喜欢就行。

但是这种行为让他人不喜欢，也是事实，得承担这个后果。

人的时间有限，人的大脑能量也有限，你想着小格局，你就没有大局观，你老想占便宜，你就忘了赢得别人尊重，你不仅要忘了三年前的几千块钱，在下次求爱中，还要遵守这条重要原则：作为男性，买单是应该的，从吃饭到演唱会门票。

这证明你不是穷得谈不起恋爱的人。大家都不是初中生高中生，是有工作的人，一点吃喝玩乐的钱都没有，怎么保障以后的家庭生活？

这证明你有信心让自己爱的人开心，可满足她的物质需求。你花了不心疼，有强烈的心理暗示，这点钱，和我将来挣的比，太小了。你的格局慢慢长大。

最后要知道，求爱的花费很像风投，多数是失败的，回报率为零，考虑到伤心，是负数。这一切，不过都是为了让你遇上那次成功的恋爱，有位姑娘，愿意与你共度一生。

很多小钱不必计较，被人占点便宜让你认识一个人，从而排除与这人的合作，无论是恋爱，还是工作，都是很划算的事情。

宋江是个低级公务员，武术也不厉害，只不过凭着爱请朋友吃饭，多买单，就赢得了江湖豪杰的支持。英雄也如美人，难以抵挡慷慨之人的魅力。

慷慨，是方法，是气质，并不一定需要多少钱。小男孩把心爱的冰淇淋递到小女孩嘴前，宁愿自己吞口水，这就是慷慨。

计较小钱的人，往往只会有小钱。吝啬的人，命运也只会给他吝啬的人生。别让自己成为这种不值得爱的人。

祝开心。

连岳

16.

没有恐慌的改变，不是真改变

——

连叔：

见字安好！原谅我的世界很小，以至于直到今年才关注你。我是一个 80 末也算 90 初的农村教师。选择当农村教师，仅源于一腔热血，为了所谓中国未来的一腔热血。

现在 5 年过去，这一腔热血快要被现实打垮了。每个月两千多一点的工资，陪我度过了恋爱，结婚，以及生子。现在孩子渐渐长大，父母渐渐老去，我们的压力渐大。而且随着激情渐消，农村生活的闭塞，农村学校的一些陈旧制度的出现，我发现普通农村教师的出路只有一条：老老实实教一辈子的书，勤勤恳恳地拿每个月三四千的工资。

这里还在讲奉献，不是十年，二十年，而是真真正正的一辈子。我有些惶恐了，也有些心虚了。我能有那么伟大吗？我可以在这个闭塞的农村学校呆一辈子吗？我能甘心地用一辈子的时间等着所谓的国家照顾农村教师，每个月工资由两千涨到三千吗？

每次看到媒体上外面的世界，我都很想抛下一切出去外面看看，但是又放不下这里的孩子。他们还在懵懂之中，不知道所谓的城乡差距，如果像我这样的年轻的农村教师都走了，他们怎么办呢？就算不讲这些大公无私的话，我自身的一些原因也让我不敢擅离。

我从大学毕业就来支教，然后顺应国家政策考新机制的编制，这样在这个学校一待就是五年，将近六年。这段时间我本身的专业知识也忘得差不多了，唯一会的也只是教书这一个技能。甚至因为身在农村，一些先进的教育设施我也是陌生的。这样的我，离开了这个学校，我还能干什么呢？而且因为我在这个学校恋爱结婚，家也安在了这里。

我还能改变我的生活吗？"世界那么大，我想去看看"适合我这个身体还年轻，心态已经渐老的农村教师吗？

真心希望连叔能够给我一些建议。

农村教师燕子

——

农村老师燕子：

你还是很有远见的，对农村老师的一生描述很准：教一辈子书，拿几千块钱工资。做好这样过一生的准备。

我为什么知道？因为我的父亲就在一所农村中学教了一辈子书，他的同事们，许多也在这所中学呆了一辈子。最能折腾的人，也不过是想办法调进县城中学而已。一生的活动半径很短。

我父亲像他的同事们一样，是很知足的人，我觉得他一辈子的幸福指数很高。换成我，我是一天也不愿意在农村中学教书的。

换个胆量大的人看你的困境，会觉得小题大做，不过离开农村一个几千块工资的职业，有什么难的？几千块工资到处都是。有编制？那又有什么用，编制不过是吃不饱饿不死的代名词。

但我理解这恐慌，我认为每个人都要理解。改变的恐慌，迟早要发生在你身上，一次，或者多次。大学毕业找工作，会恐慌；变换工作或城市，会恐慌；甚至离开并不美妙的婚姻，也会恐慌。当你想改变时，第一时间得到的，可能就是恐慌。

因为恐慌令人讨厌，这也让人不喜欢改变，甚至认为改变的念头是错的。

当你想改变时，有恐慌相伴而来，这才说明是真的改变。因为改变是反人性的，它不被允许，给的信号不会舒服。

人这物种，最核心的功能就是繁衍，吃喝快乐，性爱快乐，这有利于繁殖；不安于现状，改变，打破家庭的安宁，这都不利于繁殖，就有恐慌跳出来阻挡你。

农村老师，在乡镇小环境，是个完美职业，钱在当地不算少；又有乡村知识分子的地位（当地到处是学生，不受尊重都不行）；还不用考虑住房问题，学校有宿舍；那几本教材吃透了，几年后教案都不用写，工作强度也不大。离开这个小环境，别说到大城市，就是上县城，都会产生强烈的被剥夺感，似乎被贬入社会低层。

所以农村老师不容易改变，教一辈子书，大概率事件，成家生子后，要整个家庭都愿意接受改变的恐慌，改变方可发生，可能性更小了。

有很多人说，我且到舒适的地方躲几年（一般是指旱涝保收的体制），过几年我力量变大了，再做改变。这是自欺欺人，也是对人的本质不了解，再不舒服的地方，你慢慢扎了根，配偶，孩子，再加一点不多不少的薪水，这是你的生态链，离开与改变，是你精神承受不起的高强度动作。

你想改变时，受点折腾是应该的，这也是一种筛选机制，注定只有少数人能承受。

祝开心。

连岳

17.

规划未来的最大错误

连叔：

您好，现在是深夜 2 点，作为一个新手妈妈，我刚奶完孩子，望着宝宝熟睡的脸庞，我对未来又陷入了深深的迷茫。

我和老公都是农村出来的大学生，我 29 岁，他 31 岁，平均工作年龄 7 年多，均在北京奋斗了 5 年，目前宝宝 3 个半月，我的产假即将结束，本来按计划我辞职带孩子，他继续工作（他的工资是我的两倍，暂低于 1 万）。我们在北京坐完月子，他就辞职（该份工作不是太满意，顺便就辞职了）陪我和孩子一起回老家待了 1 个多月，目前他已返京 1 个月，如果他顺利找到工作的话，我肯定就辞职跟他过去带孩子了，结果找工作不是太顺利，主要是薪资问题（他所属的行业整体薪资不是太高），恰好他又玩公众号来着，我怀孕期间为了照顾我就没再更文，产后他就又拾起来了，目前微信粉丝 1 万多，头条粉丝将近 4 万（差不多 2 到 3 天能增加 1000 粉丝）。其实他也早就有念头专职做这个，恰好找工作时薪资没谈拢，他现在就放弃再找了，专职做公众号。他说他非常不想放弃现在的成绩，想试试，拼一把，也为了将来考虑（返京回老家，在北京买不起房子），他想做强做大他的公众号（以后考虑做大微店）。

和我沟通了之后，他现在就一门心思做他的事业了，他希望我继续工作，他边带孩子边更文（我对于他的勤奋和自律是非常佩服的，是他的忠实粉丝）。我又担心他带不过来，最重要的是不知道他这样一门心思地付出，再干半年到春节，是否可以做出个样子，允许我们逃离北京回老家，靠他的公众号和微店维持我们目前的生活水平（他觉得可以）。

连叔，公众号这块您是行家，您说我应该选择支持他，还是说服他让他果断放弃，继续工作呢？盼望您的回复，哪怕三言两语！

新手妈

———

新手妈：

公众号有无未来？微店生意有没希望？你丈夫做哪一行好？

作为一个公众号行家，我对这三个问题的答案是一样的，可以负责任地告诉你：不知道。

我的公众号有无未来？腾讯公司何时会衰弱？我的答案也是一样的：不知道。

未来是不确定的，这是自然规律，不以人的意志为转移。我不确定明天、下周或明年会写什么，我也不确定读者是否继续留在微信平台，张小龙也不敢确定微信不败，谁也不知道颠覆性的新技术将在哪个角落冒出来，杀掉一个巨头，像杀掉诺基亚那样。

不想未来是不对的，我有三五年的规划，不过只是保持健康、努力工作、持续增长，与他人的规划并无不同。在这个时间点以内，能看清楚大概，比如，微信可能还能保持领先，没必要到处瞎折腾。

想太多未来，也是不对的。你想确定几十年后事，那是浪费精力，是思维的误区，就像胆小的人老在深夜看恐怖片，把自己神经搞衰弱。

一个心态健康的人，必须接受未来的不确定性。你的工作，你的爱情，你的收入，甚至你孩子将来爱不爱你，都是不确定的。这是一个人活着的风险。

能否接受这条常识，区别出了不同的人群。

有人即使看了今天的文章，他仍然无法面对不确定的未来，只要有人跟他说"有保障"，明知违背规律，他还是会把头扎进沙堆。结局一般就是没有未来，也没有保障。

他们的共性是不愿意承担任何风险，害怕收入上下浮动，恐惧环境变化与技术变革，喜欢怀旧，不敢贷款（即使利息低至像白送），总怕自己失业或生病。

不要做这种人，你活得并不好，每天都恐惧，毕竟，世界天天在变，总用不确定性刺激你。

要做投资不确定性的人。自由职业者、投资者、企业家、自由人，都接受了不确定性对自己的"蹂躏"，它是你的敌人，随时准备剥夺你的所有，它又是你的朋友，在对抗中增加了你的能力。

你的精力，你的金钱，都在投资不确定性。有风险，也有收益。市场能帮你，它将迅速做出反应，有没收入，收入多少，能否维持你的生活，都有明确的指标，一个人在市场上做任何事，包括经营公众号，别想太多，用钱来衡量就行了，挣不到钱，或挣不到足够多的钱，就不合适，只得改行。

你丈夫做公众号无法养家，自然会去找新工作，不必担心。我也建议你把精力放在想想怎么赚钱上，两个大学生，混到在北京呆不下去，不应该，可能跟你太害怕有关，你要做得多一些，别再害怕未来，怕也没用。

祝开心。

连岳

18.

没有一只狗经摔

——

连岳：

你好，我现在很迷茫，刚经历了失恋，男朋友再次提出彻底分手，在一个多月前他提了一次分手，我一直在努力挽留，虽然他一直说还爱我，但是就是不愿意再与我在一起。

我跟他的关系，可以分成三个阶段，第一阶段从初中开始，到高中毕业。在这个阶段，我们处于恋爱的懵懂期，虽然天天在一起，却很少有深入的交流，相互都感觉爱得不够炽热，总是淡淡的，有甜蜜，无争执，有期待，有失落。在初三的一天，我们在我家被我妈妈"捉奸在床"，我们都受到很大惊吓，他当时的表现除了逃避就是逃避，我妈妈没有告诉他家长，我觉得自己承担了所有不幸。在高三的时候，他因为压力大，疏远了我一段时间，导致我那段时间闷闷不乐，情绪时有失控，心里落下怨恨。

第二个阶段，大学，我们不在同一个城市，四小时火车的距离，每天一小时电话，假期我回家，他不时周末来看我，每月见一次是可以保证的，刚开始的感情模式延续中学时代，加入了性爱。只是我的心在慢慢起变化，更开放自由的环境，让我开始接触其他男生，越来越不在意他的感情，心里只记得从前对他的不满，同时对异地恋无信心。大二结束时我跟一个学弟快速勾搭上，暑假回家立即跟他提分手，他当时虽然接受，但我们依然天天见面约会，后来我跟学弟不了了之，我跟他也就还是照常在一起，只是我心里认为已经分手了，所以跟其他男生接触的时候更加无所顾忌，同时对他也不加隐瞒，他因为当时比较自卑，所以对我一直是容忍，以至于后来我交其他男朋友，对他不理不睬，他反而一直纠缠于我。两年期间我交了三个男朋友，每个都只持续了一个多月，甚至还尝试了几次一夜情，剩下的时间，都与他在一起。这样来回折腾，给他造成了很大伤害，而我却一直没意识到自己的严重错误，依然我行我素。

第三个阶段，大四结束到现在，在大四结束时候，他意识到这样下去不是办法，决定与我结束关系，这时我才知道自己错了，也才发现原来自己一直很依赖他，离不开他，而且天真地以为他也离不开我，所以才会容忍我的为所欲为。意识到自己对结束的恐惧后，我开始哀求他与我复合，向他保证以后绝不乱来，要严肃正经地经营我们的恋爱。他禁不住我的求饶，答应了我重新开始，于是我真的又开始正正经经地谈恋爱，而且严肃到以结婚为目的，我把他介绍给家里人认识，也见了他的父母，享受与他在一起的时光，对其他男人是真的没有一丁点非分之想了。但是我们之间出现了新的不愉快，他在与我分开的阶段，有了一个异性倾诉对象，这位异性是我们两个的中学同学，曾经是我的好朋友，他把不能跟我说的话，都跟她说，慢慢地两人建立起了深厚的友谊。我发现这个情况后，很不高兴，一开始是不许他主动联系她，后来发现他还是瞒着我联系，就变本加厉到要求他们绝交，他表面答应，背地里还是偷偷联系。于是为了这个，我开始查他的聊天记录，一发现什么情况，就跟他闹，他则总是说他们只是朋友，不是我想的那样。后来事情越来越糟，有几次我直接在网上和短信里指责她，曾经的好朋友如今也闹僵了。他则越来越受不了我的神经质，同时觉得观念上有太多不一致，过去的阴影也一直留在心中，终于提出了分手，于是出现了开头的那一幕情况。

有一点需要补充，第三个阶段，基本上也都是异地恋，我毕业后没有留在家乡，为自身发展去了大城市工作，他则留在家乡读研究生，我之前的想法是等他毕业后再一起去同一个城市工作。

连岳，我现在迷茫的是，我应该继续挽留，还是应该放手，与他一辈子在一起是我的梦想，失去他令我异常痛苦，在这之前，我从来没有体会过如此深刻的情感。

小莴苣

——

小莴苣：

初三就被妈妈"捉奸在床"，这在中国捉奸史上应该占有浓墨重彩的一页。

恭喜。

不是寻你开心。我真是觉得从灵到肉，现在的孩子都该早早恋爱。你那"捉奸"的妈妈，反应也很不错，给男生保留了足够的面子，而且从你的叙述来看，也没有苛责你。

你年纪还不大，恋爱史却挺长挺复杂，这种经历在同龄人当中，可能也不多。

这又值得恭喜。

人是在错误中学习的动物，不犯错误的人，是植物人、死人。绝大多数错误是源于我们的无知与无能，改变的结果是增加"知"与"能"。

我们在恋爱开始时，不知道自己的身体，不知道自己的欲望，不知道他的身体，不知道他的欲望。

错误发生，首先想的是，我自己是不是应该改变？

有个小男孩养狗，为了试探小狗的忠诚，把它放上二楼屋顶，然后在下面叫它跳，它当然就跳了，摔断了腿。这是个错误，此后正确的做法是用安全的方式和狗玩，而不是再把狗放上屋顶让它跳——这次运气好，它可能安全着陆，结果不同，不过相同错误却在延续，这样对待狗，摔坏的必然占多数。

很多人对待爱情，就像这男孩训狗。一次次将它置于险地，一次次的伤心，最后的结论却是：这世界上的狗，没一只经摔，让我这爱狗者伤透了心。

比如说：一个姑娘脾气不好，爱打男朋友耳光，然后分了手。第二次恋爱，她成为一位非暴力主义者，不打男朋友了，那分手的可能性就大大降低了。又比如，一位男人老觉得什么事都得妈妈决定，女友因此离开了，第二次恋爱，他提醒自己，我再也不能喝妈妈的奶了，那成功的可能性也就提高了。

你们漫长的恋爱，你知道自己有怨气，你知道自己与其他男人的恋情和一夜情会让他受伤，你知道自己情绪化地干扰他的交往令他厌恶，这几种状况都让人抓狂。

这就是你在恋爱实践中得到的好处，爱下一个男人时，不犯这些错误就行了。失败的爱情并非让我们一无所有，了解了自己的弱点，当然就更强大了一些。若干次失败的爱情，是得到爱情的必需（或者说，一次成功的爱情必然要经过若干次危险状况），在这不停的调整中，才能学会温和的表达，才理解坚持立场并非要靠喊，才能找得到折中的分寸。

解决办法是不再犯错误，不把狗放到屋顶。即使无法挽回这个男人，至少不会失去下一个男人。

祝开心。

连岳

19.

假装不在乎钱，就真的会没钱

———

连岳先生：

你好，急切希望得到回复。

我 1988 年出生，孩子爸爸 1989 年生人。2011 年大学毕业后留在了江西省景德镇做陶瓷创业，因为当年有个香港的陶社入驻景德镇，带来了很大的变化，随便捏点东西都可以换钱，自由、文艺的环境让一届届的毕业生留了下来，周末摆创意市集，平常在租的房子里（所谓的工作室）做产品。一直到 2015 年大环境都可以，生意不至于很难做，2016 年和今年我们这边的小市场已经是冷淡得不行了。

我和孩子爸爸毕业后没有选择出去，很大原因是觉得这边自由，当时环境也挺好。他是本科雕塑，我是美术专科。当时找对口的工作确实不如留下来更看得到前景。我们对于"创业"认识得并不清楚，从 2011 到 2013 年并没有很清晰的目标，知道要赚钱，接个小订单就开心。我们崇尚的是那种很文艺高雅的生活，朋友间攀比的是有没有一间很风雅的店铺，有没有认识高端的客户。碰面都是喝茶品香，实际的生活是拮据的，就是觉得我们是这样文艺的人，我就是穷，也是能让人尊重的。我现在觉得我们所过的高雅的生活其实就是一块遮羞布，掩盖住我们的贫穷和无能。

这三年里，我们折腾过店铺，代理过品牌，最后也不了了之（都是父母给的钱），工作室是越来越大，可是没钱。2013 年末的时候我怀孕了，2014 年 7 月孩子出生，孩子我们自己带的，这三年里我和婆婆产生矛盾和他争吵，我们恶语相向，拳打脚踢，情感背叛，冷漠苛刻，能想到的，全发生了。我实在看不到希望了，在一起只有一个劲的折磨和伤害。前段时间我非常坚决地离婚了，孩子是归他。离了婚以后，我没有离开他们，还是和往常一样照顾孩子的起居，也开始照顾他的生活（因为带孩子的三年我对他确实是忽视的）。朋友们都觉得这样做是不会让男人珍惜的，离婚了就该走。孩子爸爸是个责任心很强的人，但也极其要面子，我选择离婚是因为二人都陷在了泥沼里，我真的不想伤害他，也希望他不要伤害我。现在，我们开始说话，开始关心对方了。

现在的我不要那块遮羞布，我承认自己的贫穷和无能，目前在积极找工作，希望用勤奋和踏实让家人生活得更好些。目前有三份面试：酒店前台、百货商店的营业员和超市的导购，以前的我对职业有高低之分，现在觉得能把一份再普通不过的工作做好，都是不容易的，希望得到一些职业方面的建议，孩子爸爸是继续开着作坊还是出来找工作上班？我现在 30 岁，希望觉悟不算晚。

阿树

阿树：

佩服你的反省和改变能力。你面试的三份工作，我觉得在人家接受你的前提下，谁给的钱多，谁的性价比高，就给谁做，不难选择。

你提早转变，再加上你在审美上的优势，收入可能很快会超过孩子的爸爸，你的前夫。那个时间点到来时，希望你不要大包大揽，一个人承担孩子所有的费用，他该出多少出多少，再窘迫都得让他借。这不是冷酷，这是一位父亲应该接受的金钱教育，也能促使他像你一样，在不得不改变时，尽快做出改变。

有一些读者错认为我跟文艺有仇，跟文艺人有仇，不是的，我自己就是文艺中年，我比绝大多数中国人文艺水准高。只是我深知文艺人的致命弱点，不忍心他们一错再错，更不愿他们误导孩子，所以一再扯他们的遮羞布。

听过不少文艺人的创业计划，这牛逼，那灵性，东拉西扯，云遮雾罩的套话之后，我总喜欢问他们两个问题：1. 你调查过市场吗？潜在的消费者在哪里？有多少？ 2. 你能亏多少钱？成本核算过吗？几乎没人会回答，甚至没人想过。

可以负责任地说，文艺很容易，赚钱不容易。你花几分钟，随便捏点泥，画张图，搞个什么纯手工，都可以赋予它们无限多的意义，然后标价 10 万，等着发财。文艺人创业的核心思维长期是：有钱人都是傻子，任由我们说了算。

不排除存在极少数有钱的傻子，但想暴发的文艺疯子实在是太多了，不够用。

金钱教育不是人生的选修课，是必修课，是通识教育。不然不健康，不完整，容易犯错误。这就像你规划一座花园，先得考虑泥土和肥料，脏，臭，可它们才是百花之源。正确的金钱观缺乏，就像花园无土无肥，爱情、家庭与工作，种子再好，没一株花能活。

如果我们执着生产市场不愿购买的产品，这会让我们变穷、破产。这就是市场常识，不可违背。对文艺人来说，不难自我美化，进而谴责社会与大众，然后获得某种圣徒一样的悲壮感。可是戏码再多，也改变不了你穷的现状，除了延续自己的悲惨，谁有损失呢？

我写文章，从来只讲自己喜欢的理念，这是不可改变的大原则，第二条原则是，我就是要靠它赚钱的，我一直是谈稿费的好手，能赚到钱，文章才会越写越好，假装不在乎钱，就真的会没有钱。

在价值排序里，那些实实在在赚钱的人，总是能得到我的更多尊重。能从文艺的迷魂汤里醒来，放下虚荣做普通的工作，没有糊涂一辈子，这额外获得我的敬意，祝你发财。

祝开心。

连岳

20.

复活吧，女人

连岳老师：

你好。每天看你的微信成为习惯，就像看情感信箱一样，每看一篇，总可以找到自己所吸取的思路，而让自己遇事不惊，平静对待，可这段时间，我的心平静不了了，因为和爱人，我们在一起无话可说，准确地说，是我不可以和他说话，或者是我不知道该和他说些什么，可以让他开心，不烦，不生气，不会说出"我对你已失望"的话来。

我和爱人高中同学，各自大学毕业后结婚，手拿皮箱来京，一起打工，现在想起来，可能我一开始就把自己放弃了，原本我学的会计，为了和爱人能在一起更好地发展，我自学了所有的设计软件，和爱人做了同行设计师，其间我们很穷，但很快乐，我的思路比较活跃，做一段时间，发现一个问题，做设计的没有做业务的回报好，所以我和爱人说了，我们以后要做业务，做业务首先要信息灵活，在 2001 年时，我们身上只有 1500 元时，支持爱人 1200 元买一部手机。加上老公的积极勤奋，2003 年买车，2004

年买了房，并有了我们可爱的女儿，有女儿后，我全力做个好妈妈，但同时我和爱人之间在事业上，失去以往的合作形式，我的思路他的行动。

其间我们吵过，但很快我调整了自己，让他自己做吧，我带好孩子照顾好家，他哪里需要我，我就去哪儿帮他，现在想起来，这期间我可能就已把自己丢了，很快我成了他时而用时而不用的生产资料，有时出点新点子（如早年让他加入淘宝），他会说你知道什么，别来打扰我。后来他又需要我了，我又做了主力设计师，做了一年后不需要了，因为招了好几个新的设计师，最主要的原因是他不爱听我提出的新想法与思路，对我提出的所有想法一切拒绝并发怒。

我失业回家后，闲不住，我开了一个淘宝店，一年上了一钻，很开心。一年后，爱人提出让我帮他做账，原因是他一点财务知识不懂，雇了位不精通财会制度的老会计，很长时间没开税票，影响销售。我想了想，我的网店一年收入少，保大不保小吧，所以这样一直到现在，我帮他做会计，可生活没因为这样让我们相亲相爱，劲儿往一处用，和谐，而是相反，当有什么事时我详细问问，他会很生气地说："问什么问，让你怎么做就怎么做，哪来这么多废话，和你无法沟通。"

以至于今天我感到要崩溃了，我主动和他沟通："为什么对我失望，是哪里不好让你失望，我要平静温暖的家庭氛围，不要这种冷淡的，会让女儿感觉到不幸福的。"而爱人很冷淡地说："别来和我说，你想干什么就干什么去，最好离开办公室。"我不知道我以后该怎么做，找工作去？还是一贯的沉默，与他一起做，可我内心抑郁极了，我安全感可以说没有了，以至我梦到自己双腿的血管硬化窜过肌肉崩裂，鲜血流淌，我不能死，女儿怎么办，父母怎么办，我跑着呼救，找到一辆警车，而一直在我身边的老公没有出现在我的梦里……

一个需要勇气找到自己的女人

——

一个需要勇气找到自己的女人：

不得不佩服你们俩，都是聪明勤奋的人，几年之内在北京立足，这种能力，可能是万里挑一吧。

在你们两人当中，我尤其佩服你，学什么精什么，扔到任何艰难困苦的境地，你都是第一批满血复活的人。

我认识不少白手起家的夫妻，他们的经历和你们差不多，主要区别就是不如你们顺利，其中的低潮，非常人能忍受。从这个角度看，用市场让人们追逐财富，就是为社会挑选精英的过程，能从其中杀出一条血路的人，个个都不简单。

但是，当他们成功后，往往是那个女合伙人不快乐的开始。原因很简单，一个有钱的中年男人，他能吸引大把年轻异性，而拼尽全力的中年妻子，却没有这个待遇。这时候的婚姻维护，完全得靠那位男性珍惜一起的成长经验；看到妻子逐渐凋谢的容颜，他是心疼？还是心烦？——是前者，婚姻因为有宝贵的回忆，会更稳固；是后者的话……

那女人，就准备满血复活吧。

遗憾的是，许多女人不得不迎接这个冷酷的现实。我常劝那些志得意满的中年朋友：把老婆孩子照顾好，别以为你身边现在的姑娘哄着你，真陷进去，不过是这些流程走一遍：送礼、吃饭、玩、上床、生气、争吵、烦恼。

我得说，这些劝说其实没什么力量。

人性的残酷，是个无底洞。有人甚至会利用女性青春不再的弱点，肆无忌惮：我就是这样欺负你！有种就离开我吧。

这时有几种选择，忍气吞声的，那等于承认不平等地位，默认他可以为所欲为，这样也许可以保住家庭名义上的完整，不过生活在其中的人，却相当煎熬。

更惨烈的方法是"拖"死他，天天跟他吵，他想离也离不成，这样的结果是混战一段时间之后，谁的责任已经分不清楚，两个仇恨专家，以后的人生基本上没别的事可做，只等着自己的葬礼来到。可是，你为什么要用自己的唯一的一生去殉葬？

我认为最合理的选择反而是看起来吃点亏的做法，沟通一下，他若真的变了心，那就把财产理一理，分手再见。心情自然不可能好，恋爱时看错人，以至于人生要做痛苦的选择。不过这正如错买一件老土的衣服，它无论多贵，你也不会再穿，一个不再让你尊重的男人，就是那件老土的衣服，早扔早轻松。

他离开你，生意未必能够持续；你离开他，更专注以后，也许生意能做大，从邮件来看，你有这个天赋，浪费在一个不堪的男人身上，多可惜。你展示离开他的决心，这也可以让他看到你不退让的底线，或许有助他清醒。

复活吧，强大的女人。

祝开心。

连岳

21.

谁都有憎恨生活的时候

——

连叔：

您好！虽然我不确定您是否可以看到我的邮件并且回复，我还是非常希望您可以帮我一把。写这封邮件的时候，我正在回乡的火车上。

我今年 26 周岁了，毕业 4 年。读的不是什么好大学，只是个专科学校而已，很后悔当初没有复读高三。导致现在学历成为我最自卑最不敢面对的事情。刚毕业的两年跟着老爸在做钢材生意，老爸的生意场地在小城市里距离市中心很远。交通不方便，连小卖部都在十多公里之外的地方。每天就只是在小小的生意场地装货、卸货，整理仓库，接待客户。我每年就只是过年休息几天，在那个地方几乎一年见不到几个新鲜面孔。生活枯燥，无味，我靠健身缓解着自己压抑的心情。之后我去上海工作了 2 年，早 9 晚 6，周末双休。因为工作瓶颈没有发展方向，家里一直打电话叫我回去继续做生意。老爸很希望我做生意，说我不是什么名牌大学毕业，在上海一个月几千块除掉吃喝一年没什么钱，买房子也是空谈，我还有弟弟，弟弟也要结婚要钱的。还动员全家亲戚劝我回家做生意。无奈之下，我辞职骑行去西藏，希望在路上找到自己找到答案，其实路上并没有答案。骑行完毕我还是很倔强地留在上海一段时间继续找工作，遇到了不少挫折，由于英语不好，找的工作算半跨行。现在高不成低不就，工资低的没前途的不想去，工资合适有前途的我达不到要求。纠结了许久之后我回家了。职业规划也不是很清晰。

连叔，我该怎么办？现在我是回家了，迫于压力以及家人的劝阻以及上海房价的压力。之后，我怕我在那个地方又待不下去。老爸思想很固执，他觉得我没上好大学，就把钱挣了。两样总要有一样占优。工作上，不跨行，工资很难继续提升了，英语也比较烂。该不该回家？不回家在上海该怎么办？老爸快60岁了，老爸生意怎么办？老爸还爱赊账给别人，外面好多钱要不回来了，法律手段也不是那么有用了，还有很多烂尾都没什么希望了。我该怎么办？老爸脾气也不好，我们还经常吵架。其实我非常希望老爸把生意卖掉。我是很不想与那些包工头打交道，跟别人因为商品讨价还价，还需要各种心计才可以谈成买卖。那不是我喜欢的生活。我该怎么办……

小灰灰

———

小灰灰：

首先，别后悔你没复读，所以只是个专科生。因为专科生的水平，复读往往也只能考个专科。从这个角度看，你该庆幸你节约了一年时间。

后悔是白日梦的一种，只不过特别真实，所以也更容易上瘾。后悔是希望改变历史，从来没人能够改变历史，所以别把时间浪费在这种不可能的事上。

特别爱后悔，是弱者的习惯。先改掉这点，这是改善处境的第一步。

生活的答案在什么地方？一般就在你生活的地方，不在西藏。

如果自己的能力迟迟无法提升，只能蛰伏在低薪职位上，那答案就是必须提升能力，以匹配高薪的职位，这是职场最简单的原理，相当于一加一等于二。

辞职骑行去西藏，只会让你职业技能下降，收入更低。你不仅浪费了时间，可能还晒得颜值下降，不利于面试。

去西藏看看风景，玩一玩，我不反对，但认为那里藏着什么人生答案，一去就发现秘籍，从此人生大不同，那是笑话，是思维能力有缺陷的标志。

许多人想去西藏逃避生活，以为可以不再辛苦。西藏的超量紫外线和缺氧会让你更辛苦，回来继续挨生活"折磨"，是必然的。

生活是逃避不了的，就是出家了，还有修行高低。

生活是很牛逼的，你现在的状态，还轮不到你喜不喜欢它，是它很不喜欢你。

你还处于讨好生活的阶段。

你爸没有活成你的偶像，这导致他的道理你也一并认为不对。如果你愿意听我的意见，我会说，你爸的想法对：没上好大学，就老实学赚钱。我要补充的是，就是上了好大学，最后也得学赚钱，而且压力更大，否则，上了好大学，还是穷，赢不过一个专科生，那更难受。

最后大家总是要学赚钱的。听你爸的，这没错。你爸比那些告诉孩子钱不重要的爸爸，已经好太多。这点，你要感谢生活，让你有个观念比较正常的爸爸。

当然了，讨价还价，和包工头打交道，动用"各种心计"，还要面对可能的纠纷，这些都很辛苦，令人不悦。不过，孩子，这就是生活，每赚一分钱，都得付出某种辛苦，都有令人不悦的地方。

生活是很势利的，你想稍稍逃脱它的折磨，最有效的办法是赚到够多的钱。

加油吧。

祝开心。

连岳

22.

别欠那个爱你的人

连岳:

你好。首先感谢你的倾听。

我今年大学毕业,他长我六岁,是我第一个真正意义上的男朋友,此前因为性格害羞几乎没有感情上的经历,在一起一年。我们虽然异地但也经常见面,相互之间投入的感情不说谁多谁少吧但也都很真挚。我外表中上,性格也还不错,他条件一般,但受你影响思想超前广阔。

我们遭遇到的问题在我看来非常小众:他对我完全没有"性"趣!对此他的解释是我的气质让他没有欲望,看到我就会变得平静。

在遇到我之前他的状态很糟糕,刚刚才彻底结束一段纠缠了四年的没有结果的迷恋。那个姑娘萝莉型,而她却能让他一度疯狂到欲罢不能的地步……我承认我这么在意有一部分是因为我一想到他曾经疯狂喜欢的那个姑娘心理落差就会非常大。客观上来说,我容貌不差,气质更甚于容貌,但我却开始认为没有她漂亮没有她招人喜欢,开始认为他对我没有欲望肯定是因为我还不够好，开始认为他对我的喜欢只是因为恰好在他孤独时遇上了我。总之开始形成了很多自卑的情绪……但事实我知道在这件事上我没有问题，他也承认了也许是长期看 AV 导致的心理障碍，只会对具有 AV 气质的女性有欲望，比如那个纠缠四年之久的疯狂迷恋的对象，知道自己有这样的问题但不知道如何解决。除此之外他也被我发现过好几次跟别的姑娘勾搭暧昧，每一次都是道歉、原谅然后又继续（最近几个月好像停止了），他解释是因为单身时间长所形成的恶习，需要克制，需要时间。

　　我因为以上的问题开始敏感、计较、小心翼翼。他也很难受，不止一次对我说那是他的问题，让他去解决，因为太喜欢我所以看我变成这样他很自责，并且告诉我有了我之后他的生活不再越来越糟糕，相反变得积极愉悦了。我知道他是想让我放心，让我能有安全感，但我还是非常焦虑，在两个人是感情里失去了百分之百的信任还能回到以前么？他一再地强调我现在是他的精神支柱（纠缠四年的姑娘也曾是他的精神支柱），男人对性跟爱是可以分开来看的，但我始终没办法做到真正释怀。性跟爱真的可以分开么？没有性哪有爱？没有身体本能的欲望哪有心灵进一步的契合？不过确实，他对我的感情我能真切地感受到，但是对我没有欲望同样让我真切感受到这是一件非常可怕的事。我开始怀疑他究竟是不是真的喜欢我，还是只是因为我对他太好让他把感动误当作喜欢，否则的话一个男人怎么会对自己的伴侣没有任何本能的欲望呢？希望能够听听你对这个问题的理解和建议。

　　写得很乱没有整理，因为心情很复杂。请见谅。

　　再次感谢你的倾听！

Liz

—

Liz：

声明一下，他让你困扰的种种行为，应该不是受我的影响。不过，我仍然愿意替我的这个读者道个歉，因为我没能让他正常一点，这样，思想超常广阔又有什么意义呢？

思想"广阔"，观念正常，与这样的人相爱，烦恼少，快乐多。不过前提是你也喜欢广阔的思想和正常的观念。一个观念不正常的人，与另外一个"变态"相爱，才可能快乐。

爱是两个观念相近者的结合，未必需要"正确"。所谓"门当户对"之说，无非是生成环境相近、经济实力相当的两个人，各类观念容易接近，一起"正确"、一起"错误"的概率大，冲突也就小了。小城镇男孩与大都市女孩的结合，往往需要前者的迅速成长及过人实力，才能降低磨合的痛苦。

最典型的例子是美剧《纸牌屋》里的弗兰西斯与克莱尔夫妻，他们彼此欣赏，互相支持，一加一等于一百，他们却没有"正确"的观念，欺骗、陷害，甚至杀人，他们玩起来不过寻常小事而已，吃饭逛街一样。他们相似，因此他们的爱情力量强大，可以成为美国总统。

换在你身上，如果你也对性毫无兴趣，和他在一起就足够，各自看AV找外遇，那自然没有冲突。互不相欠。

爱，可以无穷无尽地说，我活到一百岁，只要愿意，每周仍可推出一篇新鲜的专栏，也仍有在爱情中迷惑、苦恼、痛苦、快乐、狂喜的人。爱，也可以找出其极简的核心，万变不离其宗，它像看不见的黑洞旋转着华丽银河系里几千亿颗星球，它是这句话：不欠爱你的那个人。

当人生的晚年，回首往事，最牛逼的那群人能够这么说：我这一生自食其力，不欠他人。有人愧疚、有人被债主砍、有人让法官训斥，那是因为欠了他人。

欠人的日子很难过，在便利店，不给钱，别想拿走一包口香糖。奇怪的是，人一熟悉，却忘了这条规矩，随便欠人，欠人钱、欠人道歉、欠人尊重。有人一相爱，更是变本加厉：无论我做什么，伤害你、强迫你、折磨你，成了家常便饭，然后说：因为我爱你。

我呸！

爱身边这个人，比爱陌生人多一百倍。所以，不能欠陌生人，更不能欠自己爱的人。这才是爱情的基础。欠不了陌生人，去欠身边这个人，那只能说明他（她）连陌生人都不如，只不过是设了局，以爱为诱饵，将其捕获，变成养料。

不欠爱的人，爱我的人不会欠我。这条原则清晰后，分析你男友的行为，就不难了。爱一个人，自然欠他性爱，这是相爱者本能的需求，这是相爱者得到温暖呵护的仪式，这是爱的核心。

你买一部车，没有引擎你不成交，爱情的引擎就是性爱。不给你性爱的男友，欠你引擎，是无诚信的汽车经销商。即使他是我的读者，我也得说，他不爱你，他欠你太多，这样的人，不值得你爱，拖得越久，他欠你越多。

祝开心。

连岳

23.

不建议小孩学国学

———

连叔：

　　你好，我们生活在三线城市，国学私塾之风刚刚刮过来，最近很热，孩子已经到了小学报名的年龄了，但是我媳妇坚持不让孩子去体制教育，而是在私塾读国学。

　　搜集了很多关于国学的负面文章转发给她，苦口婆心地想劝说她不要拿孩子作试验品，但是她依然坚持。

　　我们两个都是连叔您的文字迷，希望连叔给点建议，非常感谢！

　　Best regards.

张

张：

国学私塾确实这几年开始热，估计还会延续，尤其是越小的城市，会越热。

从教育私有化的角度，我支持各类型的私塾，包括国学的。任何教育需求都能够得到满足，从整体上看，这最有利于教育的发达。

但是，我不建议孩子读国学私塾。

这似乎听起来很矛盾。其实不。

这正如我支持人有买卖香烟的自由，但我认为吸烟有损健康，最好别吸。

我把国学私塾的不利之处告诉你，你还愿意读，那当然是你的自由，得尊重。

国学私塾热，很大部分出自归因错误，因果律没过关（所以，我会一再推荐《简单逻辑学》）。

中国这几十年经济高速发展，现在是全球第二大经济体。不出意外，没有重大倒退，在我们有生之年，看到中国成为全球第一经济体，应该不难。

人富了，容易有自信，更加珍惜自己致富的原因。这应该，不这么做，富裕就容易失去。

富裕的原因是什么，有各种归因法。归因为传统国学，就是其中之一。这么重要的东西，自然要从小学起。

当然，也有致命的极端，以为现在的富裕是不好的，人们的精神堕落了，所以要回归到国学，放弃现代教育。

这两种说法都是错的。

中国人，普遍勤劳，也不比别人笨，有了市场，想不富都难。

人生来要追求富裕，原始人追求更多猎物，现代人追求更多金钱。富裕是勇气、才能与品德的回报，越富的地方，道德水准越高，富裕提升精神，而不是相反。认为越富越堕落的，是最典型的穷人思维，也是一种精神胜利法。

无论是归因错误或者厌恶富裕，把孩子送去读国学私塾，得到的结果自然不会好，既得不到富裕，也得不到精神。

现在的小学确实能找出不少问题，但我认为，它还是比国学私塾好得多，教程的设置更合理：学习白话文的阅读与写作、数学、英语、最新的科学常识。这样的孩子，比上国学私塾重回故纸堆的孩子，能力更强。

所谓的国学，没有逻辑教育，没有科学教育，没有现代常识教育，更不可能有英文，这样的孩子，知识极不健全，被现代社会淘汰，分分钟的事。

父母有能力，在小学教育之外，你还能观念传递与学习辅导，孩子自然出色。

父母没能力，就无为而治吧，送去读国学私塾，那属于越大力越坏事，帮孩子倒忙。

祝开心。

连岳

24.

总裁必须霸道

——

亲爱的连岳：

今天还是决定发邮件碰碰运气，这困扰我一年的家事，真的不知该如何。愿得你一点智慧带我走出泥沼。

2010 年我和老公创业，现小有成就，前期母亲和姐姐毫无怨言倾其所有给我们帮助。3 年前我姐离婚并辞去公职来到我公司，同年侄女考取省城高中。

2016 年 5 月我姐带上侄女来我家中要求涨薪至 1.2 万（此前刚到公司为月薪 3000 元，后为 5000 元、8000 元，同时工作由出纳增加了采购），在之前我要求谈公事时侄女和母亲最好回避，被否，她提出的理由是做了两份工作很辛苦，侄女也委屈落泪。后来听母亲说她真实理由是觉得我们花钱大手大脚，涨薪部分她存着，留待我们需要之时再拿出来。我当时考虑了一下同意了，最后提到工作方面的事，我提出 A 事件认为她处理不妥当，她觉得委屈，同时又牵扯到 B 事件，那天不欢而散。

第二次我姐来找我（老公出差），我依然要求母亲回避，未果，我姐要求我跟她女儿道歉，因为她说我所说的 B 事件不是事实，我回答如果不是事实我应该跟你道歉而非你女儿，既然第一次你带女儿来找我谈就应该接受这个结果，不能因为结果不合你们的意就要求我道歉，这期间我的母亲对我的态度也非友好。

后来我重回公司（此前因与老公管理理念不同退出公司），权衡以后剥离了我姐出纳岗位由自己暂时接任，同时调整我姐采购员工资至4000（公司不大，在我姐来之前已筛选了主要供货商，然后工厂分解材料上报计划，采购只负责跟供应商签订合同跟踪后续），当然因为会出现临时性采购所以有时每天工作量并不均匀，也因为公司发展过快管理未跟上导致衔接有一定问题，但在了解了她的具体工作安排后，我认为时间不够用是因为工作方法出现问题导致效率过低，给她提出改进意见，被否。

当日她离职，因交接不清楚我发了火（很后悔，当时她身体也出现一些问题）。我一直觉得公是公，私是私，结果她后来微信我，大意是这场战斗中受伤的是我母亲，当初我为了这个男人背叛父母，现在又为了这个男人大着肚子重回公司，可我做的决定与我老公毫无关系，我也只是安慰自己她只是思维乱了。

2016 年 5 月，肚子里的老二 6 个月。

她第一次找我和我老公谈的时候，我的大女儿困倒在旁边的沙发。

她第二次找我谈的时候，老公出差，当晚腹疼的时候我第一反应是如何安置老大，然后打 120，第二天出血，医生要求卧床，而我不得不重返公司。

8 月中旬的预产期，最后一次产检当天被医生收入院，因胆汁酸过高胎儿危险，于是决定第二天剖腹，老二提前近 20 天出来，此时此刻因第二次肺炎已入院第 9 天。

是的，连岳，我没过去这个情感的坎，甚至无赖地把胆汁酸过高归结为那日日夜夜的伤心和哭泣。

心理医生也看了，朋友也问了，不过是想问我做错了吗？

可是，不能等我把孩子生了再来提加薪的事吗？要求我给她女儿道歉的时候，母亲对我恶狠狠的时候，到底有没有想过我是个孕妇？不应该给我道歉吗？一年过去了，她们没一个人想起当时的我挺着大肚子，不该得到体谅吗？真的不该吗？

一年过去了，此事让我们像隔了两岸。

连岳，我做错了吗？

求求你，告诉我，是我做错了吗？

九月猫

——

九月猫：

这邮件我收到 10 多天了，你也在后台不停留言，看得出你的焦虑。我是特意迟点回复的。

你确实做错了。

先做几件正确的事：

1. 如果你姐姐的女儿还在你公司，把她开了。

2. 彻底断绝你母亲、你姐姐对公司事务的影响，将来绝不雇用家人。

3. 评估一下母亲及姐姐原来帮助你们创业的付出，大致可占多少股份，每年主动付她们分红，这是她们该得的，这也是还债的正确方式。

做完这些事，烦恼会不会少？长远来看，会。但短期内，不会少，甚至将引发更大的反弹，她们有更多抱怨、责怪，需要你有勇气坚持决定，一次次攻击耗尽她们精力后，情形才会慢慢好起来。

烦恼不会一夜之间没有，当你有资源时，尤其是有钱，边界不清的人，必然不停尝试侵入，试图抢夺这些资源，防御这些进攻是长期的事。

你不能指望坏人不进攻，也不能指望坏人在你喜欢的时刻进攻，坏人总在你最软弱、最意外的时候进攻。

你要做的，是自身足够强大，让坏人的任何进攻都无收获。

人的强大，不是指身体强壮，而是观念。

强大的观念是什么？是知道自己的地盘。用经济学术语，是有产权意识，这样，你才能看到他人的入侵行为。坏人的进攻，之所以得手，并非火力强，而是由于产权人的纵容。

坏人的进攻，往往还体现得很温柔，"为你好！"正如你姐姐，加薪的理由是嫌你花钱大手大脚，帮你存钱。知道她的这种说法之后，下一秒就要开除，她不再是员工，她把公司当成她的。她已经进入你的地盘，并当自己是主人。

我并不反对家族公司，事实上，由于天然的血缘联结，家族公司反而最常见。但这些公司能壮大，取决于家族成员不侵权，不越界，公司的掌控者敢于惩罚、驱逐不合格的家族成员，像你原来一样行事，公司最后倒闭是难免的。

公司的内核，一定是专制，掌控者具有决定权。总裁，表面再和气，内里必然是霸道的。他无法做到六亲不认，下场就是被六亲肢解。这是公司的效率所在，有远见的总裁，他的远见通过公司迅速放大，最后多赢，又赚了钱，又变革了世界，谷歌公司就是典型，公司的股票设置也是保证创始人永远控制公司。

霸道的总裁做错了怎么办？公司会亏损，投资者会离场，提示他做错了，他仍然不改，最后公司倒闭。除了霸道总裁自己损失大，其他人无损失。

这是市场的伟大之处，霸道总裁做错了，自己损失；霸道总裁做对了，大家跟着受益。错误及时消失，正确无限延续，这个世界，只要永远拥抱市场，想不富足都难。

坏人就是做坏事的，就像大便自然就臭，这没什么可怪的。你哪一天大便突然变香，那才可怕。让坏人无法对自己使坏，才是好人该做的，拒绝坏人，是好人的职责。

一个人会拒绝，最终衡量标准就是他能够拒绝家人的侵入，六亲不认，不怕"不孝""无情"等大帽子。有这能力，才能经营好家族公司。

顺便说一下，这本事每人都要学，因为每个人都在经营公司，你的小家庭就是一个公司。

祝开心。

连岳

25.

财富的意义是什么？

——

连叔：

您说过"有些亿万富翁吝啬得令人不解"，我老公就是，不过只吝啬，不富翁。最近因为请保姆的事，我们闹得很不愉快，想听听您的看法。

宝宝 5 个月大，我即将上班，妈妈腿疼，说没法一个人带孩子，需要请个保姆，一直请到宝宝上幼儿园。老公觉得太贵，不接受。客观上讲，我们收入稳定，有一笔存款，请得起，只是日子过得紧点。

他来自邻省农村，爸妈务农并带着他哥嫂的三个小孩，哥嫂在外打工。公婆也觉得请保姆花钱太多，提出把宝宝送回农村养几年。老公同意，说也可以让我爸妈在县城带，每月给他们一些钱。我妈妈已退休，爸爸还在县城上班。

在老公和公婆看来，明明可以极低成本养孩子，为什么要白花大价钱？很多人都把孩子留在农村养啊！"为什么你妈对后人那么不负责，还不及我妈的十分之一？腿疼哭过又怎样，我妈身体也痛哭过，还不是一样干农活带三个孩子！她一个都带不了？你今天花这么多钱，明天怎么办？太没节制了！还要买车位呢！我同事家都没人请保姆！"

这真是超出了我的认知。我妈妈有义务带孩子吗？非要她腿疼到瘫痪，才发现她真带不了？！口袋里有钱的情况下，竟宁愿把孩子丢在老家、缺席他的成长，也不肯花保姆钱？！车位比孩子重要？！匪夷所思的是，我之前问过他，你以后愿意带孙子吗？他斩钉截铁地回答不会。他独自在家带过几次娃，我问累吗？他说累，很累……

需要指出：我妈妈精明勤劳，十年前就在省城买了房；她很内疚，说要不是腿疼，带个孩子绝对没问题。我们的新房还在装修，婚后一直住在我父母的房子里。怀孕后，妈妈就过来照顾我，老公却说没必要给妈妈生活费（包括水电气）吧！我肯定还是给了。

另外，我提过建立家庭账户或 AA 制或一方交工资卡，他都不干。所以该谁掏钱，一直是个很模糊的问题。他收入大约是我两倍，对买房、装修这样的"大事"，还是很积极。目前新房首付和装修一人出了一半，房贷他还，车（婚前父母买的）我养。开支方面，他几乎没什么个人消费，日常开销我出得多点，没细算。他自己也说过，钱进了口袋，就不愿花出去了。所以每月高昂的保姆费（当然是我们共同承担）他接受不了。

只要不谈钱，他各方面都挺好，勤奋上进、工作能力强、带娃也算勤快，我爸妈一些小事请他帮忙他也乐意，我们两个也比较合拍、开心。但一谈到钱就伤感情：至今连婚礼都没办，上一次因为保姆问题吵架时我还在坐月子，当天是我生日。

连叔，我曾在他微信里置顶你的公号，并叮嘱一定要看看，对他、对婚姻有帮助，没过多久他就删了。就算这次最终妥协，但他拒绝新知，旧观念已深入骨髓。我厌恶他的狭隘、小气，有其他闪光点又怎样呢？两个消费观、育儿观不同的人还能融洽相处吗？一段婚姻该不该继续，有没有金标准？想过离婚，但宝宝才 5 个月呀，都还不知道完整的家庭是什么样呢！

Lisa

Lisa：

保姆该请，孩子应该在父母身边长大。除非你们完全没有能力。这点没什么可商量的。

父母、岳父母，无义务看孙子，除非他们自愿。他们自愿了，也得以某种方式补偿他们。也就是说，让长辈自愿看孩子，也不是出于省钱的目的，而是更信任、更放心。

住着岳母的房子，享受她的照顾，连水电费都不给，还逼迫生病的岳母克服困难当保姆。这种行径，怎么说呢，只能用人渣来形容了——抱歉，这样骂你老公。

顺便向你妈妈问好，这么好的一个老人家，不幸遇上这样一个女婿，可以说是晚年不幸了。

守财奴，是不宜成家的。不过，成了家，就对他讲讲财富的意义吧，希望他看了能够改。

人最终会死，这意味着我们最后还是要与财富告别。这个冷酷的事实告诉我们，人赚钱的重要目的，是为了这一生过得更幸福，是为了改善自己及家人的生活。你钱很多，或许可以捐座大学图书馆，但这是家人生活好后的下一步，可有可无。

财富的意义，就是享受。更多享受，让人更幸福。

贫穷的家庭，是天然厌恶享受的，对他们来说，享受就是消耗资本，他们不仅不会购买服务，甚至不允许自己休息，他们的收入依赖于最低端的勤奋，多做一分钟，多赚几分钱。也正是这点，把他们捆绑在贫穷上，低端勤奋，不需要动脑，精疲力竭后，感动了自己。这导致他们不可能提升自己，没办法让自己更值钱。

这种家庭养出的孩子，容易变成你老公这种守财奴。即使有钱有能力，还是非常爱占便宜，该付人的报酬，也不愿意付，钱多捂一秒是一秒。见到地上有硬币，他身上都会生出吸力。极猥琐。

但他们中的多数，对家人，还是正常的。

像你老公这样，发展到占家人便宜，让岳母带病工作的，还是少数。你的眼真瞎啊。

人要学会享受。我们购买的一切服务，都是享受，它让你有时间去做自己擅长的事，你享受的同时，还是投资，你购买到了时间，你最终的产出更高，赚了更多钱。有些生活无法自理的老人，拒绝请保姆，以为是给孩子省钱，结果孩子只好亲自照顾，省不了钱，只是让孩子的时间只值保姆钱而已。

我对那种乞丐致富法，总是很反感，那是病态，越学病越重。老婆孩子过得像乞丐一样，出门以为你们一家捡破烂的，用掉一块钱就像割掉一块肉，这种生活质量，你赚了再多钱，又有何意义？你以为你赚到

10 亿后会突然慷慨？不，你还会想再省出 10 亿来，你会病到死。

要学会赚钱。这是重要的技能。

要学会花钱。这是更重要的技能，爱你的女人，你连好点的生活都舍不得给，自己的孩子，连保姆钱都想省。这花钱技能是负分。

他看完这文章没有改变的迹象，可以考虑离婚。他再成功，你也是当乞丐，何必呢。

祝开心。

连岳

26.

女友的无赖妈妈

连岳：

去年 4 月我通过父母介绍认识一个女孩，人不错我也挺喜欢，慢慢也就成了男女朋友，但在一起久了，就出现各种各样的问题。女孩是单亲家庭，家里条件也一般，我刚开始还以为会是个比较勤俭的女孩，可我之后发现虽说不是很会花钱，但是吃喝玩乐方面也是毫不马虎。本人家中条件虽然也是一般，不过还是不太能接受她这种生活方式，不过女孩子嘛，我也就挣扎着接受了。

哎，挑她毛病什么的我还是不多谈了。之后到了去年 8 月，父亲突然在一次体检中查出肺部有阴影，几次检查下来确定为肺癌。但随后父亲对我婚姻的态度就随之转变了。当然，得知自己时日不会太久的他希望我能早些让他抱上孙子也无可厚非，只是这对我而言似乎让婚姻变得稍显沉重。父亲对现在的女孩感觉不错，便也极力撮合，并不时催促我早些与她谈论婚事。

于是到了今年 2 月，我觉得时机似乎差不多了，便将父亲的事以及想尽早结婚的事和她说了，并让她回家也与她母亲商量一下，她的父母与我家父母亲戚之前也早有见过，甚至父亲还以双方认识一下为由，办过一场实为订婚宴的酒水。期间双方表现出的态度也都很和谐。原以为即使这边有这样的问题，也不会太麻烦，她母亲看似是挺通情理之人。女孩与她母亲商量之后，给我的答案却不怎么好。于是我便又去她家拜访，想亲自与她母亲讨论一下此事。而在讨论过程中，她母亲以学历不够（本人原为大专学历，之后读了个夜大的专升本），不喜欢读书学习为由，硬是不同意。见气氛变差，我也就先终止了这次讨论，之后从女孩口中便得知其母似乎很不愿意将女孩交给我，并一直在给她压力让她分手。本人父母知道这一情况后，也总是劝我早早结束这种没有结果的恋情。

我也不知究竟是因为什么原因，是对女孩母亲的抗争意识，还是真的难以割舍这段感情，反正我就是不想因为这种事情与女孩分手。女孩也不愿分手所以便一直拖着。直到 4 月初，女孩终于还是不堪她母亲的重压，与我提出了分手，其实此时我们两人也都知道这注定是一场没有结果的恋情。我也同意了。可是依旧没有实感，女孩回到家后，我又用微信与她视频聊了天，两人的感情似乎也有恢复平静，有说有笑。虽然总觉得有些奇怪的氛围。

提出分手后过了几天，我又决心再去与女孩的母亲谈论一下这个问题，之前一直没去是因为觉得其实没什么和她母亲交涉的资本。但这次再不去就真的没机会了，所以我还是去了。交涉中她母亲死死抓住学历问题，近乎无赖的态度使得这次交涉也无疾而终。即使她种种主张都完全站不住脚，但她还是不给任何余地地拒绝了我。于是，我和女孩也就真正确定了这场恋爱的最终结果。可笑的是我和女孩之间的关系虽说已经多次说了分手，但却依旧每晚聊天，有机会就出来玩。父亲这边得知我分手的消息后，大喜。便又开始招呼我妈开始安排相亲，想让我尽早找的新的女友然后结婚生子。

有时倒也会想，如果父亲没有生病，我和女孩最后能走到一起吗，还是说即使多交往了2年3年，最后依旧会被她母亲无赖地拒绝呢。接下来人生中的一件大事，似乎就将因为父亲而变得草草决定，这样真的好么？只是百善孝为先，即使不好，我又有什么可说的呢？

刺激

——

刺激：

如果我是你女友的家长，一听到你说"百善孝为先"，别说你只是夜大专升本，就算你是哈佛博士，我也会想办法搞点破坏。无他，这句话已经展现智商不够，姑娘跟着你不会幸福。

孝，已经被一些人定义为"两个凡是"：凡是父母说的绝对不会错，凡是父母的命令绝对要服从。搞出一个"孝"，就是为了让长辈有错时，也能压服孩子。

时至今日，有见识的父母，不会有暴君色彩，他们最多只是建议者，自己的人生相对长，有些自认为有价值的经验，想告诉孩子，以节省他们的时间成本。但孩子不听，或以为并不正确，那决定权还在成年孩子手中。我甚至认为，就算在儒教独霸意识形态的时期，古代父母，也未必有多少人强求孩子。

你父亲快要死了，死之前想看到孙子（女）出生，这愿望可以理解。你想生，又赶在死神之前找到女友，她也想生，顺便实现你父亲的愿望，那皆大欢喜。

任何事，皆大欢喜都是最好结局。"皆大欢喜"这个词，重点不是"大欢喜"，不是"欢喜"，而是"皆"。"皆"的意思是"事件的所有参与者"，大家一起做一件事，愿望都得到了90%以上的满足，那是"大欢喜"，达不到这程度，只有60%，那"皆小欢喜"，也不错。

但太多人把"皆"字翻译成"我"，任何事情，要的全是"我大欢喜"，其他人，不满我的意，就是"无赖"。有人思维禁锢在这点，别说追求女友，说服准丈母娘，在日常生活中，也神憎鬼厌，恋爱这种需要考虑别人感受的事情，太高端，他理解不了。

"皆大欢喜"，可遇不可求，"皆小欢喜"才是我们的目标，60%的满意，你表现稍微好一点，被求的人（准丈母娘或老板）当时的心情好一点，一下上升十个百分点，事情就成了。

你父亲要求你生孩子给他看，你尽力满足，自称为"孝"，那么，女友的母亲要求你学历高点，你无力满足，同样的逻辑，你应该自称为"不孝"才对，怎么反而是这位女性长辈变成了你嘴里的"无赖"？

他人无义务配合你演一出"病床前的孝子戏"，而你觉得他们有义务，让你大欢喜，这是你苦恼的来源。我觉得，你的女友，以及女友的母亲，她们不反常，是你反常。反常的人不舒服，这正是美好世界动人的一件小事。

祝开心。

连岳

27.

当你无人可问，你就站错了地方

—

连岳：

我和父母同住市区，今年已是而立之年，还单身，多年来工作一直不稳定，在深圳工作过两年，适应不了当时那家企业的工作风气，恰逢家人让我回家考公务员，所学专业有限，只能考县公务员，他们说肯定能找机会调回来，待了几年感觉非常压抑，本来以为撑了这么久可以顺利调回市区，却遇上体制改革，和家人后来做很多努力都无能为力，无法顺利调动，最后听从家人安排，级别下调，调入市区的一所中专学校是事业单位。

问了很多在这行做过的人，对这个行业的前途也不太看好，但家人觉得稳定也有寒暑假。真的不想再这样随波逐流，庸庸碌碌下去了，很想辞职去找工作，完全脱离他们。母亲的很多观点真的和我的大相径庭，又不想不随她的意，她会伤心，有时还会喝醉吐得不省人事，然后第二天又忘得一干二净。然而这么多年的压抑，我已不知道自己要什么，想做什么，找不到自己喜欢做的事，非常迷茫和恐惧，但我现在一直在学习英语，虽然不知道有什么用，但总觉得学起来也不会错，即便这样还是很没有方向感。

很迷茫，换了个工作地点又是新的狭窄的社交圈，抑郁和厌世的心态让我对未来充满恐惧，这样糟糕的状态自然感情也没着落，连叔，真心求教，请求，我到底该怎么办呢？可以指引一个方向吗？

coco

——
coco：

这是我邮箱里的典型问题之一：我听家人的，得到一份稳定的工作（公务员、事业单位或国企），我又越来越无聊痛苦，家人又不理解，怎么办？

之所以无聊痛苦，一是因为这稳定工作得到的不够多，如果年薪100万，一线城市分配一套房，估计无聊痛苦就不容易发生。虽然稳定了，但觉得层次不够高，技能也在退化，不满加上恐慌，导致心态焦虑。

如何解决呢？有两种办法。

一是心死法。像你家人一样，不停告诉自己，有份工作就应该知足了。一切更多的欲望都压制住，到你40来岁时，应该就不需要和欲望做斗争了，因为你不知足也做不了别的，你可以开始计划自己退休后的生活，展望未来，心情会轻松一点。

二是决裂法。彻底辞掉工作。辞职之前，算算积蓄，暂时度过比较困难的一两年，应该能养得活自己。真有能力，肯定可以找到比较满意的工作或事业，过得比原来好。

除了这两种方法，没有第三条路。

心死法不用多教，天天痛苦失望就行了。

决裂法操作之前，不要问你现同事，不要问你父母亲戚的意见，因为他们的见识无法脱离他们处在的位置。把所谓的稳定工作看得很重的阶层，不可能赞同决裂。想从他们身上获得支持，就像让你的酒鬼妈妈教你如何戒酒。

底层的孩子，为何比较难晋升阶层？因为他从小缺乏更高阶层的观念指引，他成年以后，上面是陌生观念的恐惧，下面是旧有阶层的拉扯，他要有双倍的勇气、双倍的力量才能晋升。

这些孩子，在城市立足了，不少也被人嫌弃为凤凰男（女），就是旧有阶层的方法和观念，在他们身上的烙印太厉害，别人会怕。

知道这点，你决定向上走的时候，就别探下头问意见，会有一堆人跳起来扯你的腿。

你会想问意见，这肯定的，学习的第一步，改变的第一步，都是提问。

该问谁？你同学中、朋友中、长辈中，你羡慕谁就问谁，你羡慕的人代表你发展的方向，他们给的观念和方法，听起来再可怕，都是你需要的。这也有利于一个人去掉仇恨和嫉妒，你想向更优秀的人学习时，你亲近他们是必然的。

环顾四周，没一个人的态度你喜欢，甚至人人令你厌恶，那你一定身处一个错误的地方。

还有一点必须要说，如果你听从了蠢人的建议，那么，责任在自己，并不在蠢人，因为蠢人不可能给出聪明意见，他们并没有做错什么。不要继续怪你的父母了。即使是酒鬼。

祝开心。

连岳

28.

爱的总量有限，切忌稀释

连岳老师：

您好。我从心底不喜欢我的岳母，我不知道为什么。我想请教您的问题是：女婿和丈母娘的相处之道。

我和妻子是大学同班同学。大三开始我主动找她，大四前半年确定了恋爱关系，后半年订婚，大四毕业后三个月就结婚了。妻子的老家在农村，家庭条件不怎么好，父母关系很差，一直分居。结婚前我的亲戚们都反对我的选择，包括我的父母开始也不赞成，但是我知道她是我一生的挚爱，我喜欢她聪明、独立、有上进心。无论谁反对我都不会放手。我的父母看到了我的决心，最后还是尊重了我们的选择，给我们操办了婚礼。

我岳父喜欢喝酒，酒后经常对岳母家庭暴力。岳母被打怕了，在我妻子刚上大学那年，离家出走，去她们县城当保姆维持生活。我们结婚后一年，我的亲戚在我们县城找了一份适合我岳母的工作，我们就把岳母接来上班，住在我家过去的房子里生活。我不喜欢去她家，我适应不了她的生活习惯。这几年我去她家的次数不超过十次。

从我第一次见我岳母一直到现在，我都不喜欢她，我也不知道是为什么。我知道她是个苦命的女人，生活很不易，可我怎么也改变不了我对她的感觉。我爱我妻子，结婚七年了，我确定我和当年上学时一样爱她。但是我实在没办法爱屋及乌，去喜欢她妈妈。我经常在想这个问题，也怀疑自己是不是没有付出真爱。

请连岳老师帮我分析分析，我对我妻子的爱是不是还不够，是不是爱一个人必须去喜欢她的亲人。怎么和丈母娘相处才能不影响夫妻的关系。谢谢连老师，祝开心。

吃肉包子呲包包

———

吃肉包子呲包包：

看得出来，你很爱老婆，生活也幸福，恭喜你。

要不要爱丈母娘，这是中国家庭的经典问题，原来的标准答案是：必须爱，我的父母就是你的父母，不爱他们就是不爱我。

可在实际生活中，大多数人是不可能爱丈母娘的。即使丈母娘三观正，不烦人，你爱不起来也正常。更别说不清不楚的丈母娘了。我见过不少被丈母娘折腾得半死的女婿。自己的妈妈，或许可以大声还击，暴跳如雷，但对丈母娘，只能忍。

我的答案是：你不需要爱你的丈母娘（老丈人），同理，你老婆也不需要爱婆婆（公公）。

这不是无关紧要的分歧，这是婚姻幸福的必要条件，在婚前必须达成共识。

当然，不爱不意味着必须恨。爱与恨两极中间，有大把广阔空间：有无视，有尊重，有同情，有怜悯。

最好的态度是比尊重多一点。

尊重很容易做到，我们面对陌生人时，默认选项就是尊重，彼此不侵犯对方的领地：未经邀请，不进入对方的产权所在，不议论对方的私事。对方聪明、漂亮、人品好、投缘，则慢慢增加尊重，甚至成为朋友、好朋友。对方是个烂人，则收回尊重，不相往来。

对配偶的家人，包括丈母娘，默认选项是比尊重多一点，互不侵犯，比起陌生人，可以多给一点耐心，多让一步，逢年过节，礼数到了就行。当然，很多丈母娘会赢得女婿越来越多的尊重。

也有丈母娘让女婿越来越烦的。还有，爱毕竟很主观，有些人什么错也没犯，你就是爱不起来，这种事发生在丈母娘身上，也正常。

爱是聚焦。我们爱的人，固定是少数：配偶第一，然后孩子，然后好友。

因此，我们要理解配偶不爱自己的父母，那是正常的。甚至要做得更多一点，你深知自己父母的缺点，从小也吃够苦头，那么，就不要让他们去折腾自己的配偶，你要尽责挡住自己父母对小家庭的侵入，该吵的架你吵，该红的脸你红，该发脾气时不要怂。

爱是有限的能量，正如时间是有限的。这点和所有泛爱教育相背，我们从小受到的教育都是泛爱教育：你要爱世上一切人，尤其是穷人苦人病人。很少有人告诉孩子：你只能爱那些值得你爱的人。

泛爱教育有两个后果：1.让人不正常；2.让正常的人以为自己不正常。

不正常的人，把爱挂在嘴上，不惜以此侵犯他人的产权，欧洲福利毁人，积重难返，就是这种教育的后果。

正常人，对别人的事，一点不关心，可这和自己受的泛爱教育相背，内心就跳出一个小"左派"批评自己。

尽力爱你老婆，结婚七年后还是很爱，还给你岳母房子住，你做得很好了。

你岳母逃离不幸家庭，当保姆自食其力，也做得很好。

从你的邮件来看，你岳母与你老婆，并没有责怪你不爱丈母娘这事，都做得好。

你们三个都是值得尊敬的人，就这么过下去吧。这才是岁月静好。

祝开心。

连岳

29.

30 岁前，该做 5 件事

—

连岳：

近年来一直都在问自己怎么不开心，总体感觉近十年来一直处于压抑和痛苦的过程。我能感觉到自己正一点一点被内心的压抑和恐惧吞噬，这种境况也很危险，可我最恐惧的却是我知道了恐惧所在却不能做出改变。我不知道怎么改变这种情况，觉得人生无望，这种恐惧也漫长地伴随着我，永无结束的时候。

本人 28 岁，来自农村，从小到沦为女博士生都没离开过重庆，上大学前都是父母和亲戚老师眼中的好学生，大学研究生博士都在同一学校。

好像极度的痛苦开始于选择读研究生，导师要求必须硕博连读，没有周末，没有节假日，一年一共 28 天假，现在又少了六天假了。抱着希望和梦想踏进了大门之后整个人生都改变了。实验室气氛压抑，导师学生特别多，不算延期的差不多 40 个人，根本无法亲自指导，全是放养。刚开始完全没有方向，身边也不乏小人，动不动就会扣钱，搞得人人谨小慎微，六年下来，别的没学会，倒是时刻在脑子里面提醒自己夹着尾巴做人。

六年了，还没有毕业，毕业的事情也没有谱，老师不管你，冷漠对待你，一切都看你自生自灭。我害怕自己不能毕业，可是我现在也做不了什么，只能等。我想放弃学位出去工作，不管什么样的工作，只想先养活自己。现在一个月只能靠导师600块生活费，我也不知道怎么办。前两天从家里回来，母亲送我出来，我看见她偷偷抹眼泪，我心里特别心酸，我想养活自己，这个愿望很强烈，够我吃饭就行。

放弃学位我会不会后悔，我不知道，可我真的想离开这个环境，在那里我活得卑微到尘埃了，没有意气风发的时刻，每天靠着死不了就还好的心态苟且，我不知道有没有意义，也不知道压到哪天我会承受不住。

在这里，掌握了大型仪器操作技能和实验技能，靠这个是可以找到工作。可我不能毕业就只能套在这里，哪里也不能去，不知道会待到接下来的一年两年三年四年甚至五年之久。有师姐已经十年了，还在，所以我不知道自己会不会比她幸运。可是我还要工作，还要结婚，还有生活，还有父母要养，真不敢耗下去，以前的同学们都结婚，有孩子，有事业了，我好像是落后了十年。我当年也很优秀，如今却如此落魄，我是该勇敢地结束，还是慢慢熬出来靠着学位找个以为稳定点的工作呢？如题，一个学位有多重要，我知道问父母的话，他们肯定会觉得很重要，可我不开心，它真的值得吗？

我不知道怎么办，到底我在害怕什么。

迷失的刺猬

迷失的刺猬：

你现在害怕是正常的。

人生是个复杂的系统，同时进行多项任务，在我看来，30岁以前，最好做完下面这些事：

1. 不是独身主义者或丁克主义者，你最好成家，并生下孩子，30岁以后，对女性来说，生育的黄金年龄已过。当然，男性没有如此紧迫的时间压力。

2. 要完成第一点，你在高中与大学期间得过恋爱关，或初恋经受住了时间考虑，或者多次恋爱终于成熟，保证你在完成学业时，就能够考虑婚姻。

3. 在工作上起步，假设你25岁离开校园，让你试错，换公司的时间，不宜超过2年，此后，你找到契合自己兴趣与热情，收入前景也不错的工作，现金流逐渐加大。

4. 人格趋于稳定，懂得合作，让人信任，不造作，不娇气，不再是baby。

5. 开始供自己的第一套房子，很小，但很重要，房子捆绑着教育及其他一些准入资格，它也给你的家人带来安全感，并逼迫你更有责任感。

上面的几条，你看完可能更紧张，抱歉。

不过，早点知道这真相，会好很多，至少你接下来的两年，时间利用率会高一些。

我估计30岁以前完上述事项的人，并不多，那是最理想状态，现实总会有点差距，再有远见的年轻人，未必可以及时完成。

计划的功能之一是让我们调整生活，偏离了，修正，迟到了，加快脚步。

你的错误，很多中国家庭会犯，很多中国孩子会犯。

中国人普遍重视教育，这是大优势，这也容易让他们下重注于教育，以为成了博士，一切就该有了：有个好工作，一套好房子，房子里还配有美女（帅哥），可惜的是，生孩子还得怀胎 10 个月。

继续读当然可能成功，获得一位高薪职位，或者留在校园里，最后成为你导师那样的人，取得了压榨学生的资格。

可一旦像你一样陷入困境，或者所学专业不是市场所需，就尴尬了。

大学生们，总觉得自己时间很多，其实他们的时间才是最少的，一晃就快 30 岁，可能什么也没有。一着急，可能就被传销组织骗走了。

我觉得你有两个选择：

1. 用本科文凭在就业市场试试水，看能找到什么样的工作，满意的话，你放弃这鸡肋博士学业，可能容易一点。

2. 给毕业定个时间点，比如再过一年，处境没有改善，就放弃，去工作。

这两件事可以同时做。

农村姑娘，读到博士，并不容易，一般有跃龙门的标签，也会有包袱：总不能让村里人笑话吧？结果却是还拿着 600 块生活费。

所以，你还要多做一件事，不把面子看得太重。

这 6 年时间浪费了，不过，没关系，许多年轻人也浪费了 6 年，我估计大多数年轻人，并不知道我列出的 5 件事，他们也要到 28 岁，走投无路时，才吓醒过来，接受生活的残酷。

你还来得及。

祝开心。

连岳

30.

幸福的人都会"杀"人

连岳：

打不打仗离我太遥远，目前为家中小事操心，弟弟赌博欠账一百多万，搞得父母一把年纪还要外出打工替他还钱，关键我弟弟三十岁也没有一技之长，情商又不高，还特别理想化地想找所谓有前途的工作，一个月不到又准备换第三个工作，家中想让他离家近一些，哪怕先进一个厂里上班，一是能看住他，毕竟犯过错误，二是想磨他的性子，毕竟他真没资本心高气傲了。

不过这都是我们的一厢情愿，他就是不肯回家，觉得没面子。请问连岳老师对这种恨铁不成钢的亲人，我们究竟该怎么对待呢，尤其最近网上传出很多年轻人落入传销陷阱，他也经常抱有这种一夜暴富的妄念，想想都觉得后怕。难道真的任他不管了吗？

云淡风轻

云淡风轻：

昨天在评论区简单回了一句，今天展开说一下。

家庭里有一个堕落的人，这种事例太多，在有关传销的两篇文章评论区，也有不少例子，家人千辛万苦把他捞回来，他反而怪挡了自己的财路。

所以，我对不限制人身自由，实行来去自由政策的南派传销，没什么恶感，虽然他们也是犯罪。脑子不清楚，就跟他们混呗。

那些思维糊涂的，不愿老实干活的，梦想一夜致富的，跟在几个巧舌如簧的人后面，其实挺好，他们抱团彼此祸害，不会死，不会伤，有自由，在一起做做梦。其他正常人受害的可能性就小了。

像你弟弟这样的家庭破坏者，家里出现了，只能等着倒霉吗？

对许多家庭来说，是的，他们只能倒霉了。

人的本能反应，是基于繁殖，基因最自私的，母亲为孩子而死，看似无私，其实是自私地为了传承自己的基因。和我们共有基因比例越高的，我们越亲近：你爱你儿子，胜过爱你侄子。

这是进化永恒的命令，服从它是自然而然的，即使服从的结果是痛苦，人也会做，如果是家里唯一的儿子，他无论如何放纵、糊涂和寄生，往往也会得到家人毫无保留的宽容，这就是在服从进化的繁殖命令，再加上文化习惯：儿子才会有孙子，才会传承姓氏。

两大命令作用于人，一个作死的家庭成员（尤其是儿子），他就能作死整个家庭。

人的选择要快乐，要幸福，那得有能力"杀"掉身边的坏人。即当他们是死人，彻底从自己生活中清除掉。不关心，不理会，不来往。

这些坏人，无视你的拒绝，侵入你的生活，浪费你的时间，绑架你的人生，盗窃你的金钱，他们就是你人生的癌细胞，不杀它，它就杀你，没有中间路线。

同事坏，朋友坏，相对容易杀，只要不是太软弱的人，说不就行。

家人坏，杀起来比较难，他赌博，他吸毒，他传销，他永远等你们收拾烂摊子，不收？就死给你们看。老想着救他，以为可以感化他，那只是坐在定时炸弹旁边唱圣歌，最后必然一起完蛋。

假想一下，你弟弟如果今天死了，你们是不是就不再被连累了？是的。你们彻底不理他，那就相当于他死了，你们可以过自己的日子。

幸福的家庭，都学会了"杀人"。谁变坏，谁就被"杀"掉。这样的好处是，坏人影响不了整个家庭，同时，任何人也不敢变坏，因为变坏的后果自己承担。

你们要做的，只不过是下决心"杀"掉弟弟而已，你父母杀不了，你杀，保住自己的人生。

祝开心。

连岳

31.

人生真辛苦

———

连岳：

我不知道为什么，可能女人会比较爱多想吧！结婚两年，两个孩子！老公他顿感压力山大！一改以往的懒惰，现在从早忙到晚，八点出门，晚上一二点回家！白天给客户设计橱柜，下午坚持跑滴滴到深夜！不知道现在的他算不算爱拼才会赢！

可是，我的忧虑是我和他最后是不是会离婚。因为，现在的状态就是我每天和他见面两次，说过的话不超过十句，晚上回来后他洗漱完倒头就睡，早上不吃早餐洗漱完火速出门！我和他别说交流感情了，连聊天的机会都没有！可是，我多么渴望他能和我说说话，但是一到我想要说什么的时候，他就说很累了，他要睡觉了！看到他疲累的样子很心疼，想说的话又憋回去了！

我很讨厌现在这样，虽然他很勤奋，但是我的心却有点离他越来越远，感觉生活不应该是这样的！也许是我想多了，应该接受这样的夫妻生活，他什么都好！就是太忙了！是不是我想多了？

小朗

——

小朗：

先说一个小建议，感叹号是个危险的符号，能不用就尽量不用。感叹号太多的信息，就像你的留言，读者自然会脑补成一个人在大喊大叫，觉得你怒气冲冲，这样不利于沟通。

用逗号或句号取代感叹号，同样的文字，会平和许多。

你的留言很有意思，因为其中并无反派，也无不合理的要求，但危机也是真的。

一个年轻母亲，带两个孩子，渴望多见丈夫，多沟通，她这辛苦，是真实的，仿佛看到姑娘无暇装扮的脸，她的渴望，一点不过分。

一个初为人父的青年，为了照顾家庭，每天工作10多个小时，除了睡觉都在赚钱，他这累，是真实的，也仿佛听得到他下一秒就发出的沉睡鼾声，他的勤奋，无人可以否认。

可是，结婚才两年的人，一天交流不多过10句话，婚姻确实会出问题，长久下去，分开也不算意外。

你们这对小夫妻，能不能减少一点辛苦呢？像你说的一样，"生活不该是这样的"。

答案是，不能。生活就是这样的，辛苦。区别只是辛苦少一点，还是多一点。

不辛苦的生活是没有的。不辛苦的婚姻也是没有的。

辛苦是人生的成本。

有个最基本的经济学常识是：任何事情都有成本，你想得到，必付出成本。

如果我们处理人生与婚姻问题有成本意识，那么，将减少许多烦恼。

大多数烦恼来自于想得美，却不愿付出成本。比如现在很多人想要好房子、好医疗、好教育，却认为只要哭闹一下，别人就会把这一切给他。他们的理由很简单：这么重要的东西，当然应该人人都有，不给我，就是世界太冷酷。

这么想的人，当然很痛苦，觉得一切过得比他好的人都欠他的。一旦知道成本意识，则不同，像魔术一般，你的仇恨消失了，虽然你的生活暂时还是辛苦，可你知道，任何好东西（房子、医疗、教育）都是愿意付出最高成本的人才可享受，为了得到它们，必然是辛苦的。

回到你的问题，你们的小家庭，两个孩子要生活得更好，你们就必须付出辛苦的成本，没人替你们养孩子，没人必须保证你们轻松又幸福，这是你们自己的责任，你得继续照顾两个孩子的吃喝拉撒，祈求他们快快长大以获解脱，他得完成设计工作后在深夜开滴滴。

你们甚至连分手的可能性都暂时丧失了，你们两个分工合作才能养育孩子，一个人无法应付这两个孩子。

你们两人还不能出意外，情绪必须稳定，身体必须健康，这样才能持续辛苦地工作，为自己和孩子挣得更好的生存条件。也就是说，他的觉必须得到睡足，你渴望沟通也必须得到满足。

这是很好解决的技术问题，他一回家，就让他睡，他起床后，你多呆在他身边，他刷牙洗脸时，你也可能说 10 句话了，白天，再借助电话、微信，增加沟通并不难，他在深夜开滴滴时，接到一条你关注的微信，也更精神吧？

沟通只是问题的表象，主要是婚姻生活不符合你想象，太辛苦了。这不是婚姻的错，是想象的错，就是这么辛苦的。接受这事实，烦恼就会消失，你会以更务实的态度去减少这辛苦。

祝开心。

连岳

32.

在恋爱中变成更好的人

——

连岳：

您好。实在过不了自己这关，所以还是决定求助于您。

我和一个爱事业爱工作爱到发狂的男人谈了半年恋爱。说他发狂，一点都没错。他和朋友开着公司，周一到周五全忙公司的事，周六周日在语言学习中心当兼职老师，我是在上课的时候认识他的。我 28 岁，觉得自己有很高大上的恋爱态度——不物质，不矫情，没有公主病，没有玻璃心。他 30 岁，对爱情看得也很开。是我主动约他吃饭，但是是他捅破了这层窗户纸，为了避嫌，于是我就不去上课了。

我们谈着大众认为不是恋爱的恋爱：每周日中午午休时间在学校附近的咖啡厅吃饭聊天，时长 2 个半小时；遇到上午没课，我们会提前见面；遇到公司有事或是学校有事，他会提前离开，我也不计较；从来不过任何节日，没见过对方的朋友家人。

但我们觉得对方的人生观和价值观都和自己非常契合，那些所谓的浪漫在我们看来都是大众俗事。我给他买过两次礼物，他收到礼物的时候会说觉得很温暖，但他从来没有给我买过什么。我一向标榜自己是独立女性，所以也不介意。他说我是他的soulmate，这词儿，您看，多受用啊，我也不能免俗。但作为一个恋爱中的女人，我也希望被关心被呵护，有时候跟他闹情绪，他会说他愿意改，愿意了解我的需求。我觉得我做得已经够节制了。我们同在一个城市，每周见一次面，没有电话粥没有短信，我都没真的跟他计较过。因为我知道，既然选择了他，就得接受他的相处方式。作为成年人，情侣间该发生的事也发生了。

一切都因为他破产而发生了转变。不是公司破产，是他。事情发生的第二天早上他跟我说，第一个想到的人就是我，他觉得我能懂他，能帮他分析失败的原因。被他需要，这对我来说，是最大的褒奖。我也希望能陪伴他渡过难关。但事实是，生意上的事我确实不懂，他需要钱，需要人脉，我都不能提供。我唯一能做的事，只有陪伴和关心。但我没意识到的是，此刻的每一句关心对他都是莫大的压力，并且他独立了这么多年，早就习惯独立处理问题，陪伴对他来说也是没有意义的事。但我却相信情感能战胜一切。终于到了他说分手，他说他现在没法谈感情，他需要东山再起，并且因为我总是隔三差五地给他打电话送关心或是要求见面，而由"这一年里最好的事情就是遇到了我"变成"认识我是一场灾难"。我跟他说我愿意改，愿意用他想要的方式去爱他。但都于事无补，他对我们的感情，弃若敝屣。

我只在21岁谈过一场持续一年的恋爱。对于我来说，遇到我愿意去爱的人太不容易了。我不愿意放弃他。朋友说我这是心理有病，有时候我也觉得是。我没法跟对我好但我不爱的人在一起。您说，我是不是有病？

我想等过一阵他心情好了，再找他。您觉得可行吗？如果他开始了新的事业，肯定会变得更忙，那么我应该控制自己，让他仍然对我招则来呼则去吗？我以为，少年夫妻老来伴，老了的时候有一个懂我的人在一旁谈天说地，这才是婚姻和伴侣的意义。请问您，我的这些想法，需要改变吗？

祝您每天读到这些人间乱情后还能开心。

变

变：

为什么我每天读"人间乱情"还能开心？确实，我在生活中是一个挺开心的人。我可以毫无保留地分享秘密：因为我不代入这些"人间乱情"，它只是我生活的一小部分，纵然阅读和回复邮件时，有些情绪的变化，因为你此时的注意力集中于此，像你专心喝茶或看比赛一样，但它不至于搞得你心性大乱，细微的变化是不足以影响一个人生活的。

而人，一定是有细微变化的。隔一段时间，我们身体的细胞就换了一遍，说自己变成了一个新人，也未尝不可，可没人知道这变化，你感觉不到。你十年后可能聪明得多，但明天只聪明一点点，和蜗牛爬行的速度一样，有时还会滑回几厘米。但回想十年前的自己，很多人可以发觉有些巨大的变化发生在自己身上。

我很赞成这种思维方式：运用你自己的想象力，想想十年后世界会变成如何？你一个简单的决定，演变十年后，又将累积成何等结果？它能让人看到差距。

你今天的变化，随着时间，十倍百倍增加后，你是怎样的一个人？

人类的祖先是极少爱情的，在他们还是猿猴的时候，在他们的一生仅仅只是为了繁衍物种的时候，甚至在工业革命之前，平均寿命不超过四十岁之时，迅速交配生殖，才属当务之急。那时候反而不需要未来感，当下能得到的，就是最佳选择。

人有时间变化，有时间为对方变化，这让爱情大量出现。像你说的，爱是为了尽量长久地陪伴，最好能长到极限，人的一生。

恋爱中的人，会为了对方而改变。这是好事。但仅仅是可持续的，让你自己更好的变化，才值得追求。

由一个女人变成一个更好的女人，这值得；由不自信变成自信，这值得；由寒冷变成温暖，这值得；由粗暴变成温柔，这值得。它们是爱情的祝福，这些品质日益增长，你的时光越来越好，仿佛有笔巨款不停生出利息。

相反，由自然变成造作，由安定变成恐慌，由相信自己变成依赖他人，由掌控已知变成迷信未知，由一个好女人变成不那么好的女人，甚至变成一个女奴，那不值得。它们是爱情的诅咒，你的时光越来越难忍受，纵使暂时有点好处，好比你一蹲马步，就亲吻你，开始五秒钟甜美，一分钟后，哭都来不及，更别说这样过一辈子了。

你在恋爱中，已经足够安静、自制且替他人着想。再变就是往坏里变了。至于指望他创业成功后再来爱你，这就不值得了。尽快重新开始吧，好姑娘往往在不值得的人身上浪费了太多时间，慢慢坏掉了。

祝开心。

连岳

33.

爱是耐烦

连岳大哥：

你好，我是两个孩子的妈妈，今年 33 岁。孩子的爸爸今年 36 岁，爱打游戏，爱看电视，爱看小说，还有一些爱好，爱好很广泛。他下班回到家，基本从来不做家务，不看孩子，更不陪孩子，沉迷在他自己的爱好里。

大儿子今年 5 岁半了，这几年来，除了偶尔高兴时和孩子乐呵几分钟，从来没有陪伴过孩子，他心里就没有陪伴孩子这一观念。而且总是训斥孩子，就好像从来不会和孩子好好说话，口气总是不耐烦和训斥。我和他因此吵过，也经常表示不满，但是他根本不当回事，不会去改正。

教育孩子，照顾孩子，陪伴孩子，还有家务，这重担，都是落在我一个人的身上。好累。有时候觉得心灰意冷，无力改变。我无法改变他。我知道他是爱我的，也爱孩子，也爱这个家，但是他却从来不会体贴我，不会帮我分担，不会说"媳妇你累了，今天我帮你刷碗"，从来都是我发脾气下命令，他还一拖再拖。

我知道大多数男人可能都会这样。但我真的想得到一点体贴和温暖，想得到一点疼爱。说到这，我眼泪不停地流，好像这许多年的委屈终于说了出来。我是一个经历了很多风雨的人，我很坚强，这些小委屈，我平时都忽略了，我难过，但我知道自己无力改变他，所以我知道难过也没有用，索性就忽略了。

我不想离婚，我觉得只是因为这些琐事，并不值得离婚。其他方面他也有很多优点，道德感强，有原则，工作认真负责，让我很有安全感。但是有的时候，想想和这么一个不体贴的人过一生，我觉得特别沮丧。然后转念一想，人无完人，每个男人都有自己的缺点吧，又会断了离婚的念头。我虽然现在因为照顾两个孩子而没能上班，但如果孩子大一些，我是能养活自己的。

其实，我对他还有怨恨，他就这么眼看着我累，却袖手旁观。

我觉得他也不配做一个父亲，他对不起孩子。

我感受不到温情。

他是一个独生子，他妈妈也特别糊涂，把他宠坏了。可能这也是他不懂体贴的原因。他们这个家庭，其实我早就不抱热情也不抱幻想了。一家人都自以为是。

我还应该跟他继续婚姻吗？或者，他有改变的可能吗？他对我的这些不满，大概从来没有认真反思过。

我想赚钱去，但若是给两个孩子找保姆，我真的不放心。如果有一天，我赚了很多钱，随时可以和他离婚，我想他不敢这样吧？我心里苦，我不能出去赚钱，二儿子才一岁多。而且钱也不是很快就能赚来的，可能需要很久。

麻木的心

——

麻木的心：

　　这是一个典型的中国男人。

　　不好，也不坏。你觉得他好时，他就坏给你看。你觉得他坏时，他又有一点点好浮现出来。

　　跟他过下去，平稳过一生的概率高。但总像穿了一件不合身的衣服，蹬一双不合脚的鞋子，基本功能有，就是有点不舒服，有点尴尬。

　　和他分手，也不会遗憾，可以替代他的男人很多，他是标准化生产的劣质公仔，扔了一只，不愁没有下一只。很多人没有劣质公仔，并非因为得不到，而是根本不想要。

　　往大里说，这些男人的品德没问题，爱心、正义、良知，似乎都不缺。你找不到谴责他，嫌弃他的理由。你不知道问题出在哪里，有时候甚至觉得他索性坏一点更好，是黑帮老大，是金库大盗，还能带来危险的刺激，生活不至于如此无聊。

　　他缺的是行动，是肯干。

　　林彪说过，战术千条万条好，肯打是第一条的，不肯打，枪一响就跑，什么战术也没用。

战神的原则用到爱情婚姻中，一样有用。

爱情婚姻，甜蜜易逝，繁琐长存。享受甜蜜，谁都会，不用教。日复一日的繁琐事务，才是要赢的战争。

家庭中绝大多数繁琐，买菜做饭，扔垃圾拖地板，谁喜欢？我不认为爱情能改变人性，人永远讨厌做这些事。就像你的丈夫，及许多人的丈夫一样，他们绝不碰家务，是符合人性的。

别着急，我不是说他们是对的，而是说他们错得离谱，他们缺乏多想一步的意愿：我讨厌做的家务，为什么老婆那么喜欢？天天做！她是不是变态？

只要多想这一步，就会知道，老婆也并不爱繁琐的家务。

解决方案有两个：一是谁也不用干，感谢市场，无限细化的分工，你可雇佣他人处理绝大多数繁琐事务。一个老公，很能挣钱，请保姆把家打理得清清爽爽，老婆会怪他不做家务吗？

第二个是分担家务，多数普通人，并无能力，或不情愿事事外包，他们不是没有幸福没有爱情。恰恰相反，一个人只要体会到对方真爱自己，快乐程度可以很高，她并不会嫌你是普通人。

怕就怕你把所有家务扔给她，以为她应该像你妈一样，毫无怨言地照顾你。她不仅要嫌弃你普通，还要嫌弃你的恶。

要耐烦，要为她承担应有的压力和责任，这是爱的第一步，是爱情战术的第一条：肯干。

是，工作很烦，挣钱很烦，加班很烦，房贷很烦，陪孩子玩很烦，一个烦恼接着一个烦恼。但是，你爱一个人，就应当为她承受这些烦，就像为她撑伞。

你一味逃避这些烦，以为她爱这些烦，甚至明知她烦这些烦，仍然让她烦，那你并没有爱的能力，也不值得爱。人品也有问题，欺负老婆孩子，人品怎么没问题？

祝开心。

连岳

34.

如何让人爱我?

——

连岳:

我突然就很想给你写封信。

因为我是个没有故事的人。

回想起来,前面二十几年过得平淡无常,白开水一般,现在的生活也无波澜,未来的路似乎也能预见一如既往的平淡。

我是应该感谢上天赐予我的这种平平淡淡无波无澜的生活吗?

连岳,我们,哦,不,就是我自己,我想大概很多人不愿意被代表的吧,我是很想成为自己想象中的那种人,也不是因为生活无趣了想折腾点东西,只是,怎么说呢……

以例子来说吧,我在上周报名参加了一个书友会的沙龙活动,我之所以决定参加这个活动,一是因为自己实在宅得太久了,需要一些交际,而我认为和陌生人的交际更有利于自己,还有一个就是我从一开始就很想有一天能上知天文下知地理,出去与人交际,无论什么样的话题都能有话可说，某些时候我很享受别人那种敬佩仰视的目光，当然，也只有我知道，自己真的不过是半桶水。可以这么说，其实我的想法并不纯粹，我想以此为一个契机，一个捷径，可以作为一种尝试，来鼓励自己，朝着自己想成为的那种人去努力，是的是的，我就是这么想，这么打算的，但事实是，我到了那里，然后看到那样的场面，人们围在一起，捧着茶点，凑在一起，低低交谈（这是沙龙正式开始前的画面），他们看起来都那么自信，淡定，有深度，仿佛无论是聊起什么话题都可以应付自如的那种，我想了一下自己，觉得自己如此格格不入，是，其实我并没有多少墨水，在这个忽悠最高的年代，很多东西都只是说出去忽悠忽悠别人，顺便也忽悠忽悠自己，搞得自己也有点飘飘然了，但其实，这种时候就发现了，原来自己，真的什么都不是。

最后，我很挫地撤了。

连岳，我不知道我有没有表达清楚我的意思，我是想说，我总是在自己的梦境里，在那里，我知性漂亮，才华横溢，我可以在任何人面前侃侃而谈，我口才出众，逻辑严谨，诸如此类。是了，我想成为的那种人不是什么倾国倾城的美女，不要帅哥围绕，不要锦衣玉食，只想要成为那种，我也不知道该怎么说，应该是优秀人士吧。

说来很可笑，因为要成为这样的人其实也并不是很难或是无计可施，至少比整容容易吧，不过是多看书，多交际多充实自己的内在，静下心来，慢慢修炼自己，如此而已。

但这是梦境，我总是在很多时候，工作时，聚会时，甚至在路上，都会不由自主地想到：如果我怎样怎样怎样就好了。

这样的梦做了一遍又一遍，但就是不愿去付诸实践，是的，不愿，我大概知道问题出在哪，但又不是很确定，就是我们想成为的一种人，却没有足够强大的内心和勇气去实践。

真是矛盾，连岳，其实我看到很多人都说给你写信的人其实都知道自己的问题所在，也都知道怎么做是对自己最好的，但就是欠缺你那临门一脚，我想，这好像也有点道理。

我不知道自己的问题真正的在哪里，总觉得似乎能触摸的到又没办法完全了解到。

苏南康

——

苏南康：

人活着，有两个目标可以明确：爱自己，让自己可爱。

爱自己容易做到，毕竟是回归本能。而让别人爱自己，就难一些了。爱情就是这两者的结合。我想，很多人会明白，除了个别特别漂亮，天赋异禀的人物，绝大多数人普普通通，像种子库里的一粒种子，开始很难分辨，自然也难让别人特别地爱上。

所以人要积累可爱的资本。积累并无其他秘诀，那就是战胜人性的不耐，在时间的流逝中慢慢完成。

巴菲特有句话说得好：慢慢发财是很容易的事，而快速发财是很难的，可是多数喜欢很难的事。

大多数人是没有耐心的。

所以耐心教育是很重要的一部分。有些孩子很聪明，但做什么事都三分钟热度，你就知道，他们的聪明很快将会耗尽，最后变成一个平庸的家伙。有些孩子并不是特别聪明，但能够持久坚持，你就可以高看他的未来，因为技艺、财富和智慧，都可以慢慢加速。

财富还能凭运气（比如中彩或继承）瞬间得到，而你想要的知识，连这个机会都没有，你只能像一粒种子，先是埋在肥厚的泥土里，然后长出第一片叶子，吸进第一缕阳光，再长第二片叶子，接受更多的阳光，如此一直等到秋天，才会得到观众的赞叹：看这棵麦子，如此丰满！如果你是志向更加高远的植物，比如苹果，那就得多等几年。

有所谓的"一万小时原理"，即你要对某门学科、某门手艺有点专业的感觉，至少是训练一万个小时，一天三小时，也得将近十年。这一万小时原理是否精确另说，它表达的知识与技能的难以获得，却是确切的，你想学识丰富，让人佩服，那就先读一万个小时的书吧。

很多工作，人是无法逃避的，你想不困，就得睡一觉，你想不饿，就得吃点东西，你想有知识，就得学点什么。知道了这点，你就不会抗拒，一万小时的阅读，听起来很漫长，可是你不读，时间也不会停下来等你，还不是将它浪费掉。

只要你开始，这里十分钟，那里半小时，一本书很快就会看完的。而每多一点知识都会增加你的能量，你就像植物的叶片多了，光合能力更为强大，知识的增长，只要你不停，就像滚雪球一样，越滚越大，开始难，后来就相对容易了。

从今天开始吧，一万小时后我们再见，到那时，你也许反而不爱引起别人注意了，因为知识越多，人只会越来越发现自己的无知。不过，为了在沙龙里吸引他人而读书，也是一个好由头，不是什么错，为了装有知识，人就不得不有知识。

我可以负责任地告诉你，人确实可以越来越漂亮的，那些中年以后开始变顺眼的人，都是自我养成的，我很喜欢这类人，他们的可爱，就证明有精彩的成长故事。

慢慢变漂亮，慢慢有魅力，是很容易的事。

祝开心。

连岳

35.

当他要离开我，才发现他的好

—

连叔：

您好，我老公是您的铁杆粉丝，他以前经常给我推荐你的文章，可惜我没重视，一直没认真看过，直到今年 8 月底，我老公突然告诉我说他不堪重负，他要离开我，我才意识到事情的严重性，才开始疯狂地关注他的心理世界，开始关注您的文章，很抱歉。面对他的离开，我不能接受，因为我觉得他一直是爱我的，很爱我的，很宠我的，溺爱我的，怎么说走就走，而且还走得这么坚决。

我们还有一个四岁半的儿子，我想为儿子再去争取我们的婚姻，我很爱我们的家，恳求连叔能帮忙，拜托拜托！这时也许只有你的话他才听了！

我和我老公是从 2009 年 8 月份左右认识，恋爱两年后就结婚了，结婚至今已有 7 年，也许正好是七年之痒，我不敢相信这是事实。我俩从认识到现在，不管在谁看来，我俩都是很恩爱，很恩爱，形影不离，我很依赖他，从刚开始对他的欣赏、信赖，直到后来的爱，他一直告诉我说他很爱我，很在乎我，不会离开我，以至于在我心里认为他从不会离开我，而我凭借他对我的爱，慢慢地变得任性，很任性，我的所有要求他都要满足我，即便他嘴上说不愿意，可我知道最终他还会满足我的，偶尔一次他不满足我，我就会和他生气。譬如偶尔一次他有事不能送我上班或者接我的话，我都不能理解，和他生气，埋怨他。因为我家离公司远，正好我俩也顺路去公司，每天他都是接送我，有时我加班，他就一直等我，不管多晚，他都等我，而我呢，见到他的时候都没有说一声谢谢，心安理得地受着他对我的好。

　　他对我的好就像毒品一样渗透我的全身，想起他曾经对我温柔地说话，想起无论我怎么样生气，他总是笑着对我说"老婆，对不起"。想起他总是细心地呵护着我，想起他让我拖鞋我没脱，然后他就把鞋拿过来给我换下；想起我无论我啥时候想喝水，他都会给我倒水；想起我不想洗衣服的时候，他总会耐心地去洗衣服；想起洗澡的时候，他总是给我搓背、打泡泡，然后假装生气地说我总是擦不干净，然后他帮我擦；想起我俩总是喝一碗汤，总是让我喝；想起每次他做好面条，第一时间给我盛饭，然后把我爱吃的全给我；想起我俩逛街的时候，他总是陪着我，不管他喜不喜欢；想起我俩一起去北大学城吃小吃，吃炒凉粉、烤面筋、烤饼、麻辣烫、粽糕等，然后吃完后他再给我俩买两个或者一个冰淇淋，很满足很享受；想起晚上睡觉我老爱看手机，看着看着就睡着了，然后他默默地帮我脱衣服；想起晚上他总是帮我手机充电，早上起来总是满满的电；想起每次下车回家，我总不爱拎包，他总是帮我拎包；想起每次回家，我给家里钱或者买东西，他从没一句怨言；想起每次看到我喜欢的衣服，他总是毫不犹豫地给我买。

而我呢，虽然自己也有工作，收入比他高一些，但总把未来寄托在他身上，想让他在公司能够尽快成长起来，有一定的职位，他工作上遇到不顺利的事情时，我总爱抱怨他，很少给他鼓励与支持；他是一个很追求品质的人，他想要买的皮带、鞋、包都想要最好的，贵但是很少买，而我总是阻拦，认为贵不舍得买；他偶尔一个不满足我的要求，我就埋怨他，甚至动手打他，当时的我是多么的可恨；我不喜欢在家吃饭，和他爸妈不多说话，甚至因为儿子穿衣和他爸妈有争吵，但他从不说我，只要有时间他就带我出去吃饭；我把在工作中的怨气与不顺利，全都向他诉苦，而他一直给我鼓励与支持。这么多年，不知他受了多少委屈，而我竟然一直那么忽视他的感受，我现在想想我当时有多么不懂事，凭借他对我的爱任意地挥霍，我现在后悔至极，我恨死自己了。

如今直到他说他要走我才意识到事情的严重性，而在这之前我以为他永远也不会离开我，会永远爱我，是我的爱情观错了，全错了，爱情与婚姻是需要经营的，而且要非常用心，而不是一味地让一个人付出，另一个人享受，这不公平，时间久了，我们的关系在不知不觉中已经失衡，就像他说的，如今的他再也不堪重负，不想再付出与承担了，而我直到他说要走的时候，我却感到很突然很突然，让我突然从一个幸福的国度跌落到了低谷。在这将近二十天的时间里，他离开的决定对我来说犹如晴天霹雳，我不想接受，不愿接受，可不得不接受，我不断告诉自己不要伤心，要马上行动起来马上赶快立刻，可我发现不管我再做什么，他已不相信我，不愿再接受我对他的好了，他的身体都不让我靠近，而仿佛就在昨天我还黏在他身上撒娇，我感觉就像这一场梦，多想梦醒后一切还是原来的样子，多想，多想，可我知道这是现实，我不得不接受的现实。但内心却无比痛苦，凡是有曾经我俩出现过的地方，我一看到内心就心痛不已，有很多的话想给他说，可我知道你已不愿意再听。所以我恳求连叔能帮帮忙，我真的知道错了，我愿意改变，立马改变自己，迫切需要改变自己的爱情观、婚姻观、生活观以及对孩子的教育，我需要全面学习，我希望他能给我一次机会，哪怕是很小的机会也行，我真的想挽回我们的婚姻，挽回我们的家，这时也许只有连叔的话他才听，求求连叔，帮忙回复，拜托拜托，多谢多谢，坐等您的回复！

小酒

——

小酒：

　　这算是一篇忏悔的文字吧，写得很好，我一个字没删，只是用了化名。

　　不过忏悔的文字再好，人的本性也难改。我不支持因为一篇动情文字就仓促做决定。

　　也就是说，你通过这篇文字把他留住，挽救了婚姻，但后续发展极大可能是这样的：

　　开始几天，对他很好，自己也很克制；

　　过几个月，你恢复 50% 的本性，对他不那么好了，他还是忍了，并且安慰自己，比起原来的她，毕竟好不少；

　　一年后，你已经忘了这次危机，仍然像原来一样对他，甚至动手打他。而他，因为摇摆过，原来的怨恨情绪释放过一次，虽然滑回原来的悲惨坑底，他大概率决定继续忍受，毕竟，孩子也长了一岁，他的牵挂也多一分。

他还是像过去一样，转些连岳的文章给你，希望通过第三人传递自己的感受，你一声冷笑，看也不看。

他下次或许还会爆发，决定离开你，但可能要过很久，发生了，你也觉得不太害怕，到时再写封煽情的忏悔文字就是了。

很多像男主角的一样的好人，就是因为不小心遇上一个坏人，又无法了断，犹豫、摇摆、指望坏人放下屠刀，吃亏了再吃亏，感化完再感化，耗尽自己的时间，直到对自己也绝望放弃，像一个挨着坏苹果的好苹果，没有及时隔离，最后也一并烂掉，婚姻进入死亡平衡，非常稳定。

我不希望这个温柔、善良、有爱的男读者，陷入死亡平衡，我希望他幸福，有一个爱他的女人让他爱，他也能犒赏自己，买贵一点的鞋和包。

他值得过更好的日子。以前的你，配不上他。

好人没有决断力，不敢与坏人决裂，令我有双重愤怒，一是替他们抱屈，好人并无好报；二是厌恶他们滋养了坏人的嚣张。烂好人相当于两个坏人。

我赞赏他敢做决定，虽然我认为等了 7 年，有点过久。

但是，你是不是一点机会也没有了？

并非如此。

万一你真的改变了呢？那么，你们确实有可能修补关系，两人都能借此危机变成更好的人：你知道珍惜他的爱，他也敢于表明愤怒。双方从此更有力量，更有价值。

我还真有办法。

你的道歉有诚意，你的更新会当真，那得付出一点成本，让人相信。否则的话，所有风险还是对方承担，你做不到，你没损失，只是他再被羞辱一次。

可以这样付出的成本：你主动对他说，我想做以下几点：

1. 希望你再给我机会，我会改正；

2. 我接受马上协议离婚，财产全部（或大部分）归你，这是我购买机会的诚意；

3. 协议离婚后（很快，半天就办好了），我们像原来一样，继续生活在一起，我会通过行动让你再爱我；

4. 我努力了，你还是无法再爱我，通知我，我会离开。如果你重新爱上了我，要不要复婚，何时复婚，都由你决定。

你承诺上面4条，我想，就是尽力且有诚意地挽回了，他如果愿意再给你机会，希望你能把握。

祝开心。

连岳

36.

事实上的多偶制

——

亲爱的连岳：

先简单介绍一下我自己。我今年 32 岁，结婚 4 年半了，有一个 18 个月的女儿，目前是全职妈妈。

我们在高中时代就认识了。高三的时候，一帮子人一起出去玩，用他的话说，他对我是一见钟情，我是他想娶的人。大学四年间他向我表白过几次，让我做他的女朋友，我都没答应。我不知道是不好意思呢，还是看不上他。他不是我喜欢的类型，不是高高大大特别有安全感的那种人。后来，他考上了研究生，我才决定和他在一起，我承认我喜欢读书好的男孩子。再后来，毕业了，工作了，双方父母出钱付了房子的首付，我们就结婚了。和他领证前，我曾经犹豫过，因为他不是那种善于表达的人，我们俩如果不开心，就是相互不说话，其实我倒是想吵架的，我觉得把话说出来就好了，可那时他就沉默，但会给你脸色看。

事情发生在去年的 9 月，我们的孩子还未满 1 岁，我老公在他出差的一个多月时间里，同她的一个女同事从网上聊天开始，开始了一段不正常的男女关系。我老公说，他们之间并没有发生过性关系，我姑且相信。

等我老公出差回来，他们开始了短信和电话联系。我感觉到了些蛛丝马迹，但我老公说，他无论从精神上还是肉体上都不会背叛我的，我真的就相信了他。我天真地以为我和他十年的感情是坚不可摧的。过了一个月，在我的质问下，他承认他喜欢这个女同事，并且要和她在一起。我让他做选择，在家庭和第三者中间，只能选择一个，他说他不会联系第三者了。

去年年底，因为工作关系，我和他去国外生活了一个多月，这段时间里，他们也没有断了联系。再次回来之后，他们像其他热恋中的人一样频繁联系，事后我知道，他在2016年的最后一天去机场接了第三者，然后新年的第一天跟我提出离婚。

目前的状况是，他依然和第三者保持紧密联系，他会在上班时间去机场接送这个女的，看个电影吃吃饭啊，在家里，他不会和第三者有联系。虽然，他现在没有把离婚挂在嘴上，他说他不提离婚是因为我还没有准备好，他始终希望离婚越快越好。这是个什么逻辑。

这几个月以来，我经历了很多，明白了很多。从一开始的愤怒和责备，"你为什么要这样对我，你怎么可以这样对我"，到现在的比较平静，我开始重新审视我的婚姻和这个男人。我得知，他从第三者身上获得了一个男人希望和喜欢的赞扬和肯定，还有温柔吧。他那么强烈想离婚，并不只是想和这个女的结婚，他只是觉得现在的生活太平淡了，他想改变。我也觉得生活太平淡了，可是我选择了忍耐，他却选择在外面找情感寄托，我能说什么呢？

他说，他对我没感觉了。我理解，在一起十年了啊，看一个人都看厌了，没有新鲜感了。我知道爱情是一种化学物质，他现在和第三者感觉超好的，总有一天会淡的。我的朋友都劝我算了，他不会回心转意了，守着有名无实的婚姻，最痛苦的还是我自己。我是个有 strong personality 的人，我不轻言放弃，但我内心期待什么，他的回归，我对这份感情的不舍、不甘、不服，我困惑啊。

从上个星期开始，我们开始分房睡了，是我提出的，我是希望做些改变的。包括我现在对他的态度也有了很大的改观，我不再恶言相向，即使他对我有很不好听的话我也尽量不理睬，当然必要的原则还是要的。他原来说我，太强势，让人感觉不舒服，现在我努力改变，他又说我是为了不离婚。他是一个很难弄的人。

是的，我不想离婚，我没有看到离婚会给我带来什么好处。眼睁睁地看着我们的婚姻和感情被无形的东西慢慢侵蚀着，却无能为力。我想改变我们现在的婚姻关系，他却想离开，去寻找新的亲密关系。这几天我一直在想，如果上天注定要我离婚，并且告诉我那样我会更快乐，会成为更好的自己，我会去做吗？

IHH

——

IHH：

先去找个工作。

请别误解，全职妈妈、全职主妇也是一种工作，她们应该像其他职场女性一样，获得某种财务掌控权，即不是按凭据报销的保姆，而是有权处分一份固定收入的、不仰人鼻息的独立的人——不过这种工作的独特的风险是，当丈夫不愿意维持婚姻后，很难马上进入职场求职：你好，我的上一份工作是全职主妇，非常尽职，家里很干净，厨艺也相当好，丈夫和孩子照顾得不错，他们身体健康，所以，请你录用我吧。

全职主妇经过自我培训进入职场，想必是个相当艰难的调整过程，原来有的专业技能，得更新，原来没有特长，那得像个新人一样在一次次试错过程中发现自己的能力所在。可以说，全职主妇虽然是工作，但"失业风险"显然比较大。

婚姻的问题，不要诉求上天。如果有上天的话，它倒一向以来对女性不太公平，女性的许多基本权利，都是靠她们自己争来的。或者说，女性有了权利以后，婚姻更加健康了。比如工作权，以美国为例，二战时，由于男人们上前线，一些工作机会不得不向女性敞开。战争结束后，男人们从前线回家了，迎接他们的，是比从前更高的离婚率。从男性的角度看，这当然不爽，不仅工作上多了竞争对手，在家庭中的地位也下降了。而从女性的角度看，工作令她们承担得起离婚的成本。

当然，你是一个不想离婚的人。对于不想离婚的人，太容易找借口不离婚了，人站定了一个立场，就会找到支持它的理由，实在没理由，还能假借上天、命运之类的话语体系。

我觉得，你事实上已经接受了多偶制，即承认丈夫除你之外，还可拥有其他配偶。在你知道他外遇，并且接受他对你的"很不好听的话"，同时拒绝离婚，那么，多偶制已经建立了。这也是一种婚姻形式，只要最后你们三人都接受，也不关别人什么事。当然，你会不会得到快乐，那取决于你，从你目前来看，你认为这样比离婚更快乐。

不过，离婚权，男性也不缺。换言之，只要他下了决心离婚，就一定离得成。你再怎么不想离婚，也改变不了这点。所以，不管你想不想工作，作为风险预防，你还是要尽早有工作的规划，这样无论结局离不离婚，都对你比较有利。在现实中做决定，别让老天做决定。

祝开心。

连岳

37.

不敢承担风险的人，不配结婚

亲爱的连岳：

我刚和老公吃完饭，他回单位加班，我现在一个人在回去的地铁上，负面情绪袭来，想跟你聊聊天。

我老公研究生毕业后分配到了南京，他毕业的时候南京房价还没有涨，我当时还在读研，当时一再提醒他赶紧买房，但他家人说我还没毕业，等我毕业再说。

一年后，我毕业，在南京找到工作，南京房价从一万五直线飙升。我想家对于每个人而言，是刚需，是要住的地方。因此，我毕业后催促他买房，付个首付，他家人的态度是再等等，现在房价太高了，等降点再买。

其间因为房子的事情，我们吵过无数次，房价几乎每个月都在上涨。他的家人总推脱生意忙，没时间，没有来过一次南京看房。他家老家有套新房，他家人说先装修，南京房子再等两年，等他们有钱再买。可我们两都在南京工作，老家房子再大我们也不需要呀。而且我老公老家房子买了三年了都没装修，我一毕业，他家人立刻开始装修老家房子，我老公提过，他爸妈是做生意的，儿子在老房子里结婚他们觉得没面子。装修花了三十万，更加没钱在南京买房了。

当时我们两个人也处在分手的边缘，我当时为了他放弃了上海的工作和户口，内心觉得自己的付出在他家人眼里根本什么都不算。也许是因为我给他很大的压力，也许是不想放弃这么多年的感情，最终，他和他家人商量，决定在南京周边城市买套房，靠我单位很近，我妈提出再给我们一半的首付，让我们还贷压力小一些，买房那天是我妈陪我们去的，他家人并没有出现过。

这件事看着算是解决了，但其实没有，在以后的一年里，我每隔一段时间都会有几天负能量爆棚，指责他和他家人那些没有投资眼光的决定，让我们错过了上车的机会，起步已经比别人慢了太多，即使周边城市房价也水涨船高，但我们要在南京置换房子，也需要加倍努力。对于他爸妈的那些承诺，我早已经心死，靠他们不如靠自己。我俩工作不错，能力也不错，除了自己的工作外，周末也开始做兼职。如果没有买房这件事情，我不会有那么多烦恼，也不会对未来没有信心。

我本身是个乐观的女生，我俩一直都是身边朋友羡慕的一对，感情一直很好。我很爱我老公，他有非常多的优点，长得帅气，有责任心，工作能力强，为人正直，善良。我一直被爸妈保护得很好，学业，工作，恋爱都很顺利，没有遇到过什么大挫折。所以这件事是我一直过不去的坎，也许别人云淡风轻就能化解，而我，间接性又会觉得只要我俩努力，人生充满希望，间接性觉得我们俩再怎么努力，也输在了起跑线上，每个月总有几天会给我老公传递负能量，抱怨他爸妈。

我知道人不可能十全十美，老公很好不代表他爸妈素质就高，但是这种间接性发作的情绪我不知道如何消化。有时候把我老公逼得没办法，他就说，你去问连岳，他说话比我有用。连叔，我从大学起就看我爱问连岳，至今已经快八年啦，我很需要你的指导，我怎么去减少这样没有意义的内耗呢？

一只横行霸道的小螃蟹

——
一只横行霸道的小螃蟹：

首先恭喜你，终于有了房子，有了定居点，负面情绪就会慢慢消失。

当然，这负面情绪主要来自夫家买房决策的失误，导致同样的钱只能买更偏更小的房子。我想，这种决策失误应该比比皆是。

这原本是不必要的损失，确实令人懊悔。你买房时他们家人没有出现，按我的理解，并非是傲慢，而是不好意思吧，让你妈妈多掏了钱。

按中国人的习惯，资助儿子一套婚房，是理所当然的。不愿意，或没有能力这么做的家庭，在婚恋市场上的吸引力自然更弱。

但是从道理上讲，按照自愿主义的原则，他父母的钱，他父母说了算，选项包括一分不给你们，或者在错误的时间给你们——在你的例子里就是等房价涨过瘾了再给你们。

这事就变得比较复杂了：他们是不会投资，但他们也没有错。而且这失误没有大到摧毁你们的感情。只要这事在你们生活中变淡，它终究无足轻重。

"早知道，就该买房子！""早知道，就该多买几套房子！"这类话，你听得很多，在房价上涨的背景下，没房的人后悔，有房的人也后悔，在任何层面上，都充满了负面情绪，从导致的结果来看，这种思维方式是极不健康的，也属于穷人思维，用这种方式看人生，你就会为自己错过的每一个机会抓狂，忽略现在，也忽略了未来。

投资是充满失败的事业，错过机会，一点也不可怕。只要你从错误中学聪明了，机会是越来越多的，在一个稳定发展的系统中，一定会有比现在更大的机会，这也是规律。房产是长久生意，中国才开始，错过之前 20 年，没什么遗憾的。

同样面对错过，我提供另一个样本给你。

有次，我和一个好友见面，固定汇报近期各自做的事，他听说我买了某处房子，听了我的分析，觉得有道理，然后他说：这公司副总是我朋友，之前带我去看过，价格是现在的一半，我没买。

他的反应是做两件事，一是让他朋友给我打了折，二是按最新的价格买入房产。这就是富人的思维及行事方式：做当下最有价值的事，不为过去哭泣。你没赚到的钱，不是你的钱。

投资是乐观者的事，你相信你有第二套房子，你相信你将有城中心的大平层，你甚至规划自己的市区别墅。你成为新一代地产大亨，又有什么不可能？

大多数人太悲观，太恐惧，从思维上就认为自己不配更好的未来，所以他们的人生规划就默认只有一套房子，自然想找一个最好的点：以最低的价格买入一套最大的房子，一点风险不敢承担。这是在做神都做不到的事，不可能成功。

不想承担风险的人，永远处于风险当中。因为随机的市场波动不停在折磨他。

如果你爱上一个姑娘，想结婚。不想买房子而能让她跟你，那我没话说，算你牛逼。想为两个人安个自己的家，我建议你把第一套房子当成爱情的见证和守护，你结婚的点就是你入市的点，不要考虑以后的涨跌，即使跌，为了爱，也值得。

这就像你是孤岛上的鲁滨逊，漂来一位姑娘，你们相爱了。你必然会尽自己的努力搭建漂亮的木屋，这里没有市场，木屋不可能转手赚钱。把你们的第一套房子当成孤岛木屋，可以接受它最后不值一文地倒塌，这样，你就不会因为房地产的起伏而伤害爱情。

为你爱的人，承担风险，是应该的。

祝开心。

连岳

38.

第一次爱情，并没有想象中的重要

——

连岳先生：

我今年 22 岁，谈了一次恋爱，被追求，也是被分手。还没决定好要不要跟他在一起的时候，就因为想证明自己也很喜欢他而跟他出去过夜了，那时我所有的想象就是和衣相拥一眠而已，可是现实没有那么文艺，我们还是坦诚相见，只不过因为都不会而没有做到那一步。我还记得踏出那个小旅馆的感觉，太阳很足，是早冬，我头晕目眩，我记得走到寝室楼下却发现没带钥匙，坐在台阶上哭，看眼泪掉在地上，一点点干掉。室友逃课回来帮我开门，结果发现原来她们早上走的时候根本就忘记关门，多可笑，我坚信没有钥匙就进不去门，就像我也坚信我和他已经这样了，就该一辈子在一起。

嘿嘿，本来还可以写好长，我以为我会哭着写完这封信，可是我错了，回忆还很新鲜，可我已经懒得把它们翻出来，我也不想哭，只是眼睛有点干涩。我只是想说生活真的可以比电影波折，只因为我们身处其中，感觉来得那么真实。本来我想说很多，可是删删改改之后发现，现实的答案，我还是接受不了，我早就该明白的事情其实也早就已经明白，只是我自己选择不成熟，选择挥霍我的青春，而不是走现实安稳的路，我想倔强一回，因为人生不能重新来过。

我知道他不是那么好，只是正好是我生命里第一个男人罢了。所以我离不开他，即使他以家里人反对为由提出分手，而后又以还喜欢我为由继续"和我在一起"，我都不哭不闹地接受，我知道我在埋一份没底的单儿，我在提前消费，用我真挚的身心换现在的不理智的快乐，不知道以后会不会更痛苦，可我只能走一步算一步。人生没有最好的选择不是吗？我愿意承担我自己的选择，我还年轻，为什么不可以放纵一点，不要时常去计算人生的对错，我轰轰烈烈地走出这一步，如果有个幸福的结局，那我就说：我既要结果也要过程；如果不幸被悲剧了，那我就说：我只注重过程。为什么不做让自己快乐的解释呢？

徐志摩说女人和男人恋爱是走的相反的路，他对我的感觉可能越来越淡，可我对他的感情却越来越深。我们有了所有的亲密，可是他跟我说分开，我只说好。我们已经分手三个月了吧，可是跟恋人没两样，只是他已经工作，我还在上学，因而见面的时候变少了而已，可却变得更容易快乐和感动，现在，他正睡在我的身后，不时有翻身和打鼾的声音，我觉得平静，人也许就是要在反复里清醒，在徘徊中成长，我以前很在意别人的眼光，是个老好人，可现在，我变得很是爱憎分明，这是他带给我的，我并不讨厌，他的脾气也被我带的变好很多，大家都在说好，这不就是好事儿吗？

我学会不计较，不能责怪他的不成熟，我也得到了很多，并不后悔。

……回看了一下，还没问情感问题，可是我已经不想问了，就算你给我中肯的建议，我也不见得会那么做，生活还是要掌握在自己的手里。这封信已经没有什么意义了，但还是发给你，希望你能看见，给我一点时间，想象一下我的爱情可能有的形状，感慨一小下就好，嘿嘿。

把你当作一个安静的倾听者的小亮

——
小亮：

第一次做就做成的事，很少。爱情与性，固然令人期待，但第一次犯错误的概率也大。

这规律告诉我们，如果一定要把自己绑死在第一次上面，那就等同于绑死在错误上面。

对年轻人，对爱情，对你，我最想提供的建议是：要做决定，不要害怕犯错误。我自己很是受益这点，当然在我成长过程中，没人告诉我这点，听到的基本都是相反的意见：不要做决定，不要犯错误。也许，这种懦弱的人生观让我厌恶，起了逆向教育的作用。

人也许都有点想当然，认为更有能力时，做决定更容易，我原来也这么以为，后来才发现大谬不然，原理如同古希腊大哲论"人的无知"，人的知识好比一个圆，知道得越多，圆越大，于是圆周越大，接触的无知也就更多，人的能力提升以后，面临的选择自然也要逼出你的所有能力去与未知因素抗衡。

一劳永逸不再做决定，追求这种人生状态，将杀死自己的能力，最后你也不可能得到更出色的人。

人就是需要在选择与决定中成长的——这些选择自然有许多是错的，甚至不可避免地是错的，正如第一次走路会跌倒，第一次背单词会忘记，第一次性爱因为不会而完成不了，这些看似"错误"的选择提供了练习的机会，在纠错的过程中，人就慢慢成长了。

人之所以是有智慧的生物，就在于不会只停留在"第一次"，奇怪的是，"第一次是最珍贵的"这种幻觉却始终停留在中国人的爱情领域，占有不小份额，你才22岁，这种"第一次幻觉"却和许多44岁、66岁的女人一样，也许，这正说明爱情还挺幼稚的。幼稚到像小鹅的地步：它刚破壳而出时，将会跟随第一个对它温柔的生物，视为妈妈，如果你恰巧在那时出现，你就是它的妈妈；如果你把小鹅的脑袋取代人的脑袋，那就演变成破处时身边是哪个男人，就把他视为终生的爱人。

你的"第一次性爱"，甚至"第一次恋爱"，都有可能是恰巧发生的，那时候刚开始学习爱情，无论是身体还是心理，都还懵懂，能一直走到最后的概率并不高，因为看走眼的可能太高，即使看对了，将来双方的变化也很大，未必始终入眼，所以，许多人的爱情学业，第一课是做这样的选择：是时候离开第一个男人了！而不是"我如何委屈自己和第一个男人走下去"。

祝开心。

连岳

39.

一个完美的抱怨标本

连岳：

你好，初三时由于自己的决策错误，留在了比较差的高中，后面发生了许多事，自己在高中混了 5 年，考上普通本科。

大学幡然悔悟考到广州读研究生，我只是普通聪明，并不擅长学习，第二年才考上的研究生，一切得力于自己坚持，我坚信我要留在广州发展，但现在父母不同意我在广州，虽然表面尊重我的决定，但实际却不给任何经济支持，大概是想逼我回家。

我指的是：我家在家乡有一栋三层楼房，楼下两个铺面，以及主街有门面一个，老小区有住房一套，但是他们迟迟不卖出房产，早些年要是卖掉一部分在省城买房，如今已经涨价超过一倍。我现在有点等不及，待我毕业，广州房价估计要涨一倍了。虽然我明白他们的钱他们说了算，但内心还是痛心。

2017 年一过完，我就 27 岁了，我才研二，若这样下去，到毕业我将背负更大的买房压力。我现在痛恨当时自己太小不会做决定，父母害怕担责任，不为我做任何打算，白白在高中浪费5年，虽然懊悔过去，这是穷人思维，但一直都放不下。要是多交钱上一所好高中，不仅赢得时间，更习得好的思维，学习能力也会比现在强。那我现在已经毕业，生活不仅从拮据中解脱，运气好已经有了第一套房。

现在每年家里为我出2万块学费，其余的生活费我都靠学校补贴和奖学金，没有多向他们伸手。我懊恼的是，我现在生活拮据，偶尔需要应酬，和男朋友异地，需要车费钱，这些都没有向父母伸手，吃穿用上我比较省，基本不买化妆品护肤品，现在我需要一个能让我提高写论文速率的电脑，旧电脑撑了6年，叫嚣着要下岗了，每次使用都积攒一个星期的耐心忍一肚子火。我打算继续忍耐直到攒够钱换个硬盘提高运行速率。

现在想问问连岳叔：叔，我好害怕我以后的小孩也遇到同样的困惑，如果我是家长，我该满足孩子这种良性要求，提高他（她）的社会竞争力吗？还是说控制欲望，让他（她）直面自己的需求，寻找解决问题的途径呢？我觉得我苦，我同父母一点都不像，我有毅力肯坚持，知道自己内心急躁也愿意改变。我深知自己父母没有一个好的价值观，也不懂经济学，我现在同样害怕自己成为自己看不起的人。一个电脑硬盘而已，为了守住自己内心尊严，不想听他们教条，所以我不想妥协，如若有一天当了父母，该给多大的物质空间作为一个限度，才能让自己的小孩赢得良性竞争的蛋糕呢？

蛋挞花

—

蛋挞花:

我们对于具体问题, 不宜想得太远, 一般以 12 个月为宜, 12 个月后做个反馈。我们的长处与短处, 就能放大到可以识别, 然后将资源更多集中在长处上, 再做下一轮规划。

你 12 个月后应该还不存在教育孩子的问题, 我建议你把如何教育孩子的焦虑放一放, 这不是你当前的急切。

当然, 有些大原则我们应该多想, 它可以指导我们一生。比如我们几天前讨论得出的结论: 无休止的抱怨, 将我们有限的精力浪费在不可更改的坏事上, 这令我们处境更糟, 然后引发更多抱怨。

"抱怨者将终生抱怨", 这条大原则我们知道了, 就可改变我们的一生, 一个爱抱怨的人, 或许可以停止抱怨, 真正对自己负责。

年轻人爱抱怨, 往往是恐惧现实, 害怕失败的另一种表现。当他们投身现实, 开始尝到成功的滋味, 抱怨就会减少。你买得起功能强大的新电脑, 一定不会抱怨你的旧电脑, 直接就扔了。

世界必须对自己友好, 我就是世界的中心, 这是婴儿的观念。聪明的孩子, 小学就会放弃这观念, 迟一点的孩子, 我想, 到了大学也一定知道自己只不过是人群中的一员, 几十亿分之一, 别人没必要特殊照顾自己。

他们当然也会抱怨生活不如意, 不过, 持有正常观念的自己会在脑子跳出来说: 哎, 别人不欠你的, 也不必对你负责, 少说几句吧, 你只是累了, 休息一下, 吃点好的。然后这低潮就过去了。

你 27 岁了, 依然要靠父母接济, 生活窘迫。这时, 梦想一下自己有更好的过去，有为你投资好房产的父母。我想，不是什么大错，白日梦也有缓解压力的功能。

但是，把白日梦当成现实，那就搞不清状况了。有一些人，终生停留在婴儿阶段，永远以为自己是世界中心，别人的存在，都是为了他，最后成了自恋狂，自大狂，这就是认知出了障碍，分不清真实与梦境了。

我请你忘了自己，假想你站在父母的角度，看看自己的女儿：

我们自己过得不差，有楼房，有店面，有老小区住房，不算大富大贵，也不是丢脸的寄生虫吧？

我们的女儿，初中叛逆，高中读了 5 年，现在 27 岁了，还没工作，每年还得给她 2 万元，嫌给得不够。现在，她责怪我们不会投资，不会教育。

这样的女儿，在你看来，是不是一身毛病呢？是不是令人厌恶的抱怨者呢？

赶快戒了你的抱怨。你是一个不知道自己在抱怨的抱怨者，这是抱怨的最糟糕状态，它会吃掉你的一生。你以这种状态成为妈妈，是不可能把孩子教育好的。

你爸妈不欠你。停止对他们的指责，赶快毕业，找工作，自己养活自己，想要房子，就自己赚钱买。成为一个正常人，一个自食其力的人，一个创造自己美妙未来的人，这样的人，成为好妈妈的可能很大，不用太担心以后的教育问题。

你不会自我教育，看不到自己的缺陷，当然也会毁了孩子。

祝开心。

连岳

40.

所谓骗炮

连叔：

我是一个自己在北京打拼的农村女孩，刚刚经历了一次被分手，去年相识了前任男友，上个月刚刚经历的被分手，相亲见面两个人感觉特别好，算是一见钟情吧，就自然而然地在一起了。在一起之后我觉得他对我特别好，上班会提醒我今天的天气，中午会提醒我吃饭，每天晚上要是和同事聚餐都会报备，我工作压力大的时候他会带我出去玩，所以对他很信任。

我的性格有点小女生吧，情绪化，偶尔会发脾气，但是次数不多，多数时间扮演的都是懂事的姑娘，理解他，什么事都想着他，他喜欢什么都会放在心里偷偷给他做好买好，直到分手的时候，我一直把他当未来老公来对待的，直到分手，那天我又无理取闹了一下，这次他特别生气，起身就要走，我一下子意识到问题的严重性，就不让他走和他沟通，说我以后不会再犯了！他说他不信，这是我性格问题！反复挽留但是他特别冷漠像变了一个人，而后不了了之。事情如果就这样结束，我可能以为是我做得不够好，才导致的这样的结果。

直到分手后的几天和闺蜜聊天，才知道，自始至终，我可能只是被他当成炮友了，而不是结婚对象，他在床上对我很疯狂，我是服务的那一方，细节我真的说不出口，就是在床上不太在意我的感受吧，也不愿意戴套什么的。我和他是第一次，之前也不懂，所以他提的要求我也都答应。也许是他装得太好了吧，也会花时间陪我，会给我适当的花钱，只不过从来不送礼物，我很喜欢一个东西，他也说给你买，但是从来不会做，只说。

朋友说，可能是我太想留在北京了，而一个北京的男孩子刚好符合我所有的要求，才会什么都没有多想。我也想，可能自己在他之前单身了近 5 年，突然一个人对我这么好，连想都不想就沦陷了吧，他从未说过要带我见父母什么的，虽然会和我说以后我们会养什么宠物，但是相处 8 个月从未和我规划过未来，他 30 岁我 28 岁，男人为了骗炮，真的可以做到这程度吗？！

现在也算走出来了，试着重新规划自己的人生，重新相亲认识新的人。但是很想问，是我择偶上的错误才导致这样的结果吗？虽然通篇写了一堆乱七八糟的，但是还希望您能给我指点迷津。

H

—
H：

关于性，有一个最基本、最健康的原则要一提再提：除非为了受孕，请使用安全套，这将免除许多大麻烦。

人在身体成熟后，就有性欲。在现代社会，性成熟距离第一次婚姻，可能还有 10 多年，不再是传统的农业社会，10 多岁就结婚了。在这漫长的时间里，指望年轻人没有性生活，既不合理，也不可能。你和前男友有性生活，这是正常的。都快 30 岁的人了。

性行为分成两类，自愿与非自愿，非自愿是犯罪，情人间的性行为，是自愿，你们的性行为，也是自愿，包括你允许他不戴套，也是自愿承担风险。

所以，你认为你男朋友骗炮一说，是不成立的。成年人之间自愿的性行为，不存在骗。你那时自愿，就永远是自愿，不能最后反咬一口，说自己被骗炮了。

采取你这原则的话，你前男友更能说被骗炮了：一和你发生过性关系，你就无理取闹（这可是你自己承认的），似乎是用性为诱饵锁定他。

他若这么说，我不会同意，你也会很生气。所以，你想别人怎么对你，你就怎么对人。一段自愿的性关系发生后，开始泼污水，不合事实，也不体面。就是无脑的围观者，相信所谓骗炮说，你在他们的心目中，也是大大减分的：要多蠢，才会被骗炮？

自愿行为，包括性行为，效果是否一定要满意？

当然不是，你自愿买一件商品，有时一拆封就知道自己不需要；你自愿吃一顿饭，不小心吃太多不利健康；你自愿喝酒，总有醉得难受的时候；你自愿上大学，却可能发现专业并不适合自己……

自愿是会做错事的。做错事是成长的一部分，是你越来越聪明的学费，这次行动令自己不满，甚至有损失，我们下次就不容易再犯同样的错误。这些错误都可以算在交易对手的头上，只要事后不满意，就是对方欺骗，那这世界就没办法运转了。

你的自愿性行为，没有带来预期的结果，你们分手了。尤其，你是被分手的，这段感情的结局肯定令你伤感。但其中真没有什么受害者，只是两人不合适，或者有人没能力维持这关系。

善于总结，下一次感情就不会犯这次的错误：

1. 你会采取避孕措施；

2. 你不会因为对方爱你，就无理取闹。撒撒娇，是情人的日常，无理取闹却不是。对恋人对家人的无理取闹，是最愚蠢的，因为这等于谁爱你，你就让谁倒霉。

3. 成年人你情我愿的性生活，不存在谁欠谁的问题，是双方的享受。如果有一方把自己的性当成放债，我和你发生性关系，就有权以后收租，你就得对我一生负责——这思维才容易导致骗炮，让你和我上次床，然后一生都有交代了，收益这么大，让人有非常强的行骗冲动。

姑娘，好好去爱，你愿意的话，也好好性生活。享受爱情，享受过程，享受成长。爱与性，都是很美好的事，别用自己的观念把它们想得很脏，那样自己就活得太舒服了。

祝开心。

连岳

41.

停止虐待孩子，停止虐待弱小的自己

——

连岳老师：

你好，请花上你一小段的时间听我诉说好吗？

我，今年 24 岁……24 岁应该是一个很丰富多彩的年龄，有很多的抉择，可是我是一个离过婚，且失败的女人……

我是家里最小的，从小受父母的疼爱，养成了我骄纵的性格。

16 岁那年，只因为家里人的一句话，我扭曲了我的心态，相信了朋友，后来他把我强奸了，过没多久，我认识了一个改变我一生的人，那段时间，我很开心，很开心，有一晚，我们在一起，也发生了关系，是我主动告诉他我不是处女，可是他没问我什么原因，就说了他不可能娶一个不是处女的女人。我们都哭了，从他家里走出来，各自往自己的方向走，从此各奔东西，我站在原地，看他头也不回地走了，我一个人在大街上哭了，哭得很凄惨。也就从那天开始，我变了，变成了一个坏女孩……

我开始喝酒，吸烟，无恶不作，每天都沉醉在灯红酒绿，醉了，我就不会去想那么多，可是每次醉了我都很想他，每次都哭……有一次，我喝醉了，搭摩的回家，在半路上，那个司机要转弯，没注意看有一堆泥，我摔倒了，那个司机起来骑车跑了，我手脚都是血，想到了他，给他打电话，告诉他我摔倒了，他一听到是我的声音，就把我电话挂了，再打已经关机，那时我心凉了，也发誓我要报复，报复伤害我的人，可我的报复方式是折磨自己……

在家里休养了一段时间，我就开始去酒吧上班，每天都把自己醉倒……在酒吧混了几年，我也就朝更好的地方前进，做了花场，收入也比以前翻了好几倍，改善了家里的生活条件……

做花场持续了差不多两年，因为身体不适，也就没做了，也因为喝酒住了好几次院，所以我决定收心，过一段平平凡凡的生活，直到遇见了前夫，也生了一个女儿，我以为这就是我想过的生活，但年龄的差距，他的大男人主义，又不思前进，让我对婚姻失去了信心，让我遇见现在的这个男人，我毅然选择了离婚，选择和现在的他在一起……和他在一起后，他对我很好，也很爱我，这是我感觉得到的……但是他唯一不好的是，他太多疑了，经常会怀疑我对他背叛，可是我没有，我很迷茫，分分合合，我很累，不知道该怎么办。

兜兜转转我们在一起也一年多了，期间他消失了半年，那半年我不知道我是怎么过来的，每天都哭，我知道我做错事了，我很任性，出轨了，那都是在酒醉之后发生的，每一次我们吵架，我都出去喝酒……第二天我都很后悔，我知道我不是个好女人，不该那样子做，明知道那是他最在意的事情，可我还去做……

我的生日愿望就是可以再见到他，两个月后应验了，我真的找到了他，可他还是老样子，脾气永远改变不了，可我还是爱他，尽管他对我拳打脚踢，冷言冷语，我都不在乎，因为那一刻我真的很想和他在一起⋯⋯

我真崩溃了，请教教我该怎么办吧！！

运

——
运：

坏消息是你经历了足够多的坏消息。

好消息是你还年轻，每个人最重要的资源就是一生的时间，你还有大把。

人害怕受伤害，人又是伤害的产物。近来，虐待孩子的新闻你也看了不少，前几天也写过文章（孩子，我猥琐，我无能，我失控，所以送你去电击）。

悲哀的是，这些事并不新鲜，也还将持续。记得几年前贵州有个5岁的小女孩受父亲虐待的新闻：开水烫头、鱼线缝嘴、跪碎玻璃、针扎手指⋯⋯

这起虐待案被发现的情景更值得纪录："骟猪人付师傅看见一个小女孩站在路边自言自语，不时对着走过的路人一阵谩骂。"——暴力就是这样传承的，它寄生在受害者身上，并成为受害者的灵魂。这位孩子的复原之路还很远，也许也要花大半生时间慢慢消解。

受虐待人人都不喜欢（受虐狂除外），它却生生不息。路线也大致相同，受虐者容易接受"虐待"这种武器，转而对付弱者，甚至是自己的孩子。这一切都发生在不知不觉之中。

那些被虐待的孩子，最可怕的后果是，他们也成为虐待者。

最为隐蔽的是这一点：你身上有两个自己，强的自己会虐待弱的自己。

你的身上一定有个"强的自己"，她在发号施令，然后虐待那个"弱的自己"——用你的话来说，是"我要报复，报复伤害我的人，可我的报复方式是折磨自己"。

人是很可怜的，这是唯一一种会用他人的方式来虐待自己的动物。弱小者变得更加弱小，受害者持续自害，极端的环境很难出圣人，只会制造极端者。

解决办法之一是，周边的人变好。这太被动了，往往不可能实现。

所以，期待他人都有爱心，看到你折磨自己会良心发现，此路不通。它也不应该通，你都不在乎自己，他人为什么要在乎你？否则的话，越是毁灭自己的人得到越多关爱，人类以这种不经济的方式消耗，很快会灭亡的。

最合理的解决办法是这条：你停止虐待自己，学会爱自己。你有了孩子，这有助于你转换视角，在她眼里，一个不停折磨自己的妈妈，那是可怕的人生第一课，这何尝不是虐待她呢？为了打破这个虐待传承链条，你也应该告别孩子心态，从不停呼喊"谁来关心我？"变成"我来关心你，我的孩子"——强的自己，别再虐待弱的自己。

人经历的苦难，被他人强暴、欺骗，这都不是自己的错，也不会降低自己的价值，怕就怕你认同他们，以为自己这个受害者毫无价值，应当被虐待。

从现在开始，爱你自己。

祝开心。

连岳

42.

我是大学生，却成告密者

连叔：

你好，我想请问您怎么看待举报呢？

我是一名大二的学生，现在是班上的学习委员，还有一个职责是作为信息员，向教务秘书报告任课老师有没有准时上课，或者任课老师没来上课让别的老师代课。

我的班主任她上个月几乎天天迟到，她的课至少三分之一的是让另外一个老师代的。但我都没有向上报告，直到上上周教务秘书在我们那个信息员群里问情况，那个周我们老师仍然还是迟到，有两天的课也是让别人代的，犹豫再三，我还是说了，但是我只说了她迟到了一天，让别的老师代课了一次。

因为我撒不下去这个谎，我不想包庇我们班主任，虽然我知道她是因为家里的原因，她有小孩要养，要怎么怎么样，但是我觉得她真的过了，整整一个月我们都没怎么好好上课。但我也担心如果我实话实说，老师会受到处分，所以我就报告了这一次，她以前的我都没有说。

结果这都过了两个周了，今天早自习一个知道我是信息员的同学跑来跟我说，让我不要举报老师了，老师在别的班大吐苦水，说我们班的人举报她，她有可能因此丢掉工作，她已经受到处分了什么的。我听了很震惊，然而还没等我反应过来，她又迟到了半个小时。

到班上后，我没想到的是，她居然拿了十几分钟来说这个问题，她又把她家里的事说了一遍，仔细地说了一遍，说到她今天早上为什么迟到，她说是因为她儿子闹脾气不想上幼儿园，想吃什么小猪包，她不小心把小猪包的脸划破了，她儿子更生气，一直赖皮，然后就迟到了。

我觉得这个理由……真的很可笑，虽然我理解做妈妈不容易，但是我就是觉得，工作也同样是责任啊。但她在班上抱怨，说她受不了别人天天举报她，再怎么举报她她也没办法改变现状，她的儿子仍然得要她送去上幼儿园。

她以前的确是一个负责的老师，会给我们布置作业，还会收上去。在上个周的时候她突然不收了，今天我才知道还是因为这个原因。

她还说因为这次的举报，她下学期的课直接被调到下午上，然后又说我们下午上课的效果是多么糟糕。

总之她把这一切的糟糕的结果都归结到我的那次举报上。

我觉得很痛苦，我觉得我没有做错，但事情到这步，她再迟到、再找别的老师代课我肯定也不能说了，毕竟下学期她还是我的班主任。并且就算说了，她也没有办法不迟到。

站在她的角度，她有孩子要养，她的家人都没有办法帮助她，如果我是她，不一定会做的比她好。

但是作为一个学生，我是交钱来上课的，她找的代课老师虽然水平很高，但我们根本跟不上她的速度，也不习惯这个代课老师的讲课方式。我只能说像在浪费时间。

我觉得我的时间我的钱都在被她浪费，而我因为她是我的班主任我却什么都不能做，我想我是难受在这里，我什么也做不了。

希望她还不至于差劲到会因此在我的平时成绩上报复我吧。

祝连叔身体健康，万事胜意。

阿橙

——

阿橙：

这事，我有两个瞧不起，一个同情，和一个解决办法。

首先瞧不起你的班主任老师，她是一个违约者，她拿了工资，这些钱是由学生学长们支付的，她该做的是保证质量的教学，让学生学到知识。

她违约的理由并非不可抗力，地震车祸之类的，那样谁都会原谅。她违约的理由是有家庭要照顾，有孩子要养，而这几乎是每一个成年人都要面临的日常，如果这构成违约理由的话，那这个世界就没有信用可言了。

这完全不是一个合适当老师的人，当然，她也可能不合适做任何事，只是，特别不合适当老师，因为一个坏老师将影响很多学生。她习惯把自己的烦恼转手给其他不相关的人，是现在大家习惯说的巨婴，你们是她的学生，然后，却要牺牲自己的利益照顾她，她还有怨气。这样的人成为老师，真是灾难。

你对她的不解、不满和气愤，完全是合理的。

第二个瞧不起的是你学校。

作为管理者，自己的雇员有没准时上课，教学质量有无保证，这是他们自身应该完成的考核工作，即使要人力监督，也得由管理者完成。

在发达的技术条件下，考核老师有没准时上课，可以很简单、很廉价、很高效地做到，不然的话，那些几万人的大公司是如何管理的？他们可没有告密者啊。

让学生监督举报老师的出勤情况，这是把管理者该干的活甩给了学生。

我很同情你。

你陷入了做什么都是错的尴尬境地。

如实汇报吧，你成为一个举报者，老师和同学都不会喜欢。我初中有个同学，人老实，学习也好，忠实地完成老师交代的工作：每天汇报自习课上讲话的同学。他没有撒谎，没有诬告，但却一个朋友都没有，非常孤单，也看得出他很痛苦，但是一个孩子，被老师放到了告密者的位置，他找不到解决办法，可能也很委屈：我所做的都是为了班级的纪律，并没错呀。

可是，他在同学心中的定位就是告密者，不可原谅。被老师抓到我违纪，我认，因为那是老师的权力，同学告密？无法接受，因为你是我的同学，天生和我同一阵线。这是善良而朴素的人性，不应去挑战，可惜很多管理者不知道。

我会给你提供解决办法。

我原来读过中大名教授王则柯先生的一本书，其中提到他20世纪60年代在北京大学读书的旧事，在那个特殊的时代，告密与斗争，这种事不少见，他亲见有同学自残，有同学发疯，觉得恐惧，他于是悄悄为自己设定一条原则：被人害是没办法的事，但是绝不做害人的事。我觉得相当了不起，没几个当时的年轻人有这种智慧，这原则放大了生存的可能，也保有人性的尊严。

这条原则你也可以用。

你可能要有点损失。学生干部，各种荣誉，大学生很难抵挡这诱惑，从学分到工作，可能也得获得一些潜在的好处，但如果代价是要举报老师（即使是监督出勤的名义），那我就觉得成本太高了，可以考虑回归到普通学生的身份，这可能对一些眼前的利益有损害，但我认为值得。

我也不鼓励你激进，你对老师的失职，你对学校的管理不当，一肚子火，你可能希望大声批评、大胆抗议，老师与学校都会长进，激进是年轻人最大的诱惑，甚至认为牺牲学业和生命也不可惜，但我不建议你这么做。辞去学生干部，不干信息员，就得了。

你的大学，就让它按自己的命运走下去吧。你最紧迫的事，是把书读好，毕业找个好工作，或者，到你喜欢的大学进一步深造。

祝开心。

连岳

43.

父母该帮我买房吗？

——

连叔：

您好，之前我受一个网友铁粉的推荐，在一年前关注您的微信公众号；一直以来，您的很多观点我都非常认同。目前遇上一些人生抉择上的大问题，想咨询一下连叔您。

交待一下背景。老家湖北，普通本科，毕业两年，存款不足 4 万，上海工作，月薪税前加绩效 1 万多点，之前由于花销较大，也不知道节制，2 年来没存到什么钱，今年开始想存钱买房了。之前喜欢过一个女孩，我自己在苏州都买不起房便放弃了。如今想把房子落实了，说实话已经 25 岁了，都是奔结婚去谈恋爱的，感觉没有一点保障给女生，我都不敢轻易追求别人。考虑到自己的经济能力，打算在武汉买房。

这个月正准备请假回家把户口落到武汉去，年底准备买房。这个想法，我之前跟母亲沟通过，母亲说你要是想在武汉买房，家里只能支持 40 万的首付，其他还是要靠你自己。说实话，原本这笔钱也是足够的，在三环外的新区买个小户型也可以。想买好几乎不可能，但武汉现在基本所有楼盘都是精装，好多楼盘精装修得全款，而且几乎所有开盘都是秒光，很多还得给茶水费。目前，武汉的楼市行情是，只要是个楼盘，就会被抢光，不用考虑配套，不用考虑交通现状。我这点首付，真的很难在武汉抢到房，加上人不在武汉，想近期落实下来真的很难。

近期，母亲跟我说，如果不打算近期买的话，我爸打算回老家建房。因为现在老家很多之前出去城里买房的老人都回来盖房了，可能父母也想老了有个保障吧。而且，我四爷、二爷他们都说今年年底打算回家建房，让我爸把老宅拆了，一起建，我爸很心动。说实话，老家盖房没法升值，而且一旦盖了我就没钱交首付了。按武汉的房价趋势，还得继续涨，我妈问我的想法，我真的不知道咋回答。毕竟，他们肯定想在老家建房子的，现在在武汉周边的三四线城市有套房，但爸妈老了都想回老家，那套房子暂时也没法卖，因为老家连住的地方都没有。我该让父母不要在老家建房吗？这是不是太自私了？

菜头

——

菜头：

25岁，开始考虑现实问题，是相当好的起步。知道无法给女生保障，就不敢追求别人，这也是责任感的体现。

生活的辛苦，总要想办法解决。不是人一想，生活就马上变好，而是你不想，一定不会变好，想，就是在找方法，就是试图行动，最后正确地行动，生活就会变好。

前不久，有人愤怒地批评我，说我老是让读者去追求更高的收入，更好的房子，不是让读者去追求精神，太物质了。

他听完我的辩解，愤怒应该会消失：

精神的迷惑性很大，一个人有没有精神，很难判断，你躲在图书馆狂翻100本经典的内容摘要，或快速咽下别人喂你的知识要点，再加上口才不错，你半年就可速成思想家，成为一个精英屌丝——精神虚胖，囊中羞涩。

而物质是刚性的，收入多少，存款几何，房子多大，无法靠口水支撑，没有一点真本事，你很难得到人人都想要的物质，而本事，是精神的体现，真有本事，就是真有精神。

精神与物质是分不开的。从无法虚构的物质着手规划人生，收获了物质，也就收获了精神，不是病态的虚胖式精神，而是健康的肌肉精神。

有恒产者有恒心。你一开始想房子，就马上检讨自己的财务纪律，立竿见影。如果轻视房子，估计就得持续月光了。

你问题的核心是：父母这40万，如何用效率才高？

我完全同意你看法，这40万用在武汉替你买房，比在老家盖房效率高得多。房子的真实价值是位置，位置是排他的，你占了，别人就没有，更多人抢的位置，价钱就高，没人抢的位置，价钱就低，甚至一钱不值，偏远地区的房子，许多房子盖完后的唯一命运就是荒废。

你可以尝试着将这道理解释给父母，他们若能明白，我想，他们是愿意将这40万交给你的，毕竟，他们也希望自己的钱不要浪费。

但是，他们理解不了的可能性很大，多数人无法抗拒拥有一大栋房子，即使这房子盖在乡下，他们从来不住，这是强大的精神安慰，他们会想：我是有大房子的人，无论如何，总是有地方住的，而且同样的40万，在城市只买几十平方，甚至几平方，回乡却有几百平方，有天有地有院子，感觉赚翻了。

说服不了父母，他们的钱，他们当然有决定权，建议你平静接受。

你以后凭自己的能力买了房子——我毫不怀疑这一天会到——成就感会更强，你更彻底地证实了自己的能力，你在他人眼里的分量与地位是不同的，你女友、你同事、你父母，都将高看你一眼。自己多赚这40万，得到的可能更多。

你还年轻，赚钱的岁月才开始，我可以负责任地告诉你，40万不多，只要你想，很快可以赚到。"我要拥有好房子，我要多赚钱"，只要始终让这真实而性感的念头指引你，你的钱会越来越多，精神将越来越强大。

再过几年，你将来留言：连叔，40万，不是什么事；房子，也不是什么事。

祝开心。

连岳

44.

什么是"小三脸"

Dear 连岳:

终于，还是有了这一封信。

这大体是关于一个勇敢少女认真生活，却命途多舛的故事。来香港读书，每日穿梭于熙熙攘攘的人群之间，喜欢这无敌混合感的浓浓生机，也与一双双追梦或躲梦的眼睛四目相对。这是个让感官放大的世界。

故事从初来香港读书开始。初来乍到，有种涉世未深之感，一切都靠自己摸索，辛苦也新鲜。港大校园里，认识了他。只是有种熟悉自然感，相处自在。慢慢了解，才知他种种过人之处。他喜欢自称非典型处女座，但细致、拼命却是真的。当时，只觉遇见这样一个人，而自己一无是处，深度自卑。正是因为他，我开始喜欢上香港。喜欢站在中银大厦脚下，仰起头眯起眼听他解构那一座座比肩的高楼，流派、造型、语义、历史。喜欢绕到中环的背面，看到繁华的另一张脸。喜欢在 LOFT 游荡，偶遇 Yayoi Kusama 或是 Vera Wang 的 Studio 的惊喜。那时，欣喜混杂着新鲜，就那样扑面而来。他开始关心我的一日三餐、生活起居、心情好坏，真的帮了我好多，我也觉心中开出小花来。

终于，某天晚上，他对我说，他有女朋友，八年。呵，原来是这样的一个男人。心中想的是站起身甩一个耳光迈大步离开，事实却是呆了若干秒，眼泪吧嗒往下掉。于是，他用无限温柔，包裹了少女碎了一地的心。那一晚，第一次拥抱、亲吻，然后，送我回家，他回他的两口之家。

后来，我找到实习，白天上班，晚上上课，生活自顾不暇。他经常跑内地出差，忙忙碌碌。偶尔见面，有些感觉，却在改变。我知道，我心底里欣赏这个男人，也喜欢他有时像个小孩趴过来撒娇。可我又讨厌这样的自己，我的底线仅仅是不主动联系他而已，看到他的电话，却心中欢喜。他与女友的平淡关系，平淡得让我嫉妒。不需要每天打电话，不一定一起过周末，却在这样的城市里，有一个亲切的人，有些话不用讲对方都会知。

八年，还未结婚，是怎样的平和。所以，明知不用期待什么，却贪婪于这个人，这份感受。所以，是不是应该和这一切告别呢？

让我纠结的是，并不是第一次遇到这样的状况。不敢和任何人讲，讨厌这样的自己，心中默默为自己的犹豫不决对女一号说对不起。呵呵，难道自己天生长着一副小三脸？为什么两次被有女友的男人喜欢。上一次，那个人对我说：他需要我，只有我懂他。可是他却觉得现在还不能抓住我，一是因为我要去香港读书，会不会回上海还未知（现在看来他是明智的），二是因为我并不让人放心。于是，不了了之。当初的进进退退来来回回，所有的眼泪，整整一本恋爱日记，现在都荒唐得可笑。只有相信当时是全力爱过的吧，虽然现在看那些文字已无半点感觉。

我是不是不会有幸福，我要的忠诚于对方的平静生活，会有多难。即使遇到那个他，若干年后，他还是会和某个少女情怀的姑娘展开一段轰轰烈烈的小三爱情故事？

乐观主义的射手，写了个悲观的结尾。

求指点。

美宝

——

美宝：

我不知世上有没有"小三脸"，即那种已婚男人一看就心动的长相。如果有的话，大概就是年轻漂亮吧。我想，长这样一张脸，没什么可难过的。同样一个人，到你 70 岁时，别人来求你当小三的可能性就微乎其微了，所以别信"命"这种东西，信了，就是将自己的命运交付给未知，一旦形成暗示，非小三不当，那一定会成功。

年轻漂亮的姑娘，想当小三，就像我饿了想吃点东西一样，难度不过就是打开冰箱门或者走到某个餐馆，这不是命，不是地震台风式的不可抗力，似乎把人搞得很无奈，它只是简单的选择。

爱情的选择，比开冰箱复杂一点，但也在当事人理智的控制范畴之内，任何契约的达成，你作为当事人，最后都是认可的：他轻轻碰你的手，你知道他想牵手，不闪避，轻轻迎合，"滋滋滋"两只手就焊在一起了；他的嘴悄悄接近你的嘴，你知道他欲亲吻，将脸上扬，闭上眼睛，你们柔软的嘴唇会像磁铁一样相互吸引，找到对方。

小三契约，有点像卖国条约，听起来很可怕，最后却是双方谈判认可的结果。谈判的过程是这样的：我人不错吧？不过我有个交往八年的女友，并不想分手。邀约的意思是：当我的小三吧！你的反应若是拒绝三部曲"站起身，甩一个耳光，迈大步离开"（我觉得抽耳光大可不必，离开也不要刻意扯大步子，这些太电视剧了），他就知道你回绝了。你的反应是："呆了若干秒，眼泪吧嗒往下掉"，然后"第一次拥抱、亲吻"，那么，他也知道，小三到手了。

有人隐瞒技能高超，能将对方的成本放大，上完床后，甚至生下了孩子，才告诉你还有个老婆。你的男友，他和盘托出实情，将选择权交给了你。虽说也狡猾地让你产生依赖，不过你的分手成本极低，不过是在陌生的香港寂寞几天而已，和同学一熟悉，寂寞就如阳光下的薄雾，将迅速消失。

你们至今没分手，他的欺骗成分小，你的自愿成分大，责任是这样划分的：把你骗成小三，责任在骗子；你自愿当小三，责任在你。

从你的邮件来看，去香港读书，逛逛街，偶遇 Yayoi Kusama 或是 Vera Wang，命途绝不能说是"多舛"——你觉得这么说显得可爱，是可以的，不过不是事实，也用这个字眼骗倒自己；我也看不出你这个少女的"勇敢"在哪里得以体现。

到一个陌生的城市读书不是勇敢，有耐心，抗寂寞，把书读好，才是勇敢；

勇敢不是跟一个男人恋爱，而是会跟不值得爱的男人分手；

勇敢不是跟一个人一条路走到黑，而是分辨要走多远；勇敢不是摔倒了就永远趴着，勇敢是摔倒了站起来；

　　勇敢不是认命，勇敢是创造自己的命运；勇敢不是无助地接受，勇敢是有力地选择——你认为，你勇敢吗？

　　祝开心。

连岳

45.

为何在感情中慢慢变得不如一个应召女？

———

连岳：

看了你的很多回信，深受启发，但是回到自己的事情上，还是过不去那道坎。独自背负这个黑暗的秘密已经两年多了，我无法向前走，摆脱不了过去。被道德规范内心良知反复拷问，可是依然解决不了问题，我该怎么办。其实我想我知道怎么办，但是理智被感情左右无法做出选择，写这封信的目的是求骂醒。

和他认识在两年前。我和他都是独自在异国。一起吃饭，逛公园，谈人生谈理想，慢慢熟识了，很快我就迷恋上他，而他在我的追问下承认有女朋友。但是我做出了特别愚蠢的选择，我们越过了界限。我当时满眼只看到爱，觉得爱是我一个人的事，与你无关。于是为爱什么都可以奉献。而他可能是只想玩玩，因为很快就要回国了，经常主动来找我。后来我觉得很痛苦，不想当这个角色。所以我们在一起的时候我拒绝做其他的，只是聊天，争吵也很多。

后来他回国了，一直犹犹豫豫，说女友很好，家人也逼着结婚，于是我跟他提出分手。可是我一个人在国外，可能也是孤独吧，走过我们一起去过的地方总会触景生情，那段时间我觉得我还是放不下他。于是后来又写了一封信，信里也没说什么，就是问候。他没回复我，但是打过一个电话，在他听演唱会的时候。8月，他突然给我打电话，说又要来我这里了，还征询我的意见，我当时特别开心，以为他决定选择我了。但是之后我问他是不是要结婚，他说"十一"要结婚。9月我回国休假，他打电话给我，非要见面，我拒绝了。11月，他在婚后一个月出国了，到了我所在的地方。他主动来找我，我们居然同居了，我想我是疯了。我做一切事情取悦他，为他改变自己的性格。他依然没有承诺什么，还常常不经意地炫耀他和老婆的幸福。我很痛苦，觉得自己是个罪人，伤害了另一个无辜的女孩，痛恨自己也可怜自己。于是常常离开他，一个人去其他地方旅行。那段时间，我们吵架很多，但是吵完了，他又说离不开我爱我。我也觉得离不开他，我原来是个高傲的啥也不懂的姑娘，而因为他我开始懂得包容，变得成熟。还有就是我们在一起身体的确很默契。

我们现在又分手了，我提出来的。他说跟老婆提出了离婚，老婆狮子开口，他拿不出来。他还说即使跟老婆在一起，以后可能还会肉体出轨，但是心灵不出轨，我说我帮不了你。他说喜欢跟我在一起，我给了他爱情的感觉。我发现处了这么久，最大的伤害是我对他的信任已经几乎消失殆尽了。可是不知道为什么，我好像仍然还爱他，对其他任何人没有感觉，我是在为自己的付出不甘心吗？

在这场没有意义的恋爱里，我已经付出一切了。我甚至打算自己出钱给他老婆当分手费。我依然对他有感觉，好像这一切伤害我都愿意承担。

所以写信求骂醒。谢谢你。

泪尽

——

泪尽：

先跟你忏悔一件事。

16岁时，我是个叛逆少年，别人不让干的事偏要干，于是和几个同学一起偷偷开始抽烟，后来被老师发现，抓去处分。烟这么玩着玩着，就上了瘾。烟的危害当然知道，期间无数次后悔，试图戒掉。最长一次戒了三个月。屡戒屡破，屡破屡戒。

时间过得飞快，一下到了我27岁。去爬一座高山，风雨大作，借宿在半山腰的一座庙里，这还不算可怕，后来甚至天雷滚滚，仿佛铁棒敲在钢盔上。读过一点小说看过几部电影的人，尤其是文艺青年，都知道有事情要发生了。

果然，我感冒了。

回到家里，我想，这不对呀。我一个小人物，得场感冒不配老天爷这么大阵势。

老天爷说：你猜得没错。

后来我就住了院，长达半个月之久，又是点滴，又是失眠，又是呕吐，又是发烧。出院后，看到了熟悉的打火机和烟，忽然心生厌倦。这不是真的吧？我特意点根烟，真很恶心。一天没碰烟，两天没碰烟……半年没碰烟，就这么戒了烟——原来，老天爷的铺垫是为了我戒烟，这就可以理解了，任何人戒烟之前都值得打雷的。

因为有这段经历，我认为自己应该有点责任，所以总是在文章中劝说读者不要过分相信自己的意志力，成瘾性的烟草、毒品都不应尝试，一沾上身就很难摆脱。

爱情也具有成瘾性，它写在人类的基因里，我们无法逃避。当然爱情不是烟草和毒品，确切地说，只有坏的爱情才有害，外包装上画着一颗破碎的心。人只有纠正坏的爱情，才可能得到好的爱情：我爱他（她）；他（她）爱我，看着他（她）熟睡的脸庞，在心里悄悄感谢命运，我终于不再孤单了。

爱不是超验，是经验，需要学习，需要试错，所以许多人难免碰上坏的爱情。旁观者看了很着急，明明他（她）就是个人渣，可她（他）为什么还随叫随到？事件的当事人心里也一样疑惑：我这是怎么啦？我就是个应召女（男），也不会答理这样的客人。于是开始怀疑自己，我难道有病？明明对方不堪托付，为何我还一片痴心？

不是病，这是普遍人性，是人都有这困惑。坏的爱情，戒除起来相当难，有专家甚至认为，比戒烟还难。所以，要像戒烟一样戒掉坏的爱情，它不会自然而然消失，需要你清醒的认知和顽强的意志力。

首先是远离，不要和那个伤害你的人接触，这人原来都与爱相关，即使离开了，也总是刺激有关爱的记忆，造成你仍然爱他的错觉。

然后要有新路径，将注意力转移到新事物上，一个新人也好，一次新旅行也好，如果你觉得这种"新"太难太昂贵，那就走条新的路线回家，读一本新书，煮一道新菜，学一点新的技艺，让你脑部有个新的区域发亮，抹去原来的旧路径，不超过半年，你就能忘掉那个人了。

祝开心。

连岳

1.

两个相爱的女人，有无未来？

———

连岳：

2018 年新年第一天好！

今天很高兴，看到你把自己的公众号改成"将最好的观念传递给最多的人"。经常把你的文章推送给身边的朋友，希望他们能多靠近一些真理，懂得去争取更美好的生活。

关注你也有一些年，看到很多人分享他们的故事，在你这里汲取了前进的力量，让人鼓舞。4 年前，人生的一个大转折，我曾想过提笔寻求你的建议，但终究自己做了选择。然而，人生终究有一些坎，自己无法突破，希望听听智者的意见。

自从大学毕业，我一人独自在欧洲留学多年，去年回国工作。回来的想法很简单，找个相爱的人安定生活，属于主动选择，并无外界任何压力。去年夏天，和多年未见的高中初恋重新认识，接触，并相爱。但也许当时，我们中间的任何一个人，从未想到这段感情将面临着重重的困难。

她大学毕业后，马上结婚生子。看到这里，你大概也猜得到为什么她会陷入婚外情。她的老公属于乡下富二代，大学毕业后，没有工作、在家赌博、去澳门赌博、整天沉迷游戏、在外面找女人、每天喝酒玩到三四点才回来、经常要打她（但最后都被劝住）。而她，在事业单位工作，一直以来安分守己，即使面对这样的对象，她也选择默默隐忍。她是独生子女，从小就是在重点小学、初高中学习，父母的掌上明珠，属于城里的孩子，从小知书达礼，温良敦厚，但从来没离开过这座城市。这么多年，她所遭受的一切，统统选择一个人承担，并无对父母开口倾诉。她说，不想让父母担心。这样的情况，已经持续 3-4 年。其实，我一直很不明白，她为什么不早些提出离婚？她给的理由是软弱，害怕。但我觉得在她内心深处，她是能接受只要有孩子在她身边，有个所谓的完整家庭，父母看了高兴，她是能忍受眼下的生活的。

如果她能一直接受这样的生活模式，旁人也无可厚非。可是，人往往可悲在内心的欲望永不死。遇到我之后，她很快搬回了娘家。但这一年来，她似乎始终无法下定决心离婚，总有太多割舍不下的东西，和太多无法面对的现实障碍。也许最大的障碍是，我也是女生。她在意要失去自己的孩子（因为如果打官司离婚她无法获得抚养权），在意别人日后如何看待评论她父母以及她的孩子，在意我们日后将面临的困难。前两天，她突然告诉我，决定回到那个家，为了她的孩子。因为孩子在她离开家之后，表现非常坏，常常骂人，打人，对她有很强的恨意。我很震惊。如果因为我是女生，她无法突破世俗和我在一起，我表示理解。可为什么她不能重新选择一个至少品性纯良，能好好相爱的男人去开始新的家庭生活呢？非要回去和那样的一个渣男在一起，隐忍自己，我实难理解。而且，孩子在这样的一段糟糕的父母关系中，如何健康地成长？

后来咨询了身边一些有孩子的同学，她们表示，母亲最难割舍的就是孩子，她的选择也是人之常情。慢慢地，我也劝说自己去接受每一个人的选择。毕竟两个女人要想在中国生活，面对的压力并不是所有人都能承受。我是不是应该更加主动地去割舍这段感情，才是对彼此最好的选择？

她说，其实她内心也很纠结，没有完全想好。一方面放不下孩子，一方面跟我相处融洽，渴望相伴到老。

亲爱的连岳，这一团乱麻中，还能有生还的机会吗？

夏天的风

——

夏天的风：

新年第一天，就收到一封充满各种矛盾冲突的邮件，这提醒我们一个常识：人生的艰难与挑战，并不会被新年的时间分割线切断，去年没解决的烦恼，今年一定还存在。

除非你把烦恼杀死，否则烦恼就将一直追杀你。

很开心你注意到我的公众号简介改成了"将最好的观念传递给最多的人"，好观念都直白明了，但是理解它，运用它，或许要花一生。让我们一起努力，不要放弃。

有一条好观念是：绝不让他人为自己牺牲，更不能欺骗他人为自己牺牲。这条好观念让我们真正自立，我们不会欺骗他人，不会当寄生虫，我们也不会因为餐馆少算了餐费而窃喜，我们可真正理解诚信。

由此可见，任何一条好观念的建立，都带动一个好生态的建立。当我们成为一个真正负责的人时，就会有勇气树立好观念，明知暂时不为人所理解，将面临冷遇、嘲讽和敌对，也要说出来，坚守它，这样，才能为我们所爱的人挡挡凄风冷雨。

我同情这故事里的一切人：你，你的女友，你女友的丈夫，你女友的孩子。

其中，我第二同情的是你女友的丈夫，你邮件里的渣男。虽然，他有许多缺点，赌博及暴力倾向。如果你的女友婚前没向他坦承性倾向，那就等于欺骗了他两次：骗婚及出轨。出轨互相抵消的话，骗婚相当于骗了他的人生，这是另一种谋杀。

人是自己的主人，一个人的性倾向，一个人的生活方式，当然由自己做主，自己承担后果。同性恋承受的压力，我很同情，但这注定是必然承受的压力，正像一个人天生穷，天生在贫困山村，天生带有疾病，阻力总是更大一点，但这不意味着就有欺骗的特权，是吧？

人是脆弱的，很难与主流对抗，有时这主流是残暴的、错误的。对抗的结果就是毁灭，我不主张对抗。一个同性恋者，如果预判其所处小环境过于凶险，会迫害同性恋，那么，我不主张其"出柜"，隐藏自己保护自己是合理的。

应该说，在现在的环境中，隐藏自己可以活下去。单身、不婚不育，都不至于活不下去。同性恋伴侣，悄悄生活在一起，在发达都市，并非不可能。

为逃避自己的压力而伤害无辜，这是触碰底线，"个人的脆弱、生活的小众"也无法成为正当的借口。

你建议女友去找一个品性纯良的男人生活，我为此感到震惊，你完全没有意识到这是伤害无辜。你女友回到渣男身边，继续互相伤害，似乎不可理解，但她做得好的一点是，她没有去伤害另一个好男人。

你的女友，是个软弱的人，她所处的系统，绝不会接受她是同性恋，她尝试抗争后应该意识到自己的力量不足，包括不相信你有拯救她的力量。在这深切的悲哀中，这个故事中最值得同情的人，她的孩子，重新得到了母亲。这对孩子来说，是个幸运。她想以婚姻，压制性倾向，又想以孩子，走出婚姻的不幸，在这逃避过程中，追杀她的烦恼，力量越来越大，最后牵连孩子。

你的女友，已经接受不幸，甚至在渴望不幸，当所有人都同情她被丈夫虐待，所有人都对她孩子说：你的母亲为你付出了一切，在那个时候，她反而得到暂时的解脱，正如极度悲伤的人，试图以自残，用疼痛，这种最本能的反应转移注意力。

在这家庭关系中长大的孩子，可能也充满了困惑与苦恼，他不知道一切痛苦的源头是什么。这源头，就是妈妈当年的一次逃避，一次伤害无辜引发的伤害链条。但愿这孩子以后心智强大到足以挣脱这链条。

人可以软弱，但软弱到伤害无辜，软弱到让他人承受自己命运，这就是恶的巧妙表现形态：我软弱，所以我可以伤害你。这比强盗更可恶，因为强盗知道自己作恶，而你只有委屈。

祝开心。

连岳

2.

你为何渴望迫害？

连叔：

今早看到这篇《两个相爱的女人，有无未来？》，当即决定一定要再给您写一封信。因为在女同性恋这个圈子，氛围就是这般压抑，大家聊着聊着却好像毫无出路，一边诉说自己的苦楚，一边又假装什么也没发生。

我大概是在大学时期，才明确知道自己是一个女同性恋，因为童年的经历，的确让我根本没有这方面的想法。五年级，我的母亲就因为中风偏瘫了，初三时在门外偷听到父亲得了癌症，高考完父亲就因病去世了。又因为计划生育的问题，小时候差点被爸妈抛弃，爸妈于心不忍，只好把我寄养在老一辈身边，能在一起时又不断经历这些疾病的变故。那时的我真有资格说一句，我真是太不幸了。

然而，在我能决定我怎么活的 18 岁开始，我选择了我想学的专业，我改变我悲观的性格，我挑选我工作的城市，我决定我从事的岗位。我无依无靠，在彻底放下能依赖别人的想法后，我独立了。在这过程中，我的情感意识也开始萌芽，知道自己喜欢女生丝毫没有让我痛苦，我想不出有什么可痛苦的点。伤害父母？我的父亲已经不在了，我的母亲在儿时经历过父亲去世，自己被领养，年轻时又经历丈夫和自身的疾病，老来丧夫。我这点事的确让她有一点不舒服，但远伤害不到她；和别人不一样？大概我从小就发觉自己和别人不一样，一直就比别人矮，除了生活有一些不便利外，其实也没什么；舆论压力？这一点是最可笑的，我就是和别人一样是异性恋，在婚恋时那些评判标准我也达不到，家庭经济极差，家庭不完整；工作难找？我觉得同志不结婚不生子反而是优势吧。

不幸的同性恋是一群什么样的群体呢，我觉得是极其懦弱者联盟。他们怕伤害父母，甚至觉得形婚都是伤害，把自己陷入到无解题中，即知道自己的性向注定伤害父母，不选择一个较轻的伤害，然后就怪社会，逃避。是不会做题的蠢蛋。他们怕丢失工作，殊不知这一生不管主观意愿还是客观发展，人不可能做一份工作到老，换一个工作都能把他们吓住。他们怕没有朋友，明明这一生我们不断地换着朋友，他们却懒得再找个朋友。他们怕没有尊严，然而不尊重自己的那一刻就已经没有尊严了。

同性恋是少数群体，不是弱势群体，这个时代并没有把同性恋抓进牢里，不幸的同性恋者遇到的坎坷，是任何正常人都会遇到的坎坷，用自己同性恋的身份，掩盖自己是因为懦弱而遭遇不幸，是卑鄙的。我有资格吐槽这群人，是因为我真正遭遇过不幸，完全不是他们那个样子。作为同性恋，我没有一刻因为这个身份而倒霉，我的工作还在，我的朋友还在，我的家人也都在。

读者蓝游游

370

蓝游游：

虽然没见过你，但感觉也像老朋友，你经常给我留言，分享生活中开心的事。

哀其不幸，怒其不争，对同性恋群体的反思与批评，由她来说，更好一些，或许这个群体也更能接受。

关于同性恋话题，十多年来，我写了许多，贯穿其中的主题始终是"这是个人的选择，自担后果，是他们的自由"，我反感对他人私人生活的侵入，我甚至认为婚姻只要当事人同意就可以了，形式可以多样，同性婚姻、异性婚姻、单偶制、多偶制，都可以，并不需要由法律定义一种正确的婚姻形式：两个异性成年人的单偶制。

但是无论语调多么温和，立场多么中立，明显在维持其权利，一定会收到同性恋者抗议的声音，认为我在歧视他们。

刚开始我很不理解，人不可能缺乏这基本的阅读理解能力。后来成了规律，我就想，症结并不在阅读能力，而在于一些同性恋者需要被歧视，被迫害，所以，他们在任何有关同性恋的言论中看到歧视与迫害。

为什么呢？这可以为自己的不作为去寻找借口，甚至为自己去伤害他人去寻找借口。正如昨天另一则留言显示的心态：

天街小雨：真爱就是"爱"本身，与性别、年龄、种族、世俗都无关系。我们指责同性恋骗婚，但试想，如果我们的社会制度和文化环境足够包容，同性婚姻可以合法并且不会受到歧视，每个人都有权利选择与自己相爱的人共度一生，那么，众多的 les 和 gay，还会选择形婚和骗婚的道路吗？

歧视是人性，任何人都被歧视过，这不是去骗人的理由。

这些逻辑就是高级黑，如果一个人多接触几个这款"我骗婚，但这是社会的错"的同性恋者，他们不太可能对同性恋有好感，也很难支持同性恋争取自己的权利。这可能也是蓝游游气愤的原因吧，猪一样的队友。

受迫害幻想症，存在于所有人群：即认为总有外力针对我，不是我不努力，是外力太强；我做错事、甚至骗人杀人，也不是我的错，是被迫的。这种病，具有魔力，因为你一感染，你做错了任何事，全世界都要宠溺你，你做得越错，世界欠你越多。这逻辑爽到飞起吧？

起步低，弱势，少数，更容易感染这种病。

一个穷孩子，更容易相信自己不成功是因为没有富爸爸；

一个文凭低的人，更容易相信世界由文凭高者掌控；

一个穷人，更容易相信别人剥削了他，欺骗了他；

一个失败者，如果认定世界乱套了，没有了正义，那么，失败就变成荣耀。

奋斗太辛苦了，甚至看不到希望，承认自己做得不够，太难了，把责任推给别人，你在阴沟里躺着就很舒服。

同性恋群体，压力肯定比异性恋大，有些人连父母的认同理解都得不到，再叠加其他人人都有的生活压力，脆弱一点的，染上受迫害妄想症，也就不奇怪了：我的一切不如意，都是因为同性恋被歧视。只要你们把我当公主，我就不骗婚。

这种疾病，或许用逻辑治不好，这篇文章，照例又会引来抱怨和抗议。在这个时候，我就特别感谢蓝游游这样活得好的勇敢者，她真实地证明，没人迫害你，你过得不好，并不是因为你是同性恋，你这么软弱，这么推诿，这么娇气，这么爱骗人，就是异性恋，你也过不好，你只不过恰好有个同性恋当成逃避的借口。

我们，都能从这逃避路径得到启示，在我们特别软弱的时候，不要渴望迫害，不要妄想受到了迫害，那样你一定会如愿弄糟你的生活。

连岳

3.

不会享受生活的人，都有病

——

连岳：

我结婚 20 多年，过了 40 岁，但很困惑，包括对与错，爱与恨。

当时我们结婚是 100% 裸婚，虽然当时没有这个说法。我来自农村，家里很贫穷，人普普通通。他也来自农村，家里更穷。我唯一的优势是身高，先生个子不高。我觉得结婚是自己的事情，当时都没有和父母说就领证了。而且我反对要彩礼，我认为父母养我是应该的，不能要彩礼。他父母有很少的钱准备给农村的弟弟结婚用的。所以我们就领证结婚了，还挺高兴，当时我们住在一个不到 10 平方米终日不见天日的小房间里。里面有一个 90 厘米宽的小床，衣服都装在纸箱里，我很快乐。

实在太穷了，尤其生了孩子之后，一切都变了。我结婚 5 年都没有回过家，因为家太远，我们太穷，同时我怕我先生被家人瞧不起。所以就不回去也没有给我父母一分钱。心是难过的，藏在心里，我想总有一天我会回报他们的。

我们非常努力，节省，用 5 年就买了一套小房子，在郊区。因为我们都是外地人不介意住在哪里。有了房子就想着回馈父母，所以把父母接来住了几年，吃穿住行都给他们最好的，而且带他们去旅游啊什么的。父母很高兴，我也了却自己的心愿。这里很感谢先生。当然我也认为应该的。我对他父母也一样很好。结婚这么多年了，有感情了，双方父母对我来说都一样是父母。

　　现在的问题是通过这多年的拼搏，节俭、努力都成了一种习惯。什么都成了习惯。现在条件好了，我还是不会享受生活，我没有任何首饰什么的，习惯了没有，不想要。而先生过了 40 岁更是视事业为生命。

　　但新的烦恼来了，先生工作太努力了，他总说不进则退，还需要努力，不能满足。道理我懂。我也知道钱的重要，可是我的生活水平不高，不买奢侈品和名牌，房子车子都有了。来自生活，孩子、父母的压力没有了。很想放松下来享受享受生活，而且我能力有限，又不聪明，随着生意的发展，感觉力不从心。我们有了分歧。

　　20 年里，我依赖他，感激他，信任他，但不知道这是不是爱情。我还喜欢躺在他怀里，20 年没有变，但激情少了。

　　我们没有结婚照，没有戒指，他也从不买礼物给我，但他赚的钱都给我，他知道我很会存钱，不舍得乱花。当然我也从来不查账，但能确认大部分都给了我。我给父母钱从来不含糊，只有多没有少。他用钱我就拿给他，非常爽快（我不想他存私房钱），所以也不能确定他是否爱我。

　　总之，生活好了，两个人的生活目标不同了，不知道怎么调整。我认为虽然我们很努力，但运气机遇也很重要，能有今天要知足，感恩，见好就收，累了这么多年也该歇歇享受享受生活了。你看，我得有时间保养，锻炼，操持家务，照顾他的生活，不能把精力都放在工作上。他认为应该借机更上一层楼，可哪里是顶啊？他认为我还有潜力可挖，就是懒。我的全部工作就是配合他，做报价、做文件、沟通、收账对账等他需要我做的，我现在总忘东忘西，因为本来事情就琐碎。如果有意见冲突，基本我让步，如果我一定坚持他也会让步。但这种时候越来越少了。

我考虑到因为这些差距可能产生的问题，可能危及婚姻。我不害怕会伤心。但只要可能我还想尽可能维持好我们的婚姻，白头偕老。

过了 40

——

过了 40：

很恭喜，两个穷孩子，从年轻开始，勤奋、敢做决定、为自己负责，中年后一切开始好起来。这放在任何地方，都属于美梦成真的范例。

你的担忧可能会被很多人视为无病呻吟，丈夫努力工作，拼命进步，有什么好担心的？

我站在你这边，你的担心是对的。是时候放松一点，并开始享受生活。

人赚钱最重要目的之一就是让家人享受。但是这点很多人转不过弯。因为享受是消费，消耗资产。没有富裕之前就开始享受，入不敷出，那么永远富不起来，除了富二代，富裕者必然经过节俭积累本金的阶段。

这也导致一些人陷入乞丐流的魔障，任何消费，他们都视为侵蚀本金，老婆买一个包包，他们想到的是这笔钱 10 年后的数十倍投资收益。

消费不会产生满足感、成就感与放松感，消费只产生痛苦、内疚和愤怒，这已经成了投资奴和工作奴，过犹不及，富起来的人生和原来的穷人生一样恐惧。

现在的年轻人看不惯有些老人家收藏垃圾物，将家里塞满无用的废物，哪知道这是被贫穷伤害过的心理疾病。但是，你收了20套房子，生活中像个乞丐，花了10块钱就肉痛，本质上有什么区别呢？没有。无法享受生活的人，都有病。没病的老人家，不会收藏垃圾，没病的投资者，同样财力的情况下，少收一两套房子，生活过得舒适而幸福。

贫穷是很可怕的事，它绝不产生美德，它让人悲伤、窘迫、羞愧，它是恶德之母，经历过贫穷的人，很大一部分留有创伤。这一批人像你们夫妻一样，到了四十来岁，其中不少人已经很有钱，远离贫穷，但他们内心的创伤仍未痊愈，或根本还没意识到自己的创伤。

可能年少时的贫穷，是他内心尚未放下的羞耻，成为工作狂，可以掩饰这一点。这确实是条不归路，你在现实生活中，很容易碰上年收入几百万上千万的人，坐立不安，仿佛明天就是末日，财富没有产生应有安全感。享受财富也得有健康的心理。

勤奋是好事，但勤奋到使家庭不幸福，却未必好。你意识到了，慢慢告诉他，他或许能理解这是对家庭的危害。别担心，人生就是在不停地解决问题，有的阶段是督促自己工作，有的阶段是奉劝自己休息，它们都需要学习。你自己可以先学着享受生活，因为看起来，你也是这方面的外行。

学习享受生活，像学其他新技能一样，开始比较辛苦，有个窍门叫"随大流，不输人"，老婆40岁该有什么？活得舒服的同龄女人有名牌首饰衣物，那么，她也应该有，这并不是浪费本金，你今天有这能力，不是当年她投资你的结果吗，她是你人生的合伙人，过上比较好的生活，是该有的分红。

要努力赚钱，也要享受生活，人就这一生，享受生活也不能拖延，否则，就像年轻夫妻禁欲，想积攒性欲到老年用，是愚蠢的，注定要失望的。

祝开心。

连岳

4.

强奸谋杀案经典逃生启示：做事不要拖拉

——

连岳老师：

我前一个月离婚了，有一个女儿。因为生孩子的男女问题，公婆不满意离了。他没有挽留，很果断。我们高中就在一起了，8 年了。

现在我和一个大我 9 岁的男人在一起。他一年前离异，有一个儿子。和他一起生活，撇开我痛苦的原因，还不错。他包容，成熟，有能力，经济条件不差，带我进入他的金融业，我们一起打拼公司，我觉得未来很有希望。

我痛苦的原因就是他前妻吧。她想复合，他也果断拒绝了。告诉她，自己有女朋友了，将来也会结婚，可是她还是整天电话不断，发微信、短信过来。当然都是拿孩子说事。我发过脾气，哭过。我知道他夹在中间也很为难。正如他所说，难道要他断绝来往吗？每次他前妻打来电话都是宝宝有事。她情绪不好，直接影响孩子，况且我也有孩子，大家的孩子都很小。

我不否认，他说的不错。可是只要他前妻打来电话，我心情就会很差，控制都控制不住。我不开心就会影响他的心情。我不断地问自己，一个电话就几分钟，他去见儿子，也就一个小时，另外时间都和我在一起，我小气什么？我有多不能容忍呢？可是我不明白，他前妻是那种一点点小事就找他，快奔四的人了，能力是有多差啊？给她买了房子车子，还想要什么啊？

二婚的考验好大，我一个28岁女人，我现在找不到方向。我不知道我和前夫有没有复合的可能。和他在一起，我得有多大的勇气。当初和他在一起，我觉得我脑子有点昏头做了错的决定，导致爱情和事业捆绑了……

罐罐

——

罐罐：

你是一个敢于做决定的人，一个月之内，从离婚再到与新男友同居。你这三十天的事，很多人花三十年也做不完，前十年考虑要不要离婚，第二个十年完成离婚，第三个十年，咀嚼痛苦。

在危机之下，做事不要拖拉。

美国有个案例，一位姑娘不幸成为一个系列强奸杀人犯的受害者。她只受害了一半，凶手进了她家，强奸完起身，对她说："我去厨房喝杯咖啡，只要你不叫，乖乖听话，我保证不伤害你。"他关上窗户，转身朝厨房走去。

这姑娘瞬间无声地从床上弹起，踮着脚尖紧跟在凶手身后，趁他拐进厨房时，悄悄打房门，逃到邻居家中。

她离开家门那刻，听到凶手在厨房打开抽屉寻找东西的声音。

这次逃亡：直觉、判断、勇气、技巧，一环都不缺。

它后来成为安全专家分析的案例，在回忆中，她说，他关窗户，自己就觉得特别恐惧。事后才知道为什么：这是为了防止外边听到她被杀时的喊叫。他去厨房主要不是为了咖啡，他是去找刀。

她的直觉在逻辑推演完成之前就发出警报，她的勇气做出反应，最后救了自己一命。

所以，当你这个姑娘深夜坐电梯，电梯门打开，里面有个男人，你直觉不好，那就别担心不走进去显得奇怪且丢脸，多等几分钟好了。

婚姻是一件巨大的时空事件，它不像上面提及的紧急状况，但是，无论你要逃离危险，还是迎接幸福，四要件也是不能缺的：直觉、判断、勇气和技巧。

仅仅是因为你没生男孩，前夫一家就生气，甚至闹到离婚，你迅速离开他，算是避险成功，因为这样的家庭，很难维持幸福。他们并不在意你和女儿的感受，在现在这种认知背景下，这种家庭，未免太不开化。

你很快找到新男友，一点不浪费时间，当然，这不排除你们事先已有好感，所以并不害怕离婚。也可能因为这点，你离开危险的优点，可能成为你召唤危险的缺点。

迅速对危险做出反应，这是你的优点。但是把正常的信号也当成危险，这就过激了，这将破坏你所处的关系。长久来看，没人能够忍受情绪不稳定的人，尤其是婚姻，这是最致命的缺陷。

有孩子，则无法避免与前任有交集，做不到彻底断绝来往，否则对孩子不公平。将与前任的任何接触都视为危险，这就是反应过激，你无法控制他的前任，后继行动只能控制他，对他采取全方位的监控。他即使接受你的做法，爱情也是无法生长的。无信任则无爱情。

婚姻里的出轨规律是：只要一个人想出轨，他（她）一定能出轨。再多怀疑与监视都没用。除非你真把他（她）关起来，到了那时候，旁观者又认为，他（她）逃离一个变态去出轨，再正当不过了。

靠自觉的这种事，你消除威胁的唯一办法就是让自己更值得爱，以至于他（她）贼心一起，马上想到：不行，我这样是毁了自己的爱情。

你嫌他前妻小气、古怪，然后你用更小气、更古怪的方式去竞争。这不是好策略。还好他前妻也笨，年纪又吃亏，稍微有点与年龄匹配的智慧，你可能一个月后又要面临一次分手了。

控制你的情绪，记住，婚姻里一次争吵的伤害，得用五次甜蜜来弥补，你吵得越凶、闹得越狠，感情死得越快。

祝开心。

连岳

5.

用一生去温暖那个躲在黑柜子里的恐惧孩子

——

连岳：

你好，展信佳。

犹豫了好久终于忍不住向你求救。

我不知道你能否看到，我暂且当作树洞吧。

我出生在一个偏远的小县城，小的时候计划生育很严，我妈妈意外怀上我，又不敢打掉，咬牙就把我生了下来。从此，我可笑的一生就开始了。没满月就辗转于各个亲戚家里，吃百家饭长到 3 岁被接回家。

家里有一个矮矮的柜子是专属我的，一有陌生人来我就要钻进黑漆漆的柜子，蜷缩在里面一直到客人走了才能出来。都说孩子的记忆是模糊的，不知道为什么我能特别清晰地记得每一个细节。我就这样不见光地生活着，小学三年级的时候因为害怕被发现，我父母都是国家职工，8 岁的我被送去乡下寄宿，9 岁的时候，因为一些问题，我辍学被送回了老家。一个人被锁在一个小院子里，只有一条狗一只猫陪伴我。没有人跟我说话，不能发出太大的声音，我独自在那个小院子里度过了一年。每周在城里工作的外公外婆会回来一次，我就可以安稳地睡两天，因为我害怕。乡下的供电经常不稳定，停电的时候我就抱着我的猫发抖。整夜整夜地睡不着，看了外公书橱里的好多书，佛家、名著、鬼怪、武侠，甚至舅舅大学的课本我都读过。期间我试图跟人说话，急到发疯的时候就打电话给天气预报，因为可以听到人说话的声音，但没过多久，我妈发现电话账单，回去打了我一顿，把电话线也拔掉了，至此，我唯一可以沟通外界的东西也被切断了。我就只能每晚抱着我的猫在停电的晚上发抖。我记得冬天的一个早上，当我准备煮早饭，突然间发现煤炉熄灭了，我努力了一天都没能生着火，抱着饿肚子的猫和狗嚎啕大哭的绝望。从那天开始想死，但好像命比较硬，我吃过药，割过腕，绝过食，搞笑的是，绝食那次本来可以死掉，结果我妈来给我送面粉，发现我白天躺在床上没学习就把我打了一顿，打完骂完就中午了，煮了一碗面给我吃。可悲的是，她从头到尾没发现我饿了四天站着的力气都没有。当时可能看太多佛家的书，人自杀是有恶报的，绝食没死掉我就老老实实地活下来了。可能我这样的人，老天都不肯收吧。

　　我独自在这个院子里度过了一年，但从此患上了神经衰弱，我试图表达我的不舒服，但是被认为是撒谎。可能我自己本身比较顽皮，虽然是女孩子，但是经常犯错，我妈妈是个没有耐心的人，我都是被打着长大的，我被吊着打、拿皮带抽，因为拒绝打我的脸，被抓起头发往墙上撞，经常忍受恶毒难听的话，我晚上从来不能深眠，特别是当天犯错的时候，我要时刻听着门外的脚步声看会不会有人冲进来打我。我不想回家，回家意味着稍微说错一句话就要被打……

高考结束我选了离家千里的地方读书，临走前一晚，我深深地出了口气。但故事还没完，我长大了，离家了，我才发现我更加严重的问题，我虽然表面活泼开朗朋友很多，但是不知道怎样去维系关系，别人不找我，我就不会去找别人。我不会爱也不懂爱，外公外婆去世的时候我觉得应该难过应该哭，我会流眼泪，但是我的心里并不能理解伤心或者难过。可能从小到大的伪装让我在家挨打，哭完，出门立刻可以开开心心。我觉得很恐怖，可是不知道怎么做。我会在一段时间迷恋一个人，过几个月完全一干二净。我渴望被爱、渴望家庭，但是我知道我应该不能结婚，生宝宝，因为有时候看着小孩子哭我会忍不住想要冲上去踢几脚。每次萌生这种想法之后我都会深深地惶然，我这样怎么可能做一个合格的母亲呢？再回头说我自己的母亲，我总觉得在家我就是一个过客，我很难融入他们，我永远都忘不了，9岁的时候，偷听到妈妈和外婆说"如果不是怕将来儿子一个人孤单，又怕打掉她惹罪孽，我才不会要她"的那种绝望。我小心翼翼地活着，不给别人添麻烦，客气礼貌。但对于好朋友，我独占欲太强，甚至因为可怕的独占欲使我的朋友离我而去。

　　我现在在做老师，我发现这份工作让我沉迷其中，我真的把这些孩子当作了自己的，一心一意地守着他们，忘记了所有的朋友，甚至期望周末永远不要来。他们周末的时候我会心里空落落的，我把爱都泼洒出去，同事都说我勤快，其实我是因为喜欢他们，心甘情愿。可是，这是不对的，我知道，正常人怎么可能一个学期都不联系自己的朋友、家人，等别人来找自己呢？但是，我真的不知道怎么办，从来没有人教过我要怎么爱，我从这个世界上得到的第一缕目光就是同情和负累。但我会对我的孩子负责，我不会结婚也不会生下孩子，因为我不想有人像我一样，在谩骂和毒打中度过人生的前 20 年。

谢谢你连岳，不管你能不能看到都要感谢你给我一个揭开活泼开朗外表的，露出懦弱怕黑的内心的机会。更感谢你过去的四年救了我，我之前一直厌世想要自杀，因为你的文字，我才慢慢地走出来。我手里的孩子迟早会离开我，但我此刻，把他们当作救我的稻草，我捧着我无处给的爱，赠给纯洁的他们。不知道能活到几时，健康状况不是很好，不过也不坏，胸部长满了瘤子，但起码不是癌症，我会且行且珍惜。

谢谢你，祝好。

无名

（因为我从小换过太多假名，我不想再费力编一个，且做无名吧）

——

无名：

感谢你给我的邮件，这么信任我。写下这些文字需要不少勇气，也谢谢你写下它们，写完后你的勇气会增加，也会更愿意原谅自己。

非常开心地知道自己的文字帮助过你，每次看到这种回馈，也增加我的勇气。

人与人之间，最强大的联系并不是血缘，而是共同的观念、彼此的尊重和爱，最好的朋友，最亲近的人，影响自己的人，往往都是没有血缘的。

有血缘的家人，如果没有爱，只剩下强制和攻击，那么，血缘的联系反而造成持续的痛苦。你的家人亲戚中，若是没有血缘，有多少是你绝不想搭理的？

我不知道你的名字，这可能也是我们人生中唯一的交流，我们在路上偶遇，并不认识，但你知道，我们是彼此相爱的。我们的对话发布后，我知道，还有更多的读者会爱你，他们不知道你在世界的某个具体位置，也不知你的长相，但在那三五分钟的阅读里，他们是爱你的。这些爱，看起来短暂，却像留下火种的火柴，火柴会成灰烬，成过去，爱却通过它传递，传递到你身上；爱也通过它长存，成为人与人之间最重要的联系。

你是命硬的孩子，战胜各种意外活到现在，命硬是好事，健康地活着，活得尽量长久，才能得到最多的可能性。命硬的体验及自我暗示，是你宝贵的资产，保留它。

从小缺爱的孩子，渴望爱，如果没有得到爱，这渴望就一直令他焦虑，令他有匮乏感；可是没得到爱的人又没有爱的方法，他更难得到爱。你忍不住想踢在哭的小孩，因为你妈妈曾经这么对你，她用暴力压制你对爱的渴望，只要打得你不哭不闹，烦恼就会消失，世界重归太平。那些哭泣的小孩，一次又一次提醒你是一个被抛弃的、缺爱的孩子，而你厌恶这种提醒。

你不爱自己的父母、外公外婆，那就不要强迫自己爱他们，这种不爱是正常的，爱是相互的，不爱你的人，你有权利不爱他们，不要觉得自己反常。强迫自己，你就加入了迫害自己的行列，这只会让你更痛苦。

你爱当老师，你爱自己教的孩子，这很庆幸，既是工作，又是疗伤手段，那些孩子就是小时候的你，就是你的孩子，他们也会爱你，在这种爱的互动中，小时候的你，将慢慢得到抚慰，你终究会告别不幸的过去，也能接受哭泣的孩子。

孩子毕业后，可能慢慢淡忘你，他们有自己的人生要征服，但是你给他们的爱，他们将传递下去，他们的孩子、朋友与学生，将受益，世界于是变得更好。当老师的好处是，孩子毕业了，又有新孩子入学，一个爱孩子的老师，不缺孩子爱。享受这成就感，享受孩子给你的爱、给你的温暖拥抱。

这种温暖，随着你的成就，逐渐增加，终将逆转时间，抵达那个躲在黑黑漆漆的柜子里的蜷缩的小孩，温暖她，告诉她，人生是漫长的征途与认知过程，一个人躲藏的意义，蜷缩的自我，都将展示出来，人生就是一个躲迷藏游戏。

每个孩子都受过伤，每个人长大了都要通过学会爱去疗伤。你伤得重了一点，但是你已经做得很好，不愧是命硬的家伙，想到你要教很多孩子，他们都因为你曾经受的伤而受益，你将痛苦转化成爱，真的很了不起，加油吧。

祝开心。

连岳

6.

一个明理的家人，大概值 2000 万

——
叔：

在外地定居的年轻人，有孩子之后因为上班没时间带，外地父母过来住又容易有矛盾，关于这个，叔有什么好建议没？

张

——
张

对这个问题，有一个非常偷懒，也非常有用的回答：

一、在年轻人的居住地，买两套大房子，一套自己住，一套给父母住，然后父母负责帮忙带带孩子。

二、年轻人多请几个保姆就是了，有负责接送的，有负责做家务的，

不麻烦父母，自然没有矛盾。

实施上述两种选项，手头有个 2000 万，可能就比较宽裕了。

哈。别打我。我的意思是，一定要记住，几乎没有什么烦恼，是钱解决不了的。终极方案就是多赚钱，这样对大家都好。

好了，来个务实版吧。

年轻人的生活现状一般是这样的：

他们刚在城市立足，自觉不自觉地顺应中国的城市化进程，比父母一代的平台更高更大一些，从乡村到了县城，从县城到了小中城市，从小中城市到了发达城市。这是向上走，辛苦，但又令人自豪。

他们可能已有一套小房子，房子不停在升值，很开心，但这套房子的首付或月供，需要父母的资助，甚至耗尽他们的积蓄。这意味着年轻人不可能拒绝父母进入这套房子和他们同住，短期或长期的。他们出了钱，他们有资格住。

即使父母不来同住，带孩子也很有可能需要父母的帮助，从孩子出生到入学的这几年，三代人居住在一套房子里，就是常态。

不停涌现并激化的家庭矛盾，呈现出多输局面：

年轻人得到父母的帮助，但并不领情，反而埋怨自己生活被干涉，从生活方式到教育理念，到处埋藏着冲突，相当不愉快。

父母又认为，我所有心思倾注在你们身上，你们还有脸不满意？我照顾了你们，又照顾你们的孩子，我是劳碌命？

前几天，淘票票的官方微博发布的一个视频引发了全社会的关注，让"老漂族"这个话题成为了热点。视频的主角张阿姨，60 多岁，离开老伴，来到城市支持孩子的事业，照顾第三代，忙碌了一天，约定 23

点 25 分给老伴挂电话聊聊天。这样的"老漂族",据说全国有 1800 万。

张阿姨每天联络老伴,并表示她渴望回到老伴身边。这个情感诉求,暗示了某种答案。

当你结婚之后,夫妻关系是第一位的,与子女的关系,与父母的关系,都是第二位的。这个排序,是解决家庭问题的关键。

年轻人的夫妻关系被骚扰,有怨气,老年人的夫妻关系被骚扰,也有怨气,即使表面上压抑住了,这怨气也会找到地方发泄。

老年人渴望爱、渴望夫妻陪伴、渴望性,这些欲望普遍压抑住了,为了照顾年轻人,离开老伴,来到陌生的城市,几乎没有老漂族敢说:这不是我该做的。他们更害怕舆论压力:连自己的孩子都不帮!

这个责任在年轻人身上,你得知道:

1. 父母并无义务成为"老漂族",一对老年夫妻本应享受自己的生活,毕竟晚年,他们彼此陪伴更珍贵,迫于压力,或者没有观念来源,使他们不敢保护自己,但年轻人应该把权利还给他们。

2. 夫妻第一位,老漂族若脱离这点,将打击两代家庭,妈妈应该最爱爸爸,妈妈不把爸爸放在第一位,这份能量就将转移到侵入下一代的家庭,所以要鼓励妈妈尽快回到爸爸身边,结束老漂生活。

这些观念可以通过一个简单的行动实现:付费。

我有个朋友,极力劝说成为老漂的母亲接受报酬,母亲最后也接受了。他说,这样有几个好处:

1. 付费是最大的尊重,这点不用说了。爱占父母便宜的人,被父母侵入自己的生活,也无法拒绝。

2. 我付了费,就意味着我有话事权。我说,妈,你就麻烦做这些这些几件事，其他教育理念、生活方式之类，都是我们自己的事，这样她听得进去，边界划清楚。

3. 付费自己有压力，也有动力争取早点结束妈妈的老漂生活，让她回到爸爸身边。

这么操作后，确实，一些小摩擦，难免，但是大矛盾，基本避免了。

这个世界上，绝大多数人活得不容易，毕竟没几个人拍得出 2000 万。常见的状态是老人不容易，年轻人也不容易，若不明事理，每人都有理由觉得自己辛苦，可以在他人身上转嫁情绪，家庭就一团糟。

明理更快，在赚到 2000 万之前，把道理搞清楚，在家这个小而重要的空间里，让所有人开心，孩子、配偶和老漂的张阿姨们，都要开心。

明事理，最长情。

连岳

7.

大不了回来睡前女友，渣男魅力的养成

——

连老师：

我和我女朋友分手了，我们在一起快 8 年了。

大一那个冬天我们认识了，并确立了关系，在学院的一个舞会上。我追的她。

过了 3 年，我们决定考研了。考研的时间压力挺大的，一次偶然的机会我认识了一个女孩子，我觉得那个女孩子是特别的女人，特别温柔，善解人意。可能这些正是我女朋友缺乏的吧，我迷上她了，虽然只见过一面（她没我女朋友漂亮），就老是和她聊天。那两个月，每天晚上给她打电话是我一天最快乐的时光，因为晚上能给她打电话，我白天特别能集中精力学习，效率很高。当时我一个人在校外租房，我和那个女孩子虽然亲密了两个月，但是我女友一直没发现。事情终于败露了，我女朋友和我吵架，让我再也不要和那个女孩子联系了。那时的我，鬼迷心窍，怎么也不愿意。我现在仍然清晰地记得那一幕，我和女朋友在出租屋吵

架，最后打起来了，她死死地揪着我的衣服，闭上眼睛，我现在想到这一幕，心痛得不得了。后来，我再也没和那个女孩子联系了。

第4年，我们在两个城市读研。因为距离不是太远，她经常来看我，我也去看她。我觉得自己的女朋友不够漂亮，不够有气质。于是，我开始对她不冷不热，和一个我认为成熟漂亮的女同学在一起了，我们关系十分的暧昧。后来我女朋友发现了。开学以后，我跑到她学校找到她，哭着要和她复合，她流着泪答应了。我们复合后的一个月，我体验到了初恋中都没有过的感觉，特别开心，心里每天都装着她，特别地想对她好。可是，一个月过去了，我又开始厌烦了，我觉得我这个人好变态。就这样，我们之间的关系时好时坏地向前延续着。

第6年，我在网上认识了一个女孩子，但是，和那女孩子聊了不到一个星期，我发现，在她身上建立不起和我女朋友那样的感情。于是，我又去我女朋友学校，向她道歉，我们又在一起了。

第7年，我还出过一次轨，但是我女朋友不知道。

第8年，我女朋友刚参加工作，她在网上告诉我，她找到一个合适的男孩子了。我不知道为什么，心里像刀割一样，满眼都是她的影子。在国外本来生活就比较压抑，又加上这样，我有好几天彻夜难眠。好想和她复合，跟她结婚。

我们之间关系发展的经过就是这样的，谢谢您耐心地读完我的信。我知道，您一定会在心里说："这个男的怎么这样，干脆死了算了。"可是这是我真实的经历，我一点都没有隐瞒。我的问题是，为什么我和女朋友在一起我不珍惜她，她一旦离开我了，我就痛不欲生，想好好对她，好好珍惜她。其实，每一次对不起女朋友的时候，我并不比她心里好受。但是，我一直想找一个理想中的女生，才貌双全的。这样的代价是，让我们的关系经历了太多的波折。现在，我经常想起我们之前的一幕幕，特别是我对她不好的一个个场景，一想到这就心痛。我的问题是，我是要继续找我理想中的女生吗，还是下定决心和我女朋友在一起。或者我所理想中的女生，根本就不存在，再或者，她就在我身边。我很难受，很纠结，请您帮我指点迷津。

大傻

———

大傻：

你的邮件有个很有趣的细节，在开头，你说"我和我女朋友分手了"，在结尾，你问要不要"下定决心和我女朋友在一起"，你认定这个女朋友无论你伤害多少次，无论分了多少次手，只要你招招手，她就顺从地跑回来——事实也是如此，好像这个女朋友自古以来无可争议就是你的一部分。

你的"移情别恋、分手、复合"三部曲唱得很熟悉，分手与复合太过平滑，阻力极小，成本不高，我可以预见，这次你的前女友如果继续跟你复合，你再次出轨的可能性极大。

予取予求并不是件好事。予取予求的男人，他趋向于不停地出轨，如果再配一个永远原谅他的女友，他的出轨次数还要乘以二。

你们这段 8 年的感情，毁了两个人，至少，你前女友毁得差不多了。严格说，这悲剧她自己也要负责，正因为她一再原谅你，你对她的伤害才可以一再继续。她太容易原谅，你太容易伤害。受虐狂引来虐待狂。

爱总是容易错误地和顺从联系在一起，这是错误的。

爱是两个自由人之间的欣赏、认同和联盟，它一定会有对抗，它也需要对抗。

爱情也要奖惩机制，做得对了，爱给人回报，让你舒服，让你感觉更好，让你更爱人生与世界，你对一个人的感情慢慢加深。做得错了，爱惩罚一个人，让你痛苦，让你损失，让你怀疑人生与世界，你甚至厌恶自己。

没有对抗的关系是奴役关系。当有人伤害你；有人侵入你的私域；有人一而再、再而三地享受你的原谅；当有人以眼泪、纠缠和装可怜作为软性武器胁迫你，你不要放纵它们，你要成为阻力，成为固体，像电网、像隔离墙、像悬崖、像毒蛇，让它们侵犯一次痛一次、侵犯两次痛两次，侵犯三次死翘翘，这样，你才不会害自己，让自己变成一坨他人的肉；你也不会害他人，让他们在错误的温水中慢慢煮死——这段话是写给你前女友的。

你看得出来，我希望你的前女友别和你复合，这样对两人都好一点，对你尤其好，你当然应该继续追求"理想中的女生"，人人都应该追求理想中的女生，只不过要承担追求的痛苦罢了，追不到就回来睡睡前女友，走在这么贪小便宜的路径上，注定到不了理想女生的门前。

很多花花公子花花公主，其实魅力一般，因为有个只会顺从与原谅的配偶，似乎变得魅力无穷。

绝大多数坏人，也是能量一般的，他们能够不停作恶，就是因为从来没被惩罚过。

在恋爱中，在生活中，发现坏人，就要及时离开止损，否则，就成为坏人的备胎，处境可怜。你越是原谅坏人，他们越是认为那是你应该做的，蛔虫永远不会感谢你。

　　祝开心。

连岳

8.

妈宝男不是小宝贝，是大祸害

这几天，连续收到两则有关妈宝男的问题：

—

连叔，我失恋了，不吃不喝从昨天躺到今天，还好明天才上班，因为他父母反对，所以我们分手了，我还爱他。

莫远汐

—

过年男友父母来我家，有点提亲的意思又没说明，毕竟没物质表示，他妈妈一再强调必须要孝顺，要生两个小孩，要母乳喂养，婚后把我当女儿该骂就骂，要去他老家那边生活，听得我都头皮发麻害怕了！可男友又没明确站我这边，爸爸还催我嫁过去，十分犹豫恐婚。

Xxxeleven

———

妈宝男是一种看起来可爱，但实际上可恨的特质。

妈宝男显得可爱，因为以下两点：

孝顺是许多人宣扬的价值，妈宝对妈妈百依百顺，看起来非常孝顺，弱点被夸成优点。

女性在恋爱中，容易扮演男友的母亲，叫他一声小宝贝。这偶尔的情调，无伤大雅，但是成为恋爱的基调，则会大伤元气，以为妈宝也会将自己当作母亲顺从，还会形成招渣气质，特别喜欢柔弱的、可怜的、无主见的男人，觉得自己要像个母亲一样去爱他。

在我看来，妈宝男是绝对不能嫁的。

因为：

正常的母亲，不可能养出妈宝男。妈妈抚育儿子，是逐渐放手的过程，最后成为两个成年人之间的关系，儿子是独立的个体，就像母亲替 2 岁的儿子洗澡，完全正常，替 20 岁的儿子洗澡，就是变态，同样的行为，后者就是不独立。

妈宝男的精神是不独立的，再大年纪，都是妈妈在替他洗澡。

与妈宝男的恋爱，最终是与其母亲的恋爱，因为"你得听我妈的"：在精神上，你属于我妈，肉体负责陪我上床、当保姆、生孩子。我不怀疑有人可以接受这种生活，但作为一个正常人，有独立的需求，这种关系对人的精神是有害的，产生极大痛苦是必然的。

你绝对顺从他的母亲，委曲求全，最后能得到他的爱吗？很多人认为可以，以为痛苦是暂时的，最终将通向幸福。

不可能的。

妈宝本质上是一种精神乱伦。母子关系成为情人关系。他们之间的情感，有强烈的独占性，排他性。你其实沦为他们之间的"小三"，而且还光明正大地住到他们家，你做错做对并不重要了，你注定被仇恨、被排斥，你其实只是他们的代孕工具。

妈宝男本身是女性地位低或婚姻质量低的产物，女人无法在丈夫身上得到爱，这种渴望转移到了儿子身上，儿子对母亲从小的依恋与忠诚，填补了爱情的空缺，转化成了男女爱情，儿子爱上别的女人，那是无法接受的背叛。

所以，妈宝男的父亲，很可能就是一个妈宝男，妈宝男的母亲，是其受害者。而你受妈宝男的毒害，你的儿子又极可能成为妈宝男，你的委屈痛苦都促使你本能地霸占住儿子，到他将来恋爱时，你听到他对女友说："你一切都得听我妈的！"你就像听到忠诚宣誓一样甜蜜。

一个轮回又开始了。

妈宝男可能还分外精致干净、温柔耐心，由于其善于讨好母亲，对女性心理更了解，在爱情中还有优势，你发现他是妈宝男时，可能以为不过是无关紧要的事，大难临头而不知。

妈宝男是爱情癌症，你放弃他们，是有见识，你被他们放弃，那真要谢不杀之恩。

最后，那些真正独立的女性，更有可能识别妈宝男的危害，因为知道独立的价值，对独立受侵害就更敏感，更早做出反抗。从小教育女儿要顺从、要低男人一等、把嫁人当成人生最重要价值，这样的父母，就是在为妈宝男制造牺牲品。

　　把妈宝男还给他们的母亲，让他们相亲相爱，这样爱情中的正常人才会多起来，代际伤害也才能中止。

9.

生育的正确理由是什么？

——

连叔：

问一个不太相关的问题，独生子女真的会孤独吗？有人说多一些兄弟姐妹，将来父母老了孩子之间会有个照应，遇到事情有商量的人，但是如果再生一个，现在的生活品质会大大降低，压力也会更大，我特别地向往精致生活，也希望能做出一番事业，非常地排斥生二胎，最近看到一些公众号在提倡二胎甚至三胎，真的会有那么大的影响吗？

Haley

——

Haley：

生二胎防孩子孤独，这理由很流行，但它不成立。

人是会思想的动物，不说每一天，至少经常性的，人会独自思索，在那个时刻，他与其他人是隔绝的，他暗自神伤，他自得其乐，这是人实现自己的必然时刻，如果我们称之为孤独，那么，人本质上都是孤独的。会思想，则草原上的一棵草是孤独的，森林里的一棵树也是孤独的，再大的群体也稀释不了个体的孤独。孤独并不可怕。

如果将孤独定义为无彼此照应、无气味相投的伙伴，那么，观察一下我们自己的生活，就知道，兄弟姐妹也不是解药。天天照应我们的，主要是陌生人，即我们购买的服务，在人老了、病了时，也是如此，医生、护士、护工，都不是我们的兄弟姐妹。

而我们的知己，更多是毫无血缘的人。大到影响我们的企业家、思想家，小到经常一起喝几杯的好朋友，最不可能的，就是自己的兄弟姐妹。

劝人生育，劝人生二胎多胎，还有其他不少理由，比如：

你不生中国人就会灭绝。

你不生人类就会灭绝。

人口多经济才会繁荣。

任他们分析得头头是道，但全部不成立，因为大前提就错了，它们把一个人的生育当成实现他人目标的工具，这是奴隶主的思维，这是强制计生的思维。

一个人，只是他自己的目的。如果你不生，人类真会灭绝，那就灭绝吧。毕竟比起人类灭绝，你不受胁迫的自由意志才是更大的事，这才是真正的自愿主义的态度。

为了集体主义的目标而生育，这一点，古代斯巴达人做得最彻底，他们让最漂亮健壮的青年男女多交配、多生育，任何孩子出生，都收归公有，病弱的婴儿就像次品一样毁灭掉。这个国家培养出机器人一样的战士，但是个人生活在其中，应该相当痛苦，它最终灭亡，也是必然。

当人类的文明，终于发展到自愿主义，任何生育的理由，只要你不愿意接受，它们就一钱不值。不必因为自己和他人不一样而纠结痛苦，在生育问题上也是一样。

有意思的是，当你从自愿主义的方法判断他人的生育理由时，你同样会发现，只要出于他人自愿，任何生育理由都是成立的：

你想为传递香火生育？成立。

你想养儿防老？成立。

你害怕中国人灭绝而生育？成立。

你特别喜爱自己的基因，为这超强自恋而生育？成立。

你为经济繁荣而生育？成立。

你以为你的孩子一定是个杰出人物？成立。

你为生育而生育？成立。

也就是说，自愿主义者判断他人的行为，只建立在一个原则上：不侵犯他人身体与财产，出于你自愿，你干什么，不关我事，在生育问题上也一样。

所以，生育问题，不要去寻找什么标准答案，因为没有标准答案，你和另一个人，生育共同完成者，达成一致即可。

当然，生育是一种投资大、耗时长，但是最后收效一般的行为，毕竟绝大多数孩子都将长成普通人，这是概率决定的，几十万上百万的投入，十多年的时间成本，孩子们一般都完成不了成为杰出人物的目标。这点倒是在生育之前必须想清楚，太多父母以为只要自己努力，孩子就必然出色，太想靠孩子逆袭，这种不切实际、违背规律的焦虑，制造出无数痛苦，血缘成为最难割断的折磨纽带。

按你的自愿生育，爱孩子，即使你对他的愿望落空，也接受，并且继续爱他，将他抚养成一个自食其力、精神独立的人。这就是有关生育的唯一真理。

连岳

10.

我的男友为何不经骂

——

连岳：

你好！

我今年 28 岁，有一个相差 11 岁的男友，这是在谈了两年之后的今年才知道的，之前他一直说差 9 岁（这就在我的 10 岁差距标准之内）。我让他承认自己说谎，他不肯。我就骂他贱人贱货。他说不要说那么多，只要给他结果，到底是分还是不分。

这样的事很多。本来计划今年领证，还是按照一周两次的频率吵架。每次都是我看到或者想到了他以前的事，或者他做什么事，我就说他"level 比较低"。

当初同事介绍的时候，说他有一个相处了 5 年的女友，都买房要结婚了结果分手了。我当时想，谁还没有过去呢，我还有前男友呢，就见面了。感觉很好就处下去了。后来，做爱后他说房子写的是他跟前女友的名字，分手时给了她钱，对方同意过户。我甩了他耳光，说他屁眼没擦干净，让他承认自己最开始说谎，并让他过户完了再来找我。于是分手四个月，我把我们去厦门玩的照片都删了。办完了我们又和好了。现在说起来就几十个字，其中的纠结跟争吵、打骂不计其数——都是我打他，但是我说难听话他会回嘴。

更让我不能接受的是他还留着他们一切曾在一起生活过的痕迹，比如买家电的保修卡，比如水电缴费单上的两个人的名字，都是前几年的，现在是他一个人的名字。我说把家具全换掉，他说现在没钱，我说跟别人在一起怎么有钱，别人怎么用新的，我就不行，别人值，我就不值是吧（他前女友已经结婚生子）；东西都好好留着吧，你们来个二十年后再相会，等她将来离婚了你就帮她养小孩；房子都写她名字了，她怎么不要你了？一个打工妹都不要的男人，我为什么要？我说房子加我名字，他稍有犹豫，我就说别人可以，我怎么不可以？非处女不值钱是吧？最后是同意了。我还是对他的犹豫耿耿于怀。

最近收拾房子。照片、票据，所有我看不过眼的都扔掉；家电都当废品卖了，现在我想换家具。我也知道他手上没钱。每个月就那么点死工资。他花钱大手大脚的，过年回去见了家长到现在都没存下什么钱，我就把他工资卡拿过来了，密码他不说，我说不会是前女友生日吧？是的话趁早他妈的改掉，不要让我知道。

说一下我的感情经历吧。我跟我前男友在一起三个月就分了，我受不了一个男人对我不好（只是我自己的标准吧）。尽管当时我很爱他，分的感觉就是壮士断腕，痛苦不堪。我不怕，当时我才23岁。之后用两年的时间忘记他。后来跟父母介绍的男生异国恋谈了一年，分的原因是过年回家见面我发现他脚踩两船，我让他滚。我让他回来的时候他火速结婚了，真应了那句"你让我滚我滚了；你让我回来，对不起，滚远了"。

现在一是年纪大了，确实想安定下来；二是我真的觉得现男友是个好男人，如果他按照前男友对我的方式对我，我还是会毫不迟疑地分手。我的问题不知道你看出来了吗，就是很任性、霸道、说话毒舌是吗？ 我一方面觉得他人品有问题，一方面又觉得他人很好，有点混乱。

幺娘

——

幺娘：

骂人很舒服，但是被骂得舒服的人不好找。

焦虑的家长经常痛骂孩子，发泄结束又愧疚过分，对孩子出奇的好。这种冰火两重天的关系，在人与人的关系中常见，强势的一方若有焦虑，就容易演变成这种左手炎热、右手严寒的怪人，此人予取予求，另外一方愈加畏惧、愈加惶恐、愈加无所适从，有些孩子，索性以精神崩溃了事；有些男人，只好以逃跑结束关系。

对情感关系的焦虑，主流发泄法是无尽的哀怨，支流发泄法则是愤怒的咒骂。你渴望爱情，爱情来了，你又害怕失去，作为一向强势的女人，乞求不是你的选择：亲爱的，答应我，你永远不会离开我！你更容易从策略库里拿出"玉碎姿态"——贱男！你不答应XXX，老娘就跟你分手！

这策略看起来"低俗"，其实高手常用。二战以后法国的戴高乐不知不觉成为一个"政治巨星"，让很多旁观者不解，这位没做过什么事的家伙，这个丘吉尔视为混子的人，怎么神气活现了？戴将军的大杀器就是"玉碎策略"，谈判的人个个字斟句酌，怕招惹对手；他却老做出一副掀桌子的举动：答应我的条件，不然我就退出，谁也不要玩！其他国家元首只好一次又一次迁就他，他的气势也越来越足。

美国在古巴导弹危机时也玩过这么一出，由政府高官"泄露"出"机密"，声称总统由于压力太大，丧失理智，随时会做出各种荒唐事，包括对苏发动核战争。苏联人一听，这可不好办，不能陪疯子玩，把导弹撤回来吧。

不过"玉碎策略"有个前提，得确保对方离不开你，这样才有耍无赖的特权；如果对方轻易可以闪避，那结局往往是自己碎了一地，别人却毫发无损。恋爱婚姻中的"玉碎策略"很危险，寻死觅活也罢，呼天抢地也罢，像你这样嬉笑怒骂也罢，玩过头，别人就一溜小跑，再见了。因为人的可替代性很强，没有哪个人非爱不可。

你真的爱一个人，那没必要每次都逼他到墙角，也别骂得太狠，更不必刻意表示出"老娘不在乎"。因为这一切都说明你在乎他，和气一点吧，家和万事兴嘛。

祝开心。

连岳

11.

他找小姐之后，竟然敢发脾气，这是什么心理？

——
连岳：

　　抱歉再次打扰，夜不能寐第五天了，距离上次给你写信过了一个多月，这一个多月是怎么度过的我自己都记不清了，最终在家人的劝说下我选择了原谅，可是原谅后的生活是艰难的，现在我眼中的他只要跟我争论、大声说话、吼我都是罪大恶极的，心里经常会想犯了那么大的事，还好意思与我争吗，还好意思砸东西？还好意思吼我？不是得更加体贴、对我更加好才是吗？为什么只要我先找你争论，你都要马上反驳我，甚至于吼我，心理上已经脆弱得不堪一击，怎么办？但与此同时，又会矛盾地想着他又从来没找过你吵架，都是你找他的，你也没有关心他啊！这种日子我过不下去了，好难受，睡不着，心里像有个大石头一样，想要离开这个男人，可是不够勇敢，不相信二婚，不相信再能得到美好的爱情！真不知这个男人值得我再爱吗？我该离开吗？我该扇自己两耳光让自己清醒吗？

连岳：

目前婚后不到一年，发生了一件我从来没想过会发生在我们身上的事情，我不敢跟身边的朋友说，不敢跟自己的母亲诉说，憋在心里要疯了，在一起将近十年的男人找了小姐，是他回来主动跟我坦白的，事发后的第三天他回来跟我说他心里内疚，上班的心思都没有了，甚至做梦都会梦到愧疚，还有就是找小姐后身体有些不适，心里很害怕，担心染病，心理压力太大，促使了他跟我坦白，而我一再问他，你究竟是内疚而坦白还是怕生病瞒不住，他一直回复我说内疚。不瞒你说，发生了这个事情后，我感觉自己还是那么的相信他说的每一句话，基本上没有怎么质疑过，不知是太爱他，还是他已然是我生命中的一部分，我的思维已不受控制。

周一他公司晚上有应酬说要请几个客户吃饭，那天在饭桌上人家老是灌他酒他就喝了，他的性格就是不懂得拒绝的那种，老实到白痴的那种，做技术的比较死板，平时朋友亲人只要要求他个什么一般情况下他都会答应，特好面子，后来几杯白酒下肚就醉了，但是他跟我说他醉后还是有点意识的，与他同行的三个同事都没醉就他醉了，他说他的上级老大别人灌酒那老大都没怎么喝，那我就奇怪了为什么你就一定要喝呢？就那么好面子吗？后来他说迷迷糊糊被拉到ktv里，一进ktv客户就找了一帮小姐过来，有两个同事见状就赶紧闪了，就他和另外一个留下了，他说那时迷迷糊糊的，后来客户就给一人配一个小姐，有个小姐一边陪他喝一边扶着他去吐，他吐的差不多的时候清醒了一些，快唱完的时候他的同事问他开不开房，他说好，就开了两间，之前那些油滑的客户就一个劲地怂恿他跟小姐开房，散了后就领着小姐进房间了，后面完事就自己打车回来，凌晨五点多到家，因为他手机一直没电，我也找不到他，一晚上没睡亮着灯，回来后就骗我说在外面喝醉了，事后他自己承认是品德不好，贪玩，要不然清醒早就可以走了，可还是跟小姐开了房，我不知道像这样子的情况能不能原谅。我的内心好像总不愿意面对这个事情一样。

说下我俩的情况，认识10年，他有大三阳，家庭条件不好，我从一开始就知道并且不离不弃，哪怕他得一直吃药到死，无房无车，在外打拼多年，现在生活好不容易过得好一些了，准备要小孩，可却发生这种事，叫我情何以堪，更让我无法理解的就是你有病在身，我不离不弃这么多年，难道不值得你爱吗，不值得你珍惜吗？事到如今，我不埋怨上天对我的不公，我接受现实，只是现在难过纠结是否需要原谅他，因为没有小孩我心里就更动摇，但想到10年的感情，其实两个人还是挺幸福的，再看到网上的一些相似的案例，貌似都是说给一次原谅的机会，我问过他，这种事总共发生了几次，他说就这一次，跟他在一起这么多年，这点上貌似我相信他了，但是心里却始终有个坎，但一想到他跟我主动坦白还有这几天内疚的样子，我又好心疼，躺着一言不发，真的知道错了一样，我该怎么办？好难抉择，连岳。

困惑中的 S

困惑中的 S：

说些让你开心的事吧：

在找小姐的男人当中，他算是好的。

1. 他那么紧张恐惧，那说明找小姐还不是老手。

2. 他愿意在你不知情的情况下向你坦白，这意味着他不仅后悔，而且信任你。或者愿意承担此事的后果，算是敢做敢当。他骗骗你，这事你也不知道。

3. 他是酒后行事，酒精大大抑制理性，这或能归结于一次意外，与冷静状况找，还是有区别的。

当然，上面的意思并不是丈夫找小姐对，尤其是妻子又不同意，只是说，你想原谅他，还是找得到很多原谅点的。

原谅这事也没有标准答案：别人原谅了，我就得原谅；别人不原谅，我想原谅都不行。

原谅得真原谅，才有用。嘴里原谅，又怎么都看他不爽，动不动就吵，那双方都难受，若是夫妻间的事外扩到亲友圈，那他可能不仅不内疚，反而要生怨恨了：欠你的都还你了，再闹我也不客气了！

他敢大发脾气，这点出乎你的意料。其实符合他的现状，自己做了一件错事，以后再怎么努力，这件事总是错的，性质不会更改，感觉没有希望，索性证明自己是个坏人，以配得上这件坏事，因为我是坏人，所以做了件坏事，这样就自然多了。

还有，家人都知道了这件事，那几乎已经注定他在家人中的形象不好，地位下降，在这个紧密的小圈子里，这件事很难模糊，只会越来越清晰：他做了好事，家人想，虽然他找过小姐，但还是会做好事的；他做了坏事，家人想，他是找过小姐的，能做什么好事呢？他有更强烈地脱离这个圈子的冲动，离婚对他来说，反而像是解脱，他内心并不害怕，离了，这事就过去了，他可以重新开始。他表现得更坏，有催促你下决定的意思：赶快和我离婚吧。

他找小姐这事没有中间路线，事情已经发生，要么原谅，要么不原谅。你自认为不够勇敢，也不相信二婚，那么，只能选择原谅了。

如果你持续睡不着，完全无法平复，那可能真无法原谅一个找过小姐的人，只能相信二婚了。到时也别太绝望，多次婚姻很正常，二婚比一婚成熟幸福的，很多，也很合逻辑，因为你更有经验了。

祝开心。

连岳

12.

大多数爱情的平庸挑战

———

连岳老师：

您好，我是一个在"魔都"工作的小白领。因为老家不在上海，一个人过生活，也算是尝到了各种酸甜苦辣。毕业时，自己一心要尝试一个人奋斗，所以提着个行李箱就来到了上海。期间也曾经交往过一个上海本地的男朋友，虽然曾经非常相爱，但是由于对方父母不同意也是无疾而终了。

前一阵子分手后，初中的同桌 B 突然在微信上发来一条语音，我愿意娶你，你愿不愿意嫁我。B 是我初中的同桌，也是我暗恋了六七年的一个男生。但是初中毕业后一直没有特别的联系，由于我内疚自己早恋影响了成绩，所以抵抗了与他联系。直到大学交了第一个男朋友才把他放下。

我仔细问了一下原委，才知道他从毕业后一直尝试着与我联系，但是由于我一直拒绝，他也无果。后来他上了大学，确切说是大专，一年半后去了外地当兵，现在已经退役回老家的一个国企工作。

他并没有明确表示还喜欢我，只是觉得我是一个理想的结婚对象。

那条微信后，我们开始了频繁的联系。也约定好，如果彼此觉得合适，可以以结婚为前提交往。我们也把这件事告诉了自己的父母。他的父母非常满意我，我的父母还没有明确的态度。

现在，我每次回老家，他都会来接送，一起吃饭，看电影等，对我也非常好，算是交往之前的培养感情，因为本身就是同学加同桌，所以共同语言还算挺多的，相处得也算非常愉快。

但是，我的内心还是纠结的。我对他是爱吗？他对我是爱吗？如果我们就这样顺其自然地结婚了，合适吗？人说，如果犹豫，那就不要选择结婚。又有人说，结婚对象不一定要是完美，但一定要合适。我们之间因为七八年没有频繁地联系，所以还是有点距离，比如我是本科生，留学归来。他大专读到一半就去当兵了。现在虽然在国企，但是工作非常普通。

我们认识10年了，10年前我小心翼翼地喜欢他，给他抄笔记，写作业，10年后，我真是没想到可能要和他走入婚姻的殿堂。

自己非常清楚自己的矛盾。结婚本来是跟一个自己相爱的人毫不犹豫地完成的一个神圣的事业，可是到我的头上，却害怕了。因为听过太多不幸福的故事，所以自己总是小心翼翼地做人做事。我承认自己对他的好感还在，彼此的性格、习惯还是磨合得不错，可是自己又不是有足够的信心。当被人问起结婚时，我第一个冒出来的词就是，恐怖。要一辈子跟一个人一直生活下去，我很怕。但同时又非常期待两个人一起做饭烧菜，工作娱乐，感觉非常幸福。总之自己非常矛盾。

现在，他和我父母都希望我早日回老家。自己也是适婚年龄，父母期望我早点回老家完成终身大事。我自己也是这样想的。体会到一个人生活不易，也考虑到独生子女，不能远离自己的父母，所以关于迟早有一天我会离开这个城市，我已经有了充分的觉悟。不光是为了他，主要是自己已经享受够一个人的时光，这阵子越来越想回自己的老家去贡献自己的力量，与朋友相聚，享受悠闲的时光。

连岳，你说我和他之间的距离能超越吗？还有如何拯救我的婚姻观呢？

H

——

H：

大多数人注定平庸，但平庸的一生，大多数人都不愿意接受。

比如多数孩子的智力注定平庸，但平庸的孩子，连他们的父母也不愿意接受。你听过哪个父母承认：我的孩子资质平平，不可能逼成高手，普普通通挺好。这些平庸的孩子在十来年的读书生涯中，必然像彩票一样，一周被寄予一次中奖的厚望。

大多数爱情也是平庸的。是的，很遗憾。

平庸没关系，只要两个人相爱，有份略有节余的收入，一样可以享受到爱，这爱甚至比精英的爱更不平庸。精英的爱情，有秀的成分，要对观众有交代，有上头条的压力。虚荣易被点燃，平衡难以得到。

以美神为代表的多数神灵，都是势利鬼，偏爱少数人。只有爱神最平等，好好经营，再普通的人，也能有爱。不过，许多人会辜负它。很少人问自己：我该如何接受平庸的自己？——这里会引出一个悖论，会这么问的人，又有一点不平庸的气质。反正，你知道我的意思就是了。

人和美神是一伙的，不等别人来歧视，他们对自己的平庸生活已经充满了恐惧。这种恐惧感几乎出现在每一个爱情之中，所以你不要害怕，这是正常反应。问过自己了，有了答案，至少有了思想准备，一生便不会时时被焦虑感淹没，总怪自己不够出色，或者把这种焦虑转嫁给自己爱的人。

你至少要面对两种平庸。

一是生活环境落差带来的平庸感。从"魔都"撤回故乡，这是一个落差。大都市能满足人的一切想象与需求，即使你暂无能力得到，也总觉得"我随时可以买到"，还有无限多的机会，方便之门常开。这点无法替代，你难免会觉得自己为了爱情做了牺牲，忿忿不平，容易看他不顺眼，寻衅滋事也就难免了。

更关键的是，你怎么接受这个平庸的男人。抱歉我这么快下了结论，几十年后，若有意外，我又还活着，我愿意向他道歉。我只是从概率的角度说事，受教育程度相当一般，又呆在国企，命运不会有大的变化。企业不倒，混到退休，已是抽到上上签。

我觉得你对上面两种平庸，还没有考虑。如果你决定了：没事，我愿意离开"魔都"回相对平庸的故乡；没事，我愿意接受这个一生平庸的男人。这誓言一说，会平静很多。将来的生活肯定有起伏，人的心思有潮汐，但你知道不安源于何处，比较容易复原。

平庸的我们，能接受平庸的我们吗？

他没有满足你对爱的期待，他是一个你可以接受的下限，人在做这种决定时，总是有一点遗憾的，像是极喜欢一件东西，却因为买不起不得不放下，在心里叹了一口气。

　　祝开心。

连岳

13.

无论你怎么说，反正你就是爱我

连岳同学：

前年前任劈腿导致 4 年感情一朝丧之后，有点疲倦感想定下来。后经朋友介绍，新认识一个男友。他各方面都符合我的期望，聪明，能干，专注。

初期他很热烈追我，对我各种好，我是不懂欲擒故纵欲拒还迎的，互相喜欢就在一起了。前期我们可以说是热恋，没多久就同居了。我对他是越来越喜欢，为他学做饭照顾起居处处惯着像亲妈，虽然我知道对男人越好男人越不会珍惜等各种民间说法，但我拦不住自己想疼他。但他渐渐地不像初期那样上心和殷勤，比如对自己的兴趣爱好一次几千上万非常大方却不舍得花钱陪我旅游（AA 也不行），一起开车上班总图自己方便让我走远路，不想送花不想送礼（可能是我很爱送他所以有点介意），还有许多其他琐事，总之是不想对我好，为这点我们经常闹别扭，他也不太哄我，经常冷战，最后基本都是我自己脾气过去了就找他搭话当没事了。长此以往，我知道我的情绪积压会导致质变，终于同居 8 个月后有一次我发现他偷发微信暧昧，我爆发了，第一次提出分手，他明确和我说过不想太早结婚（他 28 岁，我 26 岁），我想他一没有发展的诚意，二不老实让我很没安全感，三对我不上心没有被爱的感觉，我想他大概就是已经不喜欢我了，所以当时挺果断就搬走了。但我心里还抱着幻想，幻想他想通了念我的好会来哄我。我还想给他机会。

搬走没多久，他果然回头找我，说舍不得我，承诺结婚、老实、对我好。硬气如他，说这些话已是巨大的让步。当时我以为他真的想清楚了，就想和他复合了。

结果非常戏剧化的，两天后，我发现自己原来已经怀孕了。我告诉他后，他说现在没条件养孩子，其实我们俩收入不差，各自有房车，贷款不算重，日常生活朴实但也宽裕的，养孩子绝对算不上拮据，我们俩虽不算大龄，但也是适婚适育年龄。我问他其实是试探他的态度，如果他决定生，不管未来有什么困难，我都愿意克服不后悔，他也说过，如果我执意要生，他也认命，但最后的决定让我自己做，他的态度很明朗了，感情也不是太稳定，爸爸不想要他，生下来万一俩人走不下去，受苦的是小孩，最后我决定还是拿掉孩子。那段时间我工作非常忙，一边要不动声色地加班，一边很害怕手术的风险后遗症，情绪不太稳定，不过他还是老样子，没有更关心或更迁就，基本的接送医院检查还是做到的。手术之后，他接我去他家修养，每天送汤汤水水的，照顾比较周到，这一来二去的恢复过程里我们好回去了。

不过好景不长，手术结束 1 个月左右，我们又出问题了。我们同居快 1 年了，我家人催促结婚的事（经历上次 4 年还谈崩的未婚夫我爸妈很着急），无形中我也对这个事比较敏感。他说他想来想去就是不想结婚，他也不想耽误我了。我说为什么不想结婚，他答不上来。我说，是不是你觉得我不是你最好的选择，他说大概是吧。当时我万念俱灰，没有再多说一句，第二天趁他去上班了，我请假默默把自己赶出了他家。

他没再哄我，只时不时说要送一些落在他家的锅碗瓢盆给我。这次我反而没有他决绝了。他好像一副已经想通的样子，而我却非常纠结，成天吃不下睡不着提不起劲做事。他还在持续说一些锅碗瓢盆的事，再没有其他。2周后，我熬不住了（我知道我很沉不住气），我找他说，你给我一个痛快吧，别再这么吊着了，我很难熬。

我该放下吗？还是再找找转机？

小铁

——

小铁：

有话直说是沟通的最高效率，但是掌握不好，也可能会生硬、伤人，即使是这样，它也比有话不说要好。

逻辑有条重要原则就是，你没说出来的意思，即为不存在。不要以为自己暗示得很明白了，对方肯定知道。

爱情的复杂之处在于，"我不爱你"或者"我不是那么爱你"，这些话往往不能有话直说，它都是通过暗示体现，甚至更糟糕，要通过残酷的伤害迫使对方恨自己。

婚姻大概分成三种状态：一是彼此非常相爱；二是彼此只是不讨厌；

三是介于一与二之间。

人人都想得到第一种婚姻，获得极高契合度的爱情。但许多人可能只会得到第三种婚姻。说不爱吧，彼此混了很长时间，将就着似乎可以，说爱吧，连自己也骗不过去。很多婚姻，并不是爱情的产物，只是习惯的产物。

你爱你的男友，你想和他结婚。你当然想听到他这样的回答你：我爱你。然后求婚。

可惜他真实的意思是：我不够爱你，我还不想和你结婚。遭到拒绝，当然让人伤心，这点我理解你的不快。你愤怒他不给你一个痛快答案，以至于浪费你这么多时间。你甚至以为他说的并不算，因为你觉得一切事情证明，他应该是爱你的。

你和我同居过，所以你必须爱我！我为你怀过孕，所以你必须爱我！我为你做了改变，所以你必须爱我！

爱是两情相悦，对方不赞同你的判断，你纵有天大的委屈，爱也得终结。固执的人会说：怎么可以这样？我要再问他第二次！第三次！第四次！直到我想要的答案出现。除非你刑讯逼供，打得他受不了，或许可以得到自己想要的答案，不然，你只会不停地重复失望。

对方说不爱你，不想和你结婚。意思就是不爱你，不想和你结婚。你能做的，就是抓紧时间找另一个爱你的，想和你结婚的。

他人和事实不合你的愿望，是常有的事，人应该接受这点。很多人抱怨自己被当备胎，一直被拖着不给明确答案，最后分手时，青春已经没了。这确实是非常可惜的事，你付出了时间成本，却只收获错误，有些人甚至以错补错，草率接受另一个人，最后害人害己。

沟通的效率就是人生的效率，固执地假想对方爱自己，这种沟通效率是零，只会让自己受控于对方，人生毫无效率，到你不得不接受"他不爱我"的现实时，发现人生已经过去一半，自己的心理都已经不正常了。

珍惜时光吧。

祝开心。

连岳

14.

致中孩子

———

连叔：

这是我第二次写信给你，上次久久不见回复，后来想得知，您那么忙，我又是您无数粉丝当中的一个，怎会碰巧就是我呢，还是这样安慰自己，嘿嘿，我还有 12 天就要中考了，我期待很久，可又不想让它来那么早，可现在近在眼前，就要经历人生第一次小的转折，又兴奋，又悲伤，兴奋的是以后可以上高中了，悲伤的是，自己没好好努力，无法到达一个更好的层次。

我报了一个不怎么起眼的私立高中，相对于我来说，我家的家庭条件不是很好，现在，其实有点后悔，还在给家里增加负担，马上就要上战场了，按说应该平静，可我老是静不下来，因为不停地有人在我耳边说，你为什么报……学校啊？不好怎样怎样，其实刚开始我不以为然的，后来不知怎的，竟有些后悔，可我老师告诉过我后悔是做白日梦的表现，我又想，自己选择的路，跪着也要走完，今天一位老师告诉我说，就算你再努力学习，三年以后估计也是个二本，听到这话其实我想去反驳，可他是老师，我不能跟他争吵，只好听着，想着你可以预料我的未来吗？一切皆有可能啊，为什么我还没开始努力，你就给我下了一个定义，我很不理解，可能自己没有让别人看到自己优秀的一面，归根结底，仍然是自己的原因。

连叔，不要嫌我啰嗦，我想给你分享我的收获，我想平静下来，用这12天的时间，可以为家里省点钱。晚安，连叔，再见。

中考生

——

中考生：

今天回你邮件，距你中考只有9天了，抱歉迟了几天。

对中考这件事来说，12天也罢，9天也罢，对结局的影响并不是很大了。水准主要由这之前的三年时间的学习决定。

初中之所以需要读三年，那就是因为，对大多数孩子来说，那些知识需要三年时间才能掌握。如果12天能掌握，那么初中就只需要12天。这就是尊重时间的意义所在，我们欺骗不了时间。

我们偷懒，我们侥幸，我们希望走一次大运然后命运改变。这都是想欺骗时间的体现。只有不偷懒，老老实实把该用的功都用足，才不会怕大大小小的考试。中考高考这些考试还好，有人出卷子，好坏你知道。之后的人生考试是没有卷子的，也不通知你考试时间，你被淘汰，你自己甚至都没感觉，过一两年落后了，你才会知道。

很多人的人生由两种心态组成：一、时间还有好多，玩吧；二、糟糕，时间不多了，有什么秘诀迅速成功吗？当然，再迫切都不会有秘诀，就像没有彩票中奖规律一样，然后他就泄气了，彻底放弃了：你看，我很努力在寻找秘诀，可是没人告诉我，世界太冷漠了，都没人关心我。在他人生的每个关键节点，中考、高考、工作、恋爱、婚姻、教育孩子，同样的剧情都一再重演，这就是人生的悲剧。

你可能成绩一般，在中考时就收到这种警告。这某种程度是件好事，因为你知道高中该怎么过了。它像初中一样长，知识需要三年的艰苦训练得到，然后通过高考检验。

上了一个不起眼的高中，是不是人生就没机会了？再努力也只能上个二本？

好的高中确实重要，好的老师，好的同学，好的氛围，好的传统，你一考进去，就有强烈的成功暗示，这一切，都有利于你的成功。任何一个好的环境，都有这样的作用。正因为如此，我们一生都在追求更好的环境：好的大学，好的公司，好的城市。

只能上一般高中，上述好资源就没了。你的老师看淡你，就是从概率出发的。人生残酷的一面你也开始知道了：如果你阶层低（学生是以成绩分阶层的），那么，你的自尊就经常要受伤。多数人不会刻意去伤害人，但有时候你实力弱，就会觉得全世界都在刻意嘲笑你。

我不会像这位老师那么悲观。你三年后是有机会的。

在一般中学，你用的是同一套高中教材，知识的逻辑与要点，是一样的。老师即使不是那么出色，解读传授这些要点的能力也足够。

更有利的一点是，在知识共享、万物互联的今天，好学校的同学上什么课，刷什么题，你都可以得到，可以按照他们的强度要求自己。

不利的是，周围悲观丧气的人多，你的自尊也常受到打击。一般高中生的心理韧性，经受不了长期的这种折磨，最后索性放弃了。

所以，你要成为一个不一般的高中生，首先要做到的，就是抗击打能力强一些，不仅不要在乎别人无意的伤害，甚至连别人有意的嘲讽都要挺住。比那些上好高中的同学付出更多，更顽强，才有可能逆袭。

起点低，没有足够资源可用，这并不是特别可怕，或者说，人生经常要面临这种处境，总会发现在某次重要的竞争中，你有弱点要补强。这是所有孩子以后要面对的，读了再好的大学也逃避不了。人生竞争，不是满手牌是炸弹才会赢，而是有能力处理好手里的弱牌。这一课，每人都要学的，你上了好高中的同学也要学，只是你这一课，来得比别人早，既然这样，就早点学好吧。

接下来的三年，加油，等你的好消息。

祝开心。

连岳

15.

没错，这就是爱上一个人的感觉

——

连叔：

单纯就是想跟你说说话。连叔你说，一个人遇上一个真的很喜欢的人，情不自禁，难以自控地喜欢的人，是多么可遇不可求，是多么不容易。

我大二了，嗯，也不小了，19 岁，从高中就开始看连岳了，对待感情理性我也有，觉得连叔说的财务自由、独立跟我想的绝对契合，可就是这样的情况下，我还是像个得到了糖喜滋滋的小女孩一样，喜欢上了一个在离毕业季还有两个月的时候遇到的大四学长。

但其实我跟他之间也没有发生什么事，我们只是一起在图书馆自习的桌友，说过的话都挺少的，但是两个月以来我却无形之中改变了不少，我跟连叔一样了，也会 5 点多起，早睡早起，一天中大多数时间都用在学习，抽空还会去锻炼，每天写下明天要做的事，完成率也出奇地提高了。

这一切跟他无关吗，不，我昨天才意识到，两个月我能够这样坚持，也是因为我喜欢跟他待在一起，他早上来得最早，晚上走得最晚，于是我也这么做。以前看到的在泡馆的男生都是面无表情，木讷呆滞好像是不得已在学习一样。不过他经常会笑，一些小举动都是很暖那种人。我以前就一直希望自己的生活是这个状态，可是真的很难做到，但是现在已经形成一种习惯了。直到昨天，我一直以为我只是把他当成一个普通的桌友，一个陪伴的人，但是他昨天一天都没有过来，前几天他送了我一本书的时候我都没有意识到会这么快，看到他东西都没了我的心真的是拔凉拔凉的，意识到可能再也见不到他真的很伤心很伤心，这难道不是超过了友情吗？所幸他晚上过来了一下，我又看到他的那一刻真的是喜出望外，喜笑颜开，那变脸速度我自己都觉得惊诧，于是我给他准备的小礼物也送出去了，他走的时候给我留了字条和联系方式。连叔你说，这样的一份感情应该何去何从，有太多的不可控因素，看多了，大四毕业情侣分手，可是我才刚刚认识。

连叔可能你看这段觉得很幼稚吧，其实我也觉得，可我就是想说。

我很希望理智的连叔可以给一点点小建议，又有点害怕在微信上得到回复，我昨天把连叔也推荐给他了。

小幼稚

——

小幼稚：

没错，你这是爱上了他。不幼稚的，很久没听到这么美的故事了，我想，多数19岁时开始的恋爱，可能都是这么美，可是因为没有记录下来，多年以后，自己就忘了，也以为那是幼稚，其实很可惜。

真实的爱，都不幼稚。也要记住这感觉。到了49岁，59岁，爱上一个人，还是19岁这种感觉，就是很想见到他，想天天和他在一起。

爱情消失的一个重大信号是，当他来到你身边，你并不会觉得快乐，反而呈现出一种复杂的混合感觉，有压力，有害怕，有厌恶，有无奈；他离去时，听不到他的脚步声，你如释重负。而这一切感觉发生，你又有内疚，觉得自己不该如此。

爱很难把握，就在于它的深层选择是理性的，然而信号却通过微弱的感性显示。这信号容易被忽略，造成爱是理性与感性冲突的错觉。

你有理性，你接受财务自由与独立很重要，但这都不是爱情的对立面，它们是爱情的朋友，正因为有这些，甚至仅仅有这些观念，都有助于你得到爱。

理性让人变好，爱也是让人变好。有时候，就是因为好那么一点点，就在人群中亮起来。就像这位泡馆的男生，比起其他男生，多了爱笑，姑娘就觉得他可爱。看起来不可思议，其实也是理性的选择，这样的男生，显得更自信，更能够掌握生活，读书苦，泡馆每天早出晚归，"面无表情、木讷呆滞"就有快被压垮的感觉。

没有一个陷入爱情的人，会让自己变糟。你总是会更美、更爱笑、更勤奋。所以，不要害怕爱情，爱让人分心，让人堕落，那是谎言，爱只会让人上进。

有一点你做得很好，虽然紧张，但是送他小礼物，得到他的联系方式。人在恋爱中，都会紧张、害羞，不敢表达，希望等到对方主动。过于矜持，会错过爱情。爱情往往源于一个微笑，一点好感，一次聊天，纯粹被动，这些事件无法继续，失去联络，爱情也就不会生长。没有一个人，是非爱不可的，但是，我们一定会爱上某一个出色的人。

他也不是非爱不可的。有联络方式后，在更深一步爱他之前，要先搞清楚，他有没有女朋友，毕竟一个优秀的大四学长，有女朋友的概率是高的，没有陪他泡馆，可能是在另一个大学而已。如果他有女友了，建议你就止步。暂时的失落消失后，你很容易在身边发现另一个爱笑的、勤奋的男生，说不定就坐在隔壁几桌，说不定还悄悄爱上了你，只不过你只关注这学长，没发觉而已。

爱情确实有风险，有不确定性，多数人也要尝到失恋与分手的痛苦，不过这没有关系，因为优秀的人很多。即使你和这位学长没能走得更远，即使以后感情中有一些伤心，都不能证明你今天爱一个人是错的，也不能证明爱情是错的。

大胆去爱吧。爱情和读书一样，也要勤奋，有追求，也会有不解和困惑。

祝开心。

连岳

16.

别人看淡她时，你看重她，能比这个更有爱吗？

——

连叔：

您好，我现在被父母和感情困扰着，一直被家里催着结婚，给我找人相亲。我 1990 年生，今年 28 岁，本科毕业后去广东打了一年工，后回到自己的城市，那时是 2013 年，家里经营了一家足浴店，我本不打算继承这个事业，后来父母经常因为经营的事情吵得不可开交，于是我接手了这家店，后来经营状况良好，又开了两家分店，家里的经济状况每年有几百万收入，在我所在的城市还算是过得不错。

认识她是在 2015 年我开第二家店的时候，她是我店里的员工，前台迎宾，小我三岁，喜欢她是因为外貌，深入了解之后发觉她性格独立，刚强，但是为人处世不够圆滑，但是对我很包容，能容忍我的各种缺点。她的人生经历也是很惨，小时候本来有一个不算幸福但是完整的家庭，可后来父亲因为过失杀人坐了牢，母亲也是一个没有责任心的人，父亲进去后，家里算她在内四个小孩都没怎么管，她还有两个姐姐一个弟弟，所以她读完小学就开始在外打工了，十二三岁的年龄在社会上当受骗吃过很多亏，一句话形容就是她吃了很多人一辈子都没吃过的苦，有时候有些事情感觉她有点铁石心肠，但我觉得这是她的经历给她心理造成的影响。

父母知道我们的关系后坚决反对我们在一起，怕她的家庭将来会对我造成严重的拖累。她其实对她父母没有任何的感情，只负责生不负责养的父母我也是恨得咬牙切齿。我问她如果以后你父母兄弟姐妹来求你帮忙，你能狠下心不帮吗？

她回答我：我一切都会以自己的幸福为主，不会再让他们拖累我。说实话，在一起三年了，我习惯了她，也爱她，想和她结婚，我并不在乎她的过往，学历。但是家里人坚决反对的态度，我不知该如何去说服。而且我内心对于她的家庭也是有所担忧。现在在一起已经三年了，我们都快过了最佳的年龄了。我不想再继续拖下去，想现在就做出决断，分开或是结婚。连叔您能给我一些建议吗？真的迫切需要，望回复！再三感谢！

陈

——

陈：

先说结论：这姑娘我很喜欢。

从男人的角度，和一个姑娘成家，有几种选择：

一是漂亮。男人被漂亮吸引是本能。很多男人还会因为漂亮这一要素，对性格、能力甚至品格都放低要求，这也可以理解。但这种婚姻风险会逐步增加，漂亮很快习惯，看几年，可能就没感觉了，漂亮也是最容易消失的特质，不节制的生活，以及时间，都会拿走一个人的漂亮，到那个时候，其他方面的短板就会变得很刺眼。

二是品格与能力。在同等情况下，选择一个更不漂亮，但是品格能力更好的姑娘，这是艰难的选择，因为这要战胜人的本性，目光放得更长远，知道最终决定婚姻质量的，是品格与能力。

当然，一个姑娘如果又漂亮，品格能力又强，那就没有选择困难了。

你是企业家，事实也证明你是一个出色的企业家，在招聘员工时，对德与才的关系，一定能够理解：

才胜于德的，你不敢用。很聪明，但德行的力量驾驭不住聪明，贪污腐化，作奸犯科，他做得没有心理压力，也做得更隐蔽，企业最终享受不了他的"有才"，只受害于他的"缺德"。

所以企业只爱用德胜于才的，不那么聪明，但诚实可信，能够贯彻指示，反而能够成长为好员工。

至于碰到德才兼备的，那当然是抢手的人才，没有足够的诚意与待遇，是留不住的。

德就相当于姑娘的品格与能力，才就相当于姑娘的颜值。

你爱的姑娘，你认为颜值高，才没问题，她十二三岁开始闯荡江湖，你认为独立、刚强，那德也没问题。一个德才兼备的人，怎么可以错过呢？

确实，在现实的婚姻市场，家境、文凭这些要素相当重要，有欠缺，容易被放弃。但是，仔细想想，看一个人的家境与文凭，是为了什么？是为了判断他（她）将来可能更出色。家境好、文凭高，出色的概率高。但是，一个人已经证明自己出色了，再去苛求他（她）的家境与文凭，那就是刻舟求剑。

再说了，如果这个姑娘家境好，她怎么会在足浴店的迎宾位上让你发现？

另外，铁石心肠不是什么坏事，爱你，但能够对不喜欢的人铁石心肠，这是能力，这也证明她以后不会被父母道德绑架。

别人看淡她的时候，你看重她才有价值，才能证明你的爱。到了人人发现她是女神，你父母都跪求，年收入几百万的企业家，可能连参赛资格都没有。

祝开心。

连岳

17.

爱情中本能的骗术

——

连岳：

你好，我和男朋友恋爱三年、毕业一年，没有成为毕业就分手的大多数，而是留在了同一个城市，他陪我度过了考公务员的时光，我陪他走过几场面试。我们都没有回自己的老家，一起在读大学的城市里租了房，养了狗，度过了一年同居的时光。

我喜欢他，他的成熟超过他的年纪，他的幽默时刻能逗我开心。但是我们也有很多看似并不能跨过的障碍，让我产生了动摇。

1. 我们虽然交往三年，没有见过家长，有些场合明明会碰到也要故意避开。

2. 我父母想给我买房，我也一直奔波看盘摇号，但他看空房价，不发表意见，也表示他自己暂时不会考虑买房。

3. 同居让我见到了男生的邋遢和懒惰，我对他的生活习惯很不能接受，让他改他也充耳不闻，如果以后成家，我只觉得和他在一起会让自己更辛苦（家务我知道可以外包，但是自己多多少少也该动下手吧）。

我承认，最近因为一个同事的追求让我更加对这段感情感到无力，但是我舍不得三年的感情。我既不想承认当初的自己选错了，也不保证现在的自己能做对。只能像个混蛋一样，站在他身边，心却像隔着海。

奶茶 dayday

——

奶茶 dayday：

在我看来，有两条理由并不是不能跨过的障碍。

你们才大学毕业一年，没有见过双方父母是正常的，还年轻，可能也还没做好准备。当然，如果你要求他见父母，而他拒绝了，那说明他并没有将这段感情正式化的诚意，你有理由不开心。但从你的表述来看，不存在这样的情节。如果有，你不说，那也说明一个问题，即你想让他看起来更"坏"一点，这流露了你讨厌他的心思。

情侣或夫妻，确实需要房子，并且需要两人合力才能拥有房子，此时对房价的多空看法不一致，确实是情感的致命伤，无论买不买，都有一方想证明对方是错的，而且必然有一方是错的，在日复一日，价值数百万的不满中，感情当然会受影响。这点对你来说，也不是太大的问题，在你父母的设想里，是为你一个人买房子，只要你也想买，房就买得成，男友看空并不致命，此时他只不过是市场上一位普通的看空者，并不值得特别讨厌，如果一致看多，其实你更难买到房子，交易需要有人看空。

真正有说服力的是第三点，邋遢和懒惰，长期面临这样一个人，确实是大挑战，只有在其他方面有巨大的优势，才能够弥补。由此可见，一个人养成干净与勤快的习惯，是多么重要，你甚至因此赢得爱情。不然的话，就需要你超级帅、超级富、超级成功，而这些超级，没几个人有。人先把容易做的小事做好，才是正经事。

即使第三点是实锤，有意思的一点也来了，你并没有和新来的追求者一起生活过，他是不是也"邋遢和懒惰"呢？如果是，那不是白折腾了？

这就是情感中的新来者优势。

你还未婚，双方连父母也没见过，新人追求你正常，你改变想法也正常。今天重点想说的是，如果我们方法论上犯错误，就会不停重复错误，人生不过是一支坏歌，不停重放。

感情中的新来追求者，他一定会展示自己的优点，甚至会包装出自己没有的优点，这种"骗术"，存在于一切求偶动物当中，也相当有效，毕竟只要在交配之前不被发觉，就达到了传播基因的目的，而交配之后，你把我真实的我赶走，那刚好让我省下抚育后代的辛苦。很多人婚前婚后大变样，就是在行使这本能的骗术。

人类的婚姻很长，在一起生活几十年，识别出这种骗术，是恋爱的一个功课，要有本事把一个人还原成真实。这是恋爱多一点，恋爱谈久一点的好处，你识人的眼光到了，总是更快看到一个真实的人。

我只想提醒你一点，你男友的缺点，短视、邋遢与懒惰，可能在新的追求身上都有，只不过，可能又要花几年时间发现而已。

也愿有类似处境的男生看到这篇文章，能够振作起来，爱情并没有一个终点，似乎和女生同居了，结婚了，就可以放纵自己令人抓狂的毛病，她有离开的权利，她也极可能会离开，她即使没有能力离开，或者心太软离不开，但无比失望，觉得你是一个骗子，这样猥琐的生活，又有什么意思呢？

祝开心。

连岳

18.

没有痛感的人，没有爱的能力

——

连岳：

你好。前几日看了您的《责任感过强，即为圣母》一文，觉得自己在感情里也是这样。第一个好好相处的是一个相亲对象，是个渣男，也就不提了。第二个，是彼此的初恋吧，断断续续联系，算起来 8 年，去年正式在一起，本以为是知根知底，所有人都很祝福，他也说要牵着我的手永远走下去，但领证不到几个月，他提了离婚。

我想了想，异地、沟通都是因素吧，我和他都没怎么谈过恋爱，在我之前他都不知道如何和女生相处，我是细水长流的类型，但就在我们异地的时候，他遇到了一个他以为轰轰烈烈的一段感情，他自己向我坦白，他说要去撞一撞南墙。

他说我很好，但是对我一直少了一点爱的热情，不管是领证前还是领证后，他都用尴尬、惊恐的词来形容，我当时听到很震惊，我以为他和我一样觉得很快乐、很幸福，在坦白前一天他的举动还是无异，还是很好。

他之前跟我说不愉快的事情，把他最软弱、哭泣的一面放在我面前，所以我一直觉得自己对他来说是很特别的。可没有想到，我以为彼此认定是对的人，要走一辈子，突然有种和他在一起的人生结束了的感觉，心空空的。

我也试着挽回过他，也多方面去了解了情况，他现在看到的很多都是营造烘托出来的假象，他肯定会后悔，但那个时候我断然不会在原地等他，这一点是让我觉得很痛心的，也没有力气再去全身心爱另一个人了。

有时想想他不值得我对他那么好，可有时想想，我又能理解他，错过觉得特别特别可惜。是不是我们对于爱的定义不同，还是一开始就是错的？那什么又是对的人呢？

悠悠 in

——

悠悠 in：

看完你的叙述，很抱歉，我不知道你"很快乐、很幸福"的感觉凭什么发生。

他对你们感情的定义是"尴尬与惊恐"，如果他描述为真，则你对他的情感感知力完全错误；如果描述为假，则他是一个善于撒谎的人。无论真假，都不美。

我倾向于认为，你的感知出了故障。即无论对方爱不爱自己，只要我认为他爱我，他就是爱我。也只有这样，才能忍受对方长期的伤害与忽视，痛的阈值与常人不同，你甚至都没有痛感。

痛感是重要的。痛提示风险的存在。你摸太烫的东西，手瞬间会缩回，这就是痛感在保护你。失去痛感的人，洗澡都会受伤，因为水温过高他无知觉。

受伤的感觉并不好，不亚于被烫伤。但是人受伤了没有感受，更不好。那样让你身处险境而无自知。

所以人类社会需要处罚的存在。杀人偿命、欠债还钱，以眼还眼的天理之所以重要，就在于它对侵害的恶行保持了警告与纠正能力，如果失去这种能力，坏人就会受到鼓励，坏人就会凌驾于好人之上。

坏人，就会像你已经领证的男友一样，浪费你8年时间，要悔婚，赠你"尴尬与惊恐"，向你宣誓要去撞另一个女人的南墙，而你的反应是理解他，心疼他"肯定会后悔"，唯一的愤怒是"那个时候我断然不会在原地等他"。

你圣母到让人想打你，打出你一点痛感。

对坏人的无限宽容，是对好人的伤害，越爱你的好人，伤得越深。好人抚育你，疼爱你，尊重你，你转手全给了坏人，这些好人在你眼里算什么？只换得你一句感叹："那什么又是对的人呢？"

可以明确的是，你们两个都不是对的人。这世上对的人很多，你们不是。

你确实并无爱的能力，你遇上这个男人，不是你选的，是随机的，因为你无能力选择，你遇上任何一个男人，最后都离不开。从这点来看，这次被强制分手，彻底被否定，对你是有好处的，至少这个坏人欺负到不想再欺负你，主动走了。

你以后可能会爱人，但这需要你学习，要爱那些尊重你的人，不伤害你的人。

你以后可能也真的学不会爱人，但也比呆在这个男人身边好。

还有，他真的回来找你，你要有能力拒绝啊。再陷回去，就没救了。

祝开心。

连岳

19.

这就是生活

——

连叔：

您好，如果时光可以倒流，我想我会去找一个积极阳光，并且愿意做丁克的人过一辈子。

在彼此喜欢的城市工作，做彼此喜欢做的事情，有时间学习，可以提升自己，有时间旅游，去自己想去的地方看看，高兴不高兴都可以偶尔撒撒野，一起攒养老钱。

而不是无休止地做房奴、孩奴、车奴；不舍得吃，不舍得喝，不舍得玩儿，无欲无求出家般的生活。

不舍得放松自己，对自己苛刻，对另一半苛刻，我们由刚开始白手起家的奋斗坚持，到现在习惯性的不懂得放松自己，甚至累到几年都没有性爱他都不以为然。

感性时觉得生活索然无味，不想坚持了，累了。理性时觉得是自己矫情，不懂得珍惜彼此。

十年了，彼此极少给对方买什么礼物（他的衣物全是我在买），极少过节日，想想这样没激情的日子太不正常了，都忘了正常的生活该是什么样子。由于他工作关系，我们两地分居11年了，我一直一个人在家带孩子。

他心疼我一个人在家带孩子，我心疼他工作性质长期流动性出差熬夜，不到40岁头发白了一半。为什么我们要把日子过成这样，仿佛不把自己折磨死就不罢休一样。是穷病？

我们都来自农村，他从高中就被爸爸带去亲戚家自己开口借学费，大学毕业自己还所有的学费。我们结婚买房全靠自己，婚后对我娘家经济上照顾也毫不含糊。而我是初中生，我知道他是好人，有担当！

去年我受连叔启发，卖了地级市的两套房子，在省会城市内环置换了第二套，并已及时搬家过来，我们总共过手四套房子（目前持有两套），每一套都是贷款再加借一部分首付买的，压力巨大。目前总共贷款250万，他税后工资2万，大宝9岁，二宝1岁多，这半年感觉撑不下去了。我想卖一套，把日子过轻松点儿，他虽然答应但内心都想留给孩子。

他上次体检居然贫血！

外人看我们生活很励志很有规划，可我现在觉得能过好的日子为什么非得过得苦哈哈？我觉得我们已经进入病态循环了，是穷病。

真希望两年内能实现我想要的正常的生活，一家人在一起，负债少一点，生活有仪式感一些，孩子也听话点，夫妻之间互相帮助，有时间学习，有爱可做，生活品质提高一点，从容一点，兴趣多点，能有点朋友。当然也能有点梦想，厚积薄发，而不是再这样踮起脚尖够生活了。

我不想做传统意义上的贤妻良母，我想有赚钱的能力，在家待10年，内心越来越恐慌。与社会脱节，常常说话语无伦次絮絮叨叨，见人就想倾诉他父母对我们不好，也经常为孩子的教育抓狂，我肯定也是有病了。

我一直也觉得他其实不爱我，他这种性格的人应该跟谁结婚都会是这样过，他不是没有爱的能力，他会给孩子买礼物的，却从不给我买。是我太贪婪？

我觉得我们应该处于精神文明没跟上物质文明发展的尴尬层里，虽然进省城了，骨子里却还是农民。我一直在试图为自己家庭诊断。

连叔，请问我们到底有没有问题？请原谅我语无伦次，词不达意，可是我真的烦恼了。谢谢！

两只蜗牛

———
两只蜗牛：

先说你们的好话：

三个字，了不起。

虽说是诉苦的邮件，看了也很励志。

你一个初中生，10 年的家庭主妇，可是文字这么流畅，这体现出思维清晰，长年有思考，不停在进步。

他一个苦孩子，不到 40 岁，就在省城有两套房子，当一家 4 口的经济来源。

没有什么比这个更励志的。所有喊苦的人、所有逃离的人、所有以为阶层无法突破的人，都应该看看你们的故事，你们证明了很多事是做得到的。

尤其是去年把地级市的房子置换成省会的房子，有想法有行动，夫妻也齐心，很多机会有时间窗口，抓住了，你们就财富就上了新高度，而且以后时间给的复利更大。

用财富证明自己，是最好的证明。

接下来说我的建议：

你的想法很对，夫妻要有仪式感，送送礼物，有更多的爱好与兴趣，身体不要垮，也要多做爱。这其实和钱多钱少没有太大关系，是个观念问题，闲人也会面临这问题，甚至问题更大。这不是你们的勤奋导致的。再勤奋的人，也有时间送送礼物做做爱。多沟通，不要怕说你的要求，主动一点，引导他。

按你们的家庭结构，两套房子其实不够，理想状态是至少三套，有四套更好，当然，因为现在的限购政策，这有钱都难实现了。

有人说，人生有太多不确定因素，供这么多房子怎么办？一点风险都不能出。

这是想反了。正因为人生有太多不确定因素，才要多供房子，把自己的能量与财富积蓄起来，跑赢通货膨胀，真有大风险出现，房子可抵押、可出售，可以挽救你。就像你，有两套房子，累的时候，可以想，我卖一套就不累了，只有一套房子的人，连这么想的资格都没有，这就是更充分的安全感。

所以，挺住吧。这就是生活。

月薪 2 万累，月薪 20 万会更累，阶层越高，你维护的成本越高，你要健康，要持续做出正确选择，要承担他人承担不了的风险与责任，有更强烈的危机感。

闲是穷人的特权，你浪费大量的时间，却不会使你的生活更坏，你的时间不值钱。我见过的富人，没有不累的，不是身体累，就是心累，更多是两者皆累。

生活必须选择，而且不可逆，没有如果。

可以确定的是，你想活得漂亮一点，选择任何一条路，都是累的，都有累得想放弃的时候。

生了孩子，就不要想"如果我不生"，要像你们一样，提升自己的阶层，活成孩子的榜样，也给他们更好的起点。

丁克，就不要想"如果我生了"，既然少了孩子的负担，那更得把人生过好一点。

选择，并且负责。

选择更好的生活，选择难走一点的路，累是必然的，偶尔小小地抱怨一下，甚至悄悄哭一会，都是可以的，然后，继续加油吧。

祝开心。

连岳

20.

我鄙视你，怎能活成被你鄙视的样子

——

连老师：

您好，困顿很久的事情，感觉自己走入瓶颈，没有出路，故想请您指点一下。

我与老公在上学阶段认识，我在工作六年后读研，他在读第二个博士后。婚后随他出站去哈尔滨，他入高校，我找工作期间怀孕，后在家育子，待孩子一岁出去工作。四年前，孩子一岁半左右发现他与学生恋情已有一年，让他自己了断，一周后发现他们又一起。愤起将孩子交给公婆，回青岛父母家，重新找工作。半年后带回孩子，一年后公婆来青岛租房带孩子，两年后他辞职来青岛，一直待家中，偶尔各地跑马拉松，健身接送孩子。推荐青岛高校机会，拒绝去联系面试。两个月前我做妇科手术，他又提离婚。另外，两年前他曾去医院诊断疑是中度抑郁症，但拒绝服药和治疗。

现在纠结，如果离婚，目前我的经济能力无力抚养孩子。我的父母右派家庭出身，一生辛劳，做小生意有些积蓄，但无养老保险，衰老劳疾，不忍心增加他们负担。对方父母公务员退休，但不讲卫生，生活不健康，多糖盐油，贪小便宜又懒惰虚荣，公公和老公有糖尿病。如孩子归对方，担心孩子个人习惯和健康问题。虽老公学历高，但性格偏执，不善交际，找工作无自信，不善表现，典型知高能低。

青岛房子日日涨，他及他家人对孩子上学，未来出路从不考虑规划。公婆在大连及东北另有两套房，我们在哈尔滨贷款一小房，但东北房价不值钱。公公日日出去钓鱼喝酒，婆婆找国学保健地方天天学习。这种生活让人看不到希望。

进退维谷，纠结于孩子，请您给予帮助。谢谢！

熬不过去的叶子

———
叶子：

你是一个有能力的人，你的经历证明了，研究生毕业，自己突然回到青岛也能迅速找到工作，你不比别人差，你甚至比多数人强。这是你的基本盘。

人长期活在负面情绪里，又刚被提出离婚要求，容易否定自己，以为自己一无是处。

真正一无是处的人，可能就无资格得到稍微体面一点的生活，他必须依赖别人才可以生存，尊严与爱，对他来说，都是奢侈品。

你怎么会一无是处呢？但你却按一无是处对待自己。

你的公婆，尤其是你的丈夫，从你的描述来看，过的是一种听天由命的生活，现状在慢慢变糟，但还可以混下去。混不下去怎么办？稍有一点责任心，稍有一点未来感的人，都会问这个问题，但他们是不同世界的人，他们不问这个问题，能把今天混完，就是成功，没有明天。不会考虑老婆，也不会考虑孩子，其他人对他来说，不过是拖累。

不同世界的人，不应该活在同一个世界，更别说组成家庭。

你其实是你丈夫的门面，正因为有老婆有孩子，在外人看来，他有一个完整的家，这让他像一个正常人，剥离这点，他的社会评价变成：啃老，无业，受的好教育都浪费了，几乎钉上耻辱柱了。你可能从心里觉得他并无资格提出离婚，他太弱了，可他竟然提出了离婚。

世事难料，好事也会发生的。

在感情中，被分手的人总是不甘愿，觉得让对方行使了否决权。但是，高级一点的人，总是会让理智占上风的，这分手有利于你，为何不接受呢？

你唯一不敢离开的理由是，儿子的抚养费用，是公婆出的，你一个人可能额外挣不出这份钱。这就叫作习惯的力量，换个角度看，并不成立的。

我可以换几个角度让你看，这是第一个角度：

你公婆拿的是退休金，这是一笔固定的钱，增长也极有限，随着通货膨胀，他们的生活水准是慢慢下降的，降到一定程度，不仅无法给抚养费，还要你从金钱、时间上照顾他们了。

你公婆的生活方式，再加上到了老年，健康出问题是较大概率事件，那时候的花费增大，也不太可能继续抚养你的孩子。

即使你习惯他们给你孩子生活费，这笔钱也是不稳定的，随时会消失，孩子的生活费，最终还是要你赚。

这是第二个角度：

设想一下，如果你的公婆，你的丈夫，突然间，全部死了。在这种情况下，你的孩子会不会饿死？我对你再不了解，都可以给出百分百肯定的答案，不会。在这个太平年间，工作到处都是，一个母亲，是不会让孩子饿死的。

也就是说，你并非离不开他们。要多赚出一份孩子的生活费，并不容易，但也不是不可能的事。毕竟，世上有那么多单身母亲，世上也有不少母亲，要养孩子，还要养老公，她们都做得到，你也做得到。

第三个角度是：即使离婚了，孩子的父亲也得出抚养费。

给自己一个机会，相信自己一次，你能赚到孩子的生活费，你离开你不爱，也不爱你的人，这也是让自己得到了重新恋爱的机会。

祝开心。

连岳

21.

小事好说话，大事不好说话，这是幸福生活的方法论

——

连岳老师：

您好。非常有幸，在最好的年纪里知道了您，读到了您的文字，在您的文章中学到了很多很多。不胜感激。

今日来信，因为有一件事让我烦恼很久，不知怎么解决，也无人可以给我帮助，只好问问您。望您可以给我一些建议。

今年年底我要结婚了，和一个家里人介绍的男孩。我们到现在认识了快五个月了。已经订婚。是双方家长推动的结婚。我并不想这么早结婚。但是我又不是不喜欢男孩，只是以不想结婚而拒绝结婚，双方父母也都不答应。所以我们就订婚了。他为人很好，温柔也有耐心，很疼我，家教也不错，我们双方家庭都是在北方做些小生意的南方人，在我老家相亲都是合适就结婚，父母也是觉得他没什么可挑的，就想让我早早结婚。

只是我俩有很多不同，我自小在北方上学长大，一直到现在工作，我家在北方有两套房，老家也有两套，说不上家庭条件很好，但是吃穿

住都不愁。现在我自己工作，生活状态是吃穿用经济独立。男孩家在北方无房，老家有两套，一套前两年新买的，刚装修好，所以暂时没有北方买房的打算。男孩和家里一起做生意，一直和父母一起，经济不独立。男孩家生活在北方二线城市，老家在南方十八线小县城。

男方不在北方买房的原因只是因为他父母传统思想，觉得在做生意的地方买房没有多大必要，而且有些迷信，觉得在老家之外的地方买房不好，所以一直到现在也没买房。男方家并非没钱，是只用现金流，从不办贷款信用卡等任何东西的家庭。

订婚前我父母和他父母谈过，他家不管会不会在北方买房，我要的是婚后我们自己生活，我们可以租房子，我要我们俩人住。对方父母同意之后我们订婚的。订婚后男孩和我说，他不想花父母钱，所以想婚后和他父母一起住。男孩家里生意也需要他帮忙，没有办法和他爸妈离的太远。我就很烦恼。我并不想和他父母住，不是他父母不好，他家庭氛围很好，亲人之间都很和睦相处，是我自己别扭，我只想过我们俩自己的生活。我不想结个婚，就要和他一家人一起过日子。我天生也比较独，不喜欢有人管我，也不喜欢要一直在意别人的生活状态。我理想的生活状态是我和我喜欢的人过，只是我们俩，酸甜苦辣都是我自己选择。我也不会后悔。

可现在这些事让我觉得结婚是错的。对于我的未来，我是充满希望的，我一直在坚持学英语，我想出国多看看外面的世界，想挣很多钱，想自己努力买车，甚至买房。我也相信如果我努力工作，到一定岁数我一定可以做到（现在说这些可能是盲目自信了，但是我的理想蓝图就是这样）。

而且结婚之后，我有很多事都要妥协。婚后他父母希望我和他们一起做生意，一起忙家里的事，婚后我就无法有自己的自由。可我觉得生意归生意，我爸妈也是做生意的，他们从来没有强迫我必须要和他们一起，要帮他们，当然男孩也不是被强迫的要帮家里，一直都是帮家里的状态，所以也没想过干其他挣钱的事。我也理解，可是不能强迫我去怎么样吧，我做我的工作，挣多少我都开心。我想过我的生活做我的工作难道不应该？

我一直觉得每个人都是独立个体，父母生养是应该，但成年后很多事都必须要自己做决定，父母干涉过多，让孩子没有自己的生活，自己的世界，自己的社会经历，有什么好处？以后的生活也都是需要我们自己去过，早些去见社会，去经历该经历的，又有什么不好？

现在也不知道如何解决这些。和父母说不结婚了也不可能。每天都很迷茫。希望连岳老师可以给我一些建议，或者说给我一些帮助。可以帮到我的话我真的是非常感谢。

没有帮助到依旧非常感谢，因为这些事都没人可说，现在倾诉一下，反而还轻松了一些……感谢您看了这篇说得乱七八糟的来信，感谢连岳老师，您的文字给了我很多力量。

迷茫的瓶子

——

迷茫的瓶子：

看得出来，你是一个愿意考虑别人感受，要求又合理的姑娘，你本来应该有个很好的婚姻，也应该有美好的人生。你不过要求婚后小夫妻自己有个空间，租房子住也行，婚后有自己的事业，不和家族捆绑。

任何人，都不能说这要求过分，也挑不出你的错。你是小康人家的女儿，提这种温饱要求，谁还好意思指责你？你又没要豪宅豪车，你也没求特立独行的生活方式。

你是一个好说话的姑娘。

好说话不能说是缺点，但这性格需要有点运气，需要对方懂得你的好，尊重你的好。你好说话，他体谅你，这能双赢，家庭也默契。如果运气差一点，遇上对方攻击性强、脸皮厚、无诚信、无底线，好说话就是致命弱点了，你让一小步，又让一小步，让步成为习惯，最后让掉自己的人生，等你清醒时，已无路可退。

人这种动物，总的来说，是善良的，尤其是在物质过剩的现在，搏命的需求不太存在，凶狠的一面基本隐藏了。但人性，永远有其凶狠的一面，有其残酷的一面，人群中，也总有穷凶极恶之人，好说话的人，遇见这些人，多少都会吃一些亏，直到你彻底不理睬他们，他们才会寻找下一个好说话的人，但这些亏，可能也不会伤筋动骨，至少不会搭上你的一生。

好说话容易成为猎物，但人又不能吃枪药，事事较真，太不好说话，也是病态。中和一下，我认为人应该这样：小事好说话，大事不好说话。

小事情，每个人有偏好，每个人有道理，甚至每个人都可能有过失，不好说话，天天气鼓鼓，到处都是你维权的战场。婚宴拖拉，不准时开席，你当场批评新人是占理的，你会这么不好说话吗？

大事情，别人侵犯你底线，原则性问题出现，这时你好说话，就会变成别人免费的奴隶，别人占完你便宜还要欺负你，这时就要毫不迟疑地拒绝，该生气时一定要生气，人的边界是试探出来的，是打出来的，我们祖先是凶残的动物，在冲突中，第一手段就是屠杀，你无原则地退让，他人并不会反省，只会诱发出他动物性的凶残，最后在精神上彻底消灭你。

订婚，显然是大事。

在这件大事上，你太好说话，没有原则。

你并不爱这个男生，你只是对他无恶感。爱一个人，和他订婚，应是满心欢喜，而你更多是为了让父母欢喜，委屈一下自己。婚后两人租房子住这种卑微的要求，也在订婚后马上被违约——大事太好说话的后果马上体现出来了，没有人会在乎你的要求，反正勉强一下你，你就会让步，你的男友，在交往过程中，也迅速抓住了你这个弱点，一订婚就强求你，他虽然是个不独立的人，可对你，已经有了主子的姿态，他有什么资格当主子呢？没有，经济独立都没有的人，容易被别的姑娘嫌弃的人，在你这儿当了主子，不得不说，这主子的权力，是你给的。

你认为自己未来的丈夫应该是一个独立的、能够养活自己的男人，这个要求很正当，大声说出来没人敢反对，这个原则可以摆上桌面。你把这原则降格为"我们租个房子住吧"，试图以好人的方式一步步引导男人独立，最后却使自己陷入麻烦，你把原则问题鸡毛化了，最后舆论变成：这个女人好作，太不孝顺，不和公婆住，男人不租房子就闹事。

你大事不好说话，现在主动权全在你这边：我要求男人证明自己有独立能力，你连租间房子的本事都没有，显然不独立啊，一个瞎女人也不会和这种男人订婚啊。

你心好，但你把自己搞得这么狼狈，是不是对自己太不好了？

幸好，只是订婚，你还有时间修正错误。

祝开心。

连岳

22.

遮丑式婚姻，中国婚姻的大坑

——

连叔：

你好，最近压力特别大。前两天大姨打电话给我，说最近一个月我妈妈都不怎么接她和小姨的电话，说是忙或者故意不回，接了电话有时候说着说着就哭。妈妈让姨不要给她打电话。最近状态很差。大姨让我赶紧找个人结婚，不要挑了。结婚后生个小孩给妈妈带，会好点。不然按现在的状况都抑郁了，还挺严重的。让她去看医生她也不会去。

从小到大爸爸妈妈很多时候都会吵架冷战，爸爸喜欢赌博打麻将，还买六合彩，有时候觉得两人相看生厌还必须绑在一起的人生太可悲。记得初高中的时候有一天晚上爸妈吵架，晚上妈妈躺在床上一边哭一边说，人活在世上真是一点意思都没有。

妈妈在生活中吃了很多的苦，干的活比爸爸多。吃舍不得吃，用舍不得用，舍不得所有家人，对自己非常狠。妈妈非常好面子，把面子看得比什么都重。即使与爸爸关系不好，在我弟弟离家出走前，他们在外人面前都是维持着恩爱的假象（从来不在亲戚中说爸爸赌钱不好，为了不让他赌钱打人）。外人眼中爸爸是个大方的老实人，妈妈花钱很省想得很多，爸爸花钱大手大脚，人家都说他大方。两人从本质上是不同的。初中的时候还和妈妈讲过不下去可以离婚。可是在农村，爸妈离婚这种事在他们心中是不可能的。

我是家里老大，今年 28 岁，还有个妹妹小时候才出生就抱去外地，还没有找回来，去年年初弟弟离家出走，过年都没有回来。弟弟离家出走已经一年多了，出去了从来不和爸妈打电话，现在打电话给他也不接，偶尔微信发信息会回复，有可能几个月回复一次。爸妈在外面开个店把弟弟带着身边，生活两点一线，店里家里生活氛围让他窒息，想去外面看看去年就出去了，出去后也不和家里联系。弟弟从小很叛逆，喜欢打游戏，后来家庭爆发矛盾十多年都没有喊过爸妈。

我从小到大都挺悲观的，总是无法真正高兴起来。生活没啥激情，真实的需求压抑得很深，生活中常说都行还好。不相信爱情，有一点社交障碍，丧，不想买房，不想结婚，不想生孩子。工作快五年了，生活也没有发生什么变化。害怕改变，活在自己的壳子里。大姨说不能这么自私，只管自己不管爸妈，记得过年的时候说结婚的事儿，妈妈说了一句弟弟不听话，你结个婚遮个丑。这句话一直记到现在。

家里人都话很少，对待问题都比较逃避。以前爸妈有问题，妈妈会把问题跟我讲，现在我的婚姻变成了一个问题。现在基本爸妈发生矛盾都自己憋着不讲了。感觉这个家中每个人都有问题，我应该以自己为突破口吗？改变观念，找个对象结婚。对婚姻真的很没有信心，你怎么能相信他不会出轨合得来，你怎么相信你能尽到做妻子的责任。

这两天，心里很乱。家里一团乱，一想就头疼。不知道怎么办，连叔能指点一下么。

小萱

——

小萱：

你的判断是对的，你家里每个人都有问题。而且他们的问题你解决不了。

家里人有问题固然令人沮丧，但这是一个人的命运，我们得在有限条件下解决问题：我在这种处境下，如何改良自己的状况。

先回答你最急迫的问题：要不要为了"遮丑"结个婚？

答案是不要。

你家的状况，即所谓的丑，是遮不住的。就像你妈极力想遮住你爸这个丑，但你爸是个怎样的人，谁不知道呢？

中国经典的逼婚术是这个逻辑：因为你不结婚，所以爸妈不开心。有爸妈为了体现自己的不开心，还会装病装死。

至于结婚的当事人开不开心，并不重要。所以很多婚姻就变成了一件怪诞的事：用当事人的不开心，换取他人的开心。有意思的是，即使做出了这么巨大的牺牲，目的也达不到，他人还会产生更多的不开心，对你又有更多要求。

这就是讨好悖论，只要你开始牺牲自己讨好别人，在这过程中，你就得产生更多的讨好，别人才会持续开心，一旦你考虑一点自己的利益，讨好少一点，别人就会不开心，觉得你欠了他。

在所有讨好中，用自己的婚姻去讨好别人，是最致命的，因为纠错成本太高，讨好别人的婚姻，还得讨好别人生孩子，现在还得生两个，这种规定动作一完成，丈夫是赌徒也罢，是无赖也罢，都忍着了，你想离婚？那别人就不开心了：人怎么可以离婚呢？太丢脸了。这就是你父母亲的生活。

你母亲一辈子不开心，像她这样的母亲，有很多。她们身世可悲，但她们又往往无法令人同情，甚至可恨，因为她们能控制的就是孩子，她们想传授的人生经验，就是自己不开心的生活。聪明一点的受害者，本应阻止孩子重蹈覆辙，但是说回来了，如果聪明的话，又怎么会成为受害者？

你弟弟离家出走，有负气的成分，但我很理解他，某种程度上，这是最合理的挣脱方式，身处同样境地的年轻人，心中可能都有离家的冲动，只不过没有勇气实行，他们并没有能力改变家庭，然后慢慢被家庭改变，变成父母一样的人。

我并不是说你弟弟以后一定过得好，但至少他会轻松一点，他也给了自己一定的空间，如果运气好，他的力量慢慢变大，走出自己的路，命运就改变了。他传递出了一个强烈的信号：你们无法勉强我，我想选择自己的生活。

这就是顽强的生命力。想改运的人，都要有。

你也要有。

建议你的婚姻不要成为他人的工具，那样会很辛苦的，对将来的孩子也不公平。

对女性来说，婚姻很容易得到，将就一下就有。有婚姻并不是了不起的事，有爱情的婚姻才了不起。

你必须爱一个人，然后才结婚，这是不可退让的原则，这步一退，人生就步步退让，很难收拾了。

祝开心。

连岳

23.

小孩才期待好父亲，大人不在乎没有好父亲

—

连岳老师：

你好，看了很多你的微信号文章，知道你是个内心强大而世事洞悉的智者，很羡慕你的这个能力，也在向你学习。

我是一个很普通的从三线城市来到北京打工的职场人，1985年生人，目前已经33岁了，这些年让我最大的苦恼是，我的爸爸。

看着现在跟他相处的境况到小时候跟他的矛盾，我内心是很难过的，可以说父女关系很差，没办法交谈的恶况逐年递升，而妈妈变成了我们之间的纽带。从小到大我和爸爸的相处，没有一次是让我温暖的。到了现在也是只要观点不同，都会引起争端，我会生很长时间的气，感觉是一种怨恨，因为我感觉到他其实是不欣赏我也不喜欢我的。

然而也没有人告诉我如果不喜欢自己的爸爸应该怎么办，要怎么去处理性格相反而互不欣赏的至亲关系。

小时候我从来没听过他讲一句对我的肯定，到了现在只要他提起别

人学习怎么好，当了什么领导，我就很生气。对了我是个美术生，学习很差，现在在互联网公司做视觉设计。到了现在他不止说别的孩子如何，开始说人家的女婿如何如何，还一个劲儿地说我老公笨，家里条件差。对我们的生活也是特别爱干涉。

对于这样的爸爸我不知道该怎么处理，只能在每次说到这些问题的时候不欢而散。

作为长辈，我愿意尊重他，可每次聊天，他的观点又特别主观，还不容置疑，一旦别人说的跟他不同，就大吼大叫，言语攻击，我和我妈已经忍了很多年，所以我远离家乡到北京工作，但只要一起生活一段时间，就会出问题，连岳老师我真的很痛苦，想知道成熟的人遇到这些问题会怎么解决。

一个不被爸爸喜欢也不喜欢爸爸的苦恼人儿

——
苦恼人儿：

当一个好爸爸是容易的，比当一个好妈妈容易。

妈妈在孩子身上付出的时间更多，与孩子的接触更紧密。耐心消磨完的那一瞬间，容易凶孩子，甚至轻微地体罚孩子。在理论上，当然可以要求妈妈有无限耐心，从不骂孩子，更不能有体罚。但在实践中，必须承认，人的忍受有阈值，过了那个临界点，允许有小小的失控，这样更容易恢复正常。当然不是鼓励妈妈失控，而是说，当失控发生后，不必过于谴责自己，一句道歉，一个拥抱亲吻，都能修补，孩子也没那么脆弱，被骂几句，就落下心理伤痕，从此长成变态杀手。

在妈妈面目可憎时，此时爸爸回家了，他逗逗孩子，以更宽容的形象出现，孩子的那一点点委屈烟消云散。在好警察坏警察角色中，爸爸总是那个好警察。这对妈妈们来说，有点不公平，可是，如果是这样一位顾家的爸爸，妈妈们似乎也不会计较。

孩子们普遍不会对爸爸提出特别高的要求，能做到以下几点，感情就不会差：

一份养家的体面收入；

无不良嗜好。其实喝酒不会被嫌弃，只要不是烂醉，抽烟也能被原谅，只要不把自己和家里搞得臭臭的；

和妈妈的感情好，两人聊天开心，对视多有笑意；

对孩子有耐心，能听他们说话。

可惜，许多爸爸还是做不到这几点，这让孩子心里有遗憾和怨恨，为什么这么容易做的事，你不为我做？

还是再说一句，孩子不是那么脆弱，这遗憾和怨恨，随着年龄增长，慢慢会消失。当你成熟时，你知道，我们必须接受世界的不完美，我们必须接受遗憾，我们所有的行动，都必须克服一定的限制，每一个人都没有那么幸运、那么重要，以至于他得到了所有满足。

缺憾是人生的一部分，我们要在缺憾中成长。

你33岁，此时烦恼一般来自丈夫或孩子，情感的层级做出了重新划分，最重要的人是丈夫，其次是孩子，曾经最重要的父母，此时退到了第三层级。

你没有抱怨丈夫，这或许可以证明，你在这些方面比较满意，没有多大的困扰。第一层级的关系没问题，这值得恭喜。

当然，在此时，你的爸爸可能仍然不合你意。正常的反应是，你更容易原谅他了，或者说，他不那么重要，你更容易忽视他了，这时候的关系反而会好转，你们之间，有一种陌生人才有的体谅与无所谓，正如你不会因为同事与你观点和生活方式不同而生气。

成年人犯的最大错误，是想改造自己的父母，完成儿时的梦想，这是没有长大的体现。希望自己的父母观念与生活越来越好，这没错，但成长是他们自己的事，成长从来都靠内生动力。而且从客观规律来看，人上了年纪，观念与行为模式，只会趋于固化，终生成长的人，只是少数，你的父亲，不是这少数，接受这点。

孩子可以期待好父亲，成年人不宜期待父亲突然变好，如果有这种期待，那就不是成年人。

所以，你不喜欢你父亲？那就不要强迫自己喜欢。你们一聊天就吵架？那就少聊天，不得不聊时，多选择不会引起冲突的话题。

拼命想改变你、始终否定你的父亲，让你不舒服，不要成为他的镜像，一直想改变他。由他去吧，专注自己的生活。

祝开心。

连岳

24.

伪装成"渣男"，并不容易

—

连岳：

你好。在公号之前就是你专栏的忠实读者，在心里一直把你当成一个远方的朋友。今天很晚了，突然想和你说一些自己的问题。

今晚把又一个追求我的男人拉黑，切断所有联系，而我们认识才不过一周时间。

简单介绍一下自己背景：39 岁，硕士学历，上市公司高管，形象气质应该算不错，离异五年，自己抚养孩子，与前夫在离异后可以和平相处，目前被几个男人追求。

我发现自己有一个特别严重的问题：我很难对某一个男人长情。我对男人有欲望，但从不主动追喜欢的男人，因为我总有办法让他们来主动追求我。一开始也情投意合，你侬我侬，干柴烈火，可是持续不了两个月我就开始厌烦。厌烦对方不停地没话找话和我聊天，隔一会儿就给我发看到的风景和此刻的心情，厌烦对方每天早安晚安的问候，厌烦对方在白天工作时间提及床笫之事……

我的身体里好像住着一个男人，而且应该是个不折不扣的渣男，内心深处对两性关系有长久的渴望，但实际生活中的反应又偏偏南辕北辙。我不是女同，我只对男人感兴趣。

我只想问问你，像我这样的女人，是不是一辈子都不可能获得真正的爱情了？

如果你有时间，希望得到你的解惑，谢谢你。

住着渣男的瓶子

——

瓶子：

首先得定义一下渣。

渣并不分男女。渣其实也不只在感情里面存在。人渣这个词，比所谓的渣男出现得更早，就是语言学上的证据。

渣就是情感上的重大违约行为。

感情虽然没有拟订合同，但它是一个最大型的契约，恋爱过程就是一个商量合同细节的过程，双方在一系列重要观点上达成共识，以为和这个人结婚成家，收益最大，于是就成家了。

所谓的渣，就是违约行为。事先承诺的条件——反悔，长久变短暂，专一变滥情，不养家、不同房，甚至放纵身体变糟、不陪孩子，都属于违约行为，都是大大小小的渣。

只不过感情有容错机制，一些小错误，能够容忍，也必须容忍，否则感情就不可能存在，世上不存在一个一点小错都不犯的人。

真正的渣，就是犯大错误，而且不改，在一般语境里，就是经常违背专一默契、拒绝养家、隐藏性取向、不履行性义务、对配偶或孩子家暴。

按照以上渣的标准对照你，你不属于渣，你很正常。

你的行为模式和一般女人不同，但独特不是错，趋同才乏味。

有时候，过分谦虚，过分自责，起的是一种防御机制，源于害怕受到批评，我都说自己渣了，你就不好意思再批评我。有这种特质的人，其实身上往往有点不同于他人的可爱之处，只不过自己不敢接受，需要不停的鼓励。但很难遇上一个专门提供鼓励的人，我也不建议当这种人，因为这相当于情感寄生，真正的解决办法在于自己肯定自己，不再自我否定。

你不要继续自我否定就行了。

你对男人的要求高：有能力，可匹配你能力；有事业，他证明自己值得爱；有情调，偶尔的示爱高明，但又不黏人。

要求高并不是什么罪过，要求高唯一的不利就是成功率低。不婚率提高，就是要求变高的体现，凭借自己的财力，就能活得很好，宁缺毋滥，遇不到符合标准的人，就一个人过吧。若以后收养制度对单身人士再友好一点，不婚率还会继续提升，不少人勉强自己结婚，还真是为了满足自己喜欢孩子的欲望。

爱不是不反感，爱里面还有欣赏和崇拜的成分，爱要求双方能量相当。一个人，在阶层与能量的金字塔上，层级越高，值得他爱的人就会越少。这就是你面临的处境，值得你爱的男人变少了，一熟悉，凡夫俗子，不能忍。

不能忍，不勉强自己忍，这不是渣，这是想活得清爽一点。不能忍硬忍，这是感情中常犯的错误，鞋子里的那粒石子，几步路可忍，漫长的旅途，是忍不了的。

男女都单身，恋爱是正常的，不合适中止是正常的，太烦人拉黑也是正常的，这都不是渣，好好恋爱吧，恋爱多了更容易遇上你真爱的人。

祝开心。

连岳

25.

必要的残忍，是爱的重要技术

———

连叔：

8年前我认识了一个姐姐，那年我20岁，她28岁，我们很惊奇地发现，两人读一样的书，听一样的音乐，喜欢同样的物品……怎么说呢，三观合，频道同，灵犀通，很多时候真的只需要一个眼神，就知道对方想做什么。和她在一起特别轻松和自在，我们无话不谈，聊不完的话题，无聊也不觉得无聊。我是家里的独子，但父母的管教方式非常生硬，我对他们是敬，是畏，没有亲密，从未有过被人疼被人爱的感觉，姐姐给了我这些。所以，尽管我知道她对我不只有姐姐对弟弟的感情，而且，她当时已经有家庭，我还是觉得应该无碍，因为我并没有其他的想法，我只是喜欢她，愿意亲近她，依赖她，像对自己的亲姐姐一样。

姐姐却对我用情至深，她从认识我的那一年开始，就跟她先生（现在已经是前夫了）分居并执意要离婚，她说并不是寄望于离婚之后能跟我结婚，只是希望以自由身来爱我，这样对谁都不会有愧疚……我不知道自己是怎么样的想法，反正任由事情一直这样发展，觉得自己守住底线就好，和姐姐就这么继续着，四年时间过去了……

然后事情终于还是有了变化，我和姐姐没能免俗地有了更亲密的关系。我不清楚为什么和她在一起，我期待遇见的那个人应该不是她的模样，和她在一起的千万般好之中，缺了心如撞鹿，缺了魂牵梦萦，少了我觉得爱情应该有的感觉。但在我心里，她的重要程度不亚于父母，我想要她快乐，不舍得让她难过，我从来没有想象过，如果我的生命中少了她会是怎样，那将是无法承受的缺憾。

我告诉自己说，要不且走着吧，如果一定要有一次伤害，也慢一点再来吧，所以我也这样告诉姐姐，和她说，若哪一天我遇到了那个真正对的人，我们就退回去当姐弟，绝对不要从对方的生命中消失。姐姐说，她做不到，如果不在一起了，她一定只能彻底消失，因为承受不了看着我与他人恋爱、结婚、生子，她的爱是自私的，是有独占性的，不是像父母对子女的爱那样，如果要出现，也必须是她把我放下了之后才有可能。

我可能是害怕失去她，又或者别的原因？四年，我们磕磕碰碰，别别扭扭，一直悄悄地在一起。我们在不同的场合扮演着不同角色，在朋友面前，我们是好朋友是姐弟，在同事面前，我们是上下级（曾有相当长一段时间姐姐是我的直属上级），当两人独处，我们是实质上的恋人。我心里似乎没有承认过她是恋人？我始终纠结着，觉得自己对她不是爱，接受不了她成为爱人，但又割舍不了，无论如何放不下，或者说不舍得放下。期间我也其实喜欢过其他女生，并且尝试追过，最后觉得那个女生并不合适，无疾而终，喜欢的女生嫁给别人的时候，我只是有点难过，但姐姐提出要离开，我会心痛到窒息，会觉得什么都没有意义了，会有一种什么都不要了的冲动。正是这样纠结着，所以我既做不到真正接纳她，像对恋人那样对她，又因为不舍和不忍，对她好，做让她快乐的事情，给她希望。

姐姐想要的一直都没有改变，从第一天开始，一直到现在，她想要的都是一个爱人，这我是知道的，但我可能试图找一条中间路线，不负如来不负卿，可惜我好像两个方向都没有做好。我们近来频繁吵架，互相折磨，姐姐问我，到底爱不爱她，如果爱，不要再折磨了，不要想将来，只要好好地过好现在就可以，若是不爱，就别给她希望，让她彻底死心，再怎么痛苦煎熬，她最后也能走出来，然后正常地生活下去。我告诉她我不爱，说很多很多次，但她不相信，因为她说我讲不爱她的同时却做着爱她的事情，她一定要确认清楚才能甘心放手，她怕错放了，错过了，再也没有机会回去（姐姐经历过几段感情，我却是在姐姐之外就没有谈过恋爱）。

姐姐近来应该是抑郁了，长时间的低落，悲伤，无缘由地落泪，一点点小事就情绪失控……起因在我，我很心痛，我想她快乐，希望未来还能很快乐地在彼此的生命里……我不知道要怎么办，我对她的感情，到底是不是爱呢？若是，为什么我不自知，若不是，那又是什么？

连叔，也许作为局外人，您一眼就看明白了，恳请您给我一点指引！姐姐也会看您的文章，希望您的回复一定程度上也能安慰到她。非常感谢！

致礼！

阿无

——

阿无：

人和水果、面包、罐头一样，是有保质期的，人无法永生。

而有些事情，只合适在某一些年龄做，比如懵懂无知，放在孩童身上，是天真，放在青年身上，是愚蠢，给人观感完全不同，前者得到怜爱与教育，后者只会得到厌恶与放弃。

算一下，你今年28岁，这位姐姐36岁。不算保质期，两个人都是人，没什么区别。

算上保质期，两人处境天壤之别。

你一个28岁的男青年，正当年，这8年还有这位姐姐又当家人又当情人，身兼二职照顾你，你在她身上完成了情感教育，多少了解了女人，知道了她的爱、纠结、脆弱、无助。这一切都有利于你，作为男性说，接下来的至少10年，都还是感情的黄金期，如果有钱有势有事业，那50岁也还年轻啊。

而36岁的她，就尴尬了。虚伪一点，当然可以说任何年纪的女人，都应该得到爱情，但实际一点，就知道36岁的爱情机会少很多了，除非特别出众，对于一般人来说，男性必然选择更年轻的女性，这符合男性本能，写在基因里，更年轻意味着更有性吸引力、生育力更强。

她得了抑郁有什么奇怪？8年的黄金时期，为了爱很投入，甚至不惜离婚，要有追求你的正当性，算是敢作敢当的女人吧。但得到了什么？不能公开的关系，这个男人，没有爱的承诺，又不肯给个了断，她在关系中，沦为姐姐型备胎，也就是我另有追求目标时，你是姐姐，亲人一般，我没有追求目标时，你是情人，和我上上床。

对这位姐姐，也对所有女性说一句，当一个男人不肯爽快做出选择，哄你当姐姐（妹妹）时，他就是想要流氓了。他已经意识到，在对你的关系中处于主动，有掌控你的能力，你的备胎地位坐稳了，而且是没有转正机会的备胎，是情感空白期的暂时替代品。应该说明的是，这个掌控技术，也有许多女性用来对付男性。

遗憾的是，在受害者看来，这仿佛还是慈悲，是温情，似乎对方还给自己一个机会。这其实是最不该有的残忍，相当于毫无意义地消耗对方的生命，浪费她的保质期，在这种劣质依赖中活得久了，慢慢习惯，她对自己的评价就会下降：我就是这么一个女人，只配过这种日子。她也失去了另启一段爱情的可能，她无法全身心去爱另一个人。

爱需要有必要的残忍，不爱就得明确分手，逼迫双方往前走。分手会有一段时间的痛苦与不适，造成仍然是在爱对方的错觉，并不是的，你坐牢久了，出狱也会暂时不适的，你只是习惯了痛苦而已。

没有未来的关系，不要纠缠，快刀斩断是最佳选择，分手不难，明确告诉对方分手，再不联系就是了。

人生不长，青春更短，靠他人施舍的关系都是不健康的，必须得断。

祝开心。

连岳

26.

不谈财务自由，才是多数人该有的财务常识

———

连岳：

您好。

恭维话不多说。现有一问题请教，若没回复，权当自我梳理吧。

今年 35 岁，之前一直苦苦追寻人生方向而不得，好在这两年渐渐清晰。体制内小公务员一枚，只为解决生存问题。业余爱好心理学，由此兼职心理服务教官和心理行为训练拓展师，深以此职业为荣，正如《活出生命的意义》作者而言，我觉得我存在的使命也是帮助别人发现他们人生的意义，对此我充满热爱并愿孜孜不倦地努力。这也算是我的人生发展方向吧！

现有两套房，皆有贷款，还款占去我工资大部分。日常生活靠爱人工资维持。现在我的计划是卖出一套小房，估计可结余 30 万元左右，然后做投资之用。这个计划是受《巴菲特致股东的信》《巴菲特之道》，以及翻译此两本书的作者杨天南的理念所影响。对于股票我一窍不通，

但是出于对中国发展的信心和我国优秀企业的信任，我觉得投资于此对我大有裨益，也算是乘着发展的东风实现财务自由吧！

我和爱人对此事意见一致，我们的投资是出于对中国的信心，也是出于对我们这个小家庭未来的信心。但专业的人做专业的事，我想把主要精力放在我的工作和我的心理事业上，投资的事我想交给更专业的人。我自知没有能力在股市里慧眼识珠，而某基金需要 100 万的最低额度，我看您也涉猎投资，并长期持有茅台和万科，所以想把资金交于您来打理，管理费用照规定支付。若你不便，请指教一二，让这 30 万发挥它更大的价值，同时也助我早日实现财务自由。

我没有什么大理想，只是希望我及我的家庭越来越好。也希望每一个努力的人越来越好。

谢谢！

指弹行者

———

指弹行者：

很抱歉，我得拒绝为你打理 30 万资金的要求。因为对我来说，这是没有价值的工作，如果一年增长 20%，赢利 6 万元，这已经是了不起的成绩了，我收的管理费极其有限，工作量是向你汇报投资理念，安抚你的情绪，相当大，算算我为此花掉的时间，其实是亏本的。

而一个渴望财务自由的人赚了 6 万元，他会满意吗？不会，因为这离自由还极其遥远，而他的渴望却更加炽烈，他需要更大的盈利。

这还是好年份，在坏的年份，股价不涨了，甚至下跌了，比如你的账面出现了 20% 的亏损，少了 6 万元，这是很正常的事，但你的情绪可能就崩溃了，因为这钱对你太大，就算你的情绪稳定，你太太的情绪也会崩，就算你们今年情绪稳定，明年再跌 20%，你们照样得崩溃。

一项投资，盈利的快感有限，而亏损的痛苦无限，这是你要远离的。对于一个这样的委托人，也要拒绝。

对工薪阶层来说，价格剧烈波动的、快速交易的股票市场，是个危险的地方，结局基本是亏了钱，赔了本职工作与心态稳定，和吸毒差不多。工薪阶层指望靠股市实现财务自由，只会离财务自由更远一点。用一点点无关痛痒的钱，玩一玩，当成熟悉股市的游戏，当然可以，但目标应仅限于此。

巴菲特能成股神，除了情绪稳定、善于发现公司的价值、适逢美国经济长期上升，还有一个极其重要的原因，就是他有大量低成本的资金（保险公司的浮存金）。复制他在股市上的奇迹，条件缺一不可。换言之，要出现第二个巴菲特的可能性，也和中彩票差不多。

这么说，并不是指巴菲特不值得学习，相反，他的许多价值具有普适性，接地气，人人可以理解，特别适合想提升生活质量的普通人。

比如他一直提倡的这几点：

1. 不参与自己理解不了的事。这点可以避免层出不穷的骗局。骗局都是说些你不理解的事。

2. 照顾好家人。他不喜欢房产投资，但 30 多岁时就为家人买了别墅，在生活上不亏待家人。所以，那些违背家人意愿，想卖房子买股票的人，很不巴菲特。投资不能建立在家人痛苦的基础上。

3. 量入为出不虚荣。

工薪阶层，按照巴菲特这几点去做，幸福感、稳定性都会提升，财务也能更宽裕。

最后，说一点财务自由的事。

财务自由，说得具体一点，现在你一个人吃饭，花掉 1000 块，你没感觉，而且随时可以这么吃，估计就属于财务自由了。没几个人能做到这点，所以财务自由永远都是奢侈品，它属于少数的商业成功人士，不投身市场的人，是不会有财务自由的，当然，继承的除外。

工薪阶层不要去追求所谓的财务自由，目标小一点，把自己的工作做好，有一份稳定的现金流，保持身体健康，让老婆有房子住，把孩子教育好，该有的享受保持在中上水平，这些事情，努努力，都可以做到，手头紧的时候会有，财务并不自由，但你是幸福的，嫁给你的人也感到了幸福，这样的人生，已经很不错了，是巴菲特都会点赞的人生。

祝开心。

连岳

27.

我爱你，当然为你成长

叔：

展信佳!

说说我自己吧，85 后，老公在秦岭脚下的军工厂上班，待遇在当地还算可以，这几年我全职在家，有一 2 岁多的幼女，几万块钱的国产车一台，单位家属房一套，市值 20 万吧，外债些许，毕业这些年就落了这些，双方父母一毛钱的忙都没帮。

我是个山西的丫头，在秦岭脚下生活这几年，也着实让我开了眼，我以前认为我们村子很落后，我一定要离开那里，然而这里比我们村子还糟糕，我也着实是后知后觉的人，孩子要上幼儿园了，才注意到这里教育的落后。

我特别想离开这里，让孩子有一个稍微好点的起点，这指望老公是不太可能了，他大概是不太能走出这小山沟了，一是性格就不是能开疆拓土的人，二是运气不好的话说不定还要付几万的违约金。

我感觉我也难走得出去，一、民办专科学了些什么我都不知道，毕业后工厂里干了两年，后做了几年的汽车销售。这几年闲置市场变化这么快，都感觉自己被淘汰了，现在出去我也不知道自己能干啥。这个我感觉都能克服，大不了就从商场导购开始做起，就是不知道能不能挣出来孩子的开销，这让我比较纠结。

二、孩子要留守了，至少要两三年，甚至四五年，攒些钱把这里的房子卖掉看能不能凑个成都的首付，我也不知道这是不是本末倒置。为啥要选成都，离我现在比较近的省会有西安、成都，在西安买房应该相对容易些，可是西安气候干燥，民风彪悍，还有自建房太多，所以舍弃了。

有时候我也劝自己，这里几万人人家也过得好好啊，为什么我就不能。这里的孩子也有考上清华北大的，可是大部分是两代人甚至三代都在这厂里啊。

糊里糊涂的丫头

———
丫头：

人有两种生存方式，一是随机摆动，二是有目的前进。

随机摆动，就是按照身边大环境的套路过日子，你让我读书就读书，你让我工作就工作，你让我成家就成家，他们最后一般固定在工作地点，直到退休。

随机到发达地区，那感谢命运。这个比例是低的。

随机到落后地区，自己的改变就显得更加迫切。在现有的技术条件下，世界和平，物质充沛，也没有大的风险，一切都会有的，只不过是低配版的：房子不值钱，车子不值钱，生活质量相对比较低。只满足于生存的话，是不错的。

这种生活方式唯一的不足就是，人总是不满足于生存。人解决生存以后，将释放出更多的欲望，这就是进化的驱动力，这可以说是城市化的人性基础。

城市化提供更细的分工，更多的机会，更大的可能，它满足人性无尽的欲望与追逐。为了得到城市的好处，城市新移民可以忍受贫民窟，上班族可以接受令人窒息的交通、更小的居住面积、更大的阶层压力。

但城市化不是单向流动，每一天，总有人离开城市回到乡村，也有人离开乡村进入城市，只不过是后者在数量与质量上远胜于前者，这就是城市化的规律。最后，村庄、乡镇与小城市，总还是会有居民的，只不过，他们是更低欲望，只求生存的随机者。

有目的地前进，是更有挑战的生存方式，是理性的产物，是人特有的。这需要人延迟满足，成年人的世界，开始行动 10 年后才得到满足，很正常的事，新工作、新技能，在一座城市里安家立业，都得吃很多苦，也得付出成本。意志薄弱的、容易动摇的、娇生惯养的，随时都会回到随机状态。

但孩子往往会断你逃跑的后路。

绝大多数父母，是真爱孩子的，他们愿意努力为孩子创造更好的成长机会，仅仅是为了孩子得到更好教育机会，就足以让中国的父母进入城市。也迫使他们早早制定计划，才能踩准孩子成长的节拍，比如你 2

岁的女儿，要让她到成都读小学，这 5 年时间，一点都不能浪费，落户、积分、各种条件满足，才有可能得到学位，环环相扣，父母决定了，就得行动，没有时间犹豫，没有时间自怜。

很多成年人，让他们为自己创造机会，逼自己跨越阶层，他们往往没有这个决心与意志，有了孩子以后，就被这个小魔鬼诱惑，为了满足他的愿望，一步步前进，每天解决困难，想退很难退，因为孩子无法退货，他不可逆，跟定了你，不知不觉，你意志变强大了，能力也更强了，所以，很多成年人，应该感谢孩子，逼迫他们成长。

当然，也有不被诱惑的家长，他们把孩子扔进随机状态，活得怎么样，看你自己的造化吧，他们的孩子，成才的概率低一些是必然的。

你还年轻，为了孩子，应该摆脱随机状态，任何行动，都有成本，比如暂时分离的思念，比如金钱的付出，不想付出，既要熊掌又要鱼，那就永远无法行动。

为了孩子，成长吧。

祝开心。

连岳

28.

你看别人家的爸妈，多争气！

—

连老师：

刚和儿子微信聊了几句，确切地说是吵了几句，忍不住想要让你帮我分析一下，孩子是什么原因变成现在这样？我这个当妈的怎么这么不合格？

儿子马上 19 周岁，现在上大二，专业是经济学，尊重他的意愿选的。学校是个二本师范院校，我知道这显得有点不伦不类，师范院校里学经济学，应该好不到哪里去，没办法分数不够。开始他想去泉州的一所学校，全家人都反对，我倒是无所谓，可是面对爷爷、奶奶、爸爸，我也就没有发表意见。上大学一个月后，他从学校回家和我谈，对现在的学校不满意，想要复读，我问了他以前的老师，说可以去。我告诉他，你自己做决定吧，如果想复读，我支持你。后来他说怕复读了考不好，自己放弃了。年前回家告诉我想去参军，和家里人商量了一下，都同意了，体检结果很意外，儿子是独立肾，不合格。(他身体一直很好，爱好打篮球，体育成绩全班前三名。）

儿子小时候学习成绩一般，每次考试成绩有点进步，家里老人就给钱当作奖励，上高中的时候爱和同学攀比，压岁钱用来买名牌鞋子、衣服。上大学之前，非得要买苹果手机，结果买了不到两个月，被偷了。现在每个月定的生活费1500元，还要另外找我要200元。原因是暑假去当补习班老师，赚了点钱，他准备攒钱办个寒假补习班。这一点我是支持的。

儿子和他爸爸的关系非常不好，有事就找我说。他说小时候爸爸不怎么管他，现在看不惯爸爸没事做，不赚钱。的确最近几年，我家先生以前做的生意放弃了，也没有重新找到合适的事，一直闲在家里。我做淘宝店，最近生意也不好，搞得心里很恼火，经济压力很大。儿子经常说同学家里，怎么怎么有钱，嫌弃自己家里穷。一边嫌弃自己家里没钱，一边花着比别人家孩子还多的生活费，他觉得是理所应当，还不够花。每次和我聊天，几乎都和钱有关系。

这个月生活费才打过去一周，告诉我看上一件衣服，问我要零食，要我做卤牛肉。其实就是想让我买给他。我告诉他，你现在是成年人了，钱一定要盘算好，不然不到一个月就花光了。至于买什么，不买什么，让他自己决定，我不想管。他就和我急了，说了些很难听的话。

我感觉自己不是爱唠叨的人，虽然没多少钱，但是我比较节俭，也没有非常在乎钱。可是儿子现在这样，我挺难过的，感觉像是我做错了什么。觉得他对钱看得太重要了，又怕他以后会因为钱惹是生非。

说了这么多，不知道连老师能不能看懂我的意思。希望在百忙之中回复一下，给我点建议。万分感谢！祝一切安好！

一天到晚游泳的鱼

——

一天到晚游泳的鱼：

你今天的问题很另类，看得多的，是父母用别人家的孩子来压迫自己的孩子，你家反了，是孩子用别人家的父母来压迫自己的父母。

其实，这种事情应该很多，只不过，被自己的孩子嫌弃，可能耻感过于强烈，反而不愿意说了。你能说出来，很了不起。

我希望这孩子也是我的读者，能够旁观我们的对话。

孩子无法选择父母，父母也无法选择孩子。所谓无法选择，就是命运，我们得接受一切好，也得接受一切坏。初心，当然是彼此相爱的，但在成长过程中，误解与伤害也将产生，没人想要，但不可避免，父母可能伤害孩子，孩子也可能伤害父母。没受过伤害的人，是不存在的。

这孩子成长的过程中，合理的愿望都得到了满足，父母也尊重他的想法，19岁的孩子，想要好一点的鞋子、衣服和苹果手机，一点点小虚荣，父母有能力满足，满足一下也无可厚非。这点你们没有做错，不必要自责：是不是我无条件满足孩子，导致他欲壑难填？

一直被满足的孩子，他的要求，总有一天会被拒绝，他的父母并不是万能的神，这来到了教育的关键节点，怎么面对自己的无能为力？不回避，不愤怒，不沮丧，是最好的应对。

可陈述三点：

一、我已尽力。

二、尽力了，达到中等水准以上，我无愧；若达不到，请原谅，并不是我不努力，人生有太多偶然。

三、都是成年人了，自己想要的生活应该指望自己。

这样陈述，硬碰硬，有伤心、抗拒再到接受的过程，但要坚持，坚持三四次，坚持到接受为止，如果始终不接受，那就是无理智之人，即使是自己的亲人，也不应受他情感绑架。这一段辛苦的拉锯战，是成长的必须。

在人的成长过程中，容易犯的一个巨大错误是，过于重视创伤，重视到创伤捆绑了一个人，这种危害比创伤本身更可怕，让人有这个认知错觉：我受了创伤，所以我彻底完蛋了。人更应重视的是创伤后成长，只有不停成长，只有足以令自己自豪的成长，才能将创伤变淡，甚至将创伤变成资源。

你们都需要创伤后成长。

孩子要意识到，他靠外在之物，靠一次又一次的逃避，支撑不了"我比同学优秀"的假象，苹果手机会掉，掉了就无法炫耀，而靠拼杀得到的优秀品质，是掉不了的。他最终成为一个出色的人，怎么会怕掉苹果手机？掉了怎么会嫌父母不赚钱？自己有钱，掉了再买一个就是了。

父母也要意识到，一生不显赫，甚至一生只为温饱，都不是什么错，不是每个努力的人都有回报。没犯什么错误，一直努力，却总不成功，这不值得羞愧，这也是值得敬佩的人，甚至更值得敬佩。绝大数人以成败论英雄，包括自己的孩子，但一定要告诉自己，我很努力，对得起世界，对得起自己，对得起孩子，不要自责，不要满足他无理的要求，好好享受生活吧。

祝开心。

连岳

29.

十年恋情值多少钱？

—

连岳：

知道可能得不到回复，但还是想写。

和老公是大学同学，恋爱 10 年才结婚，婆婆并不同意和喜欢我这个外地的，老公还是坚持结了，结婚过程就不提了，太狗血。

结婚 3 年多，现在儿子一岁多点。婆婆身体不好，我爸妈又不怎么愿意帮我带，导致现在我们和爸妈的关系特别紧张，我根本不敢在老公面前提爸妈。我休完产假要上班后，婆婆一个星期帮我们带两个白天，剩下我们自己解决，我们都要上班，不然要喝西北风。之前来家里帮我们带，早晨来，晚上送，大多时候老公接送。中午我们偷偷从公司赶回去给婆婆做饭。婆婆脾气不好，人又强势多疑，老公是个妈宝，带了一段时间，矛盾太多，老公就打算让婆婆自己呆家里，一个星期两到三个白天早晨把孩子送过去，晚上再去接回来，虽然累点，落个心里轻松。其余的白天上班的时间老公请假带，然后周六周日去加班，我因为怀孕年底直接差评，导致第二年年假少了 7 天，一般孩子要检查或者疫苗，或者老公单位请不了的时候才请假，假也早已经全部用完，已经请了好多事假，一请就扣工资，还要看领导脸色。

老公比我大 4 岁，没什么上进心，工资一直没有我多。为人比较悲观胆怯，怕极了他妈。

房子是他们家婚前付的首付，首付 40 万，写我老公名字，房产证在婆婆手里，我没见过，交房后所有费用、装修、家具、车子都主要是我在上海工作多年的积蓄，因为结婚放弃了上海的一切，来到了老公的家乡。结婚后上海注销取出的公积金老公第一时间给了他妈，我的公积金给了老公用来装修我们的房子，所有装修都是他和他妈操心，我只有出钱的份，没有选择的话语权。现在房子每一个进来的人都说是老年人住的吧。我也只能呵呵。目前房贷是老公还，一个月 4500 左右，其余各种花销全是我，比如车子保养、保险、燃油、超市、物业，孩子生产住院及各种奶粉、尿不湿、玩具等，一个月差不多也四五千。老公身体不好，我还自费给他买了保险，实在是没保障。孩子出生后，有一些亲戚送的钱也没多少，但我都一一记了账，并且约定好存起来，以后给孩子用。

现在的情况是一吵架就说我占了很大的便宜，免费的房子住着。金钱方面，说我只进不出，主要是他从我这里借了两万块给他妈，每次借之前他都信誓旦旦说会还的，结果要么他妈忘记了，要么他压根不敢跟他妈提。然后就演变成他妈带孩子很累，我们给钱是应该。给是应该，但一码归一码啊！随时吵架随时可以让我走人，房子是他的，孩子亲戚送的钱又凭什么我存着，只进不出，他提供了住所给孩子，我又提供了什么给孩子。

没有一个母亲过得跟我一样吧，每天下班及所有的周末全部在带孩子，只要我在基本不管。头发也没时间去剪，唯一一次跟他商量好，看一下，让我抽空去剪个头发，结果还是失约，我推着推车去剪头发，孩子在理发店里哭，我洗头洗得不安，怕被抱走，一边洗一边叫他，又看不见，剪的时候孩子又哭半天，被理发店的一个小姐姐推出去玩，没把我吓个半死，打死以后也不干这种事了。比较乱，比较难受，不想写了，关于房子我真的占了大便宜了吗？

Xx

———

Xx：

我看了也难受。开篇是 10 年的恋情，结尾是一次担心的剪发。反差太大。

但是仔细想想，你们生活好像没有太大问题，有房住，两人有工作，家庭财务正常，婆婆帮衬看孩子，婆媳关系有点不愉快，但又不至于太不愉快。很多人还达不到这标准。

你们两人为了爱情，也算勇敢，都有付出。怕极了妈妈的他，敢不顾反对，坚持娶你，这对胆小的人来说，可能像死过一回。你也放弃上海的一切，追随这个男人。由此想来，那 10 年的恋情，给了你们不少甜蜜记忆，你们很珍惜，不放手。

回到你关切的问题，房子你有没有占大便宜？

婆家婚前首付 40 万，你出装修、家具和车子，这几项，一般配置，离40万也不远，双方平手。如果考虑房产证你没名字，你还是略亏的。考虑到你还失去了上海的房票，潜在损失就更大了，这点就不细算了。

婚后他负责的房贷与你负责的其他家用，也相当。有分工，但是共同养家，指控你白住房子是不成立的。如果说他负责房贷，房子就全算他的，你白住，这逻辑成立的话，那你负责家用，他就是白吃白喝不养孩子，有更好吗？

话说回来，首付40万，是多大一个便宜啊？真得了这个好处，一个自己爱了10年的男人常叨这种事，心情也凄凉，你在上海工作过，见过繁华。

况且，你一点便宜没占到。

爱情，毁于天灾人祸，止于大是大非，人更容易接受，那算是不可抗力，也死得明白壮烈。太多人不甘心的是，爱情毁于小肚鸡肠，止于飞短流长。

你们可以防止事态进一步变坏，不过进行一些简单的技术操作：

一、双方坐下来，列个家用清单，各自承担的部分一目了然，用数字说话。或者，双方的承担每隔半年一年互换，体会对方的负担，他或许只看到银行扣一大笔钱的痛，看不到零碎家用积累起来的痛和累。

二、婆婆带孩子，给些合适的报酬，即使她没开口，你也给，这样主动。丈夫向你借钱给婆婆，并且不还，连带事后的指责，说明他想给，但开不了口，也没能力。然后无能转化成了愤怒，发泄在你身上。索性把这列入家庭开支，无论谁出，贡献都摆在哪里。

三、你要把工作做好，升职加薪，收入增加，家庭也会更和谐，钱能解决大多数烦恼，没有钱，10年的恋情，连40万都不值。每一次为窘迫争吵，都要变成更努力工作、挣更多钱的动力。雇主、同事，基本会体谅一个要照顾孩子的妈妈，多少给方便，你对得起这种照顾，没耽误工作，甚至能把工作处理得更好，会得到额外的尊重，也是逼迫自己能力提升的机会。相反，让人觉得你仗着当了妈妈，就应付偷懒，那职场前途将越来越悲观。你的收入少了，家庭情况也会继续下滑。

加油吧，虽然现在是有些难受，有点伤心，但好好沟通，振作一点，还能够唤醒你们当年恋爱的感觉，家还有希望的。

祝开心。

连岳

30.

放轻松

——

亲爱的连叔：

您好，昨晚半夜被孩子吵醒，全无睡意跟老公聊天，我说又回忆起一些以前的旧事，心里特别堵，觉得自己跟人相处时特别懦弱，有时候明明是对方的错，可是因为她更会哭，更能闹，最后还得自己低头道歉，过多久想起来都觉得自己软弱不堪，可下一次再跟别人有冲突还是会第一时间自我反思，总往自己身上找原因，自己也因此很不甘心，很懊恼。老公说我就是为别人而活，天天心里想的都是让别人觉得我是个多好的人，我谁都对得起，即使受委屈也要让别人说自己好，这样很没必要。他说的应该挺对的，可是我对自己的认可度更低了，感觉怎么都是错。

我们还说到了最近的工作，因为我刚刚进入体制，相对比以前的工作更清闲了，多出来的时间想看书想上进，可总也不踏实。老公说让我找到自己的一个兴趣和爱好，我说平时我也没事唱歌弹琴什么的，他说你那还是工作和学习，你找一样纯娱乐的，看个电影，玩会游戏，学会放松，生活别光想着怎么学习。可是对于我来说，如果时间耗费在这个上，我会更有负罪感，觉得自己不努力不上进。但转念一想，身边的朋友，有爱好养植物的，有爱手工做饰品的，有对一个玩偶痴迷到到处去收集的，而我，确实也没有对什么特别的热情，否则我怎么对于喜欢的唱歌弹琴踏不下心来练习呢！我各方面想要好，却对自己各方面都没有自信，甚至连玩都不会玩，觉得自己更可悲了。我当时觉得老公说的可能是对的，一夜心塞。可睡醒，我又觉得，老公是因为自己爱玩游戏，安于现状不思进取，所以才说我那不叫爱好的。

我总是不自信。怎么办啊！

白木梓

——

白木梓：

恭喜有个好老公，半夜醒了陪你聊聊人生，此情此景，就是爱，不输给情人节设计出来的浪漫。两个人爱聊天，两个人有天聊，这样的感情不会死。什么是爱？就是你最爱和他在一起，最爱和他聊天。

一个人有了好感情，也会有烦恼，人生是个解决烦恼的过程。有爱为后盾，烦恼小一些，还有一个人替你出主意，烦恼也更容易解决，解决一个烦恼，能力就上一台阶。感情不好，出门兵荒马乱，家里又有人添乱，烦恼不仅来源多，还会放大，状态不停下滑。

你对自己要求特别严格，不允许自己浪费一点时间，看得出来，你肯定自己这刚强。

即使对方没有道理，你也老向对方低头认错，你否定自己这软弱。

有没可能去除你的软弱，维持你的刚强？

不可能的，因为它们是同一件事：你太在意自己的完美形象，你经不起一点点否定，无论是来自自己，还是来自他人。比如，你丈夫的建议挺好的，你也觉得有道理，可最后还是以为他有否定你的意思，又不开心了。这不开心，又导致你不愿意接受他的建议，延续自己的老路，不做任何修正。一次有爱的、有建设性的夫妻深夜聊天，最后没有增加爱，也没有建设出新东西，这是多大的浪费。

人应该勤奋，人应该保持学习的热情。这点我同意你，人是学习机器，不学习，就像机器没了动力。但很多人忽略了，不会放松，最后就会失去学习能力，正如 3 天不许你睡觉，你并不是多了 24 小时学习，而是承受了一个酷刑，将摧毁你的神经。

智力劳动者自然会形成一个习惯，在几个小时内专注度极高地工作，然后一天其余时间做一些不太需要专注度的事，和朋友聊天、随意的阅读、散步、聚餐。高强度的工作，必然接着一段无强度的放松，这有利于人的复原，这也是学习的组成部分。有后者没前者，那是浪费人生，有前者没后者，不可持续，精进不成，只增加自我否定。

其实，灵感往往在放松的时候出现。所以还有刻意的放松：打坐，在一段时间内不仅不做事，还不允许自己思考。

你得到了什么，你又失去了什么，你自己内心有个评价体系，开不开心，有没成长，自己有谱。他人往往一时看不出来，如果不符合他人标准，误解、批评、否定，甚至攻击谩骂，都可能发生。也就是说，如果太在意他人，甚至刻意去讨好他人，那一个人不仅失去了完善自己的能力，还失去了自我，说严重一点，这是精神上的奴化，只要否定你的人，就是你的主人。

彻底讨好他人是不可能完成的任务，你说任何一句话，做任何一件事，都有不同意的人，世上还有理解力有缺陷的人，还有杠精，否定势力是固定存在的常态，不在乎他们，是精神上放轻松的必修课。

专注于自己，放松一点。还有，对老公好一点，他很聪明，要和他多聊天。有爱，人生好开展。

祝开心。

连岳

31.

又坏又蠢的人，只有简陋的剧本可演

——

连岳老师：

你好，两年前您给我回复过一封题目是《不要当无赖》的信，这几天又翻出来看是因为我又做期货爆仓。剧本还是一样，姐姐出来帮我还60万，对我要求只有一个就是把期货放下好好工作。

我现在心里愧对父母，不应该从他们那里撒谎借钱，不应该再去信用卡套现。姐姐说对不起愧疚都没用，你改掉是真的。我也想改掉，但还是屡教不改，狗改不了吃屎。我给姐姐说等父母老了你们就是我再生父母，我跟外甥一块孝敬你们，只要你们不笑话我不催我还钱，我一定慢慢工作把期货戒了。我心里明白，失去几次信任我说话太无力，但是他们愿意帮我，我这次下决心不再辜负他们信任。

虽然姐姐姐夫说钱不用我还，我还是想把房子过户给他们，这样我心里好受些。老婆这次还是选择原谅我愿意陪我共同度过，我感觉最对不起就是她，现在怀着三个月身孕还老是怕我想不开安慰我。越想这些心里愧疚感越强。二姐拿出二十万给我，她还有两个小孩子要养，晚上看孩子很晚睡很累。想这更是心里难受。

家人愿意帮我，我下决心不再碰期货，给他们给自己一个交代，慢慢回生活正常轨道不再折腾。

老想着做期货发财证明给他人看，现在想想赚钱给他人看这种想法太幼稚，为什么活在别人阴影里？我也想开了，所谓成功不过是赚钱让傻逼去看。

在连岳老师公众号这里为自己期货梦画个句号。

我现在想重新开始，从零开始工作生活。希望连岳老师能给我点建议。

露露

——

露露：

两年前确实回了你的信，当时你股票、期货、"对赌平台"一起玩，输了8万，也是寻死觅活、赌咒发誓要改，后来姐姐帮你买了单。

两年后你更出息了，输了60万。

当然，这不怪你，怪你的姐姐们，当时有段话是写给她们的：

我希望她以后再也不要管你了，无论你亏多少钱，都得"冷血"不理，任你自生自灭，这才是帮你。做错事老有人擦屁股，那做错事也就没什么，可以一直做，反正不要自己付成本。

很多家庭有小圣母，他负责照顾家人的一切，而这种家庭，也往往有一个或数个无赖：我生活不好，我投资失败，我家庭不幸，我要买车，我要买房，全是小圣母的责任。

这种家庭，最后必然衰弱与不幸，因为资源全被无赖浪费了。但小圣母的责任大一些，没有他们的大包大揽，无赖成长不了。所以没有小圣母的家庭，成员反而多是正常人。有不成器的人，他的损害也能隔离，赌输了自己还钱，谁也不会浪费金钱去救援。

她们没听，当然，你也可能没把那篇文章转给她们，她们在现实生活中一直当你的圣母，一起完蛋也就难免了。

当一个人不用为自己的错误支付成本时，他就不会改正自己的错误。这是规律。尤其是，犯几乎所有的错误，都有快感，赌的快感尤其强烈，赌赢了自己爽，赌输了姐姐付钱，这除了发生奇迹，不可能改的。显然，奇迹没有发生在你们身上。

你很聪明，本能地精通人性，在需要姐姐付钱时，你极具表演天分，让她们相信，你从此洗心革面，事实上，你连自己也骗过了。但你的直觉告诉你，姐姐一定不会严厉对待你，她的钱可以不用还，你可以继续玩下去，这个难关过了，再玩就会赢。

剧本于是重新演一次。愚蠢的人忘性大，所以只要给他们一个不幸的剧本即可，写得粗糙都无所谓，他们会一遍又一遍地重演，直到彻底作死。

恭喜你们这次的演出又成功结束了，每个人的表演都可以打满分：你更蠢了，姐姐们更圣母了，你的忏悔更加温情动人。没什么新意，只不过你学会了一句流行用语阿Q一下：所谓成功不过是赚钱让傻逼去看。其实，赚钱哪有傻逼想的那么容易，不然你早有钱了。

由于丧失从错误中学习的能力，行为模式已经固化，你们一家人的命运都已经注定，你的姐姐们，你的老婆孩子，将被你这个赌徒拉入无底深渊，直到无力挣扎为止。你的姐姐们看起来挺可怜，辛苦工作不停为你填坑，可是仔细想想，不是她们纵容兜底，你也玩不了这么久，所以也是活该。

期待两年后你的下一封邮件，那时候，你会输掉多少呢?

你真想改，倒也简单，什么都不做，就是造福家人了，0大于负数。

祝开心。

连岳

32.

工作像求爱，你爱它，它才可能爱你

——

连叔：

你好，开门见山地直接说我的问题了，工作问题。我是专科毕业，专业是建筑工程，说白了就是在工地上做现场技术员，2014 年毕业干了 2 年的时候，感觉每天在工地恍恍度日，也接触不到外面的世界，就跟坐牢一样，晒得皮肤漆黑漆黑的，手指甲盖里总是黑黑的，弄得自己特别的不自信，工资也不高（原谅我的负能量），就辞职了，找了一份还算"体面"的工作，通讯设计，一直做到现在，但我发现这份工作完全是机器人式重复性工作，公司是一个私营小公司，挂的某设计院的名义来承揽工作，五险一金也都是按本地最低标准给你缴纳，今天我的甲方的一个普通职工说他的公积金公司每月给他缴纳 1000 多的时候，我的公积金工地只给缴纳 100 多，这么大的差距，我感觉不能再这样了，这时候我就感觉到学历真的很重要，甲方公司是一个国企，只招全日制本科，自己的先天已经不足，跟我一起干工地的同学现在也都有发展的很好，现场施工技术方面也都学到了手，如果自己当时候坚持在工地，现在的技术也应该很好了吧。现在我的想法就是继续回到工地做，最起码工地上能把技术学到手，月薪过万是没有问题的，总比每天在这种公司做机器人强，请连叔给我指点一下，我到底要不要回去干工地？

迷茫青年

迷茫青年：

　　不错呀，你有两份工作可挑。对那些找不到工作的、年底刚被辞退的，你的处境在他们眼中，值得羡慕。这些人当中，可能有一大部分学历比你高。他们看到你进退自如，可能会焦虑。

　　我并不想增加别人的焦虑，也希望他们在看完我们的沟通之后，能够找到工作。春节前很多公司不正经招人，那也努力找，找没找到，都好好过个节，春节后认真出发。

　　不要太忧虑，记住这个统计学上的结论：90% 以上的忧虑不会变成现实。一个聪明人，必然是一个乐观主义者。作为老板，我能保住企业的发展，能够照顾员工。作为员工，我能保住工作，并在工作中创造价值，成为更不可替代的人才。这才是乐观的态度。

　　我不太喜欢抱怨的人，看不上动辄垂头丧气的人，更不会尊重吃不了苦的人。无论他是老板还是员工，如果天上有工作之神的话，他们会被惩罚的。当然了，并没有工作之神，但是，惩罚却逃不了，当不景气来临，当裁员发生时，第一轮就会淘汰他们。

在我看来，你的迷茫都不是迷茫，可能我虚长几岁，见得多一点。

晒得漆黑，手指甲盖里总是黑的，正是一个工地现场施工员该有的职业形象，也是其职业尊严所在，白白净净，一尘不染，那不像话！

而体面地坐在写字间里，机器人似的重复性工作也是必然。所有工作，机器人一样重复都是重要组成部分。天才有个改造世界的创意，他也得在重复中慢慢把它变成现实，在重复中慢慢让世界接受。所谓厌恶重复性，往往就是懒惰的托辞。

做得太少，想得太多；付出太少，要价太高。这是 90% 以上的忧虑来源，90% 以上的失望来源，也是 90% 以上的失败来源。这就是责任感低的体现，这样的人，老板看到你头疼，你更将自己陷入被动，它也让人抑郁、焦虑，越来越边缘，最后恶性循环。

你挑任何一份工作，我都支持。回工地，那向坚守工地学本事的同学学习，他们现在技术好，收入也增加。保持现在的工作，那就把所谓的机器人似的重复工作做好，端茶递水、整理文件，这样的工作，看似不起眼，好坏也天壤之别，做得好的人，令人赞叹，其中有温度。老想着偷懒，随便糊弄，也过得去，但你的标签就是"这种小事都做不好，能指望他什么呢？"

想要高薪，想获得尊重，这都没错，应该有这个抱负，但是行为匹配不了这愿望，反差太大，只会招来轻视。

先别想着别人能给你什么，先热爱你已有的工作，把它当成一个杯子，你的能力能够注满它，自然会有一个更大的杯子，更重要的工作，然后是更高收入。

祝开心。

连岳

有任何问题，请邮至：
lianyue4u@163.com

胭砚计划（按出版时间顺序）：

《天命与剑：帝制时代的合法性焦虑》，张明扬著

《送你一颗子弹》，刘瑜著

《暴走军国：近代日本的战争记忆》，沙青青著

《一茶，猫与四季》，小林一茶著

《摩登中华：从帝国到民国》，贾葭著

《说吧，医生1》，吕洛衿著

《说吧，医生2》，吕洛衿著

《我爱问连岳6》，连岳著

图书在版编目（ＣＩＰ）数据

我爱问连岳．6 / 连岳著. -- 上海：东方出版中心，
2019.6

（胭砚计划）

ISBN 978-7-5473-1478-4

Ⅰ．①我… Ⅱ．①连… Ⅲ．①书信集－中国－当代
Ⅳ．① I267.5

中国版本图书馆 CIP 数据核字 (2019) 第 092709 号

我爱问连岳 6
连岳 著

统筹策划　彭毅文
责任编辑　肖　月
书籍设计　任凌云
责任印制　曹毅波

出版发行：东方出版中心
地　　址：上海市仙霞路 345 号
电　　话：021-62417400
邮政编码：200336
经　　销：全国新华书店
印　　刷：上海盛通时代印刷有限公司
开　　本：890mm×1240mm　1/32
字　　数：368 千字
印　　张：16.25
版　　次：2019 年 6 月第 1 版第 1 次印刷
ISBN 978-7-5473-1478-4
定　　价：58.00 元